问道北大

再现一个觉醒的年代

方 彪 著

团结出版社

图书在版编目（CIP）数据

问道北大 / 方彪著 . -- 北京：团结出版社，2022.6

ISBN 978-7-5126-9119-3

Ⅰ . ①问… Ⅱ . ①方… Ⅲ . ①随笔 - 作品集 - 中国 - 当代 Ⅳ . ① I267.1

中国版本图书馆 CIP 数据核字 (2021) 第 173119 号

出　版：团结出版社

　　　　（北京市东城区东皇城根南街 84 号　邮编：100006）

电　话：（010）65228880　65244790（出版社）

　　　　（010）65238766　85113874　65133603（发行部）

　　　　（010）65133603（邮购）

网　址：http://www.tjpress.com

E-mail: zb65244790@vip.163.com

　　　　tjcbsfxb@163.com（发行部邮购）

经　销：全国新华书店

印　装：三河市东方印刷有限公司

开　本：170mm×240mm　16 开

印　张：23.75

字　数：345 千字

版　次：2022 年 6 月　第 1 版

印　次：2022 年 6 月　第 1 次印刷

书　号：978-7-5126-9119-3

定　价：68.00 元

向读者坦白

对于北大的研究，多系"北大人"。何为"北大人"？不是北大名册上的"在编之人"。抢走马校长手中扩音器的人、写过"第一张马克思主义大字报"的人，不但在册在编，而且风光过、风云过，可是殊难称之为"北大人"。原因很简单，北大不会与之认同，这些人也不会与北大认同。互不认同，实为路人。虽有"分"，实乏"情""缘"二字。反之，与北大互相认同的人，即便不在册、不在编，也不妨称之为"北大人"。

例而言之，鲁迅先生是北大的兼课讲师，不在册不在编，可是时人认为他属"北大派"。白化文先生在《负笈北京大学》一书中有下面的记载："校门口卖豆腐脑的也有老北大的书卷气，常对我们小青年灌输：'老年间儿，我爹摆摊那会儿子，鲁迅跟给他拉洋车的肩并肩坐在咱这摊儿上，一起吃喝。吃完了，您猜怎么着？鲁迅进红楼上课，拉洋车的叫我爹给他看着车，也进去听课啦。蔡校长的主意，敞开校门，谁爱听就听……'"卖豆腐脑的、拉洋车的更不在册、更不在编，亦不"位列士林"，泛称之为"北大人"，可也，宜也。时下，在北大校园和周边地区"混"的人，也不妨泛称之为"北大人"，原因是被北大文化所染所浸，互相认同，亦属可也、宜也。

著书言北大者，多有从北大课堂走上北大讲台的经历。沉于北大，浸于北大，只有"全北大"，才能"所言中的"。门外人言门内事，就是一个字："难"。难言其中，难言其实，难言其真，难言其是。也可以说未至门墙，何言其中，何言其实，何言其真，何言其是。"不识庐山真面目，只缘身在此山中。"有入木三分之誉，但系从"哲理"而言。

笔者与北大，可谓有情无分、有缘无分。也就是说，既没有在北大受教，也没有在北大执教。中学时代，一心向往着"踏歌未名湖，立雪燕南园"，有一个充满了"情""境""景"的北大梦。但现实是"遥望燕南园啊，云山万里。远眺未名湖啊，烟雨凄凄"。而且始终未能圆梦，年逾古稀，当然也就不可能"再梦""续梦"了。"情满燕园"，也只能是心想、心仪。

若言缘，前缘是20世纪40年代后期，曾在沙滩北大东斋（抗战胜利后改为家属宿舍）玩儿沙土、爬双杠，留下了童年美好的记忆。后缘是年逾不惑后，所在单位领导多是50年代毕业的"老北大"，小同事多是80年代末90年代初毕业的"小北大"。交往者中，又有不少60年代毕业的"中北大"。这些人被称为"老五届"。在那个特殊的年代，中学生有"老三届"之说，大学生也有"老五届"之叹。

常言有云，"情分""缘分"。看来情和分、缘和分总是联系在一起。有情有缘却无分，难免"情情缘缘总是空"，但空后谈有，空后觅有，或许能进入空中之有，有中空之空的"道"。能和真有、实有、确有相通。若能从中获得一丝真谛，则"幸甚至哉"！如果所见所探、所言所论，系乃虚乃误，读者诸君可按"坦白从宽"的精神谅之、宥之，亦可哂之、斥之。能聆教，即受益，亦是"幸甚至哉"。

若能幸中求幸、幸中有幸，是有机会对北大文化能"再探""三探"，对此"初探"进行补充、修订、修正，虽不能完善，也可正误、改错。

大象无形、大景无象、大境无景、大宇无境，形、象、景、境，情聚缘生、缘聚情钟。若"以中为用"，难免情、缘俱失。不如缘情而发，情缘而动，润砚积墨，以气不以器；展纸泼墨，任纯、实、稚、真。"疯子真疯"，是时人对章太炎先生之谓，若言"疯"，笔者实欠点火候，更缺点底气，实在是疯不起来。只是铤而走险，不是"北大人"，且充一回"北大人"，当一回"北大人"。

进一步坦白，笔者生年有幸，逃出了"老三届"，又无缘"老五届"，混迹书林，教书"唯恐误人子弟"，编书"无错不成书"，著书不成一家之言，但尚不属"无病呻吟"，也非"网上成之"。人谓之"野狐禅"。野狐"灵"也，禅"悟"也，无论是渐悟还是顿悟，终属得道。不佞属不悟，有人谓之"谬种"。虽皖省世籍，亦不敢承此讥——忝列"桐城谬种"。

无学、无传、无承，可谓"不入道"。不"入道"，也就不可能"出道"。不在谱之人不知所遵，口无遮拦。但说话时"口对着心"，落墨时"心对着笔"。直言难免肆言、侈言，说些无规短矩的"混账话"。言"混"是实，但实无所"账"。

"缘情而发""情缘而成"。当然不属学术著作，但也不全是"混账话"。斥为无章无序之作，宜也。信笔为之，有不恭之嫌。拙作原定15万字即可，动笔之后，确实是"管不住笔了"。实非不恭，情使之然。笔为情驱，文失章法。前章后章、前节后节，选言举例，多有重复。所以重复，并非词穷意尽。实系所言所例，入木七分。再三再四，不为之"过"。虽系多用，仍觉中肯、中的。舍之代之，诚属难易。三读四读，或得其真。

有"微说"，有"宏论"；校史系"正说"，拙作可视为"歪说"。若能有"歪打正着"之处，实是"偶然得之"。刘半农有言：说些老话、好话容易，说真话难。既难考又难言，但几代北大人口碑相沿，均得到认可的"闻"，也就反映出北大文化，折射出北大精神。正因如此，不属亲历，用之亦可。

拙作能忝列成书，全系肖东发教授和诸先生抬爱。玉成了笔者由"情满燕园"到"情结燕园"。肖先生过早谢世，天不假其年，惜哉、痛哉、憾哉，于北大而言，亦属"情未了，未了情"。

款款之心，专此布达。恭听训教，不惶不恐。豁然达然，至诚至谨。

2017年5月4日晚于半丈书

杂说文化与北大文化

文化具有传承性，没有传承的文化是无源无水、无本之木。暴雨至，汹涌澎湃，难成江河；因时而生，乘势而长。枝叶参天，难立大地。没有传承的文化，也就是没有未来的文化。

文化具有独立性，没有独立性的文化是附庸文化、应声文化。可以雷鸣，不能长鸣。也就是说，不能持久，只能一时。时过境迁，"沉舟侧畔千帆过，病树前头万木春"。

进入 20 世纪后，国民党发动了三次"革命"。即辛亥革命、"二次革命（反袁）""护法运动"。中国虽然走向了共和、步入了共和，但有些国人发出了"生而不幸为中国人"之叹。有些国人认识到文化变革比制度变革更重要，新文化运动应时而兴。

溯史求之，自强运动中，国人"引物为用"，创造了两个亚洲之最，即亚洲最近代的钢铁联合企业、亚洲最近代的铁甲舰队北洋水师。却遭受了甲午之败；蒙受了甲午之耻。于是，制度变革提到了日程之上，产生了戊戌变法和清末新政。但二者均未能挽救"大清帝国"，走向共和也就成为了中国历史的必然。

中华民国建立后，孙中山领导下的南京临时政府废除了《大清律》《大清会典》，颁布了《临时约法》，成立了临时参议院，完成了制度上的变革。可是袁世凯可以"窃国"、大小军阀可以"乱国"、高官显宦可以"败国"、贪官污吏可以"祸国"、奸商巨蠹可以"殃国"。吾民如何"救国"？也就是说，新文化运动应时而兴、因势而发是历史的必然。

进入 21 世纪后，文化之说大兴。国人对文化甚感兴趣，大而言之，谈"中华文化"；小而言之，谈"卫生间文化"。对诸说辞进行讨论，给文化下个定义，就一个字——"难"。广义者认为："人所创造的一切均是文化，即物质文化、制度文化、观念文化三种基本形态。"狭义者将物质、制度两种文化排除在外，认为"人的精神活动及其成果才是文化"。即观念形态的文化。粗略统计，文化的定义有二百多种。

笔者甚拙，愚见只能例而言之：花、茶生长在天地之间本系自然之物。花人种之、花人赏之；茶人种之、茶人品之。日积月累，形成了时下颇有影响的花文化、茶文化。世间万物万象，广而推之，浅而论之，皆是如此。不妨说："文化是有物质载体的观念世界。"

大学文化（特别是全国性的大学）系认同文化，不但群体认同而且代际认同，既能影响当代又能传承发展，形成学统。于"收"而言，师生来自全国各地，将诸多不同的文化带进了校园。在校园里互动的结果是走向认同、走上趋同。于"放"而言，已互相认同、互相趋同的文化，又从校园走向全国、走向世界，在新的地区、新的领域、新的环境中产生新的影响。犹如三部曲："辐辏—认同—辐射。"

一个国家要存在和发展，离不开国民的凝聚力。对于一个多民族统一的大国来说，跨地区、跨民族的认同，才是最大的凝聚力。在诸多的认同之中，最重要的认同是文化认同。文化认同能够形成强烈的感召力、向心力、亲和力、凝聚力，把整个国家团结起来，动员起来。对于国人来说，就是自觉地维护整体的利益——全民的"实利"。也就是核心利益、最高利益。

所以说大学文化不是简单的教育文化，不在表象的展示，而是内在的认同、趋同；行动的协同、共同。一所成功的大学、有贡献的大学，不是培养出多少诺奖的获得者，也不是培养出多少国家的领导人。而是在认同、趋同、协同、共同中所发挥的作用，产生的影响。

于北大而言，上承"太学"，下启"新时代"。曾是吾国唯一的一所国立大学，而且有新文化运动、五四运动的辉煌。

北大的使命系传承、创新；科学、民主；兼容、并包。传承是"承国"，要承五千年的中华文明而且要传下去；创新是救国、兴国。只有创新才能求存、才能振兴。创新就要进步，进步是唯一的希望与选择。科学、民主是进步之基、进步之始。只有沿着科学、民主的征途急流勇进，才能主宰自己的命运与未来。以追求科学民主为己任的学府，当然能兼容并包。有共同底线的师生，在兼容并包的氛围中，也就养成了"独立之精神，自由之思想"。北大能成为新文化运动的中心、五四运动的策源地，系历史的必然。

群体认同既可辐射传播，更能传承发展。如同基因，一代一代地传下去。没有传承的创新，系无源之水难成江河，亦如无本之木不可能成材。于学生而言，"读书是为了救国；救国就需要读书"。于教授而言，"育人是为了救国；救国就要育人"。"欲栽大木柱长天"的情怀，使师生们由认同走向趋同，认同是执手，趋同是共进。而且激发了协鸣、共鸣，协鸣是同呼，共鸣是呐喊——喊出时代最强音。

北大师生是个群体，政治观点、学术观点、人生的信仰、终极的追求不尽相同。可以拥抱在一起取暖，也可分道扬镳，走自己的路。北大人有自己的底线，传承、创新是为了国家，科学、民主是为了进步，兼容并包使北大人有了"独立之精神，自由之思想"。不但要走自己的路，而且能走自己的路。"路漫漫其修远兮，吾将上下而求索。"

一定的人文生态环境，会滋生一定的文化；一定的文化，又会规置一定的人文生态环境。20世纪30年代，每日清晨无论是严寒还是酷热，学生军都在民主广场西行操练。"脱下西装，穿上军装。解下领带，打上裹腿，共赴国难。"是宣言，也是行动。抗日救亡的歌声，响遍了校园内的每一个角落。常言道："看一个家庭是否能兴旺发达，看孙辈。看一个国家能否发展振兴，看学生。"时人漫步北大校园，会深深地感到："有北大在，中国不会亡。"

昔日红楼后的大操场有"民主广场"之誉，括而言之北大校园也有民主广场之谓。师生们在大环境中追求民主，在小环境中享受民主。科学与民主密不可分，系孪生兄弟。科学是民主的始基，民主促进科学的发展。在民主广场上操练过的人，从民主广场出发的人，走向了各个领域。20世纪50年代初，北大迁往燕京大学旧址。民主广场变成了机关大院，有人又称之为"五四广场"。意在不忘五四精神，发扬五四精神。蔡元培校长在30年代曾对北大同人们说，"大家都是吃五四饭的"。此语意义深远——"不要再吃老底了"。北大人不吃"五四"饭，但要继承五四精神，这才是北大文化中成长起来的北大人。

一所成功的大学，不但应该引领社会的进步，而且能够引领社会的进步，这一点北大做到了。有清一代，北京系"首善之区"。袁世凯窃国，北京仍系"首善之区"。辛亥革命，北京市民沉默。张勋复辟，北京市民依然沉默。鲁迅有言："沉默啊，沉默，不在沉默中爆发，就在沉默中灭亡。"新文化运动、五四运动之后，北京由"灰色的首善之区"变成了觉醒的城市。以全新的面貌出现在中国的政治舞台，不但展现了风骚，而且激荡了风云。言北大不但改变了北京，而且改造了北京，"不虚也"。

北大不但改变了北京，改造了北京，而且影响了中国历史的进程。马克思主义研究会诞生在北大，陈独秀、李大钊的建党活动首先在北大开展。上海是中国共产党的诞生地，北京是中国马克思主义的发祥地。中国不但有五千年的文化传承，而且是人口第一大国、幅员第三大国。影响了中国历史的进程，也就影响了世界，影响了全球的"冷暖凉热"。

按旧制，文、理、法三院皆备，才能称为"大学"。20世纪40年代末，北大有文、理、法、工、农、医六院，可谓"全大"。50年代初全国高等院校大调整，北大的工学院并入清华，医学院、农学院独立成校，即中国农业大学、北京医学院（"北医"现回归北大为"医学部"）。好在文、理、法是北大的老班底，此次调整尚未伤筋动骨，从大学文化的角度来讲，"全大"就是"大而全"。"大而全"比大而专在诸多方面更有优势。因为文化是人类活动的产物，涉及方方面面，不但包罗万象，而且气象万千。正因如此，"大而专"开始回归"大而全"，追求"大而全"。北大最初是"全国唯一的国立大学"，后又一度是"全国不多的综合性大学"。从大学文化的角度来讲，不但是厚重的而且是醇厚的。

综上所述，北大文化不是一般的教育文化、大学文化，而是一种使命文化。北大校园中的人文生态环境，滋生了师生对国家、对社会、对民族的使命感，北大文化可以说是载道文化。"形而上者谓之道"，简而言之，道系自然的规律、社会的准则。于社会而言，"文以载道""文以化人"。心中的"道"，也就是"德"。"心中的道"和"为人之道"一也。

文化是"人为"也是"为人"。于大学而言，教授要讲师道、教道、师德、教德。学生要执求学之道、治学之道即"学德"。同时也要执尊师之道，尊师之道即"生德"。当"道""德"备焉，方可承担起大学的使命，育出"大木"，不但能"架桥"，还能"支天"。

时下系网络时代，教授可"网上教之"，学生可"网上学之"，论文可"网上成之"。何用步入校园，走进课堂。科举制度成，唐太宗喜曰："天下英雄尽入彀中矣。"科举毒之烈，系把学子们都禁锢成"一个模子刻出来的人"。弃校园摈课堂，网上教之、网上学之、网上成之，天下学人岂不成了"一个网络编织出来的人"？诸网之中最大、最可怕的网是名利之网。"天下熙熙皆为利来，天下攘攘皆为利往。"名利难逃，实不虚也。

20世纪三四十年代大学中有"共赴国难""共渡时艰"说。五六十年代有"比学赶帮超"说。70年代末有一个美国经济学家到中国来考察后，发表文章说："中国人投资2000元都很困难，在十年内不大可能出现百万富翁。"中国有自己的"国情"，在经济腾飞的进程中更有自己的"特色"。改革开放不足十年，"万元户"即不足道也，百万、千万、亿万豪富也应时而兴、应势而成。"先富起来"使得一些人不但"求富"，而且求"速富""暴富""大富"。校园不是"世外桃源"，可仍是安贫乐道之所。"求成真才""求获真知""求执真理"系师生们所追求。在"四富"面前，"三真"尚且岿然不动，出现了许多成果。于北大而言，骄人的成果是当代毕昇王选的激光照排技术。

蔡元培提出过"教授治校"，蒋梦麟提出过"校长治校、教授治学"。其实，无校焉有学，无学不成校。"校统""学统"本为"一统"。"统者，事物之间的连续关系，总括关系。"治校、治学，本为一体，即文脉的传承与发展，实不可分。

若再省之，"治校"说不如"建校"说。治者，治理也。建者，建设也。学校是建起来的，不是治起来的。"十年树木，百年树人。"而况校乎，建校要有大环境，还要有小环境。大环境是"时也""势也"。小环境是"人也"——校长、教授、学生。蔡元培掌北大不过十年，无论是"治"还是"建"，均属奇迹。

"建校"的根本是文化建设，大楼好建，有钱就能"搞定"。北大标识性的建筑"红楼"，不是蔡元培所建（系胡仁源所建）但蔡校长在十年中夯实了北大之基，陶铸了北大之魂，砥砺了北大之魄，使北大精神在不同时期能因时、因势而发，不但激荡在北大校园，而且扬溢出北大校园，浩浩乎，荡荡乎，发挥了巨大的影响。正因如此，蔡元培被称为北大的功臣。

北大文化有传有承、有发展、有创新，是在中华大地上成长起来的有根、有本的大木，不是"移植""嫁接"的产物。一所大学如果是移植而来或嫁接而成，尽管"硕大"，难免有"转基因"。

论者有云："北大文化有传有承，有发展有创新，有治理有建设，但总不能脱离社会吧。"此论令人想起60年代时，金岳霖先生深居简出，毛泽东曾对他说："你要多接触接触社会。"

如今不出北大校园，即可接触"社会"。社会上有的校园中均有，绝无"脱离社会"之忧。本应影响社会的大学文化、大学人文生态环境竟有些苍白无力。北大人的口号是"团结起来振兴中华！"北大文化也就不是沉于社会的文化。北大人有"逛"三角地的；有"逛"博雅园的。站在博雅塔上看北大、看北京、看中国、看世界的人，才更是北大人。

探讨文化，有从宏观切入、有从中观切入、有从微观切入。但探讨北大文化，不能囿于一隅，更不能就事论事、就人论人，就现象论现象。于宏观而言得放眼全国、放眼全球；于中观而言，不可囿于"北京"、囿于"大学"，得立足于"城与学""学与城"，立足于中国名校与世界名校；于微观而言，当然要涉及个人，研究个人以及个人在全国甚至全球产生影响。

例而言之，究全豹与明一斑；明一斑与显全豹。故究北大文化得大而明之，小而显之，双管齐下，才能得其真、得其实。但也要注意到言大不可空；言小得明大。有时看起来落墨离题太远，其实题在其中；有时看起来所言系小事，但小事有大背景，可明大。

这正是北大文化；这就是北大文化。

第四章　北大的学统

第五章　北大之路

第一章　北大的使命

大学的最高宗旨系育人。育立国之人、卫国之人、兴国之人、传国之人。

一、传承——大四合院中的最高学府

20世纪30年代，"受过教育"的小姐当然有自己的"择婿标准"。教授和学生也有自己的"择校标准"。两者相近，只是最后一句有所别。"英雄"所见略同，"文化人"也有"共识"。即：

北大老，师大穷，清华、燕京可通融。

北大老，师大穷，清华、燕京乐融融。

小姐择婿，只要是清华、燕京的，即"好说，好说"！原因是清华、燕京有"西方背景"，便于"出国深造"。无论是"乐不思蜀"，还是"衣锦荣归"，均是"前程不可量也"。

师生择校，于教授而言，清华、燕京有"筹款渠道"，从不欠薪，还提供"西式小别墅"为宿舍。于学生而言，清华、燕京的"硬件"远胜北大、师大，一切"西化"，走进清华园、燕园，就等于提前出国了。出国后也会很快适应环境，不会叫洋人视为"老土"。

师大的学生都是公费生，学费、杂费、宿费全免还管饭。所以穷学生齐聚师大，学生毕业后也就是个教书先生，可以说是"穷来穷往"，难以"脱贫"。

"北大老"，有些费解。以京师大学堂计，"区区三十年耳"。于人而言，方逾而立。于大学而言，"幼耳""稚耳"，何言老？溯北大之学统，可至西汉的太学。究京师大学堂前前身，承清代国子监。1905年国子监废，京师大学堂兴。一废一兴，系承旧启新之道。故时人总把京师大学堂和国子监联系到一起。其因是太学、国子监、京师大学堂，均是唯一的"国立大学"。后人言北大校长时，又好谓之"国子监祭酒"。

以西汉太学计，北大有两千多年的沧桑，能不谓之老吗？在"生而不幸为中国人"的"时者""势者"心目中，北大不但"老气横秋"，而且"老树难荣"。

上述观点，系时人、势人之见。引而用之，旨在说明北大的"殊"。北大老，是因其有太学的传承，有两千多年的底蕴与积淀。

国学与国教

大学的最高宗旨系育人。育立国之人、卫国之人、兴国之人、传国之人。吾国有五千多年的文明史，吾国立于斯、兴于斯。吾民生于斯、长于斯、聚于斯，于时间上没有中断过，于空间上没有移动过，皆因立国有本、立国有道。

立国之本，也就是立国的硬件。于古代而言，系有民、有土、有铁、有盐，"四者具，国可立"。但四者皆具"国不传，民不知所终"的"强国""盛世"不乏史载。深究之，立国需有硬件，更需有软件，软件就是"立国有道"——国与民皆认同。民称国为"吾国"；国称民为"吾民"。"吾国吾民"是总体认同，"吾民"中的各地区之人、各民族之人互相认同，不视对方为"异类"。"吾国"中的各阶层认同，形成了"礼序"，能够共存共生。不论是"合二而一"说，还是"合三为一"说，总之，分合之际，合大于分。

有些国家的认同系由国教来规范，吾国没有"国教"，有"国学"。"学"与"教"之异甚多，最大之异是学"化人"，教"度人"；学"入世"，教"出世"；学在"今世"，教在"来世"。吾国有儒、释、道之说，有人认为是"三教"，有人认为是"三家"。儒、释、道还产生过序位之争，辩论的结果是皇上"一言九鼎"，根据自己的需要，给予定夺。也就是说，皇权高居儒、释、道之上，儒、释、道均要"为朕所用"。

其实，儒是学说，道也是学说，释系舶来的宗教，在东传的过程中形成了"中国特色"，被称为"汉传佛教"。佛教在国学中的影响最显著的系其大乘哲理。特别是禅宗，对程朱理学、陆王心学的形成均有启迪。从这种角度来讲，亦可称之为"家"。士大夫阶层对佛门的教仪、教规、教序并不感兴趣，所重者在其"理"。道家学说在玄学之后没有什么发展，道教也就乘机拉道家的老子、庄子诸先贤为"天尊""真人"。道家的哲学体系、思想体系，与道教无涉。儒、释、道三大体系中的"道"，应是"道家"不是"道教"。康有为首倡"以儒教为国教"说，今人也有儒家系儒教的观点。儒家如果是儒教，无疑是吾国吾民的"国教"。

一个成熟的宗教，必有来生彼岸的修持，有世界末日的恐怖。孔子认为"未知生焉知死"，对彼岸不感兴趣。主张"祭如在"，对鬼神也不感兴趣。但儒家的祖先崇拜和伦常之说，起到了规范人生的作用。但儒家没有跨越"学说"与"宗教"之间的鸿沟。

究国学之实，亦非儒学家。先秦的诸子百家亦属国学。讲传统，也不是只讲孔子的统绪。有人担心"国学"会窄化为"汉学"，传统会窄化为"儒统"。其实，百家争鸣的战国时期，儒家也只是一家，嗓门也不是特别大。后来借助于皇家的"麦克风"，成了"主旋律"。

究中国思想之实，是"外儒内道""儒显道隐"；最高统治者的治术都是"外儒内法""外儒内道"。"外儒内道""儒显道隐"的"道"，实质上是"用世"与"避世"的中庸之道。"外儒内法""外儒内道"的道，是驾驭臣民之术。道家在国学中的地位绝不可低估，只不过其影响是内在的。若进一步揭示，儒学是"宣言书"，道、法两家是行动细则。

对国学的认同是跨越地区、民族、宗教的大认同。国学的"国"，系中国的"国"。与吾国认同的吾民，当然会与国学认同。国学不会窄化，随着大认同的发展，国学更会大哉、广哉、堂哉、皇哉。古有诸族同根、同源、同祖之说，更有华戎一体之论。乾隆皇帝已经认识到"中华统绪"上起三皇五帝，

"不绝如线"。不得私、不得专、不得偏。正因如此，国学对于"吾民"，是一视同仁的，"化人"的影响，远胜过宗教。

综上所述，我国没有"国教"有国学。国学"化人"的影响远胜宗教。具体言之，国学能"化人"更能"化民"。所以历朝历代均设最高学府——唯一的国立大学用以"化人""化民"。两汉称唯一的国立大学为太学，后世有称国子学者，明清两朝称国子监。最高统治者设国立大学的本意系"化人""化民"，然而客观上有利于国学的传承，也使传统文化在更高的层次上得以发展。

具体来讲，国学是传国之学、承国之学。其核心是文、史、哲。"文以载道""史以载迹"、哲学系"国之魂"。国兴文兴，文兴国兴，二者相辅相成。国衰文衰、文衰国衰，"亡国之征是也"，二者亦相辅相成。"史以载迹"，不知史，不知其所出。不知其所出，也就不知其所去。故龚自珍有云："欲亡人之国，先去其史。"

无魂之躯"乃行尸走肉"，即使"硕大"，也是鲁迅笔下的、示众的材料和麻木的围观客。从意识的角度来讲，文、史是哲学之基，文、史之精神升华，既是哲理，更是国魂。

正因有数千年积淀和底蕴所凝聚成的中华魂。世界上四大文明古国，唯有吾国在19世纪顶住了西方列强的坚船利炮，在20世纪战胜了武装到牙齿的日本武士道，迎来了胜利、迎来了尊严，也赢得了未来与曙光。

学与仕

夏、商、周的"学"系"史官文化"，其仕是在血亲基础之上的等级与礼序。春秋时期礼崩乐坏，"学在官府"一枝独秀的史官文化，被百家争鸣的局面所取代。孔子首开私人讲学的先河，提出了"学而优则仕"。并带领学生周游列国，周游的目的是"求仕"，也就是通过当官来实现自己的人生价值，实现自己的政治主张。

战国时期，士是政治舞台上的一股生力军，是最活跃的角色。士在战国时期能够成为时代的宠儿，有着深刻的历史根源。士的出身和经历均十分复杂。概而言之，是由没落领主中不甘寂寞的角色和平民中的不逞文人所组成。前者要夺回自己失去的"天堂"，后者要在平地上建立自己的"天堂"。两者均没有"依托"，也没有"顾忌"，也就敢于以布衣之微蔑万乘之尊，所以敢于冲杀，在奋斗中勇往直前。变革时期的大动荡，给士这一阶层提供了亮相的舞台，不同档次的士均可一显身手。上乘者"一言丧邦，一言兴邦"；下乘者"求食求禄"，但皆能获得一逞。

列国兼并，在图存的争斗中，均希冀士这一阶层"为我所用"，纵不能"为我所用"，也不要被敌对势力所利用。所以争相"养士""礼贤下士"。所以士的身价日高。列国并存，互相争斗的政局不但给士这一阶层提供了用武之所，也提供了充分的回旋余地。确实是"此处不留爷，自有留爷处"。"爷"一旦被敌对势力所利用，后果自然是很严重。在这种情况下，各国统治者都不敢得罪士，纵然不用，也要"礼敬"，以免导致"失士失国"之祸。

士是战国时代的宠儿，这个宠儿也确实没有辜负时代的希冀——在轴心时代，留下了难以逾越的辉煌。在百家争鸣的过程中，儒、道、墨、法……均展现了自己的风采。战国时代，对于"学说"实可谓"兼容并包"，对于"独立之精神、自由之思想"，任驰骋。

孔夫子提出的"学而优则仕"，对"优"有一个"考核标准"。战国时期系"学而能则仕"，也就是说："谁有能耐谁当官"，而且是"多向选择"。能耐虽然是学来的，但考核的标准只有两个字——"成功"。

秦始皇"焚书坑儒"，旨在统一思想；汉武帝"独尊儒术"，也是旨在统一思想。统一思想的目的是"独尊皇权"。目的相同、手段不同。于秦始皇而言，"坑灰未冷山东乱，刘项原来不读书"。强大的统一，却是15年的短命（公元前221—前206年），于汉武帝而言，"独尊儒术"是手段，"兴太学于长安"则是手段中的手段，即"独尊儒术"的手段。手段高明，两汉长祚，享国四百余年。

汉初，士游于异姓王、同姓王之间，幻想着重温战国的旧梦。可是异姓王"皆诛"。武汉实施"推恩令"后，诸王之子皆为侯，所食不过千户，一富家翁耳。士失去了游说的对象。只能遵征辟、察举制度，"束身待选"。入仕的主要途径是"举孝廉"，即各地区按人口，定期举荐出孝廉。在这种情况下，士只能长期定居，把自己"塑造"成"中规合矩"之人，然后"论资排辈"，"占用名额"。

"束身待选"，也就是"货卖一家"。"买家"需要什么，"卖家"就"塑造"什么。"楚王好细腰，宫中多饿死"，此时的"士"亦然。由"修身"到"塑身"，实可谓"悲夫"。

东汉末年地方势力兴起，"三国鼎立"，都需要地方势力的支持。西晋取代曹魏之后，九品中正制度进一步确立。这一制度的确立是"朝廷"和"地方势力"互相妥协的结果。所谓的"罢郡兵"，系地方势力交出武装。行"九品官人法"保证地方势力享有"尊荣"，能顺利地进入仕途。

两晋南北朝时期，"地方势力"发展成豪门士族。政治上虽然腐败，文化上尚有家学。文化的传承中，家学起到了一定的作用。但凭门第无学而仕者甚夥，有学而仕者日稀。在这种情况下，科举制度取代九品中正制度，诚属必然。

科举制度为寒门庶族入仕开辟了通道。有唐一代新兴的"进士集团"和"关陇贵族""山东贵族"相比，无疑是富于生机和进取精神的。对于最高统治者来说，科举把"教育"和"选官"合二而一，确实是"天下英雄尽入彀中矣"。对于"士"来说，对兑了"学而优则仕"。"士"和"仕"形成了内在的有机联系，"士"（读书人）和大夫（进入仕途的读书人）也就合二而一。能够跃龙门成为大夫的士只是少数"幸运儿"，老死于牖下的读书人是绝大多数。但坐断寒窗无怨只憾。不但"秀才不造反"，而且"秀才不捣乱""不添乱"。最高统治者对进入"试途"者，就是两个字，"放心"。

"教育"与"选官"合二为一的考试，试题和标准答案当然是"钦定"，最高统治者对科举的运用自然也就越来越熟练，"八股取士"，系炉火纯青的运用。天下"试人"只习八股，只知起、承、转、合之道。提笔就"中规合矩"，书呆子帮人写个借条花了半天的工夫，写封家书整整写了一天。这不是编出来的笑话，是笔者的亲闻。

科举制度不但使"试人"由"修身"到"束身"，而且由"诚心"到"束心"，成为"一个模子刻出来的人"。清代以科举入仕者称"正途出身"。也就产生了"有清一代爱新觉罗氏与胥吏共天下"之说。"书呆子"不会"理事"，也不屑"理事"。于是一切委之于书吏，书吏把持衙政，故又有"以吏治天下"之说。吏无品级，比之现代官制，系科员、办事员，但吏在定制上不能晋升为官。官系"流官"，吏系"坐地虎"。科举出身的官员"正派""老成""忠直"能替皇上"看家"。坐地虎的用途是"无狡吏无以治刁民"，能为皇上"办事"。爱新觉罗氏的用心，可谓"良苦"。实行"双轨制"，也还是两个字"放心"。

科举制度的初期（隋唐）是对九品中正制的否定，反映出积极的一面。中期（两宋）在完善的过程中也反映出"得人之盛"。后期（明清）不但弊端百出，而且闹出许多"大案"，近而言之，鲁迅的祖父就因有"舞弊行为"而下狱，造成了家道"中衰"。

早而言之，书香门第进士出身的龚自珍，就提出了废弃科举的主张，"不拘一格降人才"就是针对"束身""束心"而发。龚自珍弃官南归，著书、主讲书院，是对由"试"到"仕"的一种否定，略早于龚自珍的姚鼐，亦弃官从教。刘大櫆终身从教，桃李遍天下。姚、刘系桐城派的嫡传。在"试途"上有"天下文章半桐城"之说，"试途"春风，"仕途"自然会得意。刘大櫆终身不仕，是对"学而优则仕"的否定。

继姚、刘之后，桐城派的吴汝纶亦辞官办学，主讲莲池书院，并在书院中开设日语、英语及西方知识的课，所教虽浅，亦是"书院改学堂"的先声。后以京师大学堂总教习的身份赴日考察，归国后未赴京，直接回到家乡办学。严复、林纾亦属桐城派。严复译《天演论》，吴汝纶为之作序。鲁迅有言，吴汝纶之序，使严复之书"升价十倍"。

究桐城大师们"弃官从教"或"不仕从教"之因。首先是再混官场有违儒者的初衷，也有违昔日寒窗之内萤灯之下的抱负。其次是再混官场，也对不住腹中的诗书与经纶。需要指出的是大师们弃官从教，并不是在官场中混不下去了。以吴汝纶而言，弃官前是冀州知州，冀州是"直隶州"，直接隶属于省，相当于今日的省辖市市长，直隶总督李鸿章对他很赏识。跟着李中堂混官场，前途未可量也。

京师大学堂首任管学大臣孙家鼐是礼贤下士的状元宰相（正一品大学士）。总教习之位仅次于管学大臣，既显贵又清要。以之为进身之所，前途更是未可量也。两次弃官是对清廷不抱幻想了，要走自己的路。正因如此，吴汝纶为严复之书作序。一部《天演论》唤醒了国人、惊醒了国人，从此士人要和"试途""仕途"告别，走自己的路。

和"试途"告别，未必和"仕途"告别。而是和科举告别，和"正途出身"告别。

科举制度的实施，使读书人"在一棵树上吊死"。面前只有两条路，不当官就得老死于牖下。大而言之，"当官"是走修身、齐家、治国、平天下之路；小而言之，是走荣华富贵之路。两条路的途径均是由"试途"到"仕途"。"士"与"大夫"是合二而一的。

清末的政局，使读书人有了多项选择——从教、从商、从洋……也可从事革命。士、农、工、商，士居首商居末，可是张謇中状元后不走"状元宰相"之路，而是"办实业"，走上了从商之路。"试途"之上总确信"天不变道亦不变"，可是天变了，自己脚下的路也变了——学与仕分道了。

在学与仕的关系上，需要补充的是科举制度在两宋得到进一步的发展后，再无"权臣"篡主之例。正途出身的官员于"德"而言不会造反，于"势"而言不能造反。皇上确实是找到了治官之道，但却失去了治民之道。孔孟儒学系把土地和农民结合起来，也就是"置民恒产"。唐实行"均田制"，把中国封建社会推向了巅峰。唐以后难以再实行"均田"，耕者无其田，况且"大贪""小贪"，逼民造反。俚云："天高皇帝远，民少相公多，一日三遍打，不反待如何？"

且不言暴政、酷政、孽政，仅以贪腐言之。对于贪腐，最高统治者有不同的态度。从严者少，从宽者多。原因是官不谋"篡位"，就是自家的好"奴才"。例而言之，家猫、家狗"偷个嘴"也不是什么大事。于明清的皇帝而言，朱元璋、雍正对贪腐均系"从严"。朱对贪官"扒皮充草"，并置于公堂为后任诫。可是官亦不畏死，照贪不误。原因是贪官虽多，犯案的却不多。只要按"官场通例"办事，也就无犯案之虞了。

朱元璋也进行过"群众监督"，把各种"红头文件"传达到基层。具体方法是"布之于学官"，凡读书识字者皆能知晓。还组织官学的学生参加"工作组"，查办贪腐案件。在查办的过程中，拿驸马爷开了刀，起到了一定的震慑作用。雍正靠严刑峻法，为乾隆盛世铺平了道路。

但大多数的最高统治者，对"贪腐"还是从宽。康熙、乾隆都是被电视剧捧上了天的皇帝。以乾隆为例自身就不"清"，为了办大寿大肆卖官，一个老秀才上疏反对，龙颜大怒，令群臣严议"狂谬"。廷议凌迟，乾隆"开恩"，免凌迟改斩首。在和珅的主持下，官员犯罪可交议罪银豁免。"没有犯罪"也就是"案未发"的，也可预交议罪银。于是很快就集银六百万两，乾隆的"大寿"因此办得风光造极。

清末，慈禧、光绪均存"私房钱"。光绪的私房钱少得可怜，偷偷地存在银号还被慈禧敲了竹杠。慈禧的"私房钱"有黄金十万两，白银数百万两，传之隆裕。武昌首义之后，均被袁世凯"提走"去充军费。为乾隆集银者系和珅，为慈禧集银者，大概多矣。凡能为最高统治者"集银"，当然不会是"清官"，所以清官只是"样板"，并不是"依靠对象"。

更进一步言之，皇上"以天下奉一人"。有些头脑的"养鸡取蛋"；"满不吝"的，杀鸡食肉。此两者也就是独夫"以一人治天下"的治道、治术。封建社会的最高统治者"言出法随"，当然不会受到法律的制约、制裁。西方对国王进行制约的是贵族，大小贵族凭实力和国王进行"利益分配""利益均沾"。

中国的贵族政治本来就不发达，唐以后贵族淡出了政治舞台。科举出身的士大夫，对皇权的制约只能是"规劝"。能"文死谏"者，系极少数中的极少数，所以青史留名。"青史留名"，并不妨碍皇上，"仍诛之""再诛之"。也就是说，"你要是找死、不怕死，朕就成全你的身后名"。生前显贵与身后留名之择，在为臣之道上、当官之道上选前者是"正常"，选后者是"异常"。

虽有"水可载舟，亦可覆舟"之说，但最高统治者能认识到"覆舟"之时，可以说均系"晚矣"。对于"载舟"则不疑，对"以天下奉一人"则视之理所当然。雍正手书"唯以一人治天下；岂以天下奉一人"自警，实为难能可贵。

皇位系家传。所以明白的少；糊涂的多。故最高统治者也贪腐，是咄咄怪事，也不是咄咄怪事。以明朝而言，武宗广置皇庄、皇店与民争利，神宗更是"好利""好货"。以清朝而言，嘉庆抄了和珅的家，赃款、赃物本应收归国库，可是这位皇帝堂而皇之地颁发上谕，一律由内务府查收，也就是入了皇上的私库。老百姓笑曰："和珅跌倒，嘉庆吃饱。"满族权贵们因未能"利益均沾"，也多有怨言。

皇上贪腐，群臣焉能不贪腐。强势的皇上、有手段的皇上，能把贪腐控制在一定的"度"内。这个"度"，也就是天下人的容忍度。临近这个度、超过这个度，危矣、亡矣也就势所难免。

为了调整这个"度"，皇上也颇费苦心。例而言之，京官苦外官富，则默认互相"调济"。对地方官则废陋规，发养廉银。可是养廉银更刺激了贪腐，旧的陋规废了，则大兴新的陋规。外官调济京官的"冰炭银"，则通过庆亲王奕劻，把"大清江山"调到了袁世凯的手中。

奕劻的上千万两赃银，大部分存入汇丰银行。"西人略施小计"，把存银通过各种渠道"布之"，御史得知后纷纷上疏弹劾，清廷派出"工作组"进行调查。奕劻恳请银行"勿泄"，按照西方通例，银行应为储户"保密"，此时则曰："贵国官员查账，只能提供有关单据。若勿泄，唯有销账。"也就是奕劻和银行当面销毁存折和账单，存款之说也就"根本不存在"。奕劻权衡再三，接受了这一方案。原因是"留得高官在，不愁没银贪"。总理大臣是当上了，可是辛亥革命也爆发了，奕劻权钱两空，但和袁世凯还进行了最后的交易——奕劻力保袁出山重掌兵权，力劝隆裕接受退位；袁则"保护"奕劻的房产、地产不受民国"侵犯"。

综上所述，皇上通过科举制度让"天下英雄尽入彀中"，解决了"权臣篡主"问题。官不造反了，可是官逼民反——农民起义。皇帝一直解决不了贪腐问题，无论是自身的还是臣下的。自身的贪腐解决不了，对臣下的贪腐自然也就进退皆难，从严从宽均系乏力。最后也就把"惩办贪腐"和"清退不受待见"相辅相成了。

最高统治者往往认为，贪腐的人并不可怕，造反的人才可怕。于爱新觉罗而言，奕劻系乾隆曾孙，爵系"铁帽子王"，永不降封，与国长存。同时官系内阁总理大臣，实可谓"极矣"。君国一体，家国一体，奕劻不仅坑君、坑家（爱新觉罗氏家族）不手软，卖君、卖家也不手软。于清廷而言，奕劻才是最可怕的人。官不造反，但官逼民反。"反"的原因是"大贪""小贪"的行为超出了"民"的容忍度。不同的阶层，不同的人有不同的容忍度，当贪腐超出了绝大多数人的容忍度时，载舟之水变成覆舟之水是势之必然、理之必然。正因如此，对于最高统治者来说，"贪腐"系蛀其根，"造反"是伐其躯。根被蛀尽，躯焉能存。根尚存躯虽受创，亦可"中兴"。故爱新觉罗氏有"同治中兴"，不可能有"宣统中兴"。

君国与我国

在学与仕分道的同时，君与国也分道了。世人开始认识到：国家者，我们的国家，社会者，我们的社会。我们不说谁说，我们不管谁管。

孟子有"亡国"与"亡天下"的区分。此时之国，系以"七雄"为代表为"诸国"。溯其先，是周天子所封的"诸侯"。"天下"是指大禹责贡的"九州"，也就是后世的"中国"。古代"观天下大势、论天下大事"的"天下"系中国。19 世纪末，再言"观天下大势、论天下事"的"天下"，就不仅指中国，也兼有世界、全球的概念了。

秦汉统一以后，诸国不存。国与天下，也就合二而一了。于是"天无二日，国无二主"之说，进为"君国一体"之论。"君即国，国即君。""忠君即爱国，爱国即忠君。"把"君"和"国"牢牢地捆绑在了一起。鸦片战争后，

"君""国"这两个概念越来越清晰，已经捆绑不到一起了。君乃爱新觉罗氏的皇帝；国乃起自三皇五帝的"中华统绪"，不是一姓王朝。"清廷"与"中国"是两个概念，不但"吾民"认识到了这一点，爱新觉罗氏也认识到了这一点，惊呼保国会"保中国不保大清"。

"生是大清的人，死是大清的鬼"已是历史上的语言。"大清"不是"中国"，只是"清廷"，而清廷已是无可救药的末代王朝，要救中国，就要推翻清廷的统治，就要建立民主共和国，吾民是吾国的主人。

有了主人的心态，再观天下大势，论天下大事，当然与以往"殊"。

综上所述，言北大却先论"国学与国教""学与仕""君国与我国"，看来是离题了。殊不知认识了中国才能认识北大，认识了北大才能认识中国。北大变中国变；中国变北大变。京师大学堂建校系承国学，也承"学与仕分""君与国分"的大形势、大环境，吾民开始认识到自己系吾国的主人。

喻而言之，国人钟于"四合院"。时下有一股四合院热，"保护四合院"，"回忆四合院"，先富起来的人弃单元楼住进四合院，住在四合院（大杂院）中的人盼"房改"，好逃离四合院。考古学可证，最迟在西周初期，国人已住上了四合院。四合院的情结已有三千多年的历史，能不恋之乎。四合院就是把自己和外界封闭起来，以求所谓的"天合、地合、人合、己合"。其实，和外界封闭后，院内斗得更欢。哲学上有"合二而一"之说，"有三生万物"之说，"合四为一"尚有待于"升华"。

进一步究之，古代的中国就是一所大四合院，有一千多万平方千米之大。从地理上讲，大漠、戈壁、高山、冻土带在大陆上把中国与外界隔绝起来。东部漫长的海岸线，将大陆与太平洋隔离开来。浩浩荡荡的太平洋，一望无际。望洋兴叹，绝非虚语。中国人也想"戏浪太平洋"，但太平洋不是地中海，不能演出汇聚亚、非、欧三大洲的史剧。虽有郑和七下南洋的壮举，但终以掏空了国库而告终。中国这个封闭起来的大四合院，既"完整"又"完美"。地理位置是天赐的"四合院"，国人大修长城，系自建"四合院"。在"九州"这个大板块上，把游牧区域、农耕区域隔绝起来，实行封闭式管理，形成了两个

"四合院"，彼此争斗不已。唐代、清代不修长城，两个四合院相处得还算"可以"，也可谓之最佳时期。

梁启超认为，中国历史大致可以分三个阶段。第一阶段是"中国之中国"，第二阶段是"亚洲之中国"，第三阶段是"世界之中国"。在第一阶段里是"大四合院"，最完整、最完美的时期，起自黄帝终于秦始皇，国人不知"九州"之外尚有"文明"。汉武帝派张骞出使西域，国人方知"九州"之外尚有个"异域"，但视异域为"四夷"，以"天朝"自居，所知、所通，基本上限于亚洲。这一阶段终于18世纪。第三阶段起自19世纪。西方不但扬帆东来，而且用蒸汽机推动的铁军战舰打开了"中华门"。中国人睁开眼睛看世界了，系"世界之中国"。

太学、国子学、国子监，均是九州这个"大四合"院中的最高学府，在第二阶段，办得也不错。中国的历史进入梁启超所说的第三阶段，最高学府虽然还得"接着办"，但得"重新开张"了。重新开张的字号是"京师大学堂"。

二、创新——振兴中华

两条抛物线

有人认为，中国封建社会的抛物线起自孔子，终于新文化运动。盛唐之世系巅峰期，即抛物线的最高点。清王朝的抛物线起自努尔哈赤，终于辛亥革命。巅峰时期是康乾盛世。两千多年的"长途"和两百多年的"短途"同归，相距不到十年。其因之一系两条抛物线上的文化，同时失去了政治载体。文化有传承性、独立性。失去政治载体的文化，不是消失了，是发展了、扩散了，旧抛物线的终点也就是新抛物线的起点，像接力赛跑一样，一棒传一棒。

具体而言，新文化运动不是传统文化的终结，应该是传统文化的再发展，一个文化没有传承，也就是没有未来，也形不成新的抛物线。有清一代的八旗文化、满文化，扩散了，成为北京文化的组成部分，而且是近流、强流，以至有京味即舍味（老舍），舍味即旗味之说。

体用之道

商鞅变法，使秦国富兵强。于是史学家在六国之中一一对号入座，求变法之人，变法之道。于赵国而言，赵武灵王"胡服骑射"。中原地区"战而有序"，讲究"布阵"后击鼓而出，进行车战。北方的"胡骑"机动灵活，见长于快速突击，群驰单斗、进退如风驰。简单地说，灵巧的单骑对笨重的战车，是"我射你，一射一个准"，"你打我根本打不着"。

战国七雄之间的争战，是战车对战车。赵国的战车与胡骑作战，有些"找不着北了"。于是赵武灵效法"胡骑"，来个"以子之矛，破子之盾"。将还是赵国的将，兵还是赵国的兵，只是换了装备，系"赵为体，胡为用"，于是"大破匈奴"。

深究之，赵军士兵之"体"和匈奴士兵之"体"可以说是"等尔"。"驭四马"与"跨单骑"所殊系"器"，一旦所执的"器"相同，赵军的综合实力也就显现了出来，故"大破匈奴"。洋务运动中清廷的宗旨系"中为体，西为用"，可是中法战争、甲午战争中，后膛枪炮、铁甲战舰，并没有使清军"大破法夷""大破岛夷"。且不言清军将士的综合素质，仅清廷的"综合腐败"就构成了"有械无人终委敌"。

英国首创君主立宪制，在维多利亚时代成了"日不落帝国"。德国、日本效仿之，成功了。1905年清廷实行"新政"，可以说是"亦欲仿之"。不但"未果"，还造成了内部的分崩离析，为辛亥革命的爆发创造了机遇。同是一种抗生素，有人打下一针是"救命"，有人打下一针是"要命"。原因是"体质不同"。

与德赛两先生拥抱

引西方的"物"，引西方的制度均未能奏效，一些先觉的国人开始引入西方的思想、西方的主义。首先是与"德先生""赛先生"拥抱。

赛先生是科学。在世界科学的殿堂上，中国占有多席。四大发明凿凿实实地推动了人类文明的进程。科学代表着进步，"落后就要挨打"。清朝落后所以挨打。溯古究之，两宋比辽、金、元先进得多，明朝比清朝先进得多，可是落后打败了先进。

论者曰："落后打败了先进，系冷兵器时代，所凭者血性耳。"抗日战争中，日本军队的装备比中国要先进得多。故全面侵华战争一开始，日本侵略者就发出了"三个月内灭亡中国"的叫嚣。经过十四年的血斗，十四年的韧战，日本只能宣布无条件投降。中国战胜、日本战败的实质，是"中华魂"战胜了

"武士道"。

第二次世界大战之后，亚洲发生了三次大规模的"局部战争"，即朝鲜战争，越南的抗法战争、抗美战争，仍然是落后打败了先进。其原因众多，最重要的一条是科技可以推动历史的进程，但不能决定历史的进程。历史的前进需要有综合动力，科学技术的发展虽是重要的动力，但只是动力之一。

科学是"硬件"，引进之后只要在"用"字上下好功夫、下准功夫就能奏效，无大效也有中效、小效。民主是"软件"引进之后如何接轨，确实是个难题，而且是"老大难"。

西方的民主起自古希腊、古罗马，系"上层"民主，与"下层"无涉。黑暗的中世纪难寻民主。城市兴起后民主下移，躲入城市享受民主的人认为"城市的空气都是新鲜的"。18世纪法国启蒙运动中，法国的先觉者十分向往中国的"民主"。当时全球航路已经畅通，世界上的四大文明——东亚的儒家文明、南亚的印度文明、中东的伊斯兰文明、欧洲的基督教文明已打开了交流的通道。

法国启蒙主流崇尚"开明专制主义"，其代表人物是伏尔泰。他睥睨一切传统权威，但对孔子推崇至极。把孔子的画像挂在家中的礼拜堂里朝夕膜拜。并以儒家思想为武器抨击欧洲的基督教一神专制。认为奉行儒学的中国有真正的信仰自由，诸教都可以自由传道，政府从不规定国民的宗教信仰。故中国人是所有人中最有理性的人。

有"欧洲孔子"之称的魁奈系重农学派的代表人物，他把中国皇帝一年一度在先农坛进行"亲耕"的典仪视为"高尚""完美"，从中发现了他所特别珍视的"平等"价值。认为科举制度把文人奉为贵族，把哲学作为宗教……对于中国他叹为观止、心驰神往。

不难发现，在中国人向西方寻求武器之前，西方人就已经向中国寻求武器了，均视"异器"为"利器"。18世纪的西方人与19世纪、20世纪的中国人"侪耳""等耳"。

伏尔泰、魁奈等人，可以说是用主观拥抱了客观之后对当时中国产生了

"误读"。产生"误读"的原因是在战斗中需要"借力",更需要"新武器"。但"误读"中也获得了"正着",从中国传统文化中汲取了养分,从儒学蕴含的"自由""平等"精神中获得了启迪。也可以视为外来的经典"好诠释",择译的经典更容易为我所用。

伏先生、魁先生等西方哲人,赞"民为邦本",殊不知"刑不上大夫,礼不下庶人"。向往着科举制度的"平等",殊不知科举制度不但"束人",而且"束心"。惊叹中国皇帝不但"重农",而且"亲耕"。殊不知中国皇帝是在"牧民"。反求之,一百多年前的中国哲人,对西方的认知也很难"全面",很难"深入"。出现这种情况的原因一是受当时的客观条件的限制,二是格斗中抄起"家伙"就向对手抢去,急不择器。

改革开放以来,与"国际接轨"说使用得很广。深究之,"接轨""并轨"是两个完全不同的概念。时下,被一些人混一而谈了,造成"合二而一"。两条铁路各有出发点,也有各自行驶的方向和预定的终点。行进中需要交流,于是铺了横向的支线连通起来系"接轨"。在行进中一条铁路并入另一条铁路,并入者失去了原来既定的方向,也就放弃了预定的终点,是"并轨",并轨有"合并"也有"兼并"。

"从哪儿来?到哪儿去?"列车上承载的货物不同,运送的旅客也不同,即便预驰的大方向相同,铺路的选择也会"异同"。在"接轨"的过程中可要慎之又慎,别糊里糊涂地并了轨,被别人拉跑了。也就是说,"被别人卖了还帮着数钱"。

北大接轨了,但没有并轨。所谓的接轨不只是和国际接轨,而且要和方方面面接轨。接轨不并轨,所以北大还是北大。

三、唯一的国立大学——海纳百川

大学、国子学、国子监、京师大学堂均是唯一的"国立"，步入共和后，承京师大学堂，北京大学仍系全国唯一的国立大学。进入 20 世纪后，许多高等学校晋升为国立大学，北大不再是"唯一"，时下无"国立"之说，教育部直属大学，姑称之为"国立"吧。

北大的辉煌无疑是新文化运动、五四运动。两运动的影响功在全国。于北大自身而言，作为历史上唯一的国立大学，地位"甚自殊"。

先于北大的名校

清末，我国诞生了三所大学。北洋西学学堂创办于 1895 年，校址在天津，系海关道盛宣怀所办。1896 年盛宣怀又创南洋公学，校址在上海。两校虽经"奏准"，但经费由盛宣怀"自筹"。具体言之，就是由盛宣怀主管的轮船招商局、上海电报局等企业"捐助"。盛宣怀是极具争议的人，是李鸿章办洋务的第一员干将，也是清末的第一巨贪、第一巨富。三个"第一"，是誉之者难以否定的。

后北洋西学堂改名北洋大学，现系天津大学。南洋公学现系上海交通大学。京师大学堂创办于 1898 年，也就是说，晚于北洋西学堂三年，晚于南洋公学两年。当时英文版的《世界各大学概况》一书所介绍，远东只有两所大学，即日本的东京帝国大学、大清国的京师大学堂（并附有马神庙校舍的外景照片）。也就是说，只有京师大学堂获得了国际上的"认可"。

从国人角度来讲，顾名思义，"北洋西学学堂"自然是"非正宗"，"南洋公学"系"名不顺"。从今人的角度来讲，两校初始就是"专科"，非"综合性大学"。在20世纪50年代初的高等院校大调整过程中，两校均成为工业类大学。

后于北大的名校

与"北大"齐名的是"清华"。清华大学的前身系1911年春建成的"留美清华预备学校"。1925年改为大学，1928年成为"国立清华大学"。时人又称之为"庚款大学"。

《辛丑条约》强迫清廷赔款四亿五千万两白银，分三十九年还清，加上利息后达九亿两白银，其中美国分得三千二百多万两。为了表示出世界上"最民主"国家的博爱，美国政府决定把这笔钱的一部分，分三十年退还中国。"退款"指定用于文化教育事业，并设"委员会"进行监督。洽商后决定用这笔"退款"，建"留美预备学校"。由于校址在西郊清华园，故简称"清华学校"。

清华的校长由外交部提出，报请"国府"加委。提名前应由美国大使"首肯"。首任国立清华校长罗家伦上任前表示："美国使馆的朋友，一致对我表示支持……"

用庚款办学，用庚款保送留学生，时人喻之曰：强盗闯入民宅，抢掠之后又逼主人"赔款"，赔款到手后戴上白手套宣布说："我这个人很绅士，以同情和博爱为怀。为了表达对你怜悯。从你的赔款中退还一部分，作为你孩子的教育经费。这笔钱得在我监督下使用……"

正因如此，国人有不上"庚款大学"，不考"庚款赴美留学生"之说。清华有"庚款"可用，故"大手大脚"。30年代有人在报纸上撰文说："单是厕所手纸一项，每年就开销银元三千元。如果你住北京饭店嫌水不够热，那就请到西郊清华来住，保你在零下二十度时，在室中穿件羊毛衫就很舒服。如果你觉得北京冰激凌还不够口味，那你也请到清华来……"（见邓云乡《文化古城

旧事》中华书局版）

1919 年建校的燕京大学、1927 年建校的辅仁大学是由教会出资兴办的，系"私立大学"。"私立大学"和"国立大学"不好比，从客观上来讲，燕京、辅仁对中国的大学教育事业也是有贡献的。虽与北大殊，国人也不以"异端"视之。不但获得教育部的"认可"，也获得教育界的"认可"，视之为"同仁"。

国人常将北大比为牛津，清华比为剑桥。但又慨叹"不务正业"。原因是牛津重人文，不少英国首相出其门；剑桥重自然，培养出了许多诺贝尔奖的获得者。推而论之，国家领导人当出自北大；诺贝尔奖获得者应出自清华。改革开放后清华人在政坛上展现了风采，与诺贝尔奖却乏缘。故有"不务正业""不成正业"之叹。

"叹由心生"，何为正业？每个人心中都有自己的"正"。修身齐家治国平天下是传统的"正"；"救斯民于水火"是乱世的"正"。应时、应势有许多"正"。汇而言之，国所需、民所需就是"正"。

育人读书；读书育人。于大学而言，此乃"正务"，办好了就是"务正"。步出校园的学生，在求学之道上、治学之道上；为人之道上、做人之道上；处世之道上、用世之道上；济世之道上；匡世之道上。做正人、办正事、走正道。能如此，就是成功的大学。

"欲栽大木柱长天"，师生应有此壮志、此豪情。但"孤木难支天"，还须"成森"。林子大了自有架桥的大木、成梁的大木；也会有铺路的大木、支天的大木。

中西之道

于北大而言，蔡元培校长是先中后西；辜鸿铭教授是先西后中。蔡校长中进士后点翰林，于中国的传统国学孰能言不深？后在海外诸国从事革命、考察、求学，时间总计有十余年，对西方可以说是了解。同"晃一趟""逛一圈"就回国充"海归"，时人称之为"假洋鬼子"的"新派"，不可同日而语。

辜鸿铭教授是先西后中，生于中西合璧的家庭，是个混血儿。少年即赴英留学，学成后在欧洲游历了十余年，精通多门外文，对西方世界甚为了解。三十余岁始回国，接触到传统的国学后有豁然得道之感。于是以儒家学说为武器，对西方的病、弊、名、利大加讨伐。

蔡校长在北大，以至整个学术界"镇场"。于旧学而言，系"殿军"；于新学而言是"先行"。在政坛上是"党国元老"，与孙中山、黄兴等人侪。在为人之道上有"完人"之誉，这是国共两党的"共识"。辜教授在北大以至整个学术界系"殊奇"，但国人对他的研究是很不够的，多在"怪""异"上猎奇。之所以认为辜教授"怪异"，原因是先西后中的人太少了，在19世纪末20世纪初，甚至可以说只此一例。虽是一例，却代表了一种文化现象，更应该进行更深度的研究。

北大文化是座宝库，蔡校长和辜教授正是打开库门的钥匙。

北大曾是唯一的一所"国立大学"，与创办早的大学、创办晚的大学相衡，甚是"多殊"，殊的核心是创办的宗旨不同。与国外大学相衡更是"多殊"，欧洲历史悠久的名校，大多和宗教观点有关，系师生共同组成的社团。最早的博洛尼亚大学建于11世纪，从12世纪起，巴黎大学、牛津大学先后创办。后起之秀，往往和城市的兴起有关。

能承两千多年的"国立"基因，北大系全球的唯一，这也无足为怪，世界上的文明古国，"统绪不绝如线"者，吾国系唯一。正因如此，探讨北大文化要在全国、全球的大背景下"求真"，在宏观中切入微观；在微观中返回宏观。就北大论北大，囿于校园之中则无以知北大。站在北大放眼全国、放眼全球；放眼全国、放眼全球后再言北大。"真"在其中矣。

兼容并包

唯一的"国立"。传承国脉、重启国运的使命，使北大能"兼容并包"——容得下，包得了。国脉、国运关乎国人、系乎国人，凡我国人能不承之、启之乎！国人虽有不同的立场、持不同的观点，但均是"吾国之人"，故简称为"国人"。一撇一捺的"人"，脚踏吾国之地，支撑起吾国的天。天地之间何不能容？何不能包？正因如此，北大能兼容并包。

兼容并包，有纵向有横向。纵向易；横向难。正常情况下，纵向是传承和发展；横向是交流与互动。但新文化运动中，精英们积愤涌喷。欲挥借来的长剑，斩断自己的历史。在兼容并包中，对传统难容、不容；对西方皆容、尽容。什么都是西方的好——"美国的月亮比中国的亮"。

有人在慨叹，但声音越来越低，最终走向了沉默——随着躯壳的消失而消失。有人在慨叹中渐悟、顿悟——大呼、激呼："我是中国人！"开始寻根认祖。开始承旧启新；启新承旧。"变"的原因是"旧"能发展到"新"，过渡到"新"。不可能"全员"坐上异域的直升机，直接降落到乌托邦——心中的理想乐园。

承旧的担子很重，先人们给我们留下的东西太多了，有的再重也得"挑着走"，有的"弃之可也"。但取舍之间要慎之又慎，总不能光着身子去敲理想国的大门，对如此"赤诚"之客，理想国也未必纳之。况且，"乌托邦"就是"不存在的地方"。"理想国"更是以主观拥抱客观，扑上去拥抱时才知道，那也是"不存在的地方"。

心中有"理想国"，要想把理想国变成现实，只能在祖传的宅基地上"破土动工"，那才是家山、家园。虽说蓝图易画，施工实难。但只要能打起精神夯实地基，总有竣工的一天。

言北大的兼容并包，当然还是首推蔡校长和辜教授。无论纵向的还是横向的，二公皆可称为"最"。于德、于学、于位、于望，蔡均系泰斗。学生对辜的印象很好，评价也很高。北大的学生最"识货"，不是"忽悠"的对象，敢当堂叫不称职的老师"下课"。"新派"对辜就有些难容了，在"海归"的心目中，旧派都"土"。胡适在课堂上揶揄梁漱溟说："连电影都没看过，怎么能谈文化。"可是辜鸿铭偏偏爱在东交民巷看电影，当时的电影都没有译音，一些俚语、俗语，"海归"们都听不懂，但辜却能讲解得一清二楚，夺尽了"海归"们的风头。

更重要的是辜在课堂上以"中"为大斧，没头没脑地向"西"抡去。当今有"愤青"之说，新文化运动时期的辜教授，是个货真价实的"愤老"。而且是"腰里揣硬牌，逮谁跟谁来"。"旧派"亦不能幸免。严复老道，对辜"不接招"。林琴南则差点火候，接招后有点招架不住。辜的牌又确实硬，腹中经纶、眼中形势、口中言辞，让人不好招架。原因是摸不清他的牌路。若以武林喻之，他打的是"迷踪拳"，积愤之中，失去了"宗旨"。

辜"喜辩，善骂世"。这是《清史稿》中对他的评价。于保皇而言，辜有保皇之名，也自认是"保皇派"，但对"大清"没少骂。民国肇造后，亦无保皇之实。拖着辫子系"示威"，表示自己是"另类"。看周围全不顺眼，于是四方出击。北大这个小天地中，也就难以兼之、容之、包之了。

辜鸿铭在北大"下课"，并不是因"保皇""守旧"。于辜而言，何皇可保？何旧可守？保皇、守旧是"说山"。辜下课的真正原因，是"击西"。西方圣殿，海归们不容"亵渎"，亵渎了西方，也就是拆了海归们的移来的"庙"，推倒了移来的"碑"。欲拆庙倒碑，焉能容乎？能拆庙倒碑者，只有辜鸿铭一人。

持统一思想、统一认识之说的人，认为兼容并包是"毫无原则的大杂烩"，也就是"一锅炖"。其实，时下饭馆中流行的"乱炖"，才真起到了"统一思想、统一认识"的作用。不同色、香、味的食材，在厨师长的安排下，无论是大火"快煮"，还是小火"慢煨"，出锅时都"熟透了"，失色、失味、失真。形形色色的"一品锅"，就是用这种方法调制出来的。食客只知"锅"，对锅中之"物"则忽之略之了，因为全统一为"一个味"了，也就是"锅味"。

兼容并包，是大办美食城。集天下珍馐为一"楼"，各展色、香、味。美食家均可来品鉴，天下名厨均可来展示。哪家火了，则"吃货"趋之。美食家不是请来的"评委"，吃货在吃中也会长进，吃出道道来，吃出见识来。故火了的未必能一直火，门前冷落的也许是尚未被发现。这才是美食城。

在真正的美食城中不好练，无论是"白二""红二""掌勺的""帮厨的""打下手的"，都得有点真活儿。才能占风骚、展风骚、领风骚。练不下去的，也就另辟开店之所了。

"掌北大"，就是"办美食城"。校长之责就是安排好摊位。新文化运动在北大这个小天地中轰轰烈烈、有声有色，就是摊位安排得当——蔡校长聘教授有方。如同自下一盘棋，为黑白两方排兵布阵，如同诸葛亮安居定五路。

　　这是喻而言之，无不恭之意。北大的学生历来"识货""不打眼"。进美食城当"吃货"也"口刁"，能品、会品。能在"红楼"中露一手，并获得"吃货"们的认可，就是"名教授"。名教授不是美食家评出来的，是"吃货"们吃出来的。

第二章　北大的影响

新文化运动、五四运动在北京先后爆发了。中国焕然『一新』；

中国在列强面前第一声成功地说：『不！』『一新』和『一不』，

影响了全国、影响了世界。

一、北大与北京

北京系辽、金、元、明、清的五朝故都。雍正有言，京师乃首善之区，四方观化之地。八百多年的建都史，使得北京人口最大的特征是分为两个大群体——"不是坐轿子的就是抬轿子的"。皇上坐龙轿，高官显贵坐八抬大轿，小吏虽区区也坐"二人抬"。且不言私轿，仅官轿所征调的轿夫，每年就有两万名之多。在实施"摊丁入亩"之前，京畿各县的壮劳力，大多要"服力役"，也就是"当轿夫"。

"坐轿子"的人姑且不论，"抬轿子"的人心态可分为三类。想爬上轿子坐坐的人不多；想把坐轿子的人打翻在地的人也不多。因为两者的难度都很大，"不现实"。在京城抬轿子，不跋山、不涉水。刮风下雨，坐轿子的人也大多不出门。于轿夫而言，在京城"就业"也就是"美差"了。

"抬轿子的"是个代名词，绝不专指"轿夫"。凡为"坐轿子的"服务，均可归之为"抬轿子"的。京商虽富，但居四民之末，且为"坐轿的"服务，故归为"抬轿子的"群体。两大群体有一个共同的特征——希望稳定。也就是说稳稳当当地坐轿子；稳稳当当地抬轿子。更进一步揭示，北京的人口大多是"端皇上的饭碗"。坐轿子的群体是直接"端"；抬轿子的群体是间接"端"。

爱新觉罗氏定鼎北京之后，为了拱卫"帝居"，将八旗人口之半驻防北京内城。清末时在旗之人有六十余万，占北京总口的三分之二。八旗人口不农、不工、不商，只当官、当兵。当不上官、当不上兵的也由国家供养，也有"粮可吃、饷可关"而且"福利分房";婚丧嫁娶,"享受补助"。两百多年的寄生生活,使得昔日的马上健儿成了"京师游手之徒"。所钟系"提笼架鸟",所务是"泡茶馆"。在旗之人的意识形态很典型,总相信"天不变、道亦不变、祖宗成法不可变"。面临着19世纪末20世纪初的骤变、巨变,企图"以不变应万变"。

辛亥革命时,革命党人希冀着"首都革命,一夜鼎革"。在北京行刺摄政王载沣、行刺五大臣、行刺良弼、行刺袁世凯,并组织了两次武装起义。对流血的唤醒、震撼,北京市民默默无闻。实可谓灰色的首都、灰色的北京。袁世凯认识到了这一点,宁可冒南北破裂的风险,发动"兵变",拒绝到南京就任临时大总统,使"民国"定鼎北京。

民国初年,北京是一座灰色的城市,是北洋政府的"首善之区"。袁世凯洪宪称帝,北京市民默默无闻,静等着新皇帝登基时"大赏天下",每人可得洪宪龙洋一枚。张勋复辟时北京市民仍然默默无闻,一夜之间竟然全城遍挂龙旗。北京市民的沉默、麻木,和全国人民一致声讨"袁贼""张逆"的怒潮形成了鲜明的对比。沉默啊,沉默,可怕的沉默笼罩了北京。已经到了"不在沉默中爆发,就在沉默中灭亡"的时候了。

冰河解冻,春雷惊鸣。新文化运动、五四运动在北京先后爆发了。中国焕然"一新";中国在列强面前第一声成功地说了"不"!"一新"和"一不",影响了全国、影响了世界。继五四运动之后,"首都革命"爆发了。由"外争国权,内惩国贼"。发展到"关税自主,废除不平等条约"。灰色之城变成了革命之都。北大学生军列队东交民巷西口直面"八国联军",喊出了第一声"打倒帝国主义!"

对于六十余万"在旗之人"来说,深深地感到"天"变了"地"变了,自己脚下的路也变了。告别了"寄生",走向了"新生"。脚下的路是艰辛的,但是一条生路,一条通向未来的新路。

言"北大改变了北京;北大改造了北京",不虚也。事物有"相辅相成"之说,也只有北京才能成就北大。言"北大不是办在北京,是长在北京"之说，亦属"不虚也"。究"办"和"长"之别，首先是"办"前可"择地"，"办"后可"易地"。"长"则不同，长于何地，不是"天成"也是"必然"。长起来后若要移之，难。强移之，会发生变异。

唯一的国立大学，创办在首都系理所当然。"北伐成功，国府南迁。"但北大没有"南迁"，于是产生了"护校之役"。"护校"也就是不因首都南迁而变更北大的校名。在师生们的共同努力下，几经周折，"国立北京大学的校名得以恢复"。"儒者所争，尤在名实，名实已明，天下之理得矣。"北师大的全称系"国立北京师范大学"，此时改曰"国立北平师范大学"，其他的大学也遵部令改北京为北平。

北大"护名"，其他大学为什么不护名呢？究其实，并不是"护招牌"，而是要守护北大的统绪与传承。"国立北京大学"这六个字的文化内涵太深了，只有北京这座古城才容得下她，才能彼此熙融、乐融、交融。

"国府南迁"，北大没有南迁。从"党国高层"来讲，系意在让"中央大学"在南京坐大，进而取代北大的地位。"北大太陈"——"搬不动"。陈、阵二字古系同字，陈、沉二字亦同音，其意是北大"阵"于中国传统文化的硕基之上，具有丰厚的底蕴与积淀。要想搬动北大，"难！"

北大没有"南迁"，留下来"坐镇"古都，因为北大"长"在北京，根扎得太深了。北京不但有三千多年的建城史，八百多年的建都史，而且是元、明、清三大统一王朝的不易之都。"不易"也就是其地位不可改变，"国府南迁"之后，北京失去了全国政治中心的地位。但文化中心、教育中心的地位更加凸显了。在国人的心目中，北平是"文化之都""精神之都"。

北京又称为"学生之城"，20世纪20年代中期，北京先后办起了十七所高等院校，占全国高校的40%。全国在校大学生有一半左右就读在北京。"九一八事变"之后冀东伪化，汉奸殷汝耕在通州成立了"防共自治政府"。从军事上来讲，日军从三面包围了北平。根据《何梅协定》，中央军、东北军撤出了北平。时人有"学生守护故都"之叹，北大正是守护"文化之都""精神之都"的劲旅。"读书不忘救国；救国不忘读书。读书是为了救国；救国需要读书。"是豪情、是誓言，在"放不下一张平静课桌"的危城中就读，则是守护"文化之都""精神之都"的行动了。

"国乱显忠臣"，"九一八事变"后，北平学生组织南下请愿团。要求"中央"出兵对日宣战，收复东三省。北大学生"卧轨"，强行登上开往浦口的列车。到达南京后展开了声势浩大的请愿活动，展现了国人不可屈不可辱的斗志，使国际上认识到"国可欺，民不可欺"，维护了民族的尊严。

各校南下请愿团陆续出发时，燕京大学校长司徒雷登恰巧不在北平，回校后立即询问："我校的学生去了吗？"得到"已经去了"的答复后，释然曰："南下请愿团中若没有燕大的学生，是我们办校的失败。"

北大在北京历经风波、历经劫难，接受了时代的洗礼，也经历了时代的淬炼。文化古都的底蕴和积淀是对北大的滋润，时代的淬炼则铸锻北大的金刚之躯——推不倒、打不烂、搬不走。

北京是中国的不易之都，北京大学则是长在北京的大木。大木之用多矣，可"支天"，也可与人"遮阴"。

二、北大与国民党

北大最杰出的校长蔡元培、任职时间最长的校长蒋梦麟均系国民党员，而且不是一般的党员。蔡系中央监察候补委员、蒋系中委。但北大就是北大，不但不是"党校"，而且两位校长也不想把北大办成"党校"，只想把北大办好。

北大教授朱家骅系洋博士，后弃教从政，出任过"党国"的组织部部长、宣传部部长、教育部部长、中央研究院院长。在中山大学校长任上，曾和时任教务长、中文系主任的鲁迅发生争执。鲁迅办事"悉遵北大前例"，也就是说，想把中山大学办成北京大学。朱则强调"这里不是北大，是党校"。朱是"党棍"想把"中大"办成"党校"。但他总算是执过北大的教席，知道北大是"何许校也"。故曰："这里不是北大。"从中可以看出，朱部长想把中大办成"党校"，从来没想过把北大办成"党校"。他知道想也没用，北大根本办不成"党校"。

20世纪50年代，清华在台湾"复校"，辅仁也在台湾"复校"。唯独北大没有在台湾"复校"。原因很简单，北大的"根"在北京，所以只能"长"在北京。

溯史究之，国民党对北大何止"不迁校""不复校"，而且早有图谋。"北伐成功后"，北大师生以为"有蔡校长在南京，北大有望了"。没想到的是国民政府撤销了奉系军阀的"京师大学校"后，又改原北大为"中华大学"，任命李石曾为校长。未几，又实行"大学区制"，任命李石曾为北平大学校长。改原北京大学为"北平大学北大学院"。北大师生展开了大规模的"护校运动"——"拒更名""拒并校"，直到 1929 年北京大学才恢复了校名。蔡元培复任北大校长，未到校前由陈大齐代理。北大师生的救校斗争一波三折，全胜得来实为不易。从表层上来看是"必也，正名乎"。深层之际，名实之间"颇有企谋"。

三、北大与共产党

中国共产党的创始人系李大钊和陈独秀，党史上有"南陈北李相约建党"之说。陈独秀是安徽人，五四运动之后离开了北京，一直在上海、广州等地从事革命活动，故曰"南陈"。李大钊是河北人，一直以北京为中心展开革命活动。二人南北呼应，推动了中共一大的召开。

中共一大在上海召开，具体原因是"租界"中相对安全。故上海是中国共产党的诞生地，细究之，党的诞生地在上海，中国马克思主义发祥地在北京、在北京大学。首先是"南陈北李"在北大"执手"，成了同志，在李大钊的主持下1920年北大师生组建了"马克思主义研究会"。该会系中国第一个研究共产主义的组织，也是公开的"社团"，在校刊上公布了成立启事，蔡校长还在红楼内批了两间房，作为活动场所。北大学生张国焘、刘仁静、张申府、罗章龙、邓中夏……均系研究会的成员。北京共产主义小组是全国第一个共产主义小组，其成员均是"北大人"。到1921年7月中国共产党全国代表大会召开之前，小组成员姓名可考者有李大钊、张国焘、张申府、罗章龙、刘仁静、邓中夏、张太雷、高君宇、何孟雄、范鸿劼、朱务善、李梅羹、吴汝铭、缪伯英、史文彬。其中张太雷是北洋大学学生、缪伯英是女师学生、史文彬是铁路工人，余者皆系"北大人"。1920年11月，社会主义青年团第一次会议在北大学生会办公室召开，至1921年3月团员发展达55人。其中有姓名可考的"北大人"有高君宇、张国焘、邓中夏、刘仁静、罗章龙、黄日葵、何孟雄、范鸿劼、朱务善、王有德、杨人杞、吴汝铭、黄绍谷、罗汉、李骏、陈德荣。中共一大时全国党员只有五十余人、团员也不多，"北大人"可以说是"中坚力量"。

中共一大召开时，陈独秀和李大钊因故未出席会议。陈系"官身"（广东教育厅厅长，时称"教育委员会委员长"），正在广州向省长陈炯明"催款"，督建新校舍。所以不便"分身"。此时北京的教授正联合起来向北洋政府"讨薪"，身为北大图书馆馆长兼经济系教授的李大钊任"讨薪委员会代主席"也不便"分身"，所以"南陈""北李"均没有参加中共一大。但二人为中共一大的召开，为中国共产党的成立做出了杰出的贡献。故党史上有"南陈北李相约建党"之说。

中国共产党成立后，北大进一步成为中国共产党在北方的活动中心。"二七大罢工""孙中山北上""首都革命"……在这一系列的政治活动中，北大均发挥了重大的作用。

北大和毛泽东也有一段"缘分"。在延安的窑洞中，毛泽东曾和美国记者斯诺谈起了北大。1918年为了组织湖南学生到法国勤工俭学，毛泽东来到了北京。北大教授韩毓海在《北京日报》人物春秋版发表了一篇关于评价青年毛泽东《心之力》的文章，现全文引于下：

> 1917年，24岁的毛泽东写了一篇长达4000余字的作文，名为《心之力》，这篇作文震动了全校，他的老师杨昌济，先是为这篇文章判了100分，后来又加上了5分，以体现对这篇文章无以复加的赞许。《心之力》一文在当时就被广为朗读传抄，并流传至今，且至今读来意味无穷。依然令人振奋。
>
> 在《心之力》中，毛泽东提出的最特立独行的观点就是：必须创立"新学"，以代替传统的"旧学"以及当时流行中国的"西学"。

毛泽东说，西学的基础是物质论，它把人理解为动物，而新学的基础是

"文明论"，这种"文明论"认为：宇宙的本质不是物质，而是生命力，生命力进入物质、激活物质，从而产生了宇宙的进化过程，而生命力注入人，则使人发展出高级的心智，从而造就了"人心"。

王阳明说："大道即人心，万古未尝改"，而在《心之力》中，毛泽东正是把"阳明心学"与进化论的思想结合起来，从而针对社会达尔文主义，针锋相对地提出了"创造进化论"的观点。

"大道"，即宇宙的本质，这就是生命力进入物质，并改造物质的运动过程，而它的最高成就，就是人心，即人的心智的发展。

宇宙之道，就是生命力的运行和进化，而它的最高成就，便是有心智的人，是人的心智的进化和培育，而这就是文明的成就与硕果。

于是，《心之力》开宗明义，这样写道：

> "宇宙即我心，我心即宇宙。细微至发梢，宏大至天地。世界、宇宙乃至万物皆为思维心力所驱使。博古观今，尤知人类之所以为世间万物之灵长，实为天地间心力最致力于进化者也。"

中华文明的基础，就是文明论，而毛泽东毕生对于中国的热爱，其实也就是对于文明和中华文明的赞颂与肯定：

> "夫中华悠悠古国，人文始祖，之所以为万国文明正义道德之始创立者，实为尘世诸国中最致力于人类与天地万物精神相互养塑者也。盖神州中华，之所以为地球优雅文明之发祥渊源，实为诸人种之最致力于人与社会、天地间公德良知依存共和之道者也。古中华历代先贤道法自然，文武兼备，运筹天下，何等之挥洒自如，何等之英杰伟伦。"

随后，这篇文章便尖锐地指出，与文明论不同，"西学"的实质，乃是物质论，它必然会发展为一种弱肉强食的丛林法则、强盗逻辑而盲目追随"西学"，就是追随丛林法则、强盗逻辑：

"细观西方魔盗侵杀之秘，以掠夺财富之技巧攫取全球侵杀之辎重，以伪善之攻心宗教幻化万国奴役之中枢。故无数肖小愚昧弱国之政客尽被蛊惑麻痹，以自卑万漏国体媚洋为奴，贱卖民脂国魂。"

毛泽东更指出，"物质论"与"文明论"的对立，就如同武侠中的"恶魔强盗"与"神侠义士"之间的对立，而且，这也是"光明与黑暗"之间的对立。中国的现代使命，就是要在"文明论"的基础上建立"新学"，以对抗那种把人等同于物质和动物的"西学"，毛泽东认为，这种"新学"与当时流行的"西学"基础根本不同，不能混为一谈：

"举世兴原创睿智，立国显始做宏略。国家民族之新生心力志向，必缔造世界仁德勇武文明之新学，新学为思想理论之基石、栋梁，新学不兴，御敌难成，则洋奴必兴亡国。

西方学教均显邪佞，如若任其纵横世间，则人文尽毁。如神州中华新学宏论，集古今大成之时，必为人类之新邦。中华古国之敌，皆为西方邪恶之魔盗与汉奸，与倭寇同仇，此仇无解，倍当警惕，方可自救而救人，万勿混淆。"

毛泽东以启示录式的语调揭示出，这个奉行强盗逻辑和丛林法则的世界，正在摧毁人类文明，而中华文明的衰亡，就是人类文明衰亡的表现。

毛泽东提倡"新学"，这并不是主张简单地抛弃"西学"而回到"中学"或传统"旧学"，不是不顾世界大势而走向封闭保守，实际上，他呼吁在全面地批判和继承一切人类文明遗产的基础上，去开辟一个全新的时代。

《心之力》这篇文章，是毛泽东第一次尝试在中国传统思想与西方思想的矛盾和有机统一的基础上，创立一种"新学"，这种"新学"虽说还不是后来的"毛泽东思想"，但很显然，毛泽东立足于宇宙和世界大势，开一代学风和文风，创立一种崭新学说的抱负，在他23岁的时候，就已经呼之欲出了。

这种呼之欲出的心态，也跃然于他的词作之中。该词收入中学课本，为了方便读者，亦引全文：

> 独立寒秋，湘江北去。橘子洲头，看万山红遍，层林尽染；漫江碧透，百舸争流。鹰击长空，鱼翔浅底，万类霜天竞自由。怅寥廓，问苍茫大地，谁主沉浮？
>
> 携来百侣曾游。忆往昔峥嵘岁月稠。恰同学少年，风华正茂；书生意气，挥斥方遒。指点江山，激扬文字，粪土当年万户侯。曾记否？到中流击水，浪遏飞舟。

可谓书生本气、书生意气、书生豪气，渤然、沛然。到达北京后，青年毛泽东所面临的是"非马上找工作不行。我从前在师范学校的伦理教员杨济昌当时是国立北京大学的教授。我请他帮我找工作，他把我介绍给当时北大图书馆主任。这个人就是李大钊，他后来成了中国共产党的一位创始人，以后被张作霖杀害。李大钊让我担任图书馆的助理员，我每月可领到一大笔钱——八块大洋"。

当时北大校长蔡元培的月薪是600大洋，文学院教授胡适的月薪是300大洋，一般的教授是200多大洋，讲师（本校）是100多大洋。8块大洋可谓贫矣、困矣。故毛泽东对斯诺表示："由于我的职位低下，人们都不愿同我来往。我的职责有一项是登记来图书馆读报的人姓名，可是他们大多数都不把我当人看待。在那些来看报的人当中，我认出了一些新文化运动的著名领导者的名字，如傅斯年、罗家伦等等，我对他们抱有强烈的兴趣。我曾经试图同他们交谈政治和文化问题，可是他们都是些大忙人，没有时间听一个图书助理员讲南方土话。

"我自己在北京的生活条件很苦……住在一个叫三眼井的地方，同另外七个人合住在一间小屋子里。我们大家都挤在炕上睡觉时，挤得几乎透不过气，每逢我要翻身，往往得先同两旁的人打招呼。"

毛泽东所谈到的傅斯年和罗家伦，都是北大学生中的名人，新文化运动中他们创办了《新潮》杂志，和教授们办的《新青年》联手上阵。在五四游行的队伍中，傅斯年举大旗走在队伍的最前面，罗家伦是《宣言》的执笔者，系运动中最有影响的学生之一。

1945 年 7 月，傅斯年等六位参政员访问延安，毛泽东、周恩来、朱德设宴招待。贺龙、刘伯承、陈毅、聂荣臻、邓小平、彭真、高岗、陈云等出席了宴会。毛泽东风趣地对傅斯年说："我们是老相识了，在北京大学时我就认得你，你那时名气大得很，被人称作孔子以后第一人哩。"傅说："毛先生过誉，那是同学们的戏谑之词，何足道哉。"

在延安期间，毛泽东和傅斯年有过长谈。斯时，抗战胜利即在。傅斯年把国共两党喻为刘邦、项羽，深恐灭秦之后，有逐鹿中原之争。自称为"草根"，毛泽东则为之题字曰："竹帛烟销帝业虚，关河空锁祖龙居。坑灰未冷山东乱，刘项原来不读书。"此诗毛泽东在"文革"中也引用过。两次引用，其意俱深。释者有不同之说。非局内之人，难究其真。毛、傅的延安之会，显然是时异势殊。此时的中国共产党领导着有一亿多人口的解放区，八路军、新四军已逾百万之众。毛泽东和傅斯年论势论道，都是底气甚足，非27年前的操着"南方土话"的穷小子了。

抗战胜利后毛泽东飞往重庆，国共两党举行了会谈，签订了《双十协定》。在此期间，毛泽东又宴请过傅斯年等人。柳亚子向毛泽东求诗作，毛泽东即以《沁园春·雪》一词相示。此作引起了巨大反响，和之者甚多，誉之者诟之者亦多，释者群起，各抒己见。全词引之：

北国风光，千里冰封，万里雪飘。望长城内外，惟余莽莽；大河上下，顿失滔滔。山舞银蛇，原驰蜡象，欲与天公试比高。须晴日，看红装素裹，分外妖娆。

江山如此多娇，引无数英雄竞折腰。惜秦皇汉武，略失文采；唐宗宋祖，稍逊风骚。一代天骄，成吉思汗只识弯弓射大雕。俱往矣，数风流人物，还看今朝。

毛泽东的前后两词，相隔近三十年。时易、势易，心态亦易。前词是书生所填，后词是领袖所填，"异"是当然。

毛泽东在北大图书馆工作的过程中，和管理过善本室的王锡英颇有交往。北大的白化文教授查阅过老北大的工资册，毛泽东入馆时月薪8元，王锡英已经是28元了。有人说挤在三眼井炕上的八个人之中，就有王锡英。白化文认为此说不确，按当时的北京生活水平，28元足以赡养几口人之家，用不着八个人挤在一个炕上。王锡英的子女中有几位是地下党。新中国成立后毛泽东派汽车来接"王老爷子"去叙旧，可他就是不去。白化文亲口问过王锡英，他只说"那时候料不到，那时候料不到！"不明其中真意，再也问不出别的了（见北京燕山出版社出版的《人海栖迟》）。

四、国共两党的"完人"

胡适认为，谈文化时，再怎么争论，也可以做朋友，但一谈到政治，不是同志，就是仇敌；不为信徒，便为叛逆。其实，国共有过两次合作，你中有我，我中有你。国民党的元老戴季陶，就参加过中共建党的准备工作，李大钊、毛泽东、周恩来……也都在国民党中担任过重要的职务。但国共两党均肯定的"完人"，恐怕只有两个，即北大人中的蔡元培和李大钊。

蔡元培

国民党的前身系同盟会，同盟会由兴中会、光复会、华兴会所组成。三会的领袖人物分别为孙中山、蔡元培、黄兴。称蔡元培为"党国元老"，可谓"价真货实"。民国元年南京临时政府成立之时，蔡元培出现了教育部长。"国府北迁"后，蔡元培辞去了教育总长之职。向袁世凯当面交递辞呈时，袁说："我代表四万万民众留君。"蔡回答说："我向四万万民众的代表坚辞。"

辞职后蔡元培即赴欧洲留学，1916年底回国，1917年1月出任了北京大学校长。1924年在中国国民党第一次全国代表大会上，蔡元培被选举为中央监察候补委员。北伐成功后"国府南迁"，蔡元培出任了大学院院长、中央研究院院长、国民政府委员等职。

蔡元培执掌北大后，北大成了中国马克思主义的发祥地。中共党人陈独秀、李大钊、张国焘、高君宇、刘仁静、张申府、罗章隆……云集北大。毛泽东亦是在北大接触到了陈独秀，接触到了马克思列宁主义，走上了无产阶级革命的道路。成功地参加了"一大"，开创了革命的新天地。

北伐开始后，蔡元培开始改变了对中国共产党的态度。1927年以中央监察委员会候补委员的身份，参与了"清党"工作。也就是说，和中国共产党各走各的路了。1940年蔡元培在香港病逝，举国哀悼，毛泽东送的挽联是："学界泰斗，世间楷模。"

"仁人"才能成为"完人"。《北京日报》记者彭俐在"行走京城"中参观了蔡元培东堂子胡同的故居。感言道："后人称蔡先生为廉者风范，士之楷模。他作为民国时期的现代教育家、教育总长，在清光绪年间是进士、翰林院编修，又曾留学德国，在学问上既纵贯古今，又横跨东西。而后人对其人格操守，无论党派如何，信仰如何，立场如何，皆无异议，推崇有加。所谓'道德文章，夙负时望'；'士气昌明，万流景仰'。"

游宇明对蔡元培多有研究，在《北京日报》上发表了三篇短文，但意深，转引如下：

蔡元培的仁心

即使以最严格的道德标准来衡量，蔡元培也堪称"君子"。他是老革命党人，做过教育部长、北京大学校长、大学院长、中研院院长，却没有丝毫官僚架子，礼贤下士，尊重人才；他为官廉洁，到老了连个栖身之处都没有，以致七十大寿时，学生们想到的第一件事是如何凑钱为他买一所房子；他不好女色，在那个官员三妻四妾的时代，却坚守一夫一妻的底线，一生没有任何绯闻……

蔡元培最为人称道的是他弥漫于内心的仁慈。

1917年，北京大学有个出身官僚家庭的学生，行为不端，引起同学反感，有人写了"征伐"他的告示，贴在西斋的墙上。当时正在该校就读的傅斯年也厌恶这个人，写了个匿名帖参与"征伐"，引来众人围观，有人还在上面圈点，语言也很出格。蔡元培对此很不以为然，他对学生说:"诸位在墙壁上攻击同砚,不合作人的道理,诸君若对他不满意,出之同砚之谊应当劝诫。这样的做法才是耿直的。至于匿名揭帖,看着博彩,大肆挞伐,受之者纵然有过,也不易悔过,而施之者则为吃亏品性之开端。凡做此事者,今后都要洗心革面,否则这种行为必致品性沉沦。"

这件事充分反映了蔡元培的仁心。其一,他坚决维护犯错者的自尊。在他看来,一个人犯错固然需要有人指出来,但这种"指出"应该是善意的,不能采取围攻的做法。其二,他处理"围攻者"的不当之举非常理智,没有采用逼写"检讨""记过""留校察看""开除"等激烈的手段,而是以长者的善良告诉他们应该干什么、不应该干什么。他的仁心使傅斯年深受教育,傅斯年后来曾对朋友这样说:"尊重对手,有理有据。与人辩论,不要达到顶点和争吵的地步,纵使你认为或觉得自己是正确的,但发表意见总得谦逊一点、冷静一点。"

1919 年 3 月 25 日,北京一些报纸刊登了陈独秀一些负面的消息。一时之间,不但旧派人士以此为把柄攻击新文化运动,诋毁北大的教育改革,即使是荐举陈独秀的一些朋友也觉得脸上无光,希望蔡元培立即将陈独秀赶出北京大学。然而,蔡元培没有让陈独秀难堪。4 月 8 日,他召集文理科教授会议,通过了文理科教务处组织法,"以教务长代替学长",废除了北大的学长制。接着从十一位教授会主任中推举一名教务长,结果马寅初当选。文科学长陈独秀、理科学长秦汾改聘为教授,校方给予陈独秀假期一年。

蔡元培其实有无数的理由直接驱逐陈独秀。蔡元培是个有道德洁癖的人,对自己要求非常严格,一生不嫖不赌、不贪不占。陈独秀虽然是他礼聘来的,但陈独秀的错误非常明显,不符合大学老师的品性要求。何况,陈独秀参加了蔡元培组织的"进德会",知而违规,其过加倍,不予惩罚,组织也会失去号召力。他给陈独秀一个体面的台阶下,充分体现了一个学界大佬内心的仁慈。

所谓仁慈，其实就是努力站在他人的角度想事，在别人陷入困境时毫不犹豫地施以援手，让他人获得物质的安全或精神的尊严。蔡元培深深地懂得这一点，在别人需要帮助时，他从来都是不吝付出。对作为新人物的陈独秀、鲁迅如此，对身为旧人物的辜鸿铭、刘师培也是如此。

蔡元培的一次被"围攻"

蔡元培一生尽忠国事，待人厚道，深受士林尊敬。但有一点知道的人不多，他也曾遭受过一次严重的"围攻"。

1922年6月3日，北京教育界在国立美术学校隆重举行"六三"纪念会。在这次集会上，蔡元培、李大钊、胡适等两百多名教育界、文化界人士致电孙中山和南方的非常国会，指出北方的非法总统徐世昌已被赶下台，护法目的已经达到。并且北方军队表示拥护代表民意的新政府，南北诉求一致，已无再动用武力之必要，望孙中山发表与徐世昌同时下台的宣言。

这里很有必要交代一下事件发生的背景。

下野总统徐世昌是前清翰林，袁世凯的幕僚之一，此君遇事比较冷静；精明能干，颇受袁世凯器重。1914年5月，袁世凯改内阁制为总统制后，曾任命他为国务卿。徐世昌与皖系军阀关系较深，曾推荐段祺瑞任国务卿。1918年10月，他被皖系军阀操纵的安福国会选举为总统。1921年5月，孙中山觉得《中华民国临时约法》遭到北洋军阀的严重破坏，在广州自任"非常大总统"，希望通过"北伐"用武力统一中国，南北议和的形势再度紧张。不过，当时"粤中报纸三十余家，主和者十居其八，人民赞成议和者既居多数"，迫于压力，孙中山承诺只要徐世昌下台，他亦将同时下野。1922年第一次直奉战争后，直系获胜，左右了北京政府，曹锟、吴佩孚指责徐世昌的总统为非法窃据，威迫其辞了职，并提出恢复第一届国会、请前总统黎元洪复职的主张。目的是想既赶走现任总统徐世昌，又取消孙中山为首的南方护法军政府，然后将曹锟"选"为总统。徐世昌去职后，未能洞悉军阀深层阴谋的蔡元培觉得孙中山应该履行承诺宣布下野。

蔡元培等人的通电在《晨报》发表之后，一些革命党人愤慨至极。在他们看来，蔡元培是老资格的同盟会员，曾经组织过"光复会"等革命组织，担任过孙中山为首的中华民国临时政府第一任教育总长，此时此刻，理应站在国民党一边，怎能替北方军阀说话？上海的国民党报纸《民国日报》于6月7日和10日连续发表《问蔡老先生》和《被坏人利用的好人》两篇专论，指出吴佩孚之拥戴黎元洪，无非是"借他来作个傀儡，来行他什么'巩固北洋正统的大计划'，预备作袁世凯第二罢了"。因此蔡元培已被吴佩孚等人利用。

如果说《民国日报》上的文章还比较温和，章太炎发表在《申报》上的文章就颇有讨伐的意味了。章太炎本是蔡元培旧友，与孙中山的关系并不好，多次跟孙中山发生过争执。他曾经甚至想活动一帮人将孙中山赶下领袖的位置。此时他却毫不犹豫地开炮："阅公对中山停止北伐一电。南方十二省，唯六省尚称自治，其余悉为北方驻军所蹂躏，贪残无道，甚至于奉张。此次北伐，乃南方自争生存，原动不在一人，举事不限护法。公本南人，而愿北军永据南省，是否欲做南方的李完用耶？或者身食其禄，有箭在弦上之势，则非愚者所敢知也。"

与此同时，《申报》还同时发表国民党大佬张继的通电，代表国民党声讨蔡元培。张继的话说得极其难听："阅公劝中山先生停止北伐一电，不胜骇然。北军宰割江流，形同强寇。仆北人也，尚不愿乡人有此行动。公以南人，乃欲为北军游说，是何肺肠！前者知公热心教育，含垢忍辱，身事伪廷，人或尚相谅。今乃为人傀儡，阻挠义兵逸出教育范围之外，损失名誉，殊不恒也。"

读到《申报》上的文章，蔡元培一时气急晕了过去。李大钊、胡适等人赶到医院探望，蔡元培对报上称自己为"傀儡""身事伪廷"，深感屈辱，他对李、胡等人说："受同营垒攻击，真使我斯文扫地！"

话音未落，双眼泪水直流。

公道地说，蔡元培并不是某个军阀的代言人，也从来没想过利用军阀的威权谋取个人的高官厚禄。他发表那样的通电，目的只有一个：希望交战双方就此放下武器，通过和平谈判解决南北之间的争端，让连年遭受战乱的老百姓过几天安生日子。

然而，蔡元培的善良愿望其实是很难实现的。其一，北方的军阀不会像他们自己所宣称的那样真正忠于民意政府。民国初年的军阀有一点跟晚清的湘军、淮军相似：兵为将募，将指到哪里，兵就打到哪里，别人几乎无法指挥，这样的机制使得军阀有"本钱"为个人和小集团的利益争个不停，他们口中的所谓"和平"只是一种公众表演。其二，作为一个有着自己政治理想的领袖，孙中山也肯定不会像蔡元培所希望的那样匆匆下台。从早年的同盟会开始，孙中山就是革命党人的灵魂，没有他的领导，国民革命很难继续，他当初的承诺下台也只是迫于无奈。

说到底，卷入政治的蔡元培不过是个单纯的书生。

蔡元培北大校长之职，系北京政府的大总统所任命。蔡任北大校长是"跳火坑"，"我不下地狱谁下地狱"。1922年6月3日的电报，实系"书生之见"。愿望过于善良，以为"践约""守信"，开诚布公，就可以达到"息兵罢战""南北统一""和平建国"。殊不知中华民国是"枪国"，凭枪说话。诚、笃、信系君子所执之道，于军阀、政客而言，休说"并轨"，亦不可能"接轨"，实系"道不同，不相谋"。

蔡元培太实诚了，使自己陷于被动。孙中山确实大度、卓识。对李大钊不但礼敬，而且重用。中国国民党一大在广州召开时，李大钊起了重要的作用并进入中央执行委员会。对蔡元培不满的人，试图对其"不选"。在孙中山提名后，蔡当选为候补监察委员。

蔡元培也是一位改革家

一个社会永远需要务实的改革，否则保守、落后之物一定会充斥我们的生活，压抑社会活力。然而，改革又需要在人心上做许多工作，操之过急很可能事与愿违。原因很简单：任何改革本质上都是权力与利益的调整，如果被改革波及的人没有充分认识到它的意义，不愿为改革支付必要的代价，他们就会拧成一股反改革的力量，与改革者分庭抗礼。中国历史上的一些改革，比如商鞅变法、王安石改革、戊戌维新，最后都陷入失败的泥沼，主要原因在于步骤过于急促、改变过于迅猛。

蔡元培先生是杰出的教育家，同时也是一位出类拔萃的改革家。他最大的功绩是将一所充满封建气息的皇家大学改造成了具有明显民主科学色彩的精神圣地，他走的就是渐进路线，未雨绸缪、循序渐进。

1916年底，蔡元培出任北京大学校长。不久，一位叫马兆北的学生就跟他"短兵相接"了。马氏是从湖南考入北大的，报到那天，他看到一纸公告："凡新生来校报到，一定要交一份由现在北平（北京）做官的人签名盖章的保证书，才能予以注册。"读完公告，马氏十分愤怒，他想不到，作为全国精神自由大本营的北大，居然有如此迂腐的规定。马兆北立即给蔡元培写了一封带有浓郁情绪的信，信中说："我不远千里而来，原是为了呼吸民主空气，养成独立自尊的精神。不料还未入学，就强迫我到臭不可闻的官僚面前去磕头求情，未免令我大失所望。我坚决表示，如果一定要交保证书，我就退学。"马兆北对此信并没有寄予多少希望，只是为了表达观点和情绪。他觉得，校长日理万机，未必会注意到这封信。

然而，正准备收拾行李打道回府的马兆北突然收到一封信。打开一看，开头写着"元材先生"（即马兆北），浏览下边的署名，是蔡元培校长的亲笔："弟元培谨启"。信中有这样的内容："查德国各大学，本无保证书制度，但因本校是教授治校，要改变制度，必须由教授会议讨论通过。在未决定前，如先生认为我个人可以作保的话，就请到校长办公室找徐宝璜秘书长代为签字盖章。"

从蔡元培的回信可以看出，他对学生注册需要官员提供保证书的制度，是不以为然的，但他当时并未强行进行颠覆性的改变，而是采取了由自己作保的方式，为日后说服众人、改革注册制度留出了缓冲时间。

渐进的智慧也体现在蔡元培对北大校风的改造中。北京大学原名京师大学堂，建立于清末，是科举制度的替代物，许多教师都是官员兼任。到了民国，京师大学堂改称北京大学，可并没有立即发生质变。不少学生上大学，只是为了结交一批有背景有金钱的朋友，以利今后飞黄腾达，学风很差，打架斗殴、嫖娼赌博时常发生。学风不好，教风也未必强到哪儿去。其时北大一些老师根本没有以身作则的意识，娶小老婆的、吸鸦片的、去官场钻营的，比比皆是。对此，蔡元培并没有鲁莽从事，比如大规模开除学生、解聘教师等，而是以相对温和的方式对北大进行了重塑。

蔡元培做的第一件事是教育学生改变读书观念。他在就职演讲中说："大学学生当以研究学术为天职，不当以大学为升官发财之阶梯"。其二，他在北大建立了"进德会"，号召教职员工提高道德修养，以作学生楷模。进德会明确规定会员划分为甲、乙、丙三个等级，对甲种会员要求"不嫖、不赌、不纳妾"；对乙种会员要求在"不嫖、不赌、不纳妾"基础上，再加上"不做官吏、不做议员"；而对丙种会员则要求在前两个标准外，再加上"不吸烟、不饮酒、不食肉"。入会手续很简单，入会人只须填写一个申请表，写明愿为某种会员后，即在《北大日刊》上公示。进德会成立后，北大的教职员工踊跃报名，仅半年左右时间，加入的会员就达到了398人，其中包括温宗禹、夏元瑮、王建祖、沈尹默、傅斯年、罗家伦、陈宝锷、高日采等大批知名人士。其三，也是最关键的，蔡元培使用校长的权力，聘请陈独秀、胡适等具有新思想的人物来北大执教。陈独秀当时正主编《新青年》，不是学者，没有著作，也不是什么"家"。但蔡元培觉得此人有批判旧世界的激情，观念前卫，思想深刻，正是北大需要的人才。蔡元培到前门小旅馆三顾茅庐，坐在门口等陈起床，还为他编造假履历，称他毕业于日本东京大学，曾任芜湖安徽公学教务长、安徽高等学校校长等，以便获得教育部的同意。后来，陈独秀引来了胡适，加上蔡元培没有排斥思想守旧却有真学问的辜鸿铭、刘师培等人，北大的学术风气，很快变浓了。

"渐进"不是懒惰，而是面对复杂事物的一种策略；"渐进"也不是庸碌，而是一种对事物规律的深刻洞察。"渐"是表象，"进"才是本质。蔡元培博古通今、思想敏锐，他比一般人更懂得这个道理。

辜鸿铭"永远也长不大"，说话时口对着心，心里想什么，口中就说什么。"老天真"，"永远不会成熟"。这位稚子、赤子有言："中国有两个好人，一个是我，一个是蔡元培。"

罗素、杜威均系西方的"大家"。罗素在北京讲学时，对北大的评价很高。特别指出，北大的女生胜剑桥。当然，这个"胜"字有所专指。杜威亦云："以大学校长的身份服务于社会，对国家、民族贡献最大的就是蔡元培。"

中外口碑一致；国共评价堪同。舍蔡元培焉寻？蔡元培过人之处不止在"仁"，亦在"廉"。常言道："吃人家的嘴短，拿人家的手短。"有为五斗米折腰者，有为五斗米缄言者。蔡元培则不然，不求五斗米，也就用不着折腰、缄言了。

中进士，点翰林后，如愿出国考察，清廷则系"照准"。也就是说翰林公出国"考查"系"官费"。1906 年蔡元培赴德留学，虽然获得驻德公使孙宝琦的支持，但公使馆只能供食宿。蔡的家资有限，于是向商务印书馆接洽，达成协议。蔡在欧洲为该馆著书、编译。著述每千字 5 元，编译每千字 3 元。一部分汇到德国为生活费用，一部分交国内妻儿家用。

1910 年商务印书馆汇蔡 900 元，支付内务家用 250 元，代付购寄书报费用 46 元，连同历年余额尚结存 200 元。

民国初年，出国考察成为政坛上的一种"安置"，凡自动"请辞"者，均可获得一笔"仪程"以适当名义出国考察,实系"游历"。蔡元培辞去教育总长后,赴法游学、考察。仍与商务印书馆约定每千字 7 元的稿费,每月大约可获 200 元,平均起来每天得有千字的著译。

蔡元培赴德、法其间,先后有《世界观与人生观》《文明之消化》《哲学大纲》《伦理学原理》《中国伦理学史》《中学修身》《艺术谈概——欧洲美术小史》问世。

1923 年 7 月,蔡元培发表《不合作宣言》,对北洋军阀政府表示抗议,并辞去北京大学校长的职务,全家赴欧洲。行前和商务印书馆约定,在旅欧期间编写高中、师范所用教材,并为《东方杂志》撰写论文和旅欧杂记,每月可获编译费 200 元、调查费 100 元。在旅欧其间,蔡元培撰写了《中国之文艺中兴》《简易哲学纲要》等著述。

"笔耕砚田""爬格子",均是中国文人的一种精神。前者是"士";后者是"知识分子"。在科举时代文人"不仕",可教塾为生;卖字为生。进入 20世纪 20 年代,产生了自由撰稿人,靠卖稿为生。蔡元培是首批"卖稿为生"的"自由撰稿人"。不吃人家、不拿人家,所以"口不短""手不短"。周有光、宗白华合赞:

　　　自食其力,自行其是,自得其乐,独立精神;

　　　独立人格,独立思考,独立行为,自由达观。

前联系周撰,后联是宗撰。文工整,意殊深,所言入木七分。同是北京大学校长,严复"穷不起"了,沦为"筹安会六君子"。蔡元培"穷得起",虽历经政坛风波,"我自书生本色"。

最后补言,蔡元培"不置产",也"无资置产"。北京东堂子胡同的蔡元培故居是"租住"。上海的蔡元培故居是北大学生集资所购,为晚年仍为"无房户"的老校长,置个安身之所。上海的故居是所二层小楼,今一楼是陈列室,蔡元培的小女儿蔡睟盎现居二楼之中。有曰:

广厦万间，半城房产归名下，叹何在；

租房三进，一楼斗室系捐赠，赞犹存。

文不甚工，意尚可达、可鉴。

1936 年蔡元培为邹韬奋主编的《生活星期刊》双十特刊题词：

若中国四万万七千万人，都能休戚相关，为身使臂，臂使指的样子，就自然没有人敢来侵略，而立于与各国平等之地位。由是而参加国际团体，与维持和平的各国相提携，自然可以制裁侵略主义的国家，而造成天下一家为太平世了。

中国为一人，天下为一家。

梁漱溟脚下的路，系由佛入儒，由出世到入世，由入世到救世。梁对蔡元培的评价是：

谈论蔡先生的一生，没有什么其他成就，既不以某种学问见长，亦无一桩事功表见。然而他所成之伟大，却又非寻常可比。这就是：他从思想学术上为国人开导出一新流，冲破了社会旧习俗，推动了大局政治，为中国历史揭开了新一页。

蔡元培不是政治家，是教育家；不是伟人，是完人，是中国人认可的完人。

李大钊

中国共产党的创建过程中，有南陈北李之说。南陈系陈独秀，安徽人，创办《新青年》杂志于上海，1917 年迁于北京。1917—1919 年出任北大文科学长，是新文化运动的主将、猛将、闯将。1919 年秋潜往上海，后应广东省省长陈炯明之邀，赴广州出任了省教育委员会委员长。1921 年 7 月在中共一大上当选为总书记。由于陈独秀是南方人，展开政治活动的地区又主要在南方，故称之为南陈。

北李系李大钊，河北人，经章士钊推荐，入北大图书馆任主任、经济系教授，是《新青年》杂志的重要撰稿人。五四运动后在北大组织马克思主义研究会，系最早的马克思主义者，也是最早接触到共产国际代表的中国人。1921 年中国共产党成立后，李大钊一直主持北方的工作。1924 年参加了中国国民党的一大，当选为中央执行委员。李大钊牺牲前不但主持中共的北方工作，而且指导了国民党北平市党部的工作。和李大钊一起被捕就义的烈士中，就有国民党北平市党部的人员。

李大钊在北大师生中极有影响，道德文章，堪称上乘。以德而言，为人之德、处世之德；为师之德，和群之德；治家之德、敦亲之德。皆可为世人之楷模，鲜有能与之侪者。北大人中的国民党人，如蒋梦麟、罗家伦均尊之敬之，北大人中的自由主义者，如胡适、傅斯年，亦尊之敬之。章士钊等"北洋旧人"，友之、崇之。梁漱溟被称为最后的儒家，当李大钊牺牲时，他正避居西郊大友庄，与熊十力等人闭门研究哲理佛谛。闻噩讯后第一个赶到浙寺——李大钊遗体的暂厝地。看守棺木的警察对他说："朋友来了，我的差事也就结了。"此时梁漱溟、熊十力均失业，穷得连半斤肉都买不起。梁把身上仅有的十元钱，留给了李大钊的夫人赵纫兰。

李大钊被捕后，周作人立即将其长子李葆华转移到自己家中，以防奉系军阀"株连"，并安排李葆华东渡日本求学。周作人是个没有责任感的人，对国家、对社会均很淡漠，甚至对老母亦不肯尽责。鲁迅去世后，周作人前往宫门口西二条吊祭。老母对他说："老二，以后我全得靠你了。"周作人的回答是："儿苦啊！儿苦啊！"事后周老太太对人说："我就当没有这个儿子，我以为他会答道：'您放心吧，大哥走了，还有我呢……'"周作人的"义举"，说明了李大钊在他心目中的分量，使"义"压倒了"利"。这对周作人来说，"太难了"。可是为了不愧对李大钊的在天之灵，他尽义了。

在政治风云激荡的岁月里，李大钊能得到不同党派、不同意识形态的各方人士的认可与尊敬，这不能不说是"人格的力量"。同时也说明了，只有北大才能有"完人"，只有北大人才能认可"完人"，只有北大人，才能容得下"完人"，只有北大人，才能对得起"完人"。1933年李大钊安葬京西万安公墓时，北大同人纷纷捐助，这又是一次跨党派、跨意识形态的"义举"。在国民党的"白色恐怖"下，对共产党的领袖人物举行"公葬"，系国民党对李大钊的"认可"。葬礼规模颇大，送葬的队伍众多。警察"维持秩序"时，也并未和群众发生激烈的冲突。现将捐款人名列如下：

发起公葬人：蒋梦麟、胡适、沈尹默、周作人、傅斯年、刘半农、钱玄同、马裕藻、马衡、沈兼士、何基鸿、王烈、樊际昌。

捐款助葬人：李四光、马寅初、鲁迅、梁漱溟……，鲁迅、梁漱溟各捐五十元。

刘半农为李大钊撰碑文："温良长厚，处己以约，接物以诚，为学不疲，诲人不倦。"北大学生挽联："南陈已囚，空教前贤笑后死；北李如在，哪用吾辈哭先生。"

1949年3月，中共中央迁入北平。毛泽东感慨万分地说："在北平遇到了一个大好人，就是李大钊同志。在他的帮助下，我才成为了一个马克思主义者。他是我真正的老师，没有他的指点和教导，我今天还不知道在哪里呢。"

李大钊被捕后，撰《狱中自述》一文：

李大钊字守常，直隶乐亭人。现年三十九岁。在襁褓中即失怙持，既无兄弟又鲜姐妹，为一垂老之祖父教养成人。幼时在乡村私校，曾读四书经史……钊自束发受书，即矢志于民族解放事业。实践其所信，励行其所知为功为罪，所不暇计。今既被逮，唯有直言。倘因此而重获罪戾，则钊实当负其全责。唯望当局对此等爱国青年宽大处理，不事株连，则钊感且不尽矣。

钊夙研史学，平生搜集东西书籍颇不少，如已没收，尚希保存，以利文化。

十年浩劫之中，《狱中自述》曾遭批判。斥之为"乞怜""乞生""失尊""失节"。究所言，在"不事株连"，一身当之，无罪青年学生。用心良苦，仁人所言。

章士钊系"政坛老人"，对李大钊的评价系"守常一入北大，比于临淮治军，旌旗变色。自后凡全国趋向民主之一举一动，从'五四'说起，几无不唯守常之马首是瞻。何也？守常北方之强，其诚挚性之感人深也"。

陈独秀在狱中评价李大钊说："守常是一位坚贞卓绝的社会主义战士。从外表上看，他是一位好好先生，像个教私塾的人；从实质上看，他平生言行，诚如日月之经天，江河之行地，光明磊落，肝胆照人。

"世人称他为马克思先驱，革命家的楷模，是一点也不过誉的。他对马克思主义的研究，比当时的人深刻得多。他对同志的真诚，也非一般人可比。寒冬腊月，将自己新制棉袄送给同志。青年同志到他家去，没有饿着肚子走出来的。"

五、北大与中国

综上所述，北京有三千多年的建城史，八百多年的建都史，系元、明、清三大统一王朝的"不易之都"。北大不是办在北京是生在北京、长在北京、根在北京。北京成就了北大，北大改变了北京、改造了北京。1949 年 9 月，新中国仍然定鼎北京。北京是中国名副其实的"不易之都"。

国、共两党系中国影响最大的政党，曾两度进行合作。第一次国共合作，成功地进行了北伐。第二次国共合作，取得了抗日战争的胜利。国共两党和北大的渊源都很深，国共两党均认可的"完人"蔡元培、李大钊系北大人。能有均认可的"完人"，也就能找到均认可的底线。

评价一个文人时，好用"道德文章"四个字。蔡、李的道是"人间正道"。心中的"道"即是"德"。出自正道、正德的文章，当然可以跨越时空，更能跨越党争。究完人的道德文章，也就得出了中国人共同的底线，也是海峡两岸共同的底线——民族的利益、国家的利益高于一切。

北京大学可视之为一个"小社会"，北大师生是这个小社会的成员，也是这个小社会的主人。这个小社会是"老"与"大"的融合；"新"与"坚"的统一。"老""大""新""坚"在兼容并包的过程中，也就产生了国共两党共同认可的完人。国共两党共同认可的完人，也就是中国的完人。

能够产生完人的"小社会"，不会脱离"大社会"亦能引领"大社会"。会以自己的先进思想和大智大勇的实际行动，发动和团结广大民众，在关键的时刻及时地登上中国社会发展的历史舞台，影响着大社会的发展方向。这是北大历史上的辉煌。

历史不可能重现，在历史舞台上展现的风采，激荡的风波、风云，已经成为历史。生活在"小社会"中的北大人，在重温历史记忆的过程中亦应拷问自己——如何面对现实。

北大人不能再吃新文化运动、五四运动的老本，也不可能再现新文化运动、五四运动的辉煌，北大人之中也不太可能再出现蔡元培、李大钊式的"完人"。这不是后继乏人，也不是一代不如一代。"江山代有才人出"，如何引领风骚？风骚只能在现实中引领，只能引领时代的风骚，不能重领历史上的风骚。北大人无须叹惜。回顾历史，脚踏实地。历史并不是包袱。无须扔；也不必背。扔也扔不了；背也背不动。这就是北大人脚踏的实地。

"实地"就是中华大地，北大人的口号是"团结起来振兴中华"。三十年过去了，北大人也办了不少实事，再办什么事？想办什么事？该办什么事？能办什么事？是全新的问题。历史只能借鉴，不能模仿。中华民族应有新的"抛物线"，前一个抛物线的至高点是盛唐，新的"抛物线"的起点和至高点，是北大人应探讨的课题。具体来说，就是如何进入"太平洋世纪"？在"太平洋世纪"中该办什么事？能办什么事？

第三章 北大人与北大精神

『无学派有大师』，系北大的立校之道、办学之道。

一、北大的基因

网上有人肆言："××的票子、××的棍子……"论及北大则曰："北大的疯子"。本书只言北大，对"疯子"说欲加探究。网上"高论"只是统而言之，未言"如何疯"，"疯在哪儿"，"怎么疯的"，"有无医治方案"。

编惯了假话，说惯了假话的人，往往把真话称之为"屁话""疯话"。假话是编出来的，造假的高手不但编得"溜"，说得更"溜"，娓娓道来，听着就"顺耳"。真话未经加工，更没有进行选编，听起来往往不顺耳，甚至刺耳，于是真话就成了"屁话""疯话"，说真话的人也就被誉为"疯子"。

深究之，北大人远缘有太学的基因，近缘有"章疯子"的基因。章疯子就是国学大师章太炎，20世纪初期，章门弟子遍执北大教席，黄侃、钱玄同、马幼渔、鲁迅……皆出自太炎门下。"疯子"的再传弟子能不"疯"乎？章门的基因就是"疯得起来，疯得下去"。

又有论者认为，北大人有王呆子的基因。王呆子系首先发现甲骨文的王懿荣。此公乃国子监的最后一任祭酒。国子监是京师大学堂的前身，"国子监废，京师大学堂兴"，废兴之际，正是内在的传承。从这点上来讲，最后一任国子监祭酒，也就是京师大学堂的"老校长"。老校长就呆，是个不可药救的书呆子。如果书呆子只是读书、著书、教书，也就能算是个好校长了。可是王呆子在八国联军之役中却偏要挺身而出，不但上疏言兵，而且招募"义勇军（团练）"，要"执干戈以卫社稷"。"城破之时投井殉国了"，要能"活动活动心眼"，走罗振玉的道路，在甲骨文的领域中，也就数不上罗振玉了。其实，疯子的基因是"爆发"；呆子的基因是"沉默"。不是在沉默中爆发就是在爆发后沉默。

辜鸿铭是北大人中的"异端"，拖着长辫子，在民国教坛上肆言侈谈。想说什么就说什么，不分时间、地点，"开口就是心里话"，如同稚子一样天真。老头子还说心里话，在时人眼里也就是"老天真"——永远也长不大的孩子。究之，稚子的基因最难传，因为孩子会长大，人会变成熟。

对于王懿荣、章太炎、辜鸿铭的研究，专著颇夥。拙著只就其呆、疯、稚，引形象化的文字以明其人。"形象化的文字"或许能更透辟。

呆子——王懿荣

"联军攻占大沽口后，各国舰队驶入海河，列于天津城下。若夜间由海河上游的子牙河、北运河、潮白河……同时关闸破堤，不用一个时辰，天津城下的海河就会成为干河。各国舰队均全陷入淤泥之中成为废船……"

慈禧听到这精神一振，连呼："可行！可行！立即传旨关闸破堤。"荣禄回奏："直隶已无兵可调，两江、两广、湖广、云贵、四川、山东均已参加'东南互保'，拒不执行宣战的上谕，实行保境安民……"慈禧把御案一拍："敢！"但紧接着"敢"变成了"赶"；"赶快传旨，令沿河州县速办……"

荣禄回奏："沿河的州县大多弃职，臣以为儒者最重名实，有其言必有其行。王懿荣言水战之策，也必有关闸破堤之术。可由御前传旨，令王懿荣为京师团练大臣，兼辖顺直各州县勤王兵勇，督办水战诸事……"

王懿荣接旨后呆若木鸡，坐在书桌前一动不动。家人慌了，请来了他的挚友铁云。铁先生赶到王宅看到圣旨后，捶胸顿足道："天理不公，人心至坏。"王家人不解其故，铁先生说："懿荣兄是个迂夫子、愚夫子，书生论兵本意是进言。用则取，不用则舍，奈何置实在人于必死之地。战时，国子监祭酒本无守城之责，只有洁身自好之义。现身为京师团练大臣，统辖勤王兵马，是有职有责之人。但无兵、无械、无饷，不能战、不能守、不能走，岂不置我老哥于……"，说到此处，铁先生戛然而止，连呼"苍天！"

铁云走进书房，拉住了王懿荣的手相对无言。良久，起身告辞。王懿荣缓缓地站了起来，说："留步！有一事相托，舍下所存甲骨，望你能带走。我的用心，你明白。"铁云首肯，说："请放心。"

送走铁云后，王懿荣是把房子给典了，把家里能当的东西当了一空，都换成了银子。在琉璃厂火神庙挂起了"京师团练公所"的官牌，忙着招团练，到处购买铣、锄、镐。三天趴在桌子上没动地方，忙着查地图、画地图，跟着了魔似的……

王大臣招的团练都是"赶饭队"，吃饭时候来，吃完了就散。他要"集队出城"，"赶饭队"一哄而散，跑时把铣、镐也给拐跑了。王祭酒大喝一声："回来！"话还没落音，就倒在了地上。半晌才醒过来，家人把他架上骡车……崔玉桂挥了挥手，小顺子退了下去。

回到寓所后，王懿荣一言不发。第二天内外城均被八国联军攻破，这位团练大臣正衣正冠，向天叩拜曰："所能报国者，只有一死。"言罢，从容投井。妻妾从之，义不偷生。

1900 年王懿荣殉国，1902 年两宫返京。1905 年废国子监，1902 年至1905 年的三年中，清廷理所当然要任命一个国子监祭酒。但其名已难考，求实不求名，言王懿荣系国子监的最后一任祭酒，"不虚也、不妄也"。

稚子——辜鸿铭

四逸在临湖第一楼坐定之后，三先生开言道："我还请了一个客人，一会儿就到，此公就是大名鼎鼎的辜鸿铭先生。先生少年留学英国，获多个博士学位。学成之后在欧洲各国考察、游历达 14 年之久，对西方实可谓通晓。归国后始攻读儒家经典，广涉经、史、子、集诸说，有豁然得道之感。返璞归真方知欧美是个人欲横流的'力''利'之所。把儒家经典译成多国文字，介绍到西方。国学西渐，先生是第一人。"

正说着，一位身穿蓝绸袍子、紫缎子马褂的老者走了进来，做派上颇有大员风度。三先生一一做了介绍。宾主坐定之后，辜先生欠身道："来迟一步，望诸公相谅，实有必办之公事。南洋通商大臣致外务部的咨文中有'洋货''土货'之分，洋货之名姑且不论，何谓我堂堂中华之物为'土货'。余断然上疏，由内阁颁上谕，对中国之'物'以'国货'称之。"

"人呼尔为'土人'，必怒。自呼中华之物为'土货'，实可谓自轻、自贱、自诋。"言罢长唏："来迟自罚一杯。"

龚先生举杯敬酒曰："先生所言极是，天行健，君子以自强不息，夫人先自辱，人恒辱之。人自贱，人恒贱之。自信、自尊，强国之道也。"

辜氏举杯叹息："强国之道非只富民，教民知耻、知勇、知重、知尊，方可为一等国民。匹夫受辱拔剑而起，挺身而来，此匹夫之大勇也。可嘉！可敬！辱之不愤、欺之不争、犯之不抗的行尸走肉，国未亡已成亡国奴耳。

"至于自卑、自贱、自诋、自辱，亡国奴之下耳。自鬻、自狎、自猥、自亵、自宫，亡国奴之劣耳。英人开拓海外殖民地，对于被征服者不仅役其身、辱其身，而且断其传统，灭其意识。令其不知愤、不知争、不知抗，然后能自卑、自贱、自诋、自辱。甘于自鬻、自狎、自亵、自宫。能自宫之人，为奴之典型也，在为奴之道上，可谓至矣。

"世界上四大文明古国，埃及、巴比伦、印度皆为西人所役所奴。唯我中华自鸦片战争以来，败后敢战、败后犹战、败后能战。能战者何？心不屈也、志不挠也，国统犹存、道统犹存、文统犹在也。

"西人欲假基督教文明征服我中华，实系小儿欲撼大树。其用心之毒、之狠、之烈，甚于坚船利炮。吾国有五千余年的积淀与底蕴，撼山易，撼中国之国统、道统、文统难。后膛巨炮可令城摧，但难摧我中华文明之传承。

"西人近来有所察觉，故假物欲以逞其志，传播所谓的欧洲文明。又欲借兴教、行医以造成影响。殊不知我中华以礼教立国，国民以礼教修身。石可碎而不可夺其坚，丹可灭而不可改其赤。"

"基督教文明先有罗马、拜占庭之纷争，后有十字军东征之野蛮。近代以来，教派蜂起，互诋互诘，均难圆其说，更难懂其行。西人行将亡其说、亡其行、亡其人，其国亦难昌。焉能与吾国之礼教相衡，物欲又何可与天理相比。"

说至此，辜氏举杯一饮而尽。

关二爷起身敬酒："八国联军进犯京师之时，先生撰《尊王篇》，阐述中华以礼教立国，终不可侮。其文滂然，其气浩然，实可谓大义凛然。"

惠三爷也起身敬酒："联军蹂躏京城之时，每读先生《尊王篇》即有中国不亡、中国必奋、中国必兴之振。视联军为顽、劣、凶、残之妖孽，天必弃之，天必祸之。"

三先生举杯："今日之聚虽不能说群贤毕至，亦可谓文雅咸集。关先生是礼乐世家，何不抚琴一曲。"

关二爷也不推辞，即以琴声寄心声，弹了一曲自感、自怜、自叹的"荷吟"。曲毕，辜先生曰："与吾心有戚戚焉。"遂连干三杯，酒兴大发后，论兴也就不可收，妙议丛生，高论迭出。

言及"改良"与"革命"，直言道："改良二字实不通。娼妓有从良之说，已为良，奈何改之。言改良者，难道叫国人改良从娼。革命二字亦不通。革其命不如毁其基。言革命者，浅哉！浅哉！从商汤革夏命始，革了一茬又一茬，何时是了。《诗经》有云：'发如菲，革复生。'现在到处都是'革命党'，君子'群而不党'，党者，党同伐异、结党营私……"

又论"做学问"与"办实事"。愤然于色曰："袁世凯对公使们说：'张中堂是做学问的人，我是办实事的人。'余曰：'无学问能办实事，其事也只能是老妈子倒马桶之事。能拿到桌面上的事，均须有学问之人毕之。不能拿到桌面上的事，只能是老妈子倒马桶，刷马桶之侪了。'"

最后所言是："世事之道，可以茶壶茶碗喻之。一个茶壶配四个茶碗、八个茶碗，序也、位也，一个茶碗配四个茶壶、八个茶壶，难为用矣！"

此时店主人上楼敬菜求墨宝，大家齐举惠先生泼墨。惠三爷提笔写下了"风荷荷风"四个字，实可谓文简意深了。

宴罢，三先生邀大家同游银锭桥。银锭观山、西便群羊续燕京八景成为燕京十景。见景生情，辜先生论兴又大发："十者，十全十美。人总是追求完美。于人而言，每个人心中均有完人、美人，然而完人难求，'望美人兮，天一方'。

"于物于事，总企图达到天合、地合、人合、己合，殊不能物本分、事本分，殊难合。合只是和后之趋，若求合，必难合。国人空建了三千多年的四合院，时下，大小四合院均有分之趋、分之虞。四合之始有四真，天真、地真、人真、己真，能真方能谐，能谐方能和。和能趋合，难为合、难成合。故数以九为高、为最，九九归一，奈何求十？十者满也。失也。"

言罢，向大家拱手，登车而去。龚先生似有所悟，又难有所悟，慨然言道："辜先生之言，句句精辟、警辟，闻之令人心动、动中之动，还是一个'悟'字。"

三先生长嘘："辜先生知中知西，学贯中西。博大根深，宏奥微透。其才难用于世，其人更难见容于世，只能骂世了。自任外交事务以来，多为当轴者所不容。然其依然我行我素。嬉笑怒骂皆出于一个'真'字。他以真为四合之始，殊不知求'真'之难，难于求合。难为真，焉能合。若能'四合'，天下治矣，世界大同矣。"

李大钊对辜鸿铭的评价是："愚以为中国二千五百余年文化所钟，出了一个辜鸿铭先生，已足以扬眉吐气于 20 世纪之世界。"

老北京市民对辜鸿铭的评价是："庚子赔款以后，若没有一个辜鸿铭支撑国家门面，西方人会把中国人看成连鼻子都不会有。"

蔡元培对辜鸿铭的评价是："他是一个学者、智者和贤者，而绝不是一个物议沸腾的怪物，更不是政治上极端保守的顽固派。"

吴宓对辜鸿铭的评价是："辜氏实中国文化之代表，而中国在世界唯一之宣传员。"

林语堂对辜鸿铭的评价是："辜作洋文，讲儒道，耸动一时，辜亦一怪杰矣。甚旷达自喜，睥睨中外，诚近于狂。然能言顾其行，潦倒以终世，较之奴颜婢膝以事权贵者，不亦有人畜之别乎。"陈独秀对辜鸿铭的回忆是："辜鸿铭在北大上课时，带一童仆为他装烟倒茶，辜坐在靠椅上，拖着辫子，慢吞吞地讲课，一会儿吸水烟，一会儿喝茶，学生着急地等着他讲课，辜一点也不管。

有时一年下来，只讲了六首十几行诗。"

震瀛（北大毕业生，本名袁振英，系上海共产主义小组成员和社会主义青年团的创始人之一）对辜鸿铭的回忆是："很受学生爱戴，胡适之先生也比不上。""常常教学生念英文本的《千字文》，音调很足，口念足踏，全班合唱。""现在想起来，也觉得可笑。看他的为人，越发诙谐滑稽，委实弄得我们乐而忘倦。这也是教学的一种方法，所以学生也很喜欢。"1915—1918年三年间，震瀛差不多没有一天不同辜鸿铭见面。认为辜虽顽固，但极热爱中国文化，并不懈地向西方传播中国文化。当时的学生对胡适"以为中国简直没有文明可言"的论调，则大表反感。

对辜的"抨击"，首先是"辫子问题"。"辫子"把他和"遗老""帝制""保皇""守旧""顽固"绑在了一起。有人问辜鸿铭身为"民国公民"，为何仍留辫子不去？辜坦然答曰："这是我个人独有的审美观念，和政治思想无关。""中国的存亡，主要在于道德，而不在于辫子。辫子除与不除，原无多大出入。""去辫子，如果国家果能强盛，则去之也未尝不可。否则我决定不剪辫。此系我个人自由，不劳动问。"辜还在《在德不在辫》一文中指出："洋人绝不会因为我们割去发辫，穿上西装，就会对我们稍加尊重的。我完全可以肯定，当我们中国人变成西化的洋鬼子之时，欧美人只能对我们更加蔑视。事实上，只有当欧美人了解到真正的中国人——一种有着与他们截然不同却毫不逊色于他们的文明时，他们才会对我们有所尊重。"

辜鸿铭曾从容不迫地对学生正言道："你们不要笑我这小小的辫子尾巴，我留下它并不重要，剪下它也极其容易；至于你们精神上那条辫子，依我看，想去掉可很不容易。"

辜鸿铭这段话，对沈从文的影响特别大，使他明白灵魂的束缚是最难摆脱的困境。他自己做了教授之后，经常对学生引述这段话。晚年去美国各大学讲学时，更是将其作为一个富有思辨色彩的掌故一再引用。

民国内务部明令国民应剪去辫子，并由警察督促执行。北京城中六十余万"在旗之人"，无须"督促"自行告别了辫子。摄政王载沣、紫禁城中的溥仪也先后剪去了辫子。对于留辫之人，北京的警察也没有强制执行内务部的训令。一位清官的"鼓乐苏拉"，在"文化大革命"中依然编着又细又短又小的尺辫，红卫兵居然也没有对其进行"扫四旧"。

清末，留日学生强行剪去了清廷留学监督的辫子。如果北大学生强行剪去辜鸿铭的辫子，于法而言，系"有法可依"。也有的学生议论说，如果有人突然出手，冷不防地剪去了辜教授的辫子，不知该是什么场面。但北大学生没有对辜教授"失敬"，这也是兼容并包的精神的具体表现吧。

于保皇而言，辜鸿铭认为："现在中国只有两个好人。一个是蔡元培先生，一个是我。因为蔡先生点了翰林之后不肯做官就去革命，现在还是革命。我呢，自从跟了张文襄（张之洞）做了前清的官之后，现在还'保皇'。"辜鸿铭自称是"前清的官"，从"入张文襄幕"到辛亥革命，辜鸿铭当了约二十年"前清的官"。最高的职位是"外务部右丞"，用现代官制来表述，也就是"外交部长助理"。于资历、于才干而论，可真委屈了辜教授。至于保皇，辜只是"自称"，既无"事"，亦无"实"。有人说他"和宗社党混在一起"，这更是杜撰。清末，"黄带子""红带子"组织了所谓的"宗社党"，其成员系爱新觉罗氏的嫡裔，也就是龙子龙孙的小团体，良弼（宗社党党魁）遇刺后自行解体，存在的时间极短。这些"天胄皇贵"也不会带着辜鸿铭"玩"，辜鸿铭也无法和他们一起"玩"。民初，袁世凯清除异己势力、敌对势力，也就是"镇压革命党"。但对"党人"的屠杀也不能公开执行，凡绑赴天桥枪毙者，即冠以"宗社党"之名。时人言"宗社党"可谓谈虎色变，躲之犹恐不及，辜鸿铭更无由"混在一起"。

复辟失败后，张勋被"通缉"。只能避居天津租界之中，辜鸿铭为之题词："荷尽已无擎雨盖，橘残犹有傲霜枝"。胡适不解其意，辜释曰："擎雨盖就是清朝的官帽，傲霜枝就是我们的辫子。"既然"荷尽"，就不会再保皇，辫子姑留审美吧。

于帝制而言，辜鸿铭最看不上袁世凯，每每称袁为"贱种"。严复、刘师培参与了"筹安会"，辜鸿铭"力拒之"。在袁治丧期间，大唱了三天的堂会。

警察前来干涉，辜曰："姓袁的死了，我却生了，今天是我生日，这堂会非唱完不可。"

于守旧而言，张勋复辟时梁鼎芬推荐辜鸿铭为外务部侍郎（副部长），张勋表示否定，说："辜鸿铭的脑子太新了。看来'辫帅'心里有数，'辫子是辫子，脑子是脑子，不能以辫取人'。"

于顽固而言，蔡元培在继聘辜鸿铭时已有定性，"不是政治上极端保守的顽固派"。五四运动中，蔡元培辞职赴杭州，顽固派乘机拉拢一些学生"驱蔡迎胡"，也就是"欢迎胡仁源复职"。辜鸿铭在教授联席会上力主"挽留蔡校长"，理由是"蔡校长就是北大的皇上"。喻蔡为皇上，当然不是要在北大推行"帝制"，而是对蔡校长的肯定。

1920年辜鸿铭"下课了"。辜在北大上课时和学生有约："我有约法三章，你们受得了的就来上我的课，受不了的就早退出。第一章，我进来时你们要站起来，上完课时我先出去你们才能出去。这是师生大义，不可不讲。第二章，我问你们话和你们问我话时，都要站起来。第三章，我指定你们要背的书，你们都要背，背不出不能坐下。"辜要求虽严，但一般是没学生退堂的。

辜鸿铭这个"名教授"甚反感罗家伦这个"名学生"好出风头，不好好学英文。故上课时十回有八回叫着罗家伦的名字，要他回答。而罗家伦对英文诗无兴趣，英文底子又很差，有时胡乱回答一通，有时直接就说"不知道"。有一回辜鸿铭听了他的回答很不满意，便当堂加以训斥。话说得很重，罗家伦有些难堪，就站起来辩解。招致辜鸿铭大怒，拍着桌子说："家伦！不准你再说话，如果再说，你就是WPT！"

罗家伦不知"WPT"三个英文字母系何释，就去请教胡适，胡也回答不出来。有一天上课时罗家伦见辜鸿铭讲得兴高采烈，于是站起来请教"WPT"是什么意思。辜鸿铭抢了一眼说："WPT就是王——八——蛋！"此言一出，哄堂大笑。罗家伦是"WPT"，也就传遍了北大。

罗家伦对辜教授也进行过"成功的反击"。五四期间，辜鸿铭在日资《华北正报》上发表了一篇指责学生"过激行为"的文章。罗家伦拿着报纸在课堂上当面指责说："先生明春秋大义，为什么在夷人办的报纸上攻击国人……"辜无言以对，气得眼睛都瞪圆了，说了句："我连袁世凯都不怕，还怕你。"此句话显然是"答非所问"，十分苍白无力。罗家伦大获全胜。罗后来成了"党国大员"，每言到辜教授，颇"执子弟之礼"。

辜鸿铭的课挺精彩，有一次听说有辜教授的讲演，沈从文和许多好奇的学生都挤满了教室。辜所演所讲，给沈留下了深刻的印象。由此看来，学生们是没有让辜教授"下课"的呼声。但辜还是"下课了"，辜的"下课"，对北大来说是个损失。

《清史稿》称辜鸿铭"善辩""好骂世"。光绪二十八年（1902年），时任湖广总督的张之洞为慈禧太后祝寿，令各衙门张灯结彩、铺张浪费，耗资巨万。并邀请各国领事，大开宴席。军界、学界人士与宴，奏西乐，唱新编《爱国歌》。时辜鸿铭在座，心中不快。对学堂监督梁鼎芬说："满街都是唱《爱国歌》，却不闻有人唱《爱民歌》。"梁说："那你为什么不试编一首？"辜鸿铭稍微沉吟一番，便说："我已得四句好词，不知大家想听不想听？"众人说："愿听。"辜曰："天子万年，百姓花钱；万寿无疆，百姓遭殃。"座客哗然，共谓"辜疯子"。

辜鸿铭说了真话，被满座共谓"辜疯子"。在"正常人"的心目中，说真话的人就是"疯子"。从这点上来看，辜鸿铭与章太炎"等尔"。

辜鸿铭骂了"老佛爷"，被共谥"疯子"。对于上司，辜也不留情面。直言道："张文襄学问有余而聪明不足，故其病在傲；端午桥（端方）聪明有余而学问不足，故其病在浮。文襄傲，故其门下幕僚多伪君子；午桥浮，故其门下幕僚多真小。"

辜鸿铭、林琴南、严复，均被归入"旧人"。一日赴宴，辜、严、林均在座。酒酣，辜鸿铭忽曰："恨不能杀严复、林琴南以谢天下。"林闻之不快，严则置若罔闻。人问何杀此二人。辜答曰："严复译《天演论》书，国人知有物竞而不知有公理，于是兵连祸结。自林琴南译《茶花女》出书，学子知有男女而不知有礼义，于是人欲横流。以学术杀天下者，非严、林而何？"

《天演论》震惊、震醒了国人，"物竞天择，弱肉强食"，系丛林法则。引入人类社会，也会造成"强者是不受指责的"，进而成为"侵略有理""压迫合理"的强盗逻辑。令人感叹："道德何在！""公理何在！"林琴南不译《茶花女》，中国也有《西厢记》《金瓶梅》《红楼梦》……

辜鸿铭对胡适说："我编了一首白话诗，你看可好。""监生拜孔子，孔子吓一跳。孔会拜孔子，孔子要上吊。"监生是用银子捐来的，"捐监"即可直接参加乡试考举人。正途出身的人视监生为"驮钱驴""屁股罩子"（郑板桥）。故监生拜孔子，把孔子吓了一跳。伪道学组建"孔教会"，辜鸿铭对这个组织极为反感，故曰："孔会拜孔子，孔子要上吊"，其意是伪道学把孔子之学糟蹋得不成样子，篡改得面目皆非。由此看来，辜鸿铭"尊孔"和伪道学家的"尊孔"实"殊也"。

在一次宴会上，辜鸿铭站起来举杯道："昔日孔子有三畏，今日大人有三待。以匪待百姓、以犯人待学生、以奴才待下属。"时人有辜鸿铭反对"学生运动"之说。其实，辜所反对的是运动中的"过激行动"。"以犯人对学生"，说明了他对"当局"镇压学生运动的愤懑。有一位外国记者问辜："中国政局如此纷乱，可有什么法子可以补救？"辜答道："有，法子很简单，把现在在座的这些政客和官僚拉出去枪决掉，中国政局就会安定些。"

清末，立宪派发动"国会请愿运动"，辜抨击道："这并非真正的国会，而是发财公司股东会。"此言入木三分，立宪派中不乏"工商界人士"，"有钱也就有能量"，动辄组织演讲会、上疏呼吁、联名请愿……辜认为他们草拟的一些"章程"并非"宪政"，而是"发财公司"入股的"条例"。

时下，有人认为辛亥革命中断了"清末新政"，也就中断了中国的"宪政之路"。且不言资议局的章程（钦定议员超过 50%，皇上有否决权），皇族内阁的丑剧，"发财公司股东会"之喻即可知晓，辛亥革命的爆发不是历史的偶然，是历史的必然。

辜鸿铭认为"中国之所谓的理财，并非理财，乃是争财。官而劣则商，商而劣则官（贪官和奸商一体；奸商和贪官一体）此诚天下饿殍遍地之因也"。

清末"搞活经济",有"官商合办""官督商办""入股承办""借资兴办""抵产兴办"……办来办去,改来改去,"官股""民股"均归入了"巨恶大贪"的囊中,黑钱也就洗白了。辜教授有早知之明,所见诚入木七分也。

辜鸿铭的学问系先西后中,他的英文比国文要好。北京教区的鄂方智主教,瞧不起林语堂的英文,但对辜鸿铭的英文佩服得五体投地,认为辜写的文章,以英国人看,可以和维多利亚时代的任何大文豪的作品相比拼,西方人在20世纪初,曾流传一句话:"到中国可以不看紫禁城,不可不看辜鸿铭。"

辜鸿铭把《论语》《中庸》《大学》等儒家经典译成英文、德文,在西方世界掀起了第二个"中国热"(西方第一个"中国热"是法国18世纪的启蒙运动中由伏尔泰等人所掀起)。托尔斯泰和辜鸿铭二人虽然"无由相会",但有书信往来,讨论世界文化和政坛局势。印度圣雄甘地拜读辜鸿铭的译著后,称之为"最尊贵的中国人"。1908年日本前首相伊藤博文访华,辜鸿铭和他大谈孔学,意在教化这位"东邻",使之知礼、知仁、知耻。

辜鸿铭在课堂上常对学生说:"你们学好英文,学好英诗,是为了教化西人。"也就是"把我们中国人做人的道理,温柔敦厚的诗教,去晓谕那些四夷之邦"。辜在西交民巷使馆区的六国饭店讲《春秋大义》(又被译为《中国精神》),来听讲者不乏"西人"。辜收"束脩(学费)"二元,理由是受教者理应敬师。

英国大文豪毛姆来华讲学,邀辜相见。辜教授拒之。毛姆登门拜访,见面后辜训斥道:"你们西方人不要以为中国人不是苦力就是买办,招之即来。行客拜坐客是中国之礼,入国问禁、问礼、问俗……"转入正题后,当然是中国文化的博大精深。分手时辜对毛说:"你看我留着发辫,那是一个标记,我是老大中华末了的一个代表。"

人称蔡元培系"旧学的殿军,新学的先行"。辜鸿铭自称是"老大中华末了的一个代表"。"人称""自称"皆不为过。蔡是"完人";辜是"怪人"。二人皆是"北大人"。

一个美国船长在福州无端向中国人开枪,几致人丧命,却仅仅支付了二十美元的赔偿就了结了此事，而美国驻福州领事竟骂他是个傻瓜蛋，说为什么要给他那么多钱，只不过是一个中国人嘛！

辜鸿铭得知此情，义愤填膺，著文说："真正的夷人，指的就是像美国驻福州领事那样的人……是那些以种族自傲，以富有自高的英国人和美国人，是那些唯残暴武力是视，恃强凌弱的法国人、德国人和俄国人。那些不懂得什么是真正的文明，却以文明自居的欧洲人！"

辜鸿铭用英语撰文说："什么是天堂？天堂是在上海静安寺路最舒适的洋房里！谁是傻瓜？傻瓜是任何外国人在上海不发财的！什么是侮辱上帝？侮辱上帝是说赫德税务司为中国定下的海关制度并非至善至美！"

被辜鸿铭谑为"WPT"的罗家伦对这段文字的评价是"用字和造句深刻巧妙，真是可以令人拍案叫绝"（罗家伦毕业后赴美留学，英文确实是"长进了"）。

辜文说在上海不发财的洋人是傻瓜。时人称上海是冒险家的乐园。其实，洋人在上海发财并不是冒险，也根本无险。上海是洋骗子的乐园。国人有"发洋财"说，此说并不是"发洋人的财"，而是"发洋务的财"。清廷的庸官朽贵们和"洋人"打交道，是"丈二的和尚——摸不着头脑"。"挨坑、挨宰、挨涮"系正常现象。但学费没有白交，总算掌握了真谛。在"挨坑""挨宰""挨涮"的过程中，一定能发上洋财。久而久之，"办洋务"和"发洋财"成了同义语，于洋人来说，"和中国人打交道发不了财的是傻瓜"；于国人来说，"和洋人打交道傻瓜都能发财"。

辜鸿铭不是"义和团"并不"排外"，也不"蔑洋"。对洋人有客观、公正的评价，认为：美国人博大，但不深沉；英国人深沉、纯朴，却不博大；德国人博大、深沉，而不纯朴；法国人没有德国人的天然深沉，不如美国人的心胸博大，和英国人的心地纯朴，却拥有这三个民族所缺乏的灵敏。只有中国人全面具备了这四种优秀精神的特质。

辜鸿铭曾言，华夏文化的精神"在于一种良民宗教，每个妇人都无私地绝对忠诚其丈夫，忠诚的含义包括帮他纳妾。每个男人都无私地忠诚其君主、国王或皇帝，无私的含义包括奉献出自己的屁股"。

此言不可以从表面上理解，"纳妾说"姑且后论。"屁股说"系指东汉的佞臣董贤和明朝皇帝的"廷杖"。董贤留下了"断袖"之典，廷杖是把屁股打烂了无怨。在讥讽之外还有更深层次上的寓意。

辜鸿铭对女性颇有"不恭"，他有一妻一妾。妾系日本人，由妻"劝纳"。辜曾撰文曰："我妻淑姑，是我的'兴奋剂'；爱妾蓉子，乃我的'安眠药'。此两佳人，一可助我写作，一可催我入眠，皆吾须臾不可离也。"

辜鸿铭晚年颇贫，又"乐善好施"。叫花子（要饭的乞丐）临门，他照例给钱。旧京的"叫花子"多系"职业化"，于是辜宅"善门难关"，气得夫人拿饭碗向他头上掷去。和学生言及这些事时，自我解嘲地说："老婆不怕，还有王法吗？"

辜鸿铭曾在报纸上发表文章："我妻是湖南人，有极强烈的责任心。她不惜恶衣恶食，尽力撙节费用。以赡养我十六口的家。我因此对她惊服而崇敬，朋友竟多嘲笑我怕她，甚至远过怕吴佩孚率全军来临。"

辜鸿铭的妾名字叫吉田蓉子，由日本来华寻找失联的父母未果，被拐卖到汉口的一家青楼。因拒接客，备受折磨。辜帮助她脱身后，淑姑见其知书达理，对自己也很尊重，即"劝夫纳之"。后来，辜鸿铭帮助蓉子找到了父母，蓉子还是选择留在辜家。十八年后，蓉子去世，辜鸿铭留下了她一缕长发，置于枕下。

陆扬先生查阅了大量的资料和房产档案后，在《老年春秋》文化名人纪念馆栏目上发表文章，确定了辜鸿铭在京居所系柏树胡同 26 号，旧时门牌是椿树胡同 30 号。20 世纪 80 年代，被夷为平地兴建了王府井旅馆。据房产档案载，辜宅在胡同西段南侧凹进去的小夹道内，占地 130 余平方米。街门面西，是一个随墙"小门楼"。院内北房三间是起脊瓦房，南房一间系灰顶平台，建筑面积共计 60 余平方米。在被夷平之前，已是挤入多户居民的"小杂院"，旧迹难寻。

辜家有 16 口人，4 间居室平均每间 15 平方米，平均每间房住 4 人，于时下的北京而言，也是无房少房的"困难户"，甚至可是"特困户"。辜教授蜗居其中，不但著书，而且坦然接客，于"外宾"而言，日本前任首相伊藤博文、印度诗人泰戈尔、俄国皇储均曾登门拜谒，记者、学者踵门不断。于"内宾"而言，教授、名流；说客、政客更是熙攘不绝。

辜鸿铭在家中招待欧美友人，照明用的还是煤油灯。有人说煤油灯不如电灯、汽灯明亮，意在婉劝主人安装电灯。辜淡定而言："我们东方人，讲求明心见性。东方人心明，油灯自亮。东方人不像西方人那样专门看重表面功夫。"

煤油灯问题是个"谜"，鲁迅在宫门口西二条的住宅，直至1925年还没有安装电灯。故今天在"绿林书屋中"还陈列着煤油灯。齐白石画室的电灯安装得也很晚（有人说是新中国成立后公家给安装的），不安装电灯的原因有两说，一是"入境"，二是"省钱"。

辜鸿铭比鲁迅"穷"，300元的收入供养16口人。每人平均近20元。在当时北京而言，绝对属于中上水平的生活。仄屋油灯，是"入境"？还是"省钱"？实难释之。姑且曰："明心见性耳。"

辜鸿铭的名气，在国外比国内大得多。他"喜骂西人"，反而"见重于西人"。原因很简单，他骂出了水平。骂在要穴和命门上，使得被骂者听了要三思，思后更加尊崇之。对西方文化的抨击更是专搔痒处、专捅痛处、专揭丑处，令西方学者为之心折，敬佩有加。

辜鸿铭晚年潦倒，在仄屋油灯的小院里与世长辞（1928年4月）。嗣銮说他留德六七年间，受刺激最深的两件事是德国哥廷根大学哲学教授奈尔逊对辜鸿铭极为佩服，当得知辜生活困难时竟还为他筹款；有一位教授郑重地宣布，学生中若不懂辜鸿铭，则不准参加有关讨论。

林语堂赞辜鸿铭："潦倒以终世，较之奴颜婢膝以事权贵者，不亦有人畜之别乎！"

苏曼殊感叹曰："国家养士，舍辜鸿铭先生外，都是'土阿福'。"其实，国家没有养士；北大也没有养士。深究之，"养"字对士来说，是一种耻辱。"养士""牧民"，一也。都是对士、民马牛待之、马牛役之。"能得士"的

"得"字系待士之道。但得之而不能用之，用之而不能终，诚是件憾事。

辜鸿铭曾深情地感言："我热爱我的国家"，"在他们（指学生）还没有出生前，我就口诛笔伐，反对不平等条约和治外法权的卑劣做法。""我在英国读书时就知道何为祖国，而当时许多人对此还不甚了解。为了更好地为祖国效力，我不看荣誉和金钱。"

最后，辜鸿铭希望祖国繁荣富强，"那时，我将在儒家的天国深感欣慰"。辜鸿铭是个混血儿，母亲是葡萄牙人。也就是说他有半个欧洲血统，十岁时由养父布朗带到英国。这个有着半个中国血统的小男孩，牢牢地铭记了父亲的临行之言"永远记住，自己是中国人"。在伦敦时辜鸿铭仍始终穿着长衫马褂，留着发辫。因此，他在英国常常遭遇尴尬，受到歧视。

1877 年 4 月，辜鸿铭以优秀的成绩获得了爱丁堡大学文学硕士学位，年仅 20 岁。而后他又进牛津大学进修，赴意大利、奥地利、德国、法国游学，获多个博士学位，能操九种语言与人交流。

辜鸿铭是个记忆天才，过目不忘，而且语言锋利，谈风慑人。欧洲饱学之士，都慎与之交谈。此时辜鸿铭的生母、生父已经去世。他谨遵父亲的临行叮嘱："回到东方来，做个中国人。"布朗支持辜鸿铭东归，这位正直、善良、友好的英国绅士，真诚地相告，带他到英国的目的，是为了给他安上一副具有透视能力的西洋眼镜，会通中西，日后担起强化中国融汇欧洲的重任。

徐悲鸿认为："人不能有傲气，但要有傲骨。"这太难了，在器气之论上，器大于气，才能将气围于器中。辜鸿铭傲气逼人，何器能围之。季羡林的名言是："要说真话，不说假话。真话不全说，假话全不说。"这是他的为人之道、处世之道、生存之道，也是他的"底线"。

说辜鸿铭"傲气逼人"，不如说他"真气逼人"。口无遮拦，心里想什么，嘴里就说什么。与人辩亦是心对着嘴，嘴对着心。心之气浩然、渤然，何器能围之！必扬于器、溢于器、腾于器。能不傲乎！能不骄乎！能不狂乎！能不狷乎！

蔡元培之器，似乎可在盛下辜鸿铭之气。蒋梦麟、胡适、陈独秀恐怕难盛。器大并不是权大、势大。袁世凯是强人，拥北洋重兵。枪多、钱也多。枪多有恃无恐，不但敢抓人，而且敢杀人。抓人敢明抓，也敢暗抓；杀人敢明杀，也敢暗杀。钱多能贿赂，更能收买；能明赏，更能暗送。可是辜鸿铭蔑之、骂之、拒之。洪宪"劝进"时，袁世凯的"专使""特使"多次登门劝说，都被辜教授骂了出来。严复、刘师培列名"筹安会"，无论是势迫之、枪逼之、钱诱之、意使之，均属失节、失行、失德，难与辜鸿铭侪矣。

由清末到民初，辜鸿铭对袁世凯嬉、笑、怒、骂世人皆知，中外尽晓。袁世凯深知，辜若能"上表劝进""大事毕矣"。辜鸿铭也深知袁之为人，诱之不果，难免，拘之、杀之。但终不为所动，也就是说"霸气""邪气""官气""横气"……均不敌"真气"。

胸中有真气，口中有真言。胡适归国后，执北大教席与文科学长陈独秀联手，可谓意气风发，声名鹊起。胡适主讲西洋哲学，辜曰："西方古代哲学以希腊为主，近代哲学以德国为主。胡适不会德文，又不会拉丁文，教哲学岂不是骗小孩子。"又批评胡适的英语，"不上档""乃美国中下层的英语"。

蒋梦麟学成归国，出任了北大的教务长，在蔡元培几次离职期间，均由蒋代理校长，斯时胡适任文学院院长，蒋胡联手"共治北大"，辜鸿铭也就"下课"了。"下课"后如能"活动活动心眼"，也就不至于"穷困潦倒"。辜"下课"不应视为某个人的"不容"，可以看作"兼容并包"的高峰期已经开始退潮，马裕藻的中文系主任"下岗"，兼容并包也就是"余韵"了。进一步说，"兼容并包"只能是"势均力敌"形势下的平衡。政治上如此，学术上亦如此。

疯子——章太炎

王懿荣 1900 年殉国，辜鸿铭 1928 年病逝，章太炎 1934 年病逝。章太炎在辛亥革命前是老牌的"革命党"，又是门生遍天下的国学大师，鲁迅出其门下，章病逝后，鲁迅撰有《章太炎先生二三事》，现全文引之：

前一些时，上海的官绅为太炎先生开追悼会，赴会者不满百人，遂在寂寞中闭幕，于是有人慨叹，以为青年们对于本国的学者，竟不如对于外国的高尔基的热诚。这慨叹其实是不得当的。官绅集会，一向为小民所不敢到；况且高尔基是战斗的作家，太炎先生虽先前也以革命家现身，后来却退居于宁静的学者，用自己所手造的和别人所帮造的墙，和时代隔绝了。纪念者自然有人，但也许将为大多数所忘却。

我以为先生的业绩，留在革命史上的，实在比在学术史上还要大。回忆三十余年之前，木板的《訄书》已经出版了，我读不断，当然也看不懂，恐怕那时的青年，这样的多得很。我的知道中国有太炎先生，并非因为他的经学和小学，是为了他驳斥康有为和作邹容的《革命军》序，竟被监禁于上海的西牢。那时留学日本的浙籍学生，正办杂志《浙江潮》，其中即载有先生狱中所作诗，却并不难懂。这使我感动，也至今并没有忘记，现在抄两首在下面——

狱中赠邹容
邹容吾小弟，被发下瀛洲。
快剪刀除辫，干牛肉作糇。
英雄一入狱，天地亦悲秋。
临命须掺手，乾坤只两头。

狱中闻沈禹希
见杀不见沈生久，江湖知隐沦，萧萧悲壮士，今在易京门。
螭魅羞争焰，文章总断魂。中阴当待我，南北几新坟。

1906年6月出狱，即日东渡，到了东京，不久就主持《民报》。我爱看这《民报》，但并非为了先生的文笔古奥，索解为难，或说佛法，谈"俱分进化"，是为了他和主张保皇的梁启超斗争，和"××"的"×××"斗争，和"以《红楼梦》为成佛之要道"的×××斗争，真是所向披靡，令人神往。前去听讲也在这时候，但又并非因为他是学者，却为了他是有学问的革命家，所以直到现在，先生的音容笑貌，还在目前，而所讲的《说文解字》，却一句也不记得了。民国元年革命后，先生的所志已达，该可以大有作为了，然而还是不得志。这也是和高尔基的生受崇敬，死备哀荣，截然两样的。我以为两人遭遇的所以不同，其原因乃在高尔基先前的理想，后来都成为事实，他的一身，就是大众的一体，喜怒哀乐，无不相通；而先生则排满之志虽伸，但视为最紧要的"第一是用宗教发起信心，增进国民的道德；第二是用国粹激动种性，增进爱国的热肠"（见《民报》第六本），却仅止于高妙的幻想；不久而袁世凯又攘夺国柄，以遂私图，就更使先生失却实地，仅垂空文，至于今，唯我们的"中华民国"之称，尚系发源于先生的《中华民国解》（最先亦见《民报》），为巨大的纪念而已，然而知道这一重公案者，恐怕也已经不多了。既离民众，渐入颓唐，后来的参与投壶，接收馈赠，遂每为论者所不满，但这也不过白圭之玷，并非晚节不终。考其生平，以大勋章作扇坠，临总统府之门，大诟袁世凯的包藏祸心者，并世无第二人；七被追捕，三入牢狱，而革命之志，终不屈挠者，并世亦无第二人：这才是先哲的精神，后生的楷范。近有文侩，勾结小报，竟也作文奚落先生以自鸣得意，真可谓"小人不欲成人之美"，而且"蚍蜉撼大树，可笑不自量"了！

但革命之后，先生亦渐为昭示后世计，自藏其锋镝。浙江所刻的《章氏丛书》，是出于手定的，大约以为驳难攻讦，至于忿詈，有违古之儒风，足以贻讥多士的罢，先前的见于期刊的斗争的文章，竟多被刊落，上文所引的诗两首，亦不见于《诗录》中。1933年刻《章氏丛书续编》于北平，所收不多，而更纯谨，且不取旧作，当然也无斗争之作，先生遂身衣学术的华衮，粹然成为儒宗，执贽愿为弟子者綦众，至于仓皇制《同门录》成册。近阅日报，有保护版权的广告，有三续丛书的记事，可见又将有遗著出版了，但补入先前战斗的文章与否，却无从知道。战斗的文章，乃是先生一生中最大，最久的业迹，假使未备，我以为是应该一一辑录，校印，使先生和后生相印，活在战斗者的心中的。然而此时此际，恐怕也未必能如所望罢，鸣呼！

《京城百怪》一书中，有对章太炎大闹总统府之后的记载，尤其是在钱粮胡同的幽居生活。此时在北大执教的章门弟子，多前往探视。黄侃、钱玄同跑得最勤，系"章公馆"的常客。现转引如下：

大闹总统府之后，章太炎被拱卫军统领陆建章骗上马车，载往龙泉寺。一路之上陆亲为车前"引马"，人不解其意，陆笑曰："如果他日章太炎肯为我草一军书，胜过十万精兵。"至龙泉寺后，陆即把章交给了警察总监吴炳湘。

龙泉寺系张之洞的别墅，以之为章太炎的幽居之所，实有礼敬国学太师之意。章入寺后即行绝食，吴炳湘请了许多社会名流前往劝说均不奏效。百思之后，突生一计。

吴派幕友多人，"环先生而说之"。正在纷乱之际，门外一声高喝："汝等速避开，听某一言。"声音之大，如同一个闷雷，众人大吃一惊。这时只见一个身高六尺，膀阔腰圆的黑脸大汉闯了进来。他身穿警官服，配枪挂刀，一脸横肉，而且满脸都是大麻子。走起路来身上枪刀相碰，铿然有声。马靴踏地，方砖震响。

"众人皆避之"，他径直走到章太炎跟前，两脚跟一并，踢马刺发了刺耳的金属撞击声，敬了一个标准的军礼，开言道：

"某是一介武夫，略知圣贤之书。先生乃饱学素儒，国学之泰斗，然先生谬矣！身体者，受之父母，岂能自残之。昔者商纣囚文王于羑里之库百日，文王被拘而演周易，未闻有绝食之举。今先生恶项城（袁世凯），项城恶于纣乎，项城纵然恶于纣，先生仍可师文王演易之举，何出此绝食下策。愿先生进食。"

言毕，即斟酒一杯敬章曰："某是粗人，然话粗理不粗。愿先生思之，望先生速食。"说罢，即斟酒自饮，撕肉大嚼。章太炎初见之惊，后闻其言似有所动，终言之曰："此诚壮士之言也。"即举杯与黑大汉共饮矣。

章太炎在龙泉寺安顿下来后，吴炳湘总觉得幽禁国学大师会遭社会舆论的谴责，于是在东四钱粮胡同给章开了一所"公馆"。章公馆是一所大四合院，门房、听差、厨子……俱全，只不过这些"下人"都是"特工人员"。

章太炎乔迁新居之后，京中学者、教授纷纷前来看望。"门房"对来客一一告诫说："只许谈学问，不许谈时政。否则下次休想登门。"

按照"宅门"中的规矩，吃早点时太太点一天的菜谱，由"跑上房的"听差告诉厨子。可是章公馆无太太主政，厨子只好跑到书房请示"大人"。章正潜心著书，脱口答曰："鸡蛋、火腿。"厨子追问晚上的菜谱，章回答说："火腿、鸡蛋。"一连三天均是如此。于是厨子不再请示，而是自做主张了。

按照当时成例，大人吃饭是四盘热菜、二盘凉菜、一盘小菜、一个砂锅，以成八仙（鲜）之数。章太炎官居"东北实业使"，级别是"特任官"（正部级），勋序系"勋二位"，进膳时当然要有这个谱。所以厨子就按"成例"安排了。但章太炎进餐时只吃摆在跟前的两盘，余者不动筷，而且天天如此。如厨子不与调换，眼前不论放置何菜，均是百吃不厌。因为章太炎的心思都用在了著书上，于饮食实无暇顾及。

隆冬时节，"下人"们在客厅、书房、卧室中均生起了洋炉子，炉火烧得通红，室内暖意盎然。不料章大怒，认为这是个阴谋，特工们想利用煤气熏死自己，责令撤火。撤火之后屋内滴水成冰，使来客不敢久留。章又命令重新生火，但不许关窗户，入睡之前卧室灭火再关窗。

除夕将近，主人例应给仆人发放赏钱，章太炎一时心血来潮，想惩治一下这帮特工，于是宣布了几条"家规"：首先是对主人说话时要请大安，朔（初一）望（十五）之日要行叩首大礼；其次是对来客不许称先生、教授，一律改称大人、老爷，要大安相迎、大安相送，上茶也要先请大安。

对来客一律要自称"奴才"，违者即日辞退。章的用意是把这群特工逼走，自己好相对自由些。无奈这群特工都是清朝时的差役出身，对请大安，行大礼视为家常便饭。在章宅当差，拿着双饷，十几个人伺候一个书呆子，真是优哉游哉。于是自觉执行"家规"。

客人一进门，"门房"就大安相迎，口称："奴才给大人请安！"然后转身高呼："××大人到！"院内的仆人闻声也齐呼："××大人到。"客人入座，仆人上茶后请一个大安，退三步再请一个大安，然后才转身离去。

客人告辞时，仆人高呼："给大人套车。"其实客人们大多是乘洋车而来，甚至是步行而来，根本无车可套。可是章宅仆人照喊不误，喊过之后在门口站班送客。

这套家规把客人们闹得莫名其妙，章太炎只好明令修改"家规"，全盘西化，行三鞠躬礼。

洪宪醒梦后，章太炎恢复了自由，结束了在钱粮胡同"章公馆"长达四年之久的幽居生活。这四年中在学术上颇有所获，著述甚多。是否是受黑脸大汉的启示："师文王演周易之举"，就不得而知了。

章太炎到北大讲学，章门弟子黄侃、钱玄同、马幼渔等人当然是"前导后拥"。刘半农也执弟子之礼甚恭，刘系新中又新的人，所执是为章"板书"。章有口音，得有"翻译"学生才能听得懂。黄、钱二人则轮流充当。黄、钱二人总是互骂互诘，此时暂时休战，故有"疯子镇得住疯子"说。

章太炎南归后，也并非自筑高墙把自己和外界隔绝起来。"九一八事变"

后章毅然北上，力劝张学良"收复东三省"。在"论势""论兵"的过程中，对刘喆（张作霖时期的教育总长）大加训斥。所言虽"泛"，但气贯长虹。

时人、势人虽谪之为"疯子"，但又有"疯子真疯""疯子不疯"说。"真疯"是骂了自己；"不疯"是骂了自己想骂的人。看来疯与不疯，全以"利己"而定。章太炎所骂甚广，故报纸上时有"章疯子真疯""章疯子不疯"的醒目标题。

北大多"疯子"，无论是"疯子真疯"还是"疯子不疯"，有疯子总比无疯子好。北大出名的疯子，均是在 19 世纪中成长起来的。大多有"负笈东洋"的经历，不是"革命党"，也和革命一起"混过"，"玩过手枪、炸弹"。其思想意识中多少有些"安那其"，辜鸿铭称之曰："无王党"，也就是"老子天下第一"。细究之，辜本人有几分"无王党"，虽然他没有玩过手枪炸弹。

傅斯年也有"疯子"之称，但他没有经历过辛亥革命，没有玩过手枪炸弹，所以差点"火候"。五四冲出北大校门时，傅扛大旗走在最前头，俨然有主帅当头阵的气概。可是后来"一言不合"，被一个"过激者"打了一拳，就不干了。二十年后，盛怒之下要和"党国元老"孔庚"决斗"，可是临战又收回了"挑战"。看来，欠火候的人就是欠火候。不欠火候的刘文典，"敢"一脚把蒋介石踹趴下。蔡元培提倡"军国民教育"良有因也，创建"学生军"良有需也。

章太炎、辜鸿铭、黄侃、钱玄同、傅斯年……从自身来讲，属个性极强的人。从外部环境上来讲，也是惯出来、宠出来、逼出来的。他们都是"大才子"，底蕴、底气十足，所以狂躁了、疯了、释放出来了。释放对"周边"来说会形成影响，也是件好事。

有疯子的基因，还得有疯子的底蕴、底气，疯子的火候，才能狂得起来、疯得起来，否则只能抑郁。

最后还要补之的是，《章太炎全集》已由上海人民出版社出版，2017 年 5 月 22 日《北京日报》"序跋园版"发表了许嘉璐所撰的序言。现全文转引：

世论章太炎先生，曰"有学问的革命家"，或曰"有革命业迹的学问家"，无论何者为确，谓太炎先生之于近代中国为鲜有之关键人物，当无异议。

先生名炳麟，字枚叔，浙江余杭人。以慕顾亭林之为人，遂改名绛，别号太炎，后竟以号行。先生生当季世，内政隳颓，外侮日深。先生幼承庭训，读《东华录》，民族主义思想萌焉；博涉经史，不自外于时势，乃渐有救国之志。初则主改良，入"强学会"，撰述于《时务报》，与康、梁为同道；庚子，断发割辫，与清廷决绝，既而重订《訄书》，作《客帝匡谬》《分镇匡谬》，一扫尊清之迷思，岜以"光复旧物"排满革命为的矣。嗣后宣扬革命思想，累遭捕系而不殆。时国人思变，而康氏撰文累牍，以为民主不可行，力倡君主立宪之说。先生以为大谬，奋笔痛驳保皇之非，斥皇帝小丑不辨菽麦，颂民主革命求索自由。时邹容著《革命军》，先生序而广之。清廷大恐，起"苏报案"，拘先生于狱者三年，而先生声名益高矣。时人谓《訄书》《驳康有为论革命书》及《革命军》出，人人皆言说革命矣。是先生于晚清思潮中，扬清汰浊，改良思想遂渐为世弃。先生凡七遭追捕，三入囹圄，革命之志，弥笃不衰。1906年，先生出狱，东渡扶桑，入同盟会，主笔机关报《民报》倡言革命，与康氏一脉相诘难。有志青年得先生薰润而投身革命者，岂可数哉！先生又著《俱分进化论》《革命之道德》《建立宗教论》《代议然否论》诸文，于革命力量之奋扬、帝制后之国体、建制诸事，皆有学理之探讨，即"中华民国"之名亦出于先生。唏！民国之肇兴，先生奠基之功钜矣。其所论说虽未能尽行，然未可轻而忽之也。

民元既始，先生与孙、黄等不无异同，然心志固在匡救时艰，而无锱铢之私也。洪宪窃国，先生复以反袁遭系，不得出户者三载，绝食者再，当庭诟詈，耿耿不可屈，而袁氏亦无如之何也。袁氏亡，先生乃得南归。其时南北纷攘，国犹未安，乃奔走南北，游说四方，期中华之光复，冀黎民之安康。及国民党北伐，先生复以政见不合，退隐沪上，弘道一隅，若无与于政，然拳拳之心，固未尝少懈也。继而东北兵退，热河不守，淞沪迭变，先生皆唱大义于天下；责张汉卿，助十九路军，不废实行。先生晚节昭昭，绝无纤毫之颓唐焉。

先生之学博而约，闳而邃，于经、史、子、集及印、西诸学皆有独得。举凡古近政俗之消长，社会都野之情状，华梵圣哲之义谛，东西学人之所说，莫不察其利病，识其流变，观其会通，穷其指归。故黄季刚（侃）先生曰："先生懿行至多，著述尤富。文辞训故，集清儒之大成；内典玄言，阐晋康（唐）之遗绪；博综兼善，实命世之大儒"，诚不刊之论也。

先生尤精于小学，学者谓为乾嘉正统派之殿军。清之朴学，自昆山顾氏肇其端，后竟蔚为大国。文字、音韵、训诂、目录、版本、校勘、辑佚、辨伪、沿革地理诸学渐为专门，学者苟通其一，即获赞叹，而先生乃能会而通之，上承戴东原（震）、段懋堂（玉裁）、王怀祖（念孙）、王伯申（引之）、俞曲园（樾）之绪余；下启近代各专门学科之兴盛。先生好顾、江、戴、估、段、王、孔音韵之学，著《文始》《新方言》。其躐越前人者，于文与字，不驻足于音同义同、音近义通、一声之转之混沌，而依文字之演进以探其源，即后世所谓以历时观念检视本体也。其于音声。亦不拘于同、近，创《成均图》，明言对转、次对转、次旁转，益合于音理及语言实际矣。至于发明孳乳、变易二例，尤为前人所不能言。如是，遂使附庸经学之小学，一跃而为独树大纛之语言文字学。季刚先生踵而襄之，遂有"章黄学派"之绵绵。

先生治经，专尚古文，与康有为相颉颃。破燕齐方士怪迂之谈。谓《春秋》乃史家之实录而非万世之圣经；《易》明古今之变，史事之情状见焉；《礼》《乐》为周室法制，《诗》记列国之政，《书》之为史益莫须辨；孔子删定六经，非素王制法，乃在存故史，彰先世，故孔子为史家宗主。然亦许孔氏以"变禨祥神怪之说而务人事，变畴人世官之学而及平民，此其功亦复绝千古"。此其立意有别于康氏，而摧破之功则略同，经学由是而遂失庙堂之尊。是先生尤斤斤于学术独立，永葆中国独有之史学也。先生之治史，继浙东太冲、二万一脉，尚博雅，切人事，而于明清易代之际，尝三致意焉，先生沦经史之真意于斯可见矣。

先生亦措意于今所谓哲学者，其论周秦诸子、法相庄周之类是也。先生自叙："盖学问以语言为本质，故音韵训诂，其管籥也；以真理为归宿，故周秦诸子，其堂奥也。"故先生不以朴学为极归，进而上之，期于哲理之构建有所成就。乃作《齐物论释》，以释氏法相之学释庄生之书，"操齐物以解纷，明天倪以为量，割制大理，莫不孙顺"，自许为"一字千金"。著《国故论衡》《检论》，平章古今学术，如以西方名学解墨，明人性之不离于民族之类，皆能洞幽烛微，臻于圆融超迈之境。先生首倡"文学复古"，实即拟于泰西之文艺复兴，而应机说法，"以朴学立根基，以玄学致广大"，以周秦九流之学复华夏之旧物，新中华之来日也。

先生之学，淹博闳通，而不能忘情于政治，故少年针砭之论，晚乃有驷不及舌之叹。实则先生光复中华文物之志，条贯始终。晚岁讲学吴门，如"子夏居魏，西河子以向学；仲尼反鲁，雅颂繇是得职"；匪止此也，乃一则以挽颓风，厉薄俗，取顾宁人知耻，重厚、耿介之说，复揭必信一语，以图治时人之弊，使人皆得卓立；一则以宣扬国粹，激励种姓，以文史之学传中国之命脉，国即亡而必复。

临终，先生尚以为饭可以不食，学不可以不讲，是先生拯溺救危，以祈斯文不坠于地为己任，发扬国之瑰宝为天职，其自任者重矣，远矣。先生自谓"平生学术，始则转俗成真，终乃回真向俗"。斯亦见其终以国运人事为第一要谛也。

先生讲学卌年，门生遍天下，从游者各得其一体，皆为名家。承其小学者，黄季刚、钱玄同；继其史学者，朱希祖、王仲荦；汪旭初以文学显，吴检斋以经学鸣。余者自成一家者更仆难数。先生实亦下启新文化运动者。健将如周树人、周作人、钱玄同、陈独秀、蔡元培辈，多尝登章氏之堂或其同道：而其论周秦诸子出于王官，平章历代学术，实为近代学术史之滥觞；论有清之学，指斥清廷之桎梏，分吴、皖二派，条析古、今之得失，为总结清学首出之作。其后刘师培、梁任公、钱宾四等继之，虽胜义迭出，要皆未能破其樊篱……是先生开启山林，后来可循道而有所成，其嘉惠于学林后世者，岂可以道里计哉，先生者可谓近代之大师矣！

先生文宗魏晋六朝，喜用古字僻典，学人时苦艰晦，难以卒读，鲁迅即尝言其于《訄书》，"读不断，当然也看不懂"。《章太炎全集》八卷出，乃得以便人之披览。近岁先生文字选本渐多，实多本此；学林亦得借以探赜先生之生平学术及近代之政局、学界之变迁。《全集》之功不可没也。

二、领教了北大人

袁世凯领教了北大人

民国初年的政治舞台上，窃国大盗袁世凯系第一强人。翻手为云，覆手为雨。摆平了所有的"敌对"与"异己"。自认为"九五之尊"，只剩施实细节的小问题。可是与新华宫（总统府）只有一街之隔的北京大学，他却从来没有摆平过。

在花钱上袁世凯"大手大脚"，可是也"缩手缩脚"。用他的话来说："该花的钱，就得花。"言外之意自明——"该省的钱就得省。"最该花的钱是"供养议员"，供养的目的是选他当正式大总统。议员的月薪八百元，时人谕之为"八百罗汉"。老北京俚云："钱多了就烧包"，因此闹得八大胡同"繁荣娼盛"，前门大街"灯红酒绿"。

对于袁世凯来说，北大属于"该省的钱就得省"。以部令："凡薪金高于六十元者，一律减至六十元。"此令与停办无异，休说"延聘人才"，现有的教师队伍也会自行解体。严复此时正任北京大学校长，断然呈《上大总统和教育部书》，明确表示："为今之计，除校长一人准月支六十元，以示服从命令外，其余职教各员，在事一日，应准照额全支。"

严校长"抗命"，保住了北大。在严复任职期间（1912 年 2 月—1912 年 7 月），官场上有北京大学"程度不高""管理不善""经费困难"等说。言下之意是"只能停办"。严复呈教育部《论北京大学不可停办说帖》和《分科大学改良办法说帖》。力陈停办北大的"四不可"。学生对校长的"苦心孤诣，钦佩莫名"，也上"说帖"据理力争，迫使教育部知难而退，公开表示"解散之事，纯属子虚"。

胡仁源任校长期间，巧逢帝制丑剧已盛。大太子袁克定多方活动胡校长，用中大夫之位逼诱北大师生"上表劝进"，胡召集北大同人"公议"后力拒之。拒绝"上表劝进"是要有勇气的，以梁启超之声望，袁克定在小汤山设宴"款待"，席间"布露"之后，梁尚且躲进天津租界"避祸"。原因很简单，"拒之"会招来"祸之"。北大师生不可能避进租界避祸，但临义不苟免，是北大人的处世之道。

为了表示对"帝制"的愤慨与谴责，北大教授马叙伦辞去教职离京，时人称之为"挂冠教授"。辜鸿铭教授不但把袁世凯的说客从家门逐出，而且上课就开骂，直呼袁为"贱种"。"挂冠"是表示不合作、不妥协、不失身，对"穷儒"而言，也就是不为"五斗米折腰"。这事且易且难，俚语有"家有隔月粮，不当小孩王"之说。教授之家，难免也无隔年粮。无隔年之粮，有不食嗟来之食的底气，舍马教授难寻。

"开骂"是挑战，"以布衣之微蔑万乘之尊"，此战国之士也。民国之士非有其时，非有其势，舍辜教授亦难寻。马教授、辜教授是北大人中的北大人。

在赞马教授、辜教授的同时，也不得不说一声"真悬"！严校长有保全北大之功，但有列名"筹安会"之失。虽然大总统黎元洪"礼敬学人"，"勿令斯文扫地"。网开一面，未将其列入"帝制犯"进行"通缉"。亦属晚节不保，一世英名毁于一旦。严校长只在北大干了六个多月，有人认为是北大的"损失"，有人认为是北大的"幸事"。言损失者认为严校长若能掌北大数年，可为蔡校长打开一个高层次的局面。言幸事者认为，严校长若不去职，难保不率北大师生"上表劝进"。一旦"附逆"，北大也就万劫不复了。将北大并入北洋大学，或将北大停办，谁人又能言"不"。

蒋介石领教了北大人

袁世凯摆不平北大，蒋介石也摆不平北大。北大中文系主任刘文典，曾一脚给蒋介石踹趴下。斯时，刘文典已经离开北大，任安徽大学校长。"蒋总司令"和"刘校长"武斗的具体情况，有诸多的版本。主要原因系在场目击者只有一人，此人是蒋的随身文职侍从人员，此人也未写过"目睹回忆录"。综汇各说并访诸安徽耆老，大体如下。

于时间而言，可以肯定不是在"九一八事变"之后。斯时，刘文典正在清华大学任中文系主任，并在北大兼课。

北伐军占领安庆之时，刘文典正任安徽大学校长。安大的学生和女中的学生因晚会发生了不愉快，闹得沸沸扬扬。刘文典认为"小事闹大"是一些地方势力暗中操纵，心里十分气愤。女中认为"被欺"，则到处"告状"。安大和女中均属省立，此事本应由省政府解决。时值蒋介石乘军舰到达安庆，女中吁请"蒋总司令主持公道"。蒋即召刘一谈，意在摆平这桩公案，以扩大总司令的影响和声威。

没想到刘文典一点不给面子，声称："他当他的总司令，我当我的校长。"总司令有何资格传见校长，明确表示"拒见"。刘文典拒见蒋介石，也确实有他的底气。于学而论，有皇皇巨著两部即《淮南鸿烈集解》六卷、《庄子补正》十卷。两书为天下儒林所重，学术界叹为观止。而且刘文典精通日、英、德等国文字，系学贯中西之士。于政而言，系同盟会的老会员、孙中山的秘书。"二次革命"失败后在日本参加孙中山领导的中华革命党，系中坚人物。论资历远在蒋介石之上。在他的心目中，蒋介石不过是辛亥时的浙军团长，永丰舰上的上校参谋。

对于"拒见"，蒋介石也不是第一次碰钉子。北伐军进入天津时，蒋召见天津党部书记长，就遇见了"杠头"，遭直言拒绝："本人非总司令下属，实难奉召。"无奈之下，蒋只携随行文职秘书一人，前往安徽大学会见刘校长。此举之意有二。一是为赢得礼敬国学大师的赞誉；二是为摆平两校之争，显示总司令在教界亦可一言九鼎。

蒋、刘见面后话不投机，刘文典直言道："你当总司令，管你的兵；我当校长，管我的学生。各司其职，各理其事。大学不是衙门，不劳你过问。"蒋认为刘不识抬举，于是直呼其名曰："刘文典，你好不懂事……"刘怒，指责蒋道："刘文典三字也是你能叫的吗……"蒋则称刘为"学阀，和土豪劣绅一样"。刘回敬蒋："你是新军阀，新军阀比旧军阀还不懂事。"

蒋盛怒之下，打了刘两记耳光。刘文典早年参加反清斗争时，不但玩过手枪炸弹，而且练过武功，系见过战阵之人。于是飞起一脚，正中蒋介石下腹。这脚踢得稳、准、狠，蒋介石当场就蹲下了，脸色变了，汗也下来了。秘书见大事不妙，扶起蒋就向外走，登上汽车绝尘而去。刘文典实是命大，蒋介石为了"礼贤尊教"，前往安大时没有带侍卫。若侍卫在场，说不定出枪把刘文典撂了。

蒋走后大家都劝刘"速逃"，刘坦然道："他姓蒋的能把我怎样？他先动手打了我两个嘴巴，我还了他一脚。谁都没吃亏，扯平了两不该。"蒋回到省政府后花园的行馆后，即下令卫兵把刘文典抓了起来，交省政府严办，然后乘军舰返回南京。

蒋走后，安庆学生开始游行，要求省政府立即释放刘校长。教育界一致谴责蒋"专横""逾权"，左如鲁迅，右如胡适，均对蒋进行了抨击。蒋一走了之，安徽省政府则棘手难办。蒋走后省府后花园的行馆空着，于是刘文典入住其中，成了国学大师的囿居之所。同人们商讨对策，有人主张"诉诸法律"，有人主张"诉诸舆论"。刘家人认为法管不了枪，舆论也管不了枪，还是"找人疏通"为上策。

不用刘家人疏通，蒋介石回到南京后，蔡元培和许多"党国元老"直接找上门来向蒋介石要人。此时的形势对蒋也很不利，冯玉祥的西北军和李宗仁、白崇禧的桂军有联合倒蒋之趋，大敌当前，不能再引起党国元老们不满，更不能激起学术界的同愤。于是授意安徽省政府，将刘文典"礼送至北平"，由清华大学校长罗家伦聘为中文系主任。蒋梦麟亦聘刘文典为北大兼职教授。

罗家伦、蒋梦麟系"学人"，亦是"时人""势人"，如没有受到南京方面的明示或暗示，刘文典是不会步出围室即登上讲台的。

刘文典回到北平后声名大振，"大学不是衙门"成了一句名言，为时人所尊、所传。大学独立之说起自 1923 年，系蔡元培所提出。"端谁的碗受谁管"，国立大学、省立大学均不可能"独立"。"大学不是衙门"，也就是说学府不是政府的承办机关，应有其自主性。

张学良在东北易帜，宣布"拥护中央（南京政府）"，升起了"青天白日满地红"的国旗。北伐军的四位总司令，即第一集团军总司令蒋介石、第二集团军总司令冯玉祥、第三集团军总司令阎锡山、第四集团军总司令李宗仁齐聚北平，在西山碧云寺举行了其"灵前会议"，宣布北伐成功，全国统一。

蒋介石可谓春风得意，但得意之中也有失意，最失意的是北大之行——按北平市党部的安排，到北大来演讲。北大学生陶纯对具体情况有文字记载，现转引如下：

> 讲演的地点是三院大礼堂可坐一千多人。届时蒋来了，果然带着宋美龄。蒋穿一身整齐的中山装，宋美龄穿长袍，一脸脂粉。学生们夹道观看而没有鼓掌。蒋进了礼堂后，学生也跟着进来了，座位不够，后边有人站着。
>
> 蒋站在讲演台上，宋坐在一边。他说话，喉咙很尖窄。气脉短促，一句一句地，不会一下子说下去。首先自己夸功：率兵北伐先取武汉，继取南京。现在兵发北平全国统一。还说共产党捣乱，也被他镇压下去了。
>
> 学生们听了，站着的人逐渐散去。后路闪出，坐着的人也抽签似的走了。听众继续走，只剩下稀稀拉拉的半数人了。这些人回头一看，身后没人了，身边也没人了，坐不住也抽身走了。人越走越少，只剩下前头那些拥护他的百余人。
>
> 他在台上看到人逐渐减少，声音越大越尖，下面也听不懂他说了些什么，偶尔听到骂汪精卫，也听到骂北平市国民党委员，说市党部在他来的时候不组织欢迎，又不按他的意旨行事，这样的党部，要它何用！

本来预定讲两个小时，他对招待人员还说尽量缩短，超过两小时也不太合适，现在才一小时不到就没说的，不到半小时就气呼呼地停止了。下面还有稀疏的掌声，"砰砰"有规律的拍掌拖到他出了礼堂门才停止。钻入汽车，招待人员送他，他招呼也不打，汽车就开动了。这时院子里才此起彼伏鼓起掌来给他送行。

黄马褂领教了北大人

北伐军进入北平后，市民们称"党军"的军官们为"五皮"或"五加皮"。五皮的出处是这些军官们，都头戴皮帽箍，腰系皮武装带，身背皮枪套、手戴手指露出的皮手套，足蹬皮马靴。身上共配五种皮革制品，"五""捂"同音，五皮也就是捂在革制品之中，"大夏天的也不嫌热"。这些"党国军人"和"北洋军人"的不同处是"颇重军姿、军容，唯军人仪表是重"。"五加皮"是一味中药，也是市场上常见的药酒，颇受老北京市民欢迎。"党军"的军官们好在武装带上加挂一条皮马鞭，以示军官身份。也就是说："本人是有马骑的实缺军官。"这也就是"五加皮"的出处。

北大有尚武的传统，京师大学堂时期，就"发操衣"，"出操"。20世纪20年代的"北大学生军"，先是社团组织，后是学校所设置的一门课。30年代时，国民党设立了军训制度，小学、初中建立"童子军"，高中、大学要对学生进行"军训"，于是"五皮""五加皮"进入了中学、大学，俨然"中央派来的教官"，系正牌的党国军人。

北平地区的驻军，自北伐成功后一直是晋军、东北军、西北军，这些部队被视为"杂牌军"。军官们大多是行伍出身，没受过什么现代教育。南京派来的教官是清一色的"黄埔小兄弟"，各大学的教官大多是黄埔生进陆大校官班镀过金的"军界骄子"。黄埔小兄弟是"天子门生"，北大学生讥之为"赏穿黄马褂"。"陆"与"绿"同音，军界骄子在北大也就有了"赐戴绿帽子"之谓。

北大军训部主任白雄远，原系体育部主任，1917年入北大。蔡元培革新北大的内容之一，就是设置体育课。当时中国无体育人才，"体育"被视为"出操"，和"军体"这个概念大体相同。蔡元培和保定军校的首任校长蒋百里私谊甚笃，于是请蒋在保定军校的教官中推荐一个适合在北大执教的人才。蒋校长就向蔡校长推荐了白雄远，原因之一是白的古文底子好、墨宝也好，颇有文人气质。

于军界而言，白雄远系保定一期，毕业后留校任教。许多黄埔教官，是他的学生。国民政府的高级将领，如陈诚、顾祝同、刘峙、白崇禧、刘文辉等人，系他的"学弟"。于教育界而言，白雄远1917年即在北大执教，而且是蔡校长"引进"的。

教育部设立"军训总监"时，蔡元培推白雄远出任。白不愿离开北大赴南京就职，于是出任了北平军训委员会主任、北平军训总监（斯时官制，系行政、督察分设，其实是"一套人马两个牌子"）。南京派来的"黄马褂""绿帽子"，认为自己是"党国嫡系""军界精英"，可是对白雄远又无可奈何，对于"老资历"也就给个"老面子"，可是白雄远对"黄马褂""绿帽子"一点面子都不给。

严薇青在《北大忆旧》一书中云："白雄远大概是保定军官学校毕业，资格很老。岁数虽然五十岁左右，却挂有少将衔。还是当时北平市学生军训总监。""第一次上课时首先宣布：'只要大家按时上课，到学期考试就是一百分。如果试卷答得好，就是一百二十分。'话音一落，学生哄堂大笑。他却仍旧板紧面孔，继续宣布：'那个二十分嘛，给你们留到下个学期。'学生又一次哄堂大笑。"

"到了学期考试，白把试题写到黑板上。这时就有学生请他解释题意，他根据题目答案的要求，原原本本地'解释'起来。学生一面听，一面往试卷上写。有的学生写得慢，就喊：'请您讲慢一点！'就这样，大家高高兴兴地交了卷。"

蔡元培对白雄远的评价是"白君勤恳而有恒，历十年如一日，实为难得的军人"（蔡元培《我在北京大学的经历》）。白雄远前后"殊"若两人，前期他是北大体育部主任，虽兼军训部主任，那时的"军训部"系北大自置，所主持的学生军最初系社团性质，后发展成选修课、必修课。学生昵称他为"学生军总司令"，"故工作起来勤恳而有恒，历十年如一日"。后期他是行政院任命的军训委员会主任（又称北平军训总监），对"党国交办的任务"，敷衍一下也就行了。

严薇青目睹，"白雄远对北大学生虽然马马虎虎，但对另外一个学校的军事教官却发过一次脾气。那是他在沙滩北大红楼后广场上检阅北平全市大学生军训的时候。他身着黄呢子军装，腰佩短剑，脚蹬马靴，站在临时搭的检阅台上。各大学受检阅的学生分别由各校军事教官带队入场。而后由北大尹姓特胖教官向全场发布口令，进行检阅。那时没有扩音器，但是胖教官的声音洪亮，贯彻全场，赢得了大家的赞叹和敬佩。"

白雄远在检阅中看到有一个大学的学生都没打裹腿，而且带队的教官也没打。等检阅完了后，白简要地讲了几句话。就把那个大学的教官叫到检阅台前问他为什么学生都不打裹腿。教官回答之后，他又问："你为什么不打裹腿？"那个教官说因为学生都没打，所以他也没打。白当场严厉训斥："你是学生吗？你不是军人吗！军人出操能不打裹腿吗？"那个教官只好规规矩矩以立正的姿势站在检阅台前接受训斥。这时白雄远声色俱厉，和在北大课堂上简直判若两人。

被白雄远训斥的人是中国大学的教官，他除了"赏穿黄马褂""赐戴绿帽子"外，还多了一件"蓝制服"。也就是说这个人是蓝衣社（复兴社）成员。在南京的"根"比"黄马褂""绿帽子"还粗还深。在中国大学里把手伸得特别长，俨然以"监军"自居。对学生粗暴无理，十分蛮横。

对于"党国军人"而言，是官大一级压死人。白雄远利用"裹腿事件"，以北平军训总监的身份对他大加训斥。使这位"蓝制服"一点面子也没有。训斥词中还有"学生不打裹腿，是你教导无方，是失职。你不打裹腿，不像个军人，不称职"。

"裹腿事件"后，中国大学的学生一上军训课就齐呼："不像军人，不称职。""赶快辞职！"这位"蓝制服"无计可施，只好灰溜溜地跑回南京。

张中行在《红楼点滴》一书中说："不知从哪刮来一阵风，说必须整顿、加强。于是来了个新教官，是上校级，南京派来的。""开门第一炮，果然对待士卒的样子，指使、摆布、申斥。"学生"开始是敢怒不敢言，不久就布阵反击。武器有钢铁和橡胶两种。钢铁是正颜厉色的论辩，那位先生不学无术，虚张声势，这样一戳就泄了气。橡胶是无声抵抗，譬如喊立正，就是立不正，但又立着，你不能奈我何"。大概只有两个月吧，这位先生黔驴技穷，辞职回南京了。

这位不学无术的先生，曾向白雄远反映北大学生不受教⋯⋯。白笑而答曰："北大的学生就是不好教，要是好教，干吗把你从南京调来。既然来了，就得用用功，我开个书单子，你到北大图书馆借来好好读懂，然后再去教学生，学生也就会受教了。"白雄远拿他开涮，这位先生自然明白。北大无法待，只有辞职回南京了。

白雄远任北平军训委员会主任的时间不到两年，到南京开会时，蒋介石对他大加申斥，指责他目无中央，在电台讲课妄发议论。在集会时手戴东方，招来日方抗议。白淡定地听着，有人示意他站起来"听训"，白置之不理。散会后白表示："我的职务是行政院任命的，军事委员会委员长没有权力训斥我。"当日即向行政院呈了辞呈，乘火车返回北平。汪精卫和蔡元培沟通后，"准白雄远辞去主任、总监二职，专任北京大学军训主任教官。"

张中行在《红楼点滴》中亦载："白雄远回到北大后受到同学们的热烈欢迎。我的记忆，同学们对他一直很好，觉得他可亲近。也许就因此，有一次，学校举行某范围的智力测验，其中一题是'拥重兵而非军阀者是什么人'，有个同学就借他的大名之助，不但得了高分，还获得了全校传为美谈的荣誉。"

张中行可能是记忆有误，"拥重兵而非军阀"的出处是一次晚会上，有人出了个谜语，谜底就是"白雄远"三个字。

"七七事变"时，白雄远因伤入院，未能随北大迁往大后方。据张友仁回忆，他在云南昆明西南联合大学时的主任军训教官是毛鸿上校。能到西南联大任主任教官，单凭"黄马褂"恐难出任，还得戴顶"绿帽子"。说不定腹中还有几瓶洋墨水，到美、德军校深造过。

毛鸿给"青年学生的印象是一位慈祥长者，虽然他那时还只有三十多岁。一年级时，我们住在西南联大的昆华北院宿舍里，他经常来看我们，对我们像子弟一样的亲密。我们宿舍里的电灯泡坏了他都帮助我们换新的。

"在昆明，我们不断掀起轰轰烈烈的学生运动，反动政府密令加以镇压，他下面几个尉级的军事教官，蠢蠢欲动，都被他压了下来。他说：'这不是人干的事。'从而保护了同学。他本来该升为陆军少将的，因此失去了升迁的机会，以上校终其一生"。

抗战胜利后，白雄远返北大任职。他自认是北大人，北大人也均与他认同。毛鸿上校是否可以称为联大人呢？对他的家世、身世张友仁没有记载，现在可以说是不可考了。从他的表现来看，他已经把自己当成了"联大人"，联大人不妨也和他认同，因为他不是"异己"，更不是"异类"。

北大校长领教了北大人

北大校长公认的是"难当"，难当之处首先是夹在政府和学生之间，常处在"风口浪尖"之上。其实，于内而言也是一个"难"字。傅斯年和蒋梦麟论蔡元培和胡适时，蒋认为蔡、胡是北大的"功臣"，自己和傅系"功狗"。狗、臣之别姑且不论，"功臣"也是难当。以蔡校长在北大的声望，在"讲义事件"中也是进退失据、进退失德。

蒋梦麟在《试为蔡先生写一笔简照》一文中，对"讲义事件"所记甚简甚略：

"学生因不肯交讲义费，聚了几百人，要求免费，其势汹汹。先生坚执校纪，不肯通融，秩序大乱。先生在红楼门口挥拳作势，怒目大声道：'我与你们决斗'，包围先生的学生纷纷后退散去。"

详而述之系因经费不足，校务会议商定征收部分讲义费。部分学生不肯交讲义费，还聚集起来包围红楼，来势汹汹要求免费，还要寻找提出此项意见的庶务主任沈士远算账。蔡闻声挺身而出，对学生解释说："收讲义费是校务会议决定的，与沈先生无关，我是校长，有理由尽管对我说。"

学生仍不让步，呼喊着要找沈。蔡也大声呼道："我是从手枪炸弹中历练出来的，如果你们有手枪炸弹，不妨拿出来对付我，我是在维持校规的大前提下，绝对不会畏缩退步。"部分学生闻言仍不后退，于是蔡就站在红楼门口，怒目挥拳，大声喊道："你们这班懦夫！有胆的就出来与我决斗，如果你们哪一个敢碰一碰教员，我就揍他。"

包围蔡的学生看到平日性情温和的蔡发怒了，知道校长不会妥协，便纷纷后退散去。

在整个过程中，学生的矛头是指向提出此议的庶务主任沈士远，并不是"校方"，在整个过程中，学生也没有使用"暴力"。学生见蔡校长的态度坚决、强硬，也就"后退散去"。"讲义费事件"的"现场"平静下来，余下的工作也就是和学生们做进一步的解释，把校方的具体困难说清楚。令人想不到的是蔡校长和有关人员要"上辞呈"，一些教职员力主要"申明校纪"。于是以开除了两名闹事学生而了结了此案。

鲁迅和蔡元培的关系很近，可以说无蔡的鼎力支持，"周家兄弟难成文字之业"。鲁迅对讲义费事件的了结，"甚持不同意见"。认为讲义费免收，是校方接受了学生的要求。被开除的两个学生，系初入校门的"预科生"。毛头中学生刚进北大，不可能组织起数百人"闹事"。真正的"主事者"，绝不会是此二人。于是慨叹道："讲义费免收了，大家都获其惠，可是被开除的两名预科生，却被遗忘了。"

今人对"讲义费事件"的剖析是，蔡虽系"新学的先行"，但亦是"旧学的殿军"。他身上的士大夫基因太多了，把学校的"秩序"、教职员的"尊严"看得太高了。于师道而言，也是一件可惜可憾的事。师尊、师德之际，德大于尊者，师道之正、师道之真。

蔡元培毕竟是蔡元培，舍"讲义费事件"似乎难寻其师道之疵。在聚人之道上、求才之道上，蔡校长可谓微疵难寻。西方的大学、中国的书院，溯初始，多系"同道相聚"，即学术观点相同的学人群集而成，于是形成学派。故有"某大学属某学派""某学派出某大学"之说，学派的"牛耳"往往系大学校长；大学的校长往往系学派的"牛耳"。

北大则反其道而行之。"无学派有大师"，系北大的立校之道、办学之道。所以北大的校长难当，政治上，学生分左中右，教授亦然。学术上，大师云集，各成一家之言。不但多名师，也多高徒，学生中亦有胜于蓝者。作为校长，既要领教学生又要领教先生。"杀君马者道旁儿"是对学生而言。对于教授不但要兼容并包，更重要的是要对和自己观点不同的人兼容并包。

胡适是由陈独秀推荐，蔡元培所引进。在对《红楼梦》一书的研究上，蔡元培和胡适各领一家之言，也就是说观点完全不同。蔡说在前，胡说在后，胡说对蔡说一点也不客气。批评蔡说："宝玉影射清廷某人，黛玉影射的某人等等，'是笨的猜谜'犹如有人猜'无边落木萧萧下'为日字一般。"有些"学人"，学术上不容人。"不同意我的观点，不要来考我的研究生；不同意我的观点，不要来我校任教"，北大则不然，反其道而行之。也就是说敢领教北大人，能容得下北大人，才能当好北大校长。舍蔡元培又其谁？

蔡元培任北大校长时发生了"讲义费事件"，胡适任北大校长后发生了"订报刊事件"，又称为"追打毛子水事件"。事件的过程很简单，北大复员后财政很紧张，图书馆所订的报刊不能满足学生们的需求，特别是进步学生对进步报刊的需求。学生们拥入图书馆"兴师问罪"，要向馆长毛子水讨个说法。毛又气又急，连说："没钱！没钱！不订！不订！就是不订！"学生们被激怒了，有人喊"打！"众声和之喊"打！"毛子水见势不妙，掉头就跑。毛馆长地熟人灵，避入书库之中。学生们寻之不果，也就散去。这就是所谓的"追打毛子水"，其实是喊打没打，追而不获。

胡校长不是蔡校长，没玩过手枪、炸弹，所以也就没有出来为毛子水"挡横"，更不会和学生"决斗"。事后没上辞呈，也没有开除学生。蔡校长掌北大十年，理事不过五年半。胡校长任北大教席十七年，掌北大不足三年。两位校长时殊、势殊，胡校长比蔡校长更领教了北大人，更能适应北大人，尤其是对学生。在到北大之初，就领教了北大人。

胡适学成归国之后，在治学之道上无疑是观念新、方法新，于国学而言，底蕴和积淀难免"稍逊风骚"。斯时北大的学生，学富五车者不乏其人。在为师之道上确有些底气不足，故十分谨慎、小心。

张中行有云："胡适在讲课时，提到某一小说。他说：'可惜向来没有人说过作者是谁。'一个同学张君，后来成为史学家，站起来说：'有人说过，见什么丛书里什么书。'胡很惊讶，也很高兴。以后上课，逢人便说：'北大真不愧为北大。'

"有一次师生聚一堂，就佛学专题展开讨论。胡适发言很长，正在讲得津津有味的时候，一个姓韩的学生气冲冲地站起来，不客气地说：'胡先生，你不要讲了，你说的都是外行话。'胡答道：'我这方面确实很不行。不过，叫我讲完了可以吗？'在场的人都说，当然要讲完。"

张中行分析说："因为这是红楼的传统，坚持己见，也容许别人坚持己见。根究起来，韩君的主张是外道，所以被否决。"

韩君虽有"外道"之嫌，其气堪称、值称北大人。胡君不气不恼，其量堪称、值称北大人。实可谓北大人领教了北大人，北大人成就了北大人。

当堂令老师"下课"，怎么说也是"无序之举""失礼之行"。虽为"美谈"，亦有欠缺。胡校长"有一分证据，说一分话"的出处，可谓彰显了北大师生的真风、真度。

北大的在读学生潘静远兼《文汇报》记者，因与胡适所见多殊，就以学生、记者的双重身份到校长室和胡适论辩。二人意见自然相左，均说服不了对方。谈话结束前，潘出示一张宣笺，请校长题字。胡笑着打开了墨盒，淡定地写下了"有一分证据，说一分话"九个大字，然后签下了名。

实可谓"淡淡风，浩荡；平平度，弥大"。其风、其度，舍北大焉寻。写到这里，笔似乎难停，令人想起了20世纪80年代初的"食堂事件"。学生们对食堂提供的饭菜极为不满，于是一哄而集，千人聚于办公楼前。此时丁石孙任北大校长，丁校长是"十年浩劫"中的过来人，有效地化解了这一矛盾。让学生选出代表进驻食堂，共同管理。

可惜的是上有政策化解矛盾，下有对策化解政策——凡学生代表可在食堂免费就餐。学生代表也就难免成了"罗家伦"。丁校长是北大人出身的北大校长，其经其历深矣，亦难矣。要当好北大校长，先要成为北大人。当过北大校长，还能回归北大人，系掌北大之道。

最后还是画蛇添足，"讲义费事件""订报刊事件""食堂事件"，均发生在学生运动之后，上街游行是以天下为己任，校内事件，可视为"余韵"。校园"平静"，校长固然好当；校园"太平静"了也未必是好事。具体而言，拒交讲义费，强烈要求增订报刊，对食堂表示愤懑的学生，大概不会是"富二代"。故在校外争"国权"，在校内也要争"己权"。若不争国权也不争己权，热衷于"创收"，忙于"脱贫致富"，自己的问题自己解决，"不问众事"，"独善其身"。于校长来说，是育生之路上的失败。

北大教授领教了北大人

北大的专职教师称教授，外聘的兼课教师一律称"讲师"。鲁迅应蔡元培之邀在北大讲授中国小说史，即是以讲师的身份。北大的讲师有来自外校的名教授，也有社会贤达、政府官员。外校的名教授来北大开课，其主旨在交流。社会贤达、政府官员来北大开课，原因有二：一是为了挣点课时费；二是提高自己的社会地位以扩大其影响。在这种情况下，实难免鱼目混珠。为提高地位，扩大影响而来北大开课的讲师，大多有点来头，如罗文干、王宠惠等，均系总长级的高官。学生中的"时人""势人"，也就借此机会以"门生"自居了，所希冀的是"毕业后多条路"。

一位教中国通史的讲师，在讲台上说了十几分钟后，一位学生忽然走上讲台，向该讲师深深一揖，说："希望先生今天就辞职，回家读十年书，再来上课。因为某某、某某等处都讲错了。"这位讲师知难而退，下课后二话没说，向教务科递送了个条子，转呈校长辞去了教职。

这个当堂叫老师下课的学生有名可考，系广东籍学生李锡余，字我生。从他的"名"和"字"来看，确有"独立之精神，自由之思想"。系我行我素的"真人"。而且是个读书的种子，中学就读于香港，英文颇为通深。负笈北上入北大求学时，腹中已有五车诗书，非一般的中学生。

钱玄同教音韵学，在讲授"广东音韵"时，对广东的方言多有不到之处。李我生致函予以纠正，所言自然"中肯"。李不叫钱"下课"，说明了他是个"心有尺度，行有准则"的人，此外，李我生和国学大师黄侃、黄节、刘师培……"师生甚笃"。

钱玄同将李我生信中所云，布之于众，当堂向他致谢。以后遇两广语音，即向李求证，师生情谊日久弥深。李我生虽才学已备，但毕业后出路难寻。只得回到广州，在省建设厅做了个小职员。黄节（晦闻）和李我生是顺德同乡，故致函言其境遇。不知何故，黄以"服务乡梓，不应计较位置高低"为由，申斥了这位满腹委屈的大才子一顿。

后来黄节回广东任教育厅厅长，亲自到建设厅去看望李我生。这位大才子负气上辞呈，收拾东西离开了建设厅。李我生满腹经纶，未得一遇。黄节干了一任教育厅厅长后，又回到北大教书，渐成"愤老"，其铭文曰："如此江山"，认为时局似晚明。

黄节与李我生，可谓"名师遇高徒"，但没有碰撞出火花，这也是从另一个层面上，"北大领教了北大人"——均不合时宜。

洋人领教了北大人

同文馆并入京师大学堂时，带来许多洋教授。这些人水平不高，甚者达不到执教中学的水平。可是来头大，均系公使馆推荐来的。在中国教师面前，处处显示西方人的优越感。甭管中国人听得懂还是听不懂，课上课下均讲英文、德文。以致开会时，亦用英语发言。"海归"自然是听得懂也会说，于是英语成为了教务会议上的通用语言。

此举苦了老少"学究"，既听不懂更不会说，开会时成了"陪坐"。严复通晓英文，于是校务会议上也形成了"英语角"。对于国立大学来说，只能叹曰："悲夫！"

蔡元培主政北大后，明令在各级会议上发言，一律使用中文。洋教授群起反对，说："我们不懂中国话。"其实，这些人多是"中国通"，中国话说得虽然不"溜"，听起来是没有什么问题的。蔡元培回答说："假如我在贵国大学教书，是不是因为我是中国人，开会时你们说的是中国话？"洋教授无言以对。

有个工科洋教授经常迟到，蔡校长就在教室门口堵住了他。打开怀表让他看看："你迟到了几分钟？"并通知财务科扣除了他的部分薪金，以示惩戒。从此以后，这位洋教授再也不敢迟到了。

品行不端的洋教授，如带学生逛"八大胡同"，蔡校长查实后即以"解聘"。水平不够的洋教授，聘约届满时不再续聘。洋教授"下课"后，洋公使当然不满，英国公使朱尔典直接找到蔡元培，要求续聘。蔡直言拒绝，朱尔典扬言说："我看你蔡鹤卿还能做几天校长？"

朱尔典指使"下课"的教授和北大打官司，认为中国的法院怕引起"国际纠纷"，一定会进行"庭外调解"。调解的结果自然是"北大不败而败；洋教授不胜而胜"。让蔡元培收不了场，只好灰溜溜地上辞呈走人。

蔡元培委托王宠惠代表北大出庭应诉，王留学英美，获博士学位。在司法界甚有声望，还出任过司法总长。斯时的身份是"社会贤达"，常在北大兼课。

王宠惠出庭前做了周密的准备，人证、物证翔实确凿。洋教授以为有朱尔典为靠山，只要强词夺理就能逼使法官"庭下调解"。没想到开庭后一堂结案，洋教授败诉，北大全胜。

这场官司大长了国人的志气，也提高了蔡元培和北大的声望。扩大了北大在社会上的影响——不但敢和洋人打官司，而且能打赢官司。洋人也领教了北大人，对中国的最高学府"不可等闲视之了"。后聘的外籍教授，都有些真才实学或一己之长。地质界所共知的葛利普教授，把一生都奉献给了中国，去世后长眠在北大校园。葛教授认为自己是北大人，北大人也认同他为北大人。

胡适早年留学美国，后出任驻美大使达八年之久（1938—1946），在世人的心目中，胡不但"知美"，而且"亲美"；还有人指责他"崇美""恐美"。

抗战胜利后，北大于 1946 年 6 月迁返北平，胡适任北大校长的时间只有两年半，1948 年 12 月离开了北平、离开了北大，在这两年半的时间里，他经历了"反内战""反饥饿"等学生运动，最令他棘手之事系"沈崇事件"。案发，胡适即表示：沈崇是北大学生，我是北大校长，沈崇在北平没有亲属，我理所当然地是她的监护人。

1947 年 1 月 17 日，美国军事法庭开庭审判此案。胡适不顾官方的劝阻毅然出庭做证。经过一周的法庭辩论，在中国人民强大的压力下，和胡适的有力证词面前，美方理屈词穷，不得不宣布美国海军陆战队士兵皮尔逊"强奸已遂罪"。事后，沈崇家人对胡适的出面表示了深切的感谢。

对皮尔逊的判决移交美国执行。美军事法庭即取消了皮尔逊的强奸罪。胡适对英文版《时事新报》的记者表示："余对此案进展，表示失望。我希望美国海军部长不会批准检察官取消皮尔逊的罪状。"

胡适以北大校长，受害人的监护人的身份出庭做证，实令许多人感到意外，更令美国感到意外，领教了北大人。赞之者曰："毕竟是书生，临义（责任）不苟免。"这也是北大人的底线，所以北大人称他为"胡校长"。

三、"拧种"与"情种"

北大多拧种、情种。拧种者，"对着干也"，旧京俚云："胳臂拧不过大腿。"明知拧不过，还要拧，可谓"执扭已极"，故"拧种"又被称为"扭种""谬种"。情种者，有"太上忘情"之说，有"无情未必真豪杰"之论，亦有人谓：《红楼梦》中的贾宝玉乃天下第一情种。"拧种"与"情种"有一共同特点，均是"不合时宜"。不合时宜，就是让"时人"看着不顺眼。"时人"这个概念有多种含义，"当时之人""应时之人""顺时之人""时髦之人""时代之人""时下之人"……时人之中不乏"权人""势人"，若让权人、势人看着不顺眼，后果自然是很严重。好在都是"文人"，口诛笔伐之外，最严重的后果也就是"下课"。

究"拧种"，往往和"桐城派"联系到一起。在科举制度下，"天下文章半桐城"，要想"跃龙门"，非得"桐城真传"不可。故"桐城文章"，又被称为"时文""时艺"。"时文""时艺"之"时"和"时人"之时多同。

北大出"拧种"

清末之时，桐城文章的大师系吴汝纶。吴系海内名儒，以京师大学堂首任总教席的身份赴日考察，归国后"未赴京理事"，径直"还乡办学"。严复、林琴南皆出其门下。严复出任北京大学首任校长后，桐城派也就纷纷进入北大。

严复掌北大"区区半年耳"。严复离职后，继任者何燏时、胡仁源均系留日的"海归"，慕章太炎之名，其门人马裕藻、沈兼士、钱玄同、黄侃先后应聘到北大。章门弟子可分为三派，"守旧派"以黄侃为代表，其特点是"凡旧皆以为然"。"开新派"以钱玄同为代表，钱自称"疑古玄同"，"凡旧皆以为不然"。中间派以马裕藻为代表，对内对外颇为中庸。

章门弟子执北大教席之后，对"桐城旧人"则采取一致立场，认为老朽们应该"下课"。何燏时、胡仁源掌北大总计有四年（1912 年 12 月—1916 年 12 月），这时期的"新旧之争"，在"桐城"和"章门"之间进行着。究其实，桐城固然"旧"；章门也未必"新"。

1916 年 12 月底，蔡元培任北大校长，聘陈独秀为文科学长。章门子弟则分化为黄侃、钱玄同两个极端，二人均有"疯子"之谥。只不过"黄疯子"真守旧，"钱疯子"不但真开新而且敢开新。黄、钱均冲到了"风口浪尖"上。黄侃拜刘师培为师；钱玄同和陈独秀共举《新青年》的大旗，"对着干上了"。

以"桐城"对"章门"，实不敌也。科举制度废弃后，"桐城文章"也就失去了立身之基。严复译《天演论》《原富》；林琴南译小说，于"桐城"而言，内容全新，文风上也就是"余韵"。"桐城"对阵"章门"，显然是"胳膊拧不过大腿"。

章门分裂后，马裕藻"默然"，黄侃独木难支天。以傅斯年为代表的"黄门侍郎"（黄的得意学生），纷纷投到了胡适门下，成了"胡宅行走"。此时"黄门"对阵《新青年》，更是胳膊拧不过大腿。"势不均，何能敌"。"拧种""扭种""谬种"也就成为了三部曲。

"知其不可为而不为"是明白人；"知其不可为而力为"，"拧不过就扭着来"，当然属于"误矣！谬矣！失矣！"黄侃自知大势已去，大趋已定，对"黄门侍郎"们说："我今生只写古文，你们要学白话文……"

黄侃的学问大、名气大，可是"慎著书"。表示 50 岁以后再著书，可是天不假其年，50 岁即辞世。但假若黄侃寿增 10 年，即有"下课"之虞。除蔡元培谁能容之？蔡元培容得下黄侃，黄侃却有些容不得蔡元培，谩骂章学旧同门"曲学阿世"。于是"世"成了蔡元培的代名词。"到校长室去",即云"阿世去"。以至"超脱"如周作人,都"非特别有事情",就不去"阿世了"。但很多人不知道的是,黄侃向蔡元培推荐刘师培。蔡不顾各方面的阻力,聘刘执北大教席。舍蔡元培,谁能行之。

章太炎、刘师培、黄侃被"时人"称为"三疯子"。周作人认为黄侃的国学是数一数二的,可是他的脾气乖僻,和他的学问成正比。说起有些事情来,着实不能令人恭维。晚年章太炎有言,门下有"五王",即天王黄侃、东王汪东、北王吴承仕、翼王钱玄同、西王朱希祖。章赐黄为"天王",也就是"嫡传"。但论经的过程中,黄侃"当仁不让于师",脱口曰:"粗!"

清末民初,王闿运系文坛泰斗。他对黄侃的诗文倍加赏识,当面夸奖说:"你年方弱冠,就已文采斐然,我儿子和你年纪相当,却还一窍不通,真是钝犬啊!"黄听罢直言:"您老先生尚且不通,何况您的儿子。"

马寅初系北大教授评议会选出的教务长,马去看黄侃,为了引起话题,就说起《说文解字》。马系留美博士,黄认为马"知西不知中",于是不客气地说:"还是弄你的经济吧,小学谈何容易,说了你也不懂('小学'指音韵、训诂、考据等,又称'汉学')。"

对于钱玄同,则呼其为"二疯",认为钱"真可怜"。于是"钱疯子"和"黄疯子"就干了起来,互相斥责,由课下骂到课上。在骂的过程中钱总是"让三分",其因难究,有"愧疚"之说,但系黄侃的一面之词,难考难定。

辜鸿铭、梁漱溟皆有"拧种"之称。辜前文已述,梁将在后文中详述。考北大20世纪三四十年代的"拧种",当首推刘文典。以"武"而论,一脚把蒋介石踹趴下;以"文"而言,"大学不是衙门"之说,成了一句名言。可是刘不会当校长,未能化解安徽大学与女中的"不愉快"。亦不会当教授,在西南联大时"下课"了。

刘文典任清华大学中文系主任时,陈寅恪亦执清华教席。在国学领域,刘、陈均是泰斗级的大师。但刘文典对陈寅恪极为尊重,表示"十二万分的敬佩"。

刘文典在联大讲庄子时，宣称整个中国真懂庄子的只有两个半人。一个是庄子本人，一个是自己。"半个嘛，还不晓得。"其实是指马叙伦、冯友兰，因为马、冯二人斯时也在联大以哲学的角度讲庄子。冯友兰正任联大文学院院长。

刘文典讲课时，和陈寅恪一样，常有教授来听讲，故陈、刘二人，均有教授的教授之誉。吴宓是刘文典上课时的"常客"，刘并不与之打招呼，旁若无人地闭目开课。讲到出彩的节骨眼上，戛然而止，抬头看看坐在教室后排的吴宓，慢条斯理地问道："雨僧兄以为如何？"吴宓则起立答道："高见甚是！高见甚是！"执礼颇恭。

刘文典讲诗词时，甚能"别开生面"。把学生引入校园，在月光下席地环坐，"借境入境""以境入境"，达到了良好的教学效果。

在西南联大的同事中，刘文典最"看不上的人"是朱自清和沈从文。斯时，朱为中文系主任，沈为副教授。在给沈进升为教授的会议上，刘文典放言："在北大时，沈从文是我的学生。他若为教授，我岂不是'太上教授'。激动之中竟然说：'陈寅恪值四百块钱，我值四十块钱，朱自清值四块钱，沈从文四毛钱都不给他……'"

昆明人管躲避日机空袭叫"跑警报"，刘文典在跑警报时和沈从文相遇，见了沈后"气往上撞"，怒道："我跑是为了保存国粹，学生跑是为了保留下一代的希望。你干吗跑哇？！"言外之意是沈被炸死也没有什么大不了。沈从文有从军资历、有流浪的经历，什么人都见过，对这位"太上教授"所执之道，是"置之不理"。

在联大时，刘文典有"二云居士"之称"二云"系"云腿""云土"，云腿是云南火腿、云土是云南大烟。在北大时，刘文典即以"喜食猪肉"而著称，与素食主义者钱玄同发生过"不愉快"。到昆明后"喜食火腿"，斯时，教授们经济上颇窘，"云腿虽美，食之甚难"。

刘文典到昆明后"水土不服"，有人指点他"以鸦片疗之"。疗之的结果是"抽上了大烟"。穷教授抽上了大烟，其后果可想而知。云南省政府组织慰问团，到滇西宋希濂部"劳军"，刘文典应邀前往。地方人士慕其名，多与之交往。滇西的土司邀请刘文典参加自己的寿典，滇西是"云土""云腿"的产地，当然对其有强烈的诱惑力。于是，"二云居士"乐而忘归。学生旷课要严肃处理，教授旷教亦然。

好在刘文典在联大"下课"后，即在云南大学"上课"。云大系省立大学，虽然待遇上高于联大，但学术上的地位和影响实难同侪。刘变得"低调"起来，抗战胜利后也没有"复员"，一直留在云大。以资历而论，刘文典不是欧美"海归"，也没有博士头衔。但20世纪20年代任北大中文系主任，30年代任清华中文系主任。能执两校中文系之牛耳，全凭腹中的五车诗书和等身之著述。五十年代能"检查过关"，被评为一级教授，更和"低调"有关，和一脚把蒋介石踹趴下的声望有关。老友戏之曰："乐一云不思蜀矣。"

戒掉"云土"后，二云居士自然系"一云居士"，不思蜀的"蜀"是指北大、清华。思不思？只有心知。

北大多情种

究情种，北大可谓"情种甚多"。徐志摩和金岳霖系板上钉钉的"样板"。所大异者，徐"泛爱"，金"专情"。而二人心所钟、所仪者，均系"民国才女林徽因"。心钟、心仪的结果也不同。金岳霖终身未娶；徐志摩客逝长空。两个"情种"，均有对对方的评价。

徐志摩这样评价金岳霖："金先生的嗜好是折起一根名词的头发，耐心地拿在手里分。他可以暂时不吃饭，但这根头发粗得怪讨厌，非给它劈开了不舒服……"这段话虽然费解，值得深解。

金岳霖享年89岁，在88岁时接受采访，对徐志摩的评价是："徐志摩是我的老朋友，但我总感到他滑油，油油油、滑滑滑——当然不是说滑头。"这段话看起来不费解，实际上更费解。逻辑学家使用了形象的表述，用心良苦。

世人的评价多是，"徐志摩完全为诗人的气质所驱遣，致使狂烈的感情之火烧熔了理智。金岳霖完全是哲人的气质，自始至终都以最高的理智驾驭自己的感情，显出一种超脱凡俗的襟怀与品格。"

"诗人"与"哲人"不同。诗人不应该有"豁免权"；哲人不需要"豁免权"。

以事言人。林徽因名花有主之后，徐志摩即移情陆小曼。陆系"宦门名媛"，琴、棋、书、画无所不通。不但是京昆"名票"，而且是北京饭店、六国饭店舞池中的"名姝"。在社交场上亦能用英语、法语与人交谈，中外人士为之倾倒以至被称为一道不可不看的风景。陆小曼之夫王庚，美国陆军参谋学院毕业，专习炮兵。归国后一直在警界、军界任职。徐志摩狂热地追求陆小曼之时，王庚正任"五省联军司令部总参议"，系孙传芳的谋主。

为了让陆小曼获得"自由"，受徐志摩之请，刘海粟出面，由几位"名流""贤达"作陪，宴请王庚。设宴、陪宴的都不是军人，当然摆的不是"鸿门宴"。但对王庚来说，"劝离宴"比"鸿门宴"还要险恶。刘海粟怎么"说"现已难考，最后的结果是王庚站起来举杯说："每个人都有自己的追求、有自己的方式，我祝在座的各位幸福。"

徐志摩、陆小曼的婚礼在北海公园举行，胡适为主婚人，梁启超为证婚人。梁在婚宴上的祝词，实可谓前无古人后无来者。训斥徐"生性浮躁。于学不深；于情不专"。训斥陆"不守妇道"。最后的赠言是："我希望这是你们最后一次结婚。"

梁启超训斥徐志摩，多少还给他留着点面子，未言"朋友之妻不可欺"。"诗人"的桂冠不是为人之道上的"豁免权"，更不是"免责牌"。徐志摩的诗是"以新取胜"，随着时间的推移，则是"世间常有新意出，难领风骚十余年"。难免是"风骚"—"余韵"—"杳然"。时下，还有几人能背徐志摩的诗呢？知道徐志摩的人中，有不少人是由于林徽因、陆小曼。

造化弄人，在徐志摩的引领下，金岳霖进入了"太太的客厅"。太太的客厅是梁思成、林徽因的"外书房"，系当时学术界的"沙龙"。金、梁、林三人相识恨晚，金岳霖是"单身汉"，梁宅是三进四合院，可谓"房广人稀"，于是应邀住进三进院。

金岳霖随身有一个拉包月的车夫，还有一个西餐厨师。平时除早饭在家中吃外，中午饭、晚饭全都端着饭菜到前院和梁家人一起吃。每到周六"金宅"要用西餐招待客人，金宅也就有了"湖南饭店（金系湖南人）"之称。

执教于北大、清华两校哲学系的张申府认为，"如果中国有一个哲学界，那么金岳霖是哲学界之第一人"。金岳霖获美国哥伦比亚大学博士学位时，年不过 25 岁，后又到英国剑桥大学深造，师从罗素、穆尔两位大师，攻读分析哲学、逻辑学。金岳霖在英、美留学多年，生活相当"西化"。着西装，持手杖，戴墨镜。夏天穿西式短裤时，还要配上长筒袜。身高一米八有余，一眼望去，俨然"欧洲绅士"。

梁思成的第二任妻子林洙，在回忆录中曾说："1930 年初，梁思成从外地考察归来，林徽因哭丧着脸对他说：'我苦恼极了，因为我同时爱上了两个人，不知道怎么办才好。'梁思成一夜未眠，第二天把自己的想法告诉了妻子：'你是自由的，如果你选择了老金，我祝你们永远幸福。'林徽因又把这些话转述给金岳霖，金回答：'看来思成是真正爱你的，我不能伤害一个真正爱你的人。我应该退出。'

"从那以后，他们三个毫无芥蒂，金岳霖跟他们仍然同院而居，互相之间更加信任。甚至梁思成、林徽因吵架，也找冷静、理性的金岳霖仲裁。"

1955 年林徽因去世，梁思成续娶了林洙，而金岳霖终身未娶。"最深的爱，是藏在心底的爱。"多年以后，金岳霖郑重其事地邀请一些至交好友到北京饭店"一聚"。在北京饭店举行"私宴"，无疑是"定有大事"，开席前金岳霖宣布："今天是林徽因的生日……"

言出，举座感叹唏嘘。爱不成即生恨是小爱，亦是小人之爱。无涯、无底是大爱，亦是君子之爱。古有爱屋及乌之说，金岳霖和林徽因的关系，升华为和梁家的关系，与梁思成惺惺相惜、坦坦荡荡。金晚年时跟梁思成的儿子梁从诫一家人住在一起，他每天总提高嗓门喊保姆："从诫几时回来啊？"隔一会儿又亲昵地问："从诫回来没有？"从诫夫妻称他为"金爸"，一直侍奉在侧，直到 1984 年金岳霖谢世。

梁从诫送走了金岳霖；徐志摩飞机失事后第一个赶到现场的是梁思成。

四、北大精神

前节妄议了北大人。在气、器之道上，有气囿于器、气扬于器、气溢于器、气腾于器之说。

北大人的基因，上承五千年的中华文明；下启近代、现代的进步之趋。综汇起来说，北大人是"气"大于"器"。

"气"可释之为形而上的"精神"。人均有"个性"，融于群体、溶于群体后，会产生"共性"。"个性与共性"，可释之为"具象与抽象"。也就是说北大人身上焕发着北大精神，北大精神又支撑着北大人。

不同时期的北大人，对北大精神有很多论述。近来多有专著问世，综汇起来讲，就是北大人的基因反映在北大人身上，即因时、因事、因势发出的光和热。是为历史求真、为时代存真，为历史承重担、为时代挑重担的无畏与无惧、果敢与坚韧。在小环境中享受科学、民主兼容并包；在大环境中追求科学、民主兼容并包。在征途中张扬着"独立之精神、自由之思想"；在逆境、困境中坚守着"独立之精神、自由之思想"。也就是北大基因的洋溢，升华为北大精神。

不同时期、不同的人，对北大人、北大精神有不同的评价。最高的评价是"有北大在，中国不会亡"。但也有不同的声音，以京师大学堂时期而言，科举制度的卫道士、爱新觉罗氏的卫道士就有"丘九之祸恐烈于丘八"之说。"丘八"指新军，"丘九"指学生。此预言中，推翻末代王朝的主要军事力量就是新军；发起新文化运动的就是北大的师生。

国民党右派有"赤祸"起于蔡元培、起于北京大学之说。后来也有"庙小妖风大，池浅王八多"之论。恐风云之际，生鳌龙之变。对"小庙""浅池"，不能掉以轻心。

"俱往矣"，新时期的北大人，在 21 世纪，在振兴中华的征途中，因时、因事、因势发出的光和热，无疑应展现出"正能量"。老北大的一页已经翻了过去，新北大的一页，新时期的北大人正在磨墨润笔。"江山代有才人出"，前贤已领风骚，后进能否不让先贤？前贤焕发出的精神，正是后进的"精气神"。凭着这"精气神"，"呆子""疯子""稚子"一起上，在新的征途中，向北大集合，从北大出发，也就是磨墨润笔后，泼墨赋新章。

第四章　北大的学统

为国求学之人，是求学之人的上乘。在求学之道上，『下乘为己，中乘为群，上乘为国』。

论北大的学统，有"四实"之说，即真实、坚实、务实、充实。前"三实"自明，诠充实，就是在与时俱进的过程中，不断地增入新的内容。

一、太学与科举

上溯北大的学统，据陈焕章考证夏、商、周已有之。胡适认为系两汉的太学，任继愈也同意这一观点。太学的办学宗旨系"文以载道""学以载道"。由于"道"的突出，"文"和"学"也就成了载道的工具。以东汉而言，太学生人数高达数万。可是，世人所知晓的大多是"清议之风""党锢之祸"。对于统一教材——《勒石刻十三经》，也就是《熹平石经》则"忽而略之"。对于统一教学用语、交流用语，在此基础上产生的《洛阳正音》，更是"知之者甚少"。如无东汉太学的《洛阳正音》，北魏孝文帝进行改革时，焉能有"一从正音"的明文条则。

西晋的太学尚存东汉的余韵，司马氏诛杀嵇康之时，发生了"请愿游行"，虽然"不果"，但亦属"学生运动"。北宋危亡之际，太学生伏阙请愿，要求"复用李纲"以抗金军，南宋时又有反对奸相贾似道之举。故元破临安后，迁太学生于燕京，但"迁"之而不用之，流落市井者不乏其人。这也就是"一官、二吏、三僧、四道、五医、六工、七猎、八民、九儒、十丐"之说的最早出处。

明初，"不复科举而兴官学"。也就是说弃科举制度不用而着力兴办各级官学。此举把最高官学太学着实办大，明初的"南北两监"有学生数万人，可与东汉相侪。明初国子监祭酒系宋讷，深得朱元璋赏识，朱立碑对其进行表彰。

宋讷系"老儒"，很会按皇帝的意图办事。掌"最高学府"后，制定了许多苛条对学生实行高压政策。学生有被饿死、吊死的，这也就是辜鸿铭所说的以"犯人"待"学生"。学生为"反迫害""反饥饿"，就闹了两次"学潮"。第二次"学潮"是由学生赵麟出了一张"揭帖"而引起的，"揭帖"比之于现代，可视之为"海报""传单"。也可视之为"小字报""大字报"。朱元璋盛怒之下，把赵麟斩首，并悬其头于国子监示众。

十年之后，朱元璋对这次"学潮"还记忆犹新。亲临国子监"讲学"，告诫师生，并将训词刻石勒碑立于国子监，永为后世鉴。永乐迁都北京后，将朱元璋这篇杰作又勒石刻于"北监"，现全文录如下：

恁学生每听着：先前那宋讷做祭酒呵，学规好生严肃，秀才每循规蹈矩，都肯向学，所以他教出来的个个中用，朝廷好生得人。后来他善中了，以礼送他回乡安葬，沿途中著有司官祭他。

近年著那老秀才每做祭酒呵，他每都怀着异心，不肯教诲，把宋讷的学规都给坏了。所以生徒全不务学，用着他呵，好生坏事。

如今著那年纪小的秀才官人每来署学事，他定的学规，恁每当依著行。敢有抗拒不服，撤清查，犯学规的，若祭酒来奏著恁呵，都不饶！全家发向烟瘴地面去，或充军，或充吏，或做首领官。

今后学规严紧，若无籍之徒，敢有似前贴没头贴子，诽谤师长的，许诸人出首，或绑缚前来，赏大银两个。若先前贴了票子，有知道的，或出首，或绑缚将来呵，也一般赏他大银两个。将那犯人凌迟了，枭首在监前，全家抄没，人口发往烟瘴地面。钦此！

这篇"上谕"未经词臣润色，保留了"田舍翁"的素质、心态、本来面目。野蛮、血腥，令人发指。朱棣把这块碑"复制"后立于北监，无疑是对北京的国子监师生的"警示"。

后人在研究这篇"上谕"之时发表了两个观点。一是"移民之用"即"全家发往烟瘴地面去"。二是当时"知识分子"人数不多，要充分利用，即"或充军，或充吏，或做首领官"。充军者，"充实军队"，大概任"文秘之属"。"充吏"者，"充实基层"，不外是做边远地区的"基层干部"。或做首领官，就是给土司当"助理"，夹在地方势力和朝廷之间，轻则"两面不落好"，重则"两面获罪"。"干不了""干不好"是罪，"不干"就是"抗拒"，"不为君用"是罪上加罪。只有老老实实、认认真真、勤勤恳恳、无怨无憾地为"朝廷效力"，"圣上"才能"给出路"——或许能"遇赦生还"。

朱元璋从官学中选拔人才，后发现此路大多被"推荐者"所利用。于是"复科举"，走唐太宗的老路——让"天下英雄尽入吾彀中"，也就是说要集"选官"的权力于皇帝一身。各级官学的任务也就简单化了，即为科举培养人才，具体言之，就是考前的"补习班"。

当过国子监"教授"的韩愈，总结得最简而易明——文以载道、学以载道。"文统""学统"是为"道统"服务的，系载"道"的工具。汉武帝"独尊儒术"，后世承之，各级官学不容许"百家争鸣"；于学生而言，入学系"备考"，考前也无暇于"百家争鸣"。不遇非常之变，各级官学都很"平静"。所以除了《熹平石经》和《洛阳正音》之外，学术成果难寻。所以说太学的学统，也就是道统。"学而优则仕"，学生自然关心政治。但儒者的"初衷"和面对的"现实"很难对号入座。闹学生运动，势所"难免"。虽系难免，但系"难发"。不到国家存亡之际，"书中自有千钟粟，书中自有黄金屋，书中自有颜如玉"。国将不国时方"醒梦"，大呼："挽狂澜、柱陆沉、肩长天"，为此明末上疏弹劾魏忠贤，清末"公车上书"要"保国保种"。

京师大学堂初始之时，科举未废，也就是说两种制度并行。以严复、林纾之才，尚且想讨个"正途出身"。林七试、严四试。不知是"考官不长眼"，还是"老天爷自有安排"。两位大才子与"举人老爷"无缘，更不用说"两榜进士""钦点翰林"了。

每逢乡试、会试京师大学堂为之"一空","考棚"中仍是"人满为患"。故张之洞、袁世凯疏言："科举不废，学堂不兴"。张系正途出身的"文坛牛耳"；袁系连秀才也考不上的"营混子"。两人"同疏"，科举制度真是走到尽头了。然而历史的一页很难翻过去，1905 年科举制度废，1912 年中国步入了共和，1915 年胡仁源掌北大，引入"章门弟子"系"初新北大"。1916 年底，蔡元培任北大校长，1917 年全面革新北大。新文化运动、五四运动，应时、应势而发，京师大学堂的一页才真正地翻了过去。国子监尘埃落定，成为了历史的基因。

陈汉章老夫子，系国子监的"活化石"，科举制度废弃后。京师大学堂设"通儒院"，按当时的学制，大学堂的"本科生"，比照"举人"学历，通儒院的"进修生"，比照"进士"学历。京师大学课聘陈汉章教授经学（后教哲学）陈辞，愿入学堂为学生，为的是"讨个进士出身"。借京师大学堂，圆"正途"之梦。

四年后，陈毕业。斯时已入民国，北大不爽前约，聘陈执国学门教席。此位老夫子学富"十车"，为人低调，师德甚笃。人谓林琴南是桐城文章的遗产；陈汉章系科举制度的遗产。此言"不虚也"，"不虚也"不是赞，是叹。

二、北大校长

北大校长大体上可分三个时期，1898 年—1912 年系京师大学堂时期，有名有实的"管学大臣""学堂总监督"有孙家鼐、许景澄、张百熙、张亨嘉。民国前期也就是北洋政府时期即 1912 年—1928 年的北大校长可书可撰者有严复、何燏时、胡仁源、蔡元培。民国后期即 1929 年—1937 年的北大校长，只有蒋梦麟一人，无论谁人圈点，也就只有一人承了。1938 年—1946 年，系西南联合大学时期。这是一个特殊的时代，苦难与辉煌并存。在中国教育史上，是一个不可能复制也不可能超越的巅峰。1946 年 6 月—1948 年 12 月底，系老北大的尾声。胡适主政北大，这时期很特殊，逝去的已经逝去了，旧的一页还没有翻过去，新的一页已经展开了。

京师大学堂时期

京师大学堂的前三任校长，职系"管学大臣"，除管理本校的工作，还掌管"各省学堂事务"，可视为全国教育系统最高长官。"管学大臣"系"兼差"，以原衔"理学堂事务"。自张亨嘉始，称大学堂总监督。定品秩为正三品，位侪"五寺正卿"。五寺比之时下体制，系国务院的直属局。

孙家鼐

首任管学大臣孙家鼐，系咸丰九年的状元。仕途风顺，是光绪的老师，又官至正一品大学士。故有状元帝师、状元宰相的双重荣誉。孙家鼐虽"老于官场"，但乃具"儒者初衷"。也就是说，"还办些实事"。他一生最大的"实事"，就是"掌京师大学堂而发其端"。换句话来说，要没有孙家鼐的声望与地位，实难推动京师大学堂的创办工作。

政治上，孙家鼐是帝师。在感情上、思想上接近"帝党"。甲午之后，倾向变法，但与维新派有分歧，同保守派也有联系。列名"强学会"，慈禧太后以"私立会党，将开处士横议之风"为由，逼迫光绪下令封闭强学会。后虽在胡孚辰、翁同龢等人的吁请下解禁，但清廷决定将强学会改为官书局，以孙家鼐为督办。孙督办"官书局"，实际上是延续了康有为、梁启超组织强学会的宗旨，并使之条理化、官方化了。后官书局和译书局均并入了京师大学堂，对初组工作起到了增益的作用。

孙家鼐的办学思想，仍系"中学为体西学为用"之道。但已经不是"引物"，而是认识到"教育为本"，要"分科立学"，"育可恃之才"。也就是说开始在体制上进行改革，可视为"教育救国论"的先声。在办学之外，孙家鼐还主张办报，其主张亦开自由办报之先声。

具体到京师大学堂的创办原则，孙家鼐否定日本模式，认为日人"尽弃其学而学西法"，应"中学为主，西学为辅；中学为体，西学为用；中学有未备者，以西学补之；中学有失传者，以西学还之。以中学包罗西学，不能以西学凌驾中学。此是立学宗旨"。从总的方面看来，孙的宗旨相比梁启超对京师大学堂的规划退了半步。

孙家鼐初定京师大学堂分为十科，分科体系显然不够科学，但确有综合大学的气派，也就是敢挑重担的气派——欲担天下兴亡。

鉴于同文馆的西人总教习专权，孙家鼐主张京师大学堂设中西总教习各二人。"中国教习应品行纯正、学问渊深，通达中外大势者，虽不通西文可也。外用教习须深通西学，精识华文。"

孙家鼐去世后"入贤良庙"，这是有清一代对臣子的最高褒扬。孙能游刃于帝党后党之间，亦能在体用之间执中庸之道，也就是"以中当用"之道，故能在京师大学堂创办的过程中办些实事。在北京大学的校史中，"孙校长"是政治地位最高的校长。能办些实事，也正因为政治地位使之然，老道的阅历使之然。从孙家鼐的角度上讲，能办的事他全办了。不能再办些实事时，辞去管学大臣是最好的选择。对他自己、对京师大学堂均有利。

光绪皇帝有两个"状元师傅"，即翁同龢、孙家鼐。京师大学堂有幸，"孙师傅"出任了管学大臣。如果"翁师傅"出任了管学大臣，京师大学堂也就不可能办下去了。"变法的唯一直接成果不存"，这对中国历史的影响将绝非一般。

许景澄

第二任管学大臣系许景澄。"孙校长"辞职，许校长即任。看起来很"平静"，实际上十分"险恶"。孙家鼐老于官场，但他有为臣的底线。慈禧立溥儁为大阿哥，意在取光绪而代之。此举已触孙家鼐的"底线"，老于官场，更"明于官场"的"孙校长"，选择了辞职。于己于校，都是为了避祸。

孙家鼐1900年春，辞去管学大臣之职。他的继任者是前任俄公使，现任吏部侍郎许景澄。此时的北京是"山雨欲来风满楼"。"孙校长"避祸；"许校长"遇难。遇难的直接原因是上疏吁请保护使馆，坐"主和"罪，在菜市口"斩首"。

在许被处斩前，京师大学堂的校舍已被义和团强行进驻，据为"坛口"。理由是"洋学堂"，未纵火烧之，实属大幸。莫说教学，师生绝大多数是"外地人"，流落街头无处安身。而八国联军也行将攻占北京，大乱即至。许景澄奏请"暂时停办"，这对师生们最好的保护，使之可返籍"避祸"。

许景澄的手中有一个华俄道胜银行的存折，系京师大学堂的"私房钱"。有说四十万两，有说六万两。"许校长"临刑将存折交给了可靠的人，转京师大学堂，怕存折有失，洋人不认账。严复之所以拒绝执行最高薪金六十元的指令，是"手里有钱，心里不慌"。

沈尹默是北大的老人，他对这个存折另有解释："严复一向不服教育部的管，也不仅仅是他来头特别大。而是他手中有一个六万两存折。这个存折是东清铁路的股票，存在华俄道胜银行。这个存折相沿在京师大学堂校长的手中。蔡元培、董恂士（教育部秘书长）到教育部后，就要严复交出这个存折，被严拒绝，教育部则必得之而甘心。因此，示其辞职。"

"这个六万两的存折，其实是空的，一个钱也没有。我后来听道胜银行买办沈吉甫谈起这件事。他说：'这笔存款可以说有，也可以说没有。当年清室曾拨六万两于东清铁路，这笔款子由某王公经手，被那个王公吞没了。拿了道胜银行的一个存折，钱并没有交。道胜银行碍于清室的面子，不好否认是空头存折，但要去取钱是取不到的。'虽然是空头存折，但严复却可以凭他的面子去几家银行押款。北大在严校长期间，也仗着这个存折，解决了一些经济上的困难。这个存折的内幕教育部不晓得。何燏时代理校长后，教育部也命其交出这个存折，而各科学长不同意，鼓动学生反对。以后，这个空头存折的下落就不得而知了。"

在北大学生的回忆录中，也谈到过这个"存折"。并说胡仁源建沙滩红楼，利用的还是这个"存折"。看来，这个"存折"是被北大师生所"认可"的。它是许校长临刑以血传下来的，中经张百熙、张亨嘉、李家驹、朱益藩、刘廷琛、劳乃宣六位校长，在严校长手中得到了"大用"。无如此"存折"，北大也就自行解体了。严复将这个"存折"交到了代理校长马良手里，马良又将其交给了何燏时。何校长和师生们齐心合力，保住了这个"存折"。在胡校长手里，这个"存折"又得到了"大用"。

"存折"一直在北大师生中口碑相传，并得到了"认可"。这个"认可"是一种精神境界，也是一种文化现象，反映出了北大人之间的"认可"，即北大人相信北大人。

张百熙

张百熙是进士出身，授翰林院庶吉士、编修。于督学官而言，曾任山东学政、典试四川、广东学政，后任国子监祭酒。晋升为侍郎、左都御史、尚书等要职，系清末重臣。他一生最大的贡献，是任京师大学堂管学大臣时期，恢复并发展了京师大学堂。京师大学堂之初始既是最高学府，又是最高教育行政机关。管学大臣既是"校长"，又是"教育部长"。

张百熙是最后一任"管学大臣"，虽然任期只有两年（1902年1月—1904年1月）可是业绩卓然，一是不但恢复而且发展了京师大学堂；二是制定了两个学制，即《钦定学堂章程》《奏定学堂章程》，全面地推动了中国教育事业的发展。无论从"校长"的角度，还是从教育部长的角度来看，均属功不可没。

于校长而言，上《奏筹办京师大学堂情形疏》后，全力投入了聘教习、订章程、编书籍三大要务之中。仅就聘总教习一事，便可以看出他用心的良苦。

张百熙所选定的是吴汝纶。斯时吴正主讲保定的莲池书院，系"桐城正宗，海内名儒"。吴主持的莲池书院，"亦开西学"。所谓的"西学"，也就是英文、日文、物理、天文、数学之属，系基本知识，但在当时来说，可谓"合中西为一用"了。吴"名儒"的声望可堵顽固派之口；"变通之法可融汇中西之道"。从吴汝纶为严复《天演论》写序来看，绝非"时之后进"。张百熙聘吴汝纶，实开严复掌北大之先声。

于教育部长而言，张百熙制定了《京师大学堂章程》《考选入学章程》《高等学堂章程》《中等学堂章程》《小学堂章程》《蒙前学堂章程》（即幼儿园章程）一整套正规"学制"。经皇上核准后钦定颁行。因该年系农历壬寅年，故《钦定学堂章程》又称为"壬寅学制"。该学制使中国的近代教育走上了有法可依、有规可循之途，全面地促进了各级学堂的创办。

次年，张百熙又奏请对"壬寅学制"进行厘定，并请旨张之洞来京"商办"。把张之洞请来商办，确实是高棋。于旧学而言，张系清流"北魁"；于实力而言，张乃久镇湖广的"强藩"；于洋务而论，创办了汉阳钢铁厂、汉阳兵工厂，实力甚强；于资历而推，可谓中兴老臣。有张之洞出面，可化解阻力。一直和张百熙找麻烦的荣庆，见二张执手，也就"息鼓鸣金"了。

经过一年的厘定，新的章程更加完整、齐备，并增补了《初级师范学堂章程》《优级师范学堂章程》《任用教员章程》《实业学堂通则》及初、中、高，三级《农工商学堂章程》《各学堂通则》《学务纲要》……形成了一套完整的学规、学制。奏准后实施，故称《奏定学堂章程》，斯年系农历癸卯年，又称癸卯学制。

"癸卯学制"颁行之后，全国学堂大兴，势如雨后春笋。为"废科举"开通了达道，变"先破后立"为"先立后破"。"学堂大兴，科举焉存？"

1907年，张百熙病逝，终年六十岁。实可谓"天不假其年"。各界人士捐银五千两，欲铸铜像立于京师大学堂。但张身后萧条，子孙清贫。于是众议将此款赠其遗属为生活之资。

需要补充的是张百熙任管学大臣时，经历了京师大学堂的第一次学生运动——拒俄运动。

京师大学堂的第一次学生运动分为四部曲。一是鸣钟上堂；二是聚众演讲；三是通电全国；四是请求校长代为上奏朝廷"不承认《中俄密约》，不容许转让中国主权"。整个过程虽然"愤怒激昂"，但"有秩有序"。矛头所指系国贼李鸿章，并未"抨击朝廷"。

可是做贼心虚，朝廷已经感觉到并非"微风起于青萍之末"，于是谕令管学大臣"彻查""约束"，进行压制。"张校长"夹在了学生和朝廷之间。学生所言所宣确确然、诚诚然、正正然，但"上谕"又不得不执行。于是张校长上"派学生前往东西洋各国游学折"，把通电、上疏的俞同奎、冯祖荀、何育杰等人，以"出国深造"的名义"释解离京"。此次出洋的学生共有47人，学成归国后，对教育事业甚有回馈。林行规（法律）、冯祖荀（高数）、何育杰（物理）、俞同奎（化学）、余棨昌（政治）均系佼佼者，起到了学科"带头羊"的作用。

为了行文方便，把1905年的第二次学生运动归并来阐述，以利比较。斯时，张百熙已经离任，张亨嘉以总监督的职衔掌京师大学堂。两位"张校长"有所不同，张百熙是管学大臣，既是"教育部长"又是"校长"，而且德高望重，是朝廷"重臣"。张亨嘉"校长耳"，学部（教育部）成立后，"张之洞掌之"。也就是说，在学生和"张校长"之间，又多了一个"张中堂"。

第二次学生运动和第一次学生运动相比，有了很大的发展，第一次是学生"独唱"，至多是海内、海外的"二重唱"。第二次学生运动，是响应上海的工商界，已有全国大合唱之趋。于北京地区而言，第一次学生运动是囿于校内；第二次学生运动是走上了街头。囿于校内当然是校方的事，走上街头后，地方官就要介入。于是学堂总监督，顺天府尹多次发布文告，申诫学生不许条陈时事，聚众演讲，上街演讲，通电干政。

京师大学堂时期的两次学生运动，均很快地"化解了"。究其因：一是当时学生人数少，不能形成校外的呼应。二是张百熙、张之洞皆系老于官场的重臣，谋略有道。"一个方子抓了两回药"，而且均能"对症"。

五四运动之后，北大也有"五大臣出洋"之说，即傅斯年、罗家伦等"名学生"获官费，得已出国深造。蔡校长也是用心良苦，"杀君马者道旁儿"，出国深造，既是保护更是爱护。

能当"名学生"，得学习成绩优秀，而且还须某科出类拔萃，如此才能造成影响。"名学生"不是书呆子，观时、应势，政治上十分敏感，不但关心，而且热心，有用世、济世、匡世的"冲动"。从另一个方面来讲，也有功、名、利、禄的追求甚至渴望。这是很正常的，纵观北大的"名学生"，可以找到一条底线，首先是北大人，而且是应时、应势能凸显北大精神的北大人。

京师大学堂可分为两个时期，前期系管学大臣时期，以张百熙为代表。张出任过学政、国子监祭酒，办学属"内行"，而且"师道甚笃"。总教习张筱浦，也是受学生们爱戴的"教务长"。"二张"对学生爱护备至。有一位英文助教，很不称职。学生们反对他，但他有"大门槛"罩着，有恃无恐，更为嚣张。扬言要面见管学大臣，惩办目无师长的学生。"张教务长"查明真相之后，候在张百熙办公室，使这位嚣张的助教"不得入"，抢先办理了辞退手续，保护了学生。

进入共和后，学生们回忆此事，认为"这件事幸在早期（管学大臣时代）若迟至大学堂监督时代，恐学生要被开除了"。"我们现在人知道景仰蔡子民先生，而忘记了张冶秋（张百熙）先生任管学大臣时代创办之艰苦，实在比蔡先生的处境要难得许多。"

例而言之，"京师大学堂里自然有许多钦派的特工人员"，这些人和"老佛爷"有"热线"。所谓的"钦派"就是清廷顽固派的子弟，故诸事皆可直达"天听"。慈禧渐对张百熙产生疑虑，"命荣庆会同管学大臣办理诸事"。一部分激烈的学生主张一致退学，不愿做奴隶学生；另一部分学生认为如果他们退学就更没有主持正义之人，主张不放弃京师大学堂这个根据地。"张百熙先生本为维护学生最力之人"，竭力促成了"出国深造之行"。

张亨嘉

进入大学堂总监督时期（1904 年 1 月—1912 年 2 月）后，形势有所不同。管学大臣均系朝廷重臣，而且"时望所尊"。总监督乃专职，"三品卿耳"。张亨嘉、李家驹、朱益藩、刘廷琛、劳乃宣均出任过总监督。张亨嘉的任期有两年（1904 年 1 月—1906 年 1 月），北大师生所喜闻乐道的是"张校长"的就职演说和组织的"第一届运动会"。

"校长"是"朝廷命官"；学生是"举人老爷"，也属"有功名的人"。故"张校长"的就职典礼上，师生均"朝衣朝冠"先向至圣先师孔子的神位行三跪九叩礼，然后学生向监督三个大揖，行谒见礼。此礼可视为传统的拜师礼，名分也就定了下来。

礼毕，于序应是"校长"的就职演说，张亨嘉站起了整衣正冠说："诸生听训。"略停后说："诸生为国求学，努力自爱"就职仪式也就全部结束了。

就职演说只用了十四个字，古今中外不属"仅见"也诚属"罕见"。按照清代的定制与惯例，首次拜谒长官，下属要递上手本，上书三代履历，然后行跪拜礼。"张校长"全免，此举实可谓"前卫""先行"。

章太炎系"革命党人"，黄侃拜其为师时，行了跪拜礼。黄侃的"高徒"，凡可称"门生"者，亦行"跪拜认师"之礼。时下，一些讲"传统"的人士往往好搞拜师活动，定下豪华宾馆，摆下两位数的宴席，聚业内同人，设"引师""证师",在古乐声中跪拜认师。由此看来,一百多年以前"张校长"的认师礼,能不让人称赞乎?! 诚属可称、可赞。

"张校长"的就职演说,虽然只有十四个字,更是可圈可点。其实,若再减去六个字,只用八个字则意更深矣,即"为国求学,努力自爱"。为国求学之人,是求学之人的上乘。在求学之道上,"下乘为己、中乘为群、上乘为国"。"为国求学之人,能不自爱乎。自爱之道上,下乘爱自己之身、中乘爱自己之名、上乘爱自己之节。"人之大节是爱国,这也是为人之道上的最后底线。"为国求学"当然是爱国。"张校长"用八个字,概括了步入 20 世纪后的"中国学生之道"。

北大师生口碑相沿,相传了一百余年,良有因也。以为人之道的最后底线来要求学生,是有所针对的。斯时虽无"两院(民国的参议院、众议院)""一堂(京师大学堂)"系"八大胡同"的主顾之说,"张校长"已叹由心生,而且无力回天。故就职典礼上一切从简,但言简意深。

张亨嘉组织了北大历史上第一届运动会,比赛的项目有掷球、跳高、顶囊竞走、一百米突竞走、提灯竞走、犬牙形竞走、拉绳、掩目拾球竞走、二人三脚竞走等项目。为了表示"重在参与",还设了"来宾竞走"项目。由设置的比赛项目上来看,颇有"游乐"之意。

最引今人注意的是,为期两天的比赛,在结束时均有颂词:"皇太后圣寿无疆、皇上圣寿无疆、京师大学堂长久。"两年以后,皇上和皇太后在两天中先后"驾崩",又三年后龙旗陨落,京师大学堂更名为北京大学。

张百熙时代,已有"特务学生"之说。确究之,应是"通天的学生",尚不属胡适任校长时期的"派遣特务"。张亨嘉的颂词,大概是让"通天的学生""启达天听"。是用心良苦,还是别有所企,只有"张校长"心知肚明。

民国时期

民国时期的北大校长,均系"海归"。于"官历"而言,蔡元培、刘哲、蒋梦麟都是先任教育部长,后任北大校长。在诸校长中"通才"比"专才"干得要好。北大的"功臣""功狗",均属通才。虽有"北大老,师大穷"之说,其实北大也很穷。清华和北大皆系国立大学,北大师生人数多于清华,但北大的年经费是90万元,而清华是120万元。在筹款渠道上,清华有"庚款"作后援,日子过得比北大强得多。故当北大校长,得"受得了穷"。

蔡元培系"无房户",20世纪30年代中期,北大的毕生集资,为老校长在上海置小楼一所。时下,该楼一层为蔡元培纪念室,二楼系其小女蔡晬盎住所。胡适有稿费收入,日子过得比蔡元培要潇洒。可是40年代后期"稿费日稀",北大校长的薪金使胡先生"穷得露了相",在美国执教的赵元任见之后,汇来1000美元让胡适"聊补家用"。

民国的北大校长比京师大学堂的"管学大臣""总监督"更难当。京师大学堂不忧"欠薪",虽夹在学生和朝廷之间,但总能"应对"。具体而言"张大臣应对有方,总监督们则有此乏术了,在压力之下,区区小事就挂牌开除学生,不保'校长'的底线"。民国的北大校长由严复到胡适,总难离"等米下锅""揭不开锅"的境况。最难应对的是"学生运动",无论谁当北大校长,这个校长均系总统、主席所任命。对"上峰"的指示、指令不可能完全"置之不理",得"应对一下"。可是保护学生、爱护学生又是当校长的底线。能守住这个底线的就是北大人、北大校长。

刘哲也当过"名不正、言不顺"的北大校长,这位校长和北大可以说是互不相认,不但没想过"搞好北大",所想的只是"搞垮北大"。刘哲的任职时期系1927年8月—1928年6月,斯时张作霖以安国军大元帅之名主政北京。在这短短的10个月中,张作霖将北大等九个国立高等院校合并为京师大学校,刘系主谋和推手。

"党军北伐成功",青天白日满地红的国旗在北平升起。北大又遭一劫——并入北平大学,李石曾任北平大学校长。仿法国的"大学区学制"成立北平大学,李石曾系主谋和推手。李的任期是1928年6月—1929年1月。在这半年中,北大师生进行了护校斗争。直至1929年9月,才取得斗争的胜利,恢复了北大的校名。

严复

严复系北京大学的首任教长，作为思想家的严复，将在后面的章节言之。本节所论，则专言"严校长"的半年任期，即 1912 年 2 月—1912 年 10 月。

1912 年 1 月 1 日中华民国成立，孙中山就任临时大总统于南京。1912 年 2 月 12 日清帝退位，孙中山向临时参议院辞职。15 日，临时参议院推举袁世凯为大总统，18 日，蔡元培、宋教仁为专使，赴北京迎接袁世凯南下就职。2 月 19 日，袁世凯密令曹锟发动"北京兵变"，拖延南下就职。直到 3 月 10 日，临时参议院才同意袁世凯在北京就任大总统。3 月 13 日，袁世凯委唐绍仪为第一任内阁总理。4 月 2 日，南京临时参议院议决政府迁往北京。4 月 21 日，中华民国国务院在北京成立。也就是说，直至 4 月 21 日，北京政府才正式运行。

南京政府系总统制，仿美国模式；北京政府是内阁制，仿法国模式。从体制上来讲，在 4 月 21 日以前，北京政府不可能任命严复为北京大学校长。从实际上来讲，南京政府也难于在袁世凯控制下的北京，任命严复为北京大学校长。故有的书中认为严校长是孙中山任命的；有的书中认为是袁世凯任命的。在没有第一手档案、材料证实之前，两说皆可质疑。

这种情况也存在于蔡元培的任命问题上。民国官制有特任、简任、荐任、委任之说。总长系特任官，"成绩卓越"简任官可加衔"仪同特任"。蔡元培曾任南京政府教育总长，政府北迁后，在唐绍仪内阁任教育总长。也就是说，无论南京政府还是北京政府，蔡元培均是名副其实的首任教育总长。当"蔡总长"变成"蔡校长"时，有说系"特任官"，有说是"仪同特任"，后蔡元培女儿蔡睟盎出示了大总统黎元洪下达的"简任状"，否定了"特任"和"仪同特任"说。

对严校长是谁任命的有"两说"；对蔡校长的官阶有"三说"。实其"两说""三说"对两位校长的"行状"均无什么大影响，但反映了求实求真并非易事。

沈尹默在《我和北大》中有云："1912年蔡元培任教育总长，范源濂是次长，董恂士大约是秘书长，颇专权。因严复抽鸦片，示其辞北大校长之职，以何燏时代理校长，仍兼工科学长。这是新旧斗争之始。"

"严复之被赶，抽鸦片是表面理由。真正的原因是北京大学不服教育部管，严复之一向不服教育部管，也不仅仅是他的来头特别大……"

严复抽鸦片，确实属实，而且烟瘾还不小。李鸿章甚惜之，以长官的身份告诫他"想出法子革去"。严复也认为"中堂真可感也"，可是难戒难除，这也是他退出军界的原因之一。在任北大校长期间，严复不断致书夫人催送鸦片烟到京，以致"烟象外露"，"诚难任职"。尽管严复名气大，但这给反对者送去了把柄与口实，所以区区秘书长，也敢示意他辞职。至于"存折"之说前节已述，系难考难辨的一桩公案。

严校长和北大之缘，可追溯到1898年京师大学堂筹办之时。总教习一职在许多人的心目中，严复系不二的人选。可是梁启超在起草《章程》时，颇重总教习一职，引起了管学大臣孙家鼐的不满，认为是"欲与管学大臣分权行事"。于是你分我也分，分设中、西总教习。中学总教习掌国学，西学总教习聘西人掌西学。此举虽不是直接针对严复，但严复和总教习一职也就无缘了。

张百熙任京师大学堂掌学大臣时，聘严复为译书馆总办，译书馆的首要之责是翻译教材，严复在任上发挥其所长，办了些实事。

1912年出任北大校长，严复欲大展宏图。在致友人信中表示："自受事以后，亦欲痛自砥砺，期无负所学，不怍国民，至其他利，诚不暇计。"在办校宗旨上提出了"兼收并蓄，广纳众流"。

在育生之道上，提出体育、智育、德育并重，认为"大学亦当培养公民意识，在此基础上培养专门人才，研究高尚学术。无公民则宪法难施行，此说在民主国家已是最基本之常识"。可是任职只"半年耳"，即辞职。究其因，用老北京俚语来讲，"都是穷闹得"。首先是北大穷，若遵"上峰指示"，"凡六十元以上薪金者，均发六十元。"则无异自行解体，"各奔饭辙去"。严校长顶住了，也顶住了欲停办北大的谋企。

严复的开支很大，在致其夫人信中表示"六十元还不够我养马车的费用"。民国元年，一个三级警士月薪四元。六十元不够养马车的费用，可见严校长的马车很不一般。系两匹洋马所挽的"豪华型"，四角置气灯，上下设铜铃。有一个"赶车的"，还有一个"跟车的"。和蔡元培相比，蔡的马车系孙宝琦所赠送，原是孙宅眷属所乘的小马车，一匹关东马挽之，只有一个"赶车的"。

严复的开支需六百元，北大校长的全薪系三百元，再加上"兼差"，可满足严公馆的开销。严复的兼差有好几份，故敢声称："除校长一人领六十元薪金以示服从外，余者均按原薪发放。"此时教育部正清理各校教授的"兼差"，由总长蔡元培签署通知咨照北大，要查明各门学长的兼差，严禁在校外兼职。"文件"未言及严校长本人的"兼差"。算是留有余地、留有面子。

严复将此"文件"转各门学长，大家"上呈请辞"。上呈请辞，也就是"穷不起"。教育部也不挽留，并告知欲挽留严校长的学生，"你们校长已任总统府顾问之职，责任重大，不便再担任校长一职"。

国务院的参事月薪八百元，总统府顾问的月薪理应在千元以上。正因如此，"严校长"变成了"严顾问"，严顾问又变成了筹安会的"六君子"之一。由此看来，"受得了穷"不但是当北大校长的条件之一，也是守住人生底线所必需。这并不是"苛责"，而是"存真"，名人的桂冠也不具有"免责权"，北大校长更不具有"免责权"。甚至可以说，北大校长是个"招责"的"危位"，休说干好不容易，能干下去也不容易。

需要在最后补记的是，严校长是个爱护学生的校长，十分惜才。劳乃宣任大学堂总监督时，开除了一名叫孙炳文的学生，孙炳文系京师大学堂的佼佼者，过目成诵，几乎读尽学堂的存书，又写得一手好文章。1911 年一个姓叶的进士执《伦理学》教席，在课堂上公然讲"书中自有黄金万镒"。孙炳文站起来问道："先生，黄金万镒值现价几何？"同学们哄堂大笑，结果被记了一次大过。年终考试又在卷子上影射大学堂当局"叶公好龙，尸位素餐"，遭到了"挂牌除名"。

民国肇造，严复掌北大。听说了孙炳文这桩公案后，即调考试卷详阅，然后明确表示："这样都要开除人吗？叫回来。"孙炳文得以重归北大完成学业。此举在学生中造成了很大影响，故严复上辞呈时，北大的学生上书教育部，要求挽留严校长。学生对校长的评价是带有感情色彩的，而且"且真且稚"。

蔡元培掌教育部与严复掌北大系同时，沈尹默认为"这是北大新旧斗争之始"。严复言"兼容并蓄，广纳众流"；蔡元培讲"思想自由，兼容并收"。"蓄"与"收"之异，不可不究。无疑是"更上一层楼"。后又言"兼容并包"，"包"与"收"之异，亦不可不究，无疑也是"更上一层楼"。

胡仁源

严复去职后，章士钊受命为北大校长。未到任，由马良代理校务。旋因信贷风波而辞职，工科学长何燏时出任了北大校长。教育部拟将北大并入天津北洋大学，遭到师生和各界的反对，不果。何亦辞职，胡仁源出任北大校长。胡的任期系 1913 年 11 月—1916 年 12 月。

胡校长在任期内办了四件事，这四件事的影响均不可低估。

一是引进章门弟子。张百熙掌北大时期，张筱浦为总教习。张筱浦崇尚宋儒理学，标榜"因文见道"。严复掌北大时期，"桐城文章"强势进入北大。何、胡两校长均是留日"海归"，故"章门子弟"渐在北大获得优势。章门注重考据训诂，以治学严谨见称。这种学风以后逐渐成了北大文科教学和治学的主流，其余韵一直波及西南联大。

二是于 1915 年设立"评议会"，评议员由各系公推，定时轮换。该会据有"商决校政的最高权力"。需要明确的是，设评议会不是教育部的"定制"，系北大"自定"。1930 年蒋梦麟出任北大校长，提出"教授治学、学生求学，职员治事、校长治校"的方针，改"评议会"为"校务会议"。评议会存在了十六年，在北京大学的校史上，发挥了重大的影响。

三是抵制了洪宪帝制，大太子袁克定游说胡仁源"上表劝进"。胡将此事公诸评议会讨论，与会教授一致表示"不为"。如"上表劝进"，北大也就沦为"附逆机关"，或停办；或并之于北洋大学。新文化运动、五四运动也就只能异地了。

四是兴建了"沙滩红楼"，"红楼精神""红楼文化""红楼人"也就成了"北大文化""北大精神""北大人"的代名词。红楼既是北大的标识建识，也是北大的象征。

五四运动中蔡元培辞职，北大的一些师生进行"迎胡"活动。"迎胡"的学生和"拥蔡"的学生发生了"冲突"。迎胡的学生企图夺取学生自治会的公章，被拥蔡的学生强行扣押，"以麻绳束之"在北大三院礼堂"开庭审讯"。认罪悔过后，逐个画押，始被释放。

此举以"私设公堂罪"闹到法院，结果是不了了之。所谓"不了了之"，是"无胜诉方"。罗家伦、张国焘对此案均有记载，大多认为迎胡是"受反动政府指使"。可令人生疑的是，反动政府为何在两年前同意胡仁源辞职，反动法庭为什么当庭宣布"私设公堂"的学生"无罪开释"？言"迎胡"系反动政府所导演，有些勉强。能闹一出"迎胡"，说明胡仁源在北大还是有些影响的。

蔡元培

蔡元培，字鹤卿，号子民，浙江绍兴人。24 岁中进士，点翰林庶吉士，后补编修。翰林系天子门生，有清一代的大学士，可以说是尽选自"翰林公"。二十多岁的翰林，更是难得一见的"青年才俊"。可是蔡元培走上了和清廷分道扬镳的革命之路。

"同盟会"由兴中会、华兴会、光复会所组成。以地域而言兴中会多粤人，华兴会多湘人，光复会多越人。蔡元培是光复会的主要领导人之一。辛亥革命后，蔡元培出任首任教育总长。又有在日本、法国、德国留学、考察、游历多年的资历。在当时来讲，实属难得的"通才""达人"。于政治上而言，系名副其实的党国元老。在学术上，是"旧学的殿军，新学生先行"。不同政治观点的人，不同学术观点的人对蔡元培均"认可"。1940 年蔡元培在香港谢世，毛泽东对他的评价是"学界泰斗，人世楷模"。盖棺论定，不同政治观点的人、不同学术观点的人，对毛泽东给蔡元培的评价也均"认可"。蔡元培系"完人"，所谓的完人，也就"难于否定的人"，"难于进行批判的人"，并不是无瑕之人。

蔡元培在新文化运动中的业绩和五四运动中的业绩，后面的章节将与论述，本节仅就其"革新北大"进行阐述。短短的两年时间，能使北大焕然一新，实是一个奇迹，一个难于再创、不可能再创的奇迹。

实行了一千余年的科举制度，将"学"与"仕"有机地结为一体。"学而优则仕"，学是手段，仕是目的。科举废，京师大学堂兴。"废""兴"的过程中，又产生了一种内在的联系。在京师大学堂"混个出身"，也就成了步入仕途的"敲门砖"。民国初年的北京大学，依然是"清风如旧"有最高学府之名，难有最高学府之实。许多人仍将北大视为入仕的阶梯。

革新北大，首先要区分学与仕。即"大学不是养成资格之所，亦不可视为贩卖知识之所"。求学者"当有研究学问之志趣，尤当养成学问家之人格"。究学与仕之分，还要上溯到科举制度。实行了一千多年的科举制度，将教育制度和官员的选拔制度合二而一，前者为后者服务，也就是教育为政治服务。

学生摆脱了"学为仕"，学校摆脱了各种干扰，实现教育独立，才能够兼容并包，学术自由。严复掌北大之时已提出"兼容并蓄，广纳众流"。蔡元培掌北大后提出"兼容并收，学术自由"。后又为"兼容并包，思想自由"。初看大同小异，慎究之，"蓄""收""包"三字甚殊。"蓄"有两意，"饲养""积存"。"收"有两意，"接收""安置"。包有两意，"包融""包涵"。"广纳众流"与"学术自由""思想自由"更是甚殊。"纳"者，收纳也，自由者，任驰骋也。不但学术思想上可以任驰骋，政治思想上也可以任驰骋。

马寅初曾任北大教务长，言及革新后的北大："当时的北大，以言党派，国民党有先生（指蔡元培）及王宠惠诸氏，共产党有李大钊、陈独秀诸氏，被认为是无政府主义者的有李石诸氏。憧憬于君主立宪发辫长垂者有辜鸿铭氏；以言文学，新派有胡适、钱玄同、吴虞诸氏，旧派有黄季刚、刘师培、林损诸氏。"

这些人政治观点不同，学术观点不同，能共执北大教席，系兼容并包和而不同。细究之，蔡元培只是在红楼之中创造了一个小环境的"兼容并包，思想自由"，要真正实施，得有一个大环境——教育独立。从大环境而言，京师大学堂时期是不可能的，清代是我国最后一个君主专制的帝国，一切由皇帝说了算。"中华民国"名为民国实为"枪国"，中国不缺人，谁的枪多谁说了算。袁世凯拥北洋六镇，枪最多，当上了总统，还要当皇帝。无论在"帝国"还是在"枪国"，教育均不可能独立。

蔡元培出掌北大的时候，中国的政局出现了一个变化，由"一人说了算"到"多人均想说"。袁世凯死后，北洋集团分裂为直皖两系，奉系开始崛起。南方军阀打起联省自治的旗号，孙中山在广东举起了护法的义旗。大军阀欲逐鹿问鼎；小军阀盘算着割据自保；总统、总理、总长们忙于应对。也就是说，军阀和官僚无暇顾及教育领域，没有注意到教育领域的重要性，更没有意识到教育领域，行将危及他们的统治。

蔡元培自觉不自觉地利用了这一时机，革新了北大，在"红楼"中创造了一个兼容并包思想自由的"小天地"。蔡元培认为："近代思想自由之公例，既被公认，能完全实现之者，厥唯大学，大学教员所发表之思想，不但不受任何宗教或政党之拘束，亦不受任何著名学者之牵制，苟其确有所见而言之成理，则在一校之中两相反对之学说，不妨并行，而一任学生之比较而选择，此大学之所为大学也。"

在这种思想的指导下，在北大红楼之中，梁漱溟和胡适对着讲，黄侃和钱玄同对着讲，此其小者也。在这个小天地中，兴起了新文化运动，策源了五四运动。这两个运动，影响了中国历史的进程。所以国内外公认："以大学校长的身份，影响了一个国家，蔡元培系第一人。"

梁漱溟称蔡元培系"真器局""真度量"，其"兼容并包"是出于自然，"真也"有些学人、政客，也打出兼容并包的大旗。其实，是应时、应势之举，系人为的，"伪也"。此说无疑是性善论。深究之，蔡元培在初始教育阶段，所接受的是传统的儒家思想，既有孔子的"恕道""仁道"，也有孟子的"民贵思想"。后又接触到西方的自由、平等、博爱说，把两者融会贯通后，形成了自己的思想体系。

于自由而言，不是"想干什么就干什么"而是有权力"完成自己的责任，实现自己的生命价值"。于平等而言，不是无条件的绝对平等，更不是历史上"等贵贱，均贫富"的空想与空喊。而是"己所不欲，勿施于人"这八个赤诚、赤热、赤烈、赤真的大字。系为人之道的最高准则。平等是个人在权力上、精神上的平等，即每个人都有争取自由追求幸福的权利，同时又要尊重他人争取自由追求幸福的权利。故把平等归结为"己所不欲，勿施于人"。人人尊之、守之、行之，社会也就平等了。于博爱而言，"仁"系博爱的核心，孔子曰："仁者爱人"，墨子曰："兼爱""泛爱众"。平等、自由、博爱有机地结合成一体，不可偏，更不可缺、不可废。在此基础之上，蔡元培提出了以美育代替宗教的主张。

以宗教束人，欧洲出现了一个"黑暗的中世纪"。直至经历城市兴起、文艺复兴、新大陆的发现、宗教革命、启蒙运动、工业革命后，欧洲才走上振兴之路。蔡元培是一个无神论者，认为宗教只是在人类发展的初级阶段，才兼有智、情、意三种作用，随着历史之演进、科学之发达，宗教的垄断才被打破，科学和伦理学有了独立之可能。

文艺复兴后，艺术内容由宗教转向了人文，此时美学开始了摆脱宗教的过程，只有舍弃了宗教的纯粹美学，才纯具"陶养吾人精神之作用"。例而言之"食物入我口者，不能果他人之腹；衣服在我身者，不能兼供他人之温。这种物质上的不相入，助长了人我之分和自私自利的计较。而美的对象则不然，美感的发动，以达于视觉、听觉为限，因而有'天为公'之感"。"名山大川，人人得而游览；夕阳明月，人人得而赏玩；图画造像，人人得而畅观。"

正是美的这种普遍性，足以打破人我之见。同时，人们欣赏美的对象，仅只因其赏心悦目绝无功利之贪图。智、情、意三者合和，使人达于真、善、美的境界，从而实现了传统思想上的天人和一、知行合一、情境合一的理想。以美术代替宗教，是蔡元培教育思想的核心内容之一，通过智、情、意三者的关系，达于自由、平等、博爱的社会理念，又达于真、善、美合一的人格追求。正因如此，蔡元培提出德、智、体、美，并特别注重德育。道德教育乃国民教育之根本，一个民族的道德水平是这个民族文明的核心内容与外在展现。

梁漱溟对蔡元培的评价是"谈论蔡先生一生，没有什么其他成就，既不以某种学问见长，亦无一桩事功表现。然而他所成就之伟大却又非寻常可比。这就是：他从思想学术上与国人开导出一新流，冲破了社会旧习俗，推动了大局政治，为中国历史揭开了新的一页。在这里，他并非自己冲锋陷阵的。他所以能成其功，全在他罗致聚合了上述许多人物，倾心维护他们，并从而直接培养出许多青年后起人物。"

真、善、美积于中；诚、学、信溢于外。理学家讲"气象"；时下人讲"气场"。究其实，也就是"积于中而溢于外"而形成的人格魅力、感召力、亲和力、向心力、凝聚力。辜鸿铭是"老旧派"；黄侃是"新旧派"。而且均不是蔡元培所"引进"，五四运动中蔡元培上辞呈后离京，辜鸿铭力主挽留"蔡校长"。"迎胡派"认为黄侃对蔡不但有"微词"而且有"厥词"。不料黄侃却毅然站在挽蔡的阵营中，明确表示："余与蔡子民志不同道不合，然蔡去余亦决不留，因环顾中国，除蔡子民外，亦无能用余之人。"

黄侃与蔡元培"志不同道不合"，可是要与蔡"共进退"。"蔡去余决不留"。以黄侃之才、黄侃之傲，舍蔡元培谁能用之。校长能用之，非"兼容并包，思想自由"的小天地，又焉能容之。蔡元培的为人之道、待人之道使志不同道不合的人都愿意和他共处，实可谓浩浩乎、荡荡乎，如沧海、如蓝天。

冯友兰对蔡元培有具体的回忆"他所以得到同学们的爱戴，完全是人格的感召，道学家讲'气象'，譬如周敦颐的气象如'光风霁月'。又如程颐为程颢写《行伏》，说程颢'纯粹如精金，温润如良玉，宽而有制，和而不流……视其色，其接物也如春阳之温；听其言，其入人如时雨之润。胸怀洞然，彻视无间，测其蕴，则浩乎若沧溟之无际；报其德，美言盖不足以形容。'这几句话对于蔡元培完全适用。这绝不夸张。我在第一次进到北大校长室时，觉得满屋子都是这种气象。"这种气象也就是"君子气象"，"说到君子这个词，蔡先生可以当之无愧"。"凡曾与蔡先生接触过的人，都可以知道蔡先生的气象，确实可以以五个字形容之（指君子之气象）。"

北大师生景仰、敬仰蔡元培，北大工友亦然。1940 年蔡元培在香港谢世后，一位北大老工友潜然泪下，不胜悲痛地对白雄远说："我到北大比蔡校长还早，蔡校长上任那天，我们列队欢迎，鞠躬行礼。没想到的是他脱帽鞠躬还礼，那是冬天。之前以及以后的校长，别说还礼了，哪有理睬我们当工友的。每天出入校门，校警都立正敬礼，他坐在车上都脱帽点头示意，还个礼。还给我们工友办夜校，家属也能来。我儿子就是上了夜校，才有了出息。我盼着有蔡校长回来的一天，我站在红楼前，再给他鞠上一躬。没想到……"

之前、以后的校长，对工友的鞠躬均不还礼。说明了北大只出了一个蔡元培，系空前绝后的校长。五四运动之前，在 1918 年 11 月 16 日的中山公园演讲会上，蔡元培喊出了中国第一声"劳工神圣！"

蒋梦麟

蒋梦麟，字兆贤，号孟邻。浙江余姚人，1903 年中秀才，1904 年入南洋公学，1908 年自费赴美留学，1912 年获加利福尼亚大学学士学位，1917 年获哥伦比亚大学博士学位，论文为《中国教育原理之研究》。1919 年 9 月由蔡元培引入北大，执教育系教席，后任系主任。蔡元培离职期间，蒋多次代理校长。北伐后一度在南京任教育部长、中央政治会议委员。1930 年出任北大校长。1938 年任联大常委，1945 年任行政院秘书长，1945 年后任中国农村复兴联合委员会主任委员，在台湾致力于土地改革和农村复兴事业，提倡节育运动。

蒋梦麟的一生主要事业在北大，北大诸校长中任期最长。蒋入北大正值五四运动后，他勉励学生说："青年青年，你们自己的能力就是水，运用千百万青年的能力，就是决百川之水。集合千百万青年的能力，一致做文化的运动，就是汇百川之水到一条江里，一泻千里，便成怒潮——就是新文化的怒潮，就能把中国腐败社会洗得干干净净变成一个光明的世界。"这段话颇具新文化运动的思潮与五四的精神，也可以说是应时、应势之举。

傅斯年认为蒋梦麟的学问不如蔡元培，办事却比蔡先生高明。任继愈言及西南联大时期，认为梅贻琦在办教育，蒋梦麟在当官。民国时期有"公教人员"之说，台湾至今沿之。公者，"公务员"也；教者，"教员"也。两者的区分是前者"坐公案"；后者"站讲台"。之所以并称，是二者皆"吃皇粮"（系指公立学校而言）。但"坐公案"和"站讲台"毕竟是两回事，前者是"管"，后者是"教"。前者系"长官"；后者是"老师"。所执之道、所执之业、所执之术甚殊。究蒋梦麟，前者的色彩比后者的色彩要深，"坐公案"的人，当然比"站讲台"的人"会办事""会来事""会了事""会躲事""会表事""会隐事""会成事"，也"会坏事"。

蒋梦麟在美国所攻读的就是教育，并获得了博士学位，应该说"是当校长的材料"。著有《过渡时代之思想与教育》《现代世界的中国》《西潮》《谈学问》《文化的交流与思想的演进》《新潮》《孟邻文存》等。

蒋认为教育思想，必与其所处的时代思想"相共进行"。"教育务必先知当时学术思想之大势，与夫时代之精神，非此不能谈教育也，而教育对时势也有两方面的责任。一方面为随时势而施教育，曰顺势也，一方面为纠正时势而施教育，曰变俗是也。"顺势之说推而广之，亦可用于为人之道；变俗之论推而广之，亦可用于束人之道。唯在所取，所用耳。

蒋梦麟自言平生做事全凭三子："以孔子做人，以老子处世，以鬼子办事。"对"鬼子"之释有两说：一种是纵横家之始祖鬼谷子；另一种是"洋鬼子"。总之，办事讲的是"实效"。蒋复璁认为蒋梦麟是"以儒立身、以道处世、以墨治学，以西办事"。以西办事，可诠释为"科学务实"的精神，追求的亦是"实效"。最有说服力的解释，当是蒋梦麟的自释"西学为体，中学为用"。与胡适的"全盘西化"相比，"西体中用"更令人深思、深虑。蒋梦麟也意识到了这一点，故没有进一步发挥其影响，诠释其精神。

蔡元培自云，掌北大十年，实际上理事不过五年半。蔡离职期间，多由蒋主持校务。蔡离职多是去"躲事"，蒋代理校务系"理事"。确实是"难"，但蒋善于化解、调和，使北大能正常运行。用老北京俚语来表述"是个办事的衙役"。

蒋梦麟晚年回忆北大："有人说北京大学好比梁山泊，我说那么我就是一个无用的宋江，一无所长……"对"宋江"的评论是个热题，不但"文革"中大评"宋江"，以后也不断有人再提。否之誉之皆有，宋江系"押司"出身，"小吏耳"。但能量不小，江湖人称"及时雨"。吏与江湖黑白两道，能周旋其中已属实难，有"及时雨"之谓，可以说是难上加难。宋江上梁山后，打开了一个局面，108条好汉排座次，系第一把金交椅。正本到此结束，续本很多。所续甚殊，各说各的。有言逐个被朝廷所清算，能善终者不多。有言远走海外据岛自存。

蒋梦麟自喻宋江，不知出于何因。此言系谈论蔡元培、陈独秀、胡适和鲁迅兄弟后所言。大概不只是"稍有空闲时，也读他们的作品，同时常听他们谈论。古语所谓'家近通衢，不问而多知'，我在北大多年，虽对各种学问都知道一些，但总是博而不专，就是这个道理"。若是只针对傅斯年说他学问不如蔡元培，似乎说得通。但以北大喻梁山泊，第一把金交椅无论何时排，由谁排，无疑均是蔡元培。总之，就是两个字"费解"。

1930年—1937年这八年中，蒋梦麟确实是北大的顶梁柱，办了两件实事。一是和宋子文沟通，从海关税中提出专款，拨给北京的几所国立大学。此举可以说是"功德无量"。又从美国文化教育基金费中获得了赞助，从而基本上解决了北大的经济危机。二是多方奔走，给北大建起了图书馆新楼、毕业生宿舍、地质研究所新楼。在当时来讲，大师固然"聚人气"，大楼也"壮人气"。

蔡元培时代系北大的鼎盛时期，蒋梦麟时代有"孔雀东南飞"之说，亦有"孔雀落邻家"之说。"东南飞"，是指翁文灏、朱家骅等人到南京去当官，弃教从政了。也指一些教授到南方的大学任教，如黄侃离开北大后先到武昌高等师范学校任教，后受聘于南京的中央大学。看来，五四时所言的"蔡去我亦不留"实非虚语。"落邻家"是20世纪30年代初，燕京大学、辅仁大学已成气候，清华大学日上，已摆脱了留美预备学校的阴影，俨然是一所国立大学了。到三校去任教的众教授日增，北大不再一枝独秀了。

孔雀东南飞，但也有飞回来的。胡适在上海公学当了两年校长后，又回到北大任文学院院长。蒋胡"搭档"形成体系。但总的来说，教授的阵容是弱了些。百家争鸣、兼容并包的局面不见了。章门弟子只余马裕藻，马任中文系主任十余年，此时也"下岗"了。

马裕藻系真正的"老北大"，在蔡元培之前已执北大教席，任中文系主任14年。中国最早的一套拼音方案的出台，功劳应该记在马裕藻的名下。作为中文系主任，他全力吸收有才华的学者来系任教。当时新、旧两派斗争势如水火。每逢一学年之始，则奔忙于各派之间，一面联络旧交，一面网罗新人，还须适应学生的要求，折中于新旧之间，谦虚态度令人动容。鲁迅到北大教书，便是他亲自邀请。

由于资历老、学问实、为人谦和，"公主府银安殿"上的二十四把金交椅，他算是"首坐"。北大评议会的会址在二院礼堂，即乾隆时代的公主府银安殿。在评议会上遇原则性问题，马裕藻好像变了一个人，容易被激怒，大声叱喝属下，一点不留面子，与平常的态度截然两样。

胡适掌文学院后要"励行改革"，改革的对象自然是黄节、林损等老人。高仁山被奉系军阀杀害后，蒋梦麟追求其遗孀，掌北大后得以迎娶。去旧迎新陶醉于燕尔之际，林损作诗讽刺"蒋校长"。马裕藻虽尽了最大的调护之力，林损也只能"留讨胡函"而去。此时"马主任"的位置岌岌可危，他写了一封长信，对"胡院长"不满意的地方进行了解释，信中透着愤懑和无奈。随后，马裕藻也辞去了系主任的职务。马裕藻"通达，识大体，以忠恕之道待人"系"好好先生"，胡适也有"好好先生"之谓。但好好先生容不下好好先生。

马辞职后不久，"七七事变"爆发，北大南迁，老病之身难于随校。只好隐姓埋名蜗居一条小胡同里，足不出户闭门读书。张中行每次去看他，他见面后的第一句话总是"听到什么好消息了吗？"实有一种类似宗教情结的爱国感情。周作人和马裕藻皆属章门弟子，而且均系调和派，周多次登门"劝驾"，都被马骂了出来。

提起马裕藻，也就联想到"兼容并包"，还是梁漱溟看得最透彻。自然的，真也；人为的，伪也。20 世纪 30 年代北大何有兼容并包？政治思想上的异己，"党国"给清除了；学术思想上的异己，下岗了、下课了、年老病退了。所谓"兼容并包"的学风，是"余韵耳"。若进一步诠释，则是留在记忆中的印象。

1931 年，蒋梦麟提出"教授治学、学生求学、职员治事、校长治校"。为配合"校长治校"改评议会为校务会议，顾名思义，校务会议，由校长"主导"。从总的来说，蒋梦麟时代，比蔡元培时代退了一步。退下来容易，再迈上去就难了。

从另一个方面来讲，蒋梦麟所处的大环境，比蔡元培要"险恶"。一者，北伐后"全国统一"，政治上无回旋余地；二者，"九一八"之后北平已处于"国防前线"，日军兵临城下。1933 年日军侵占山海关，蒋梦麟代表北平各大学校长面见张学良，表达了师生们强烈的抗日要求。1935 年蒋梦麟与北平教育界名流发表时局宣言，要求政府维持国家领土及主权的完整，在全国引起反响。此举激怒了日本人，蒋梦麟首当其冲。

据蒋梦麟自己说，一个日本宪兵，将他带到东交民巷的驻防军进行传讯。

"我们司令请你到这里来，希望知道你为什么要进行大规模反日宣传。"

"你说什么，我进行反日宣传？绝无其事！"

"那么，你有没有在那个反对自治运动的宣言上签字！"

"是的，我签字的，那是我们的内政，与反日运动毫无关系。"

"那么你是日本的朋友吗？"

"这话不一定对。我是日本人民的朋友，但也是日本军国主义的敌人，正像我是中国军国主义的敌人一样。"

"呃，你知道，关东军对这件事有点小误会，你愿不愿意到大连去与板垣将军谈谈？已经给你准备好专车，你愿意今晚去大连吗？"

"我不去，如果你们要强迫我去，那就请便吧——我已经在你们掌握之中了。不过我劝你们不要强迫我。如果全世界人士，包括东京在内，知道日本军队绑架了北大校长，那你们可就要成笑柄了。"

这是蒋梦麟自己的回忆，恐怕和对毛泽东入北大图书馆的回忆一样"有误了"。抗战胜利后，傅斯年向白雄远问起这件事。自言道：

有两个"日本记者"，都是中国通，经常到北大来"采访"。一个特别丑，大家都管他叫"猪八戒"。也来采访过我，提些挑衅性的问题，不着调的问题。我烦了，抄起枪架上的"中正式"对他们说："这是中国最新式的枪，步骑兼用，但枪刺长。上了刺刀后和你们的三八式等长。你们不是对北大的军训感兴趣吗，我就让你们体验体验，现在听我的口令。"我上了刺刀后，冷不丁地喊了声"杀！"把这两个混蛋吓跑了。他们可能有些黑龙会的背景，从其气质、做派上来看，不会是军方的人。

后来，这两块料竟然遛进蒋梦麟的办公室进行"采访"。蒋怒了，指着门命他们出去。为了找回面子，声称是奉了日本领事之命前来专访蒋校长，用如此态度接待我们，可要考虑后果。蒋更愤了，斥道："你们若是奉命前来，更应该懂得采访的规矩，我要当面问问你们的领事……""好！领事正在办公室里恭候，蒋校长敢去吗？"蒋听后即吩咐备车，让这两个"记者"一齐去和他面见领事。这两个家伙见势不妙，一出校长室就跑了。蒋梦麟盛怒之下驱车直赴东交民巷。

日本领事见北大校长突然光顾，感到很茫然，显得不知所措。蒋说明前来的事由后，领事表示一定是误会，随即以日本茶道相待。蒋言："不必！希望这样的事不再发生。"转身就走，日本领事追出大门，送蒋上车。

东交民巷里的日本兵营和日本领事馆在一个院里，领事馆的大门由日本宪兵守卫。蒋梦麟到达后，会由日本宪兵引（即所说的"带"）到领事办公室。在交涉要面见领事的过程中，和日本宪兵有许多"对话"。蒋综汇了与日本记者、日本宪兵的"对话"，以不同情节、不同途径传之于世。

无论具体的情节，面对日本记者的挑衅，蒋梦麟挺身而出，到东交民巷面对日本领事，实系"书生胆气豪"。而且事后不改初衷，在北平教育文化界通电拥护中央反对分裂的宣言中，领头的仍是北大校长蒋梦麟。中央大学的教授打来电报，言时下的北平是"危城讲学，大节凛然"。胡适笑为悼文，面对"悼文"能坦然一笑，也属书生定然。

白雄远系蔡元培的"铁杆"，对蒋梦麟不亲近甚至颇有微词。白雄远任北平学生军训总监时，所言所行几次招致日本使领馆的"抗议"。在南京开会时白雄远受到蒋介石的训斥，遂"上呈请辞"。白虽从 1917 年即任北大体育部主任，但此时系"军事教官"。教育部、军政部定制，教官由军方委派，为了"尊重教育"，受委教官还须校长加聘。白雄远回到北平后，蒋梦麟立即"加聘"。白为此感慨道："他挤走了许多老人，此次没有对我落井下石，而是迎我回北大，也是君子之行了、君子之交了。"

蔡元培以中央研究院院长的身份到北平巡视时，白雄远邀蔡元培、蒋梦麟、马叙伦、郑天挺……到家中吃饭。这是蔡的主意，旨在调和北大老人。饭后以墨宝留念，今存蔡元培、马叙伦所题。蒋梦麟所题，在"文革"中付之于火。

究蒋梦麟之道，系在"办教育中当官，在当官中办教育"。所希冀的是两不误，但于个人而言是两皆误。于北大而言，20 世纪 30 年代又非蒋梦麟的时代莫属。由学者型的校长撑北大这条船，准"撑不动"；由官僚型的校长撑北大这条船，准"撑翻了"。慎审之，在蒋梦麟人生的"天平"中，虽然一边是"办教育"；一边是"当官"。但不是"等之"，也不可能"等之"——两全。而是向当官倾斜，而且越来越斜，最后弃教当官去了。言三件事即可明之。

"九一八事变"之后，北平学生组织了南下请愿团到南京请愿，呼吁中央派兵北上，收复失地。国民党高层则希望由国联出面"解决"。蒋梦麟阻止北大学生南下不果，当第一批学生南下时，就和周炳琳（法学院院长）商定联袂离校。但不是去南京"为党国再扛一肩"，而是去上海观望。

学生到达南京后，蒋介石、汪精卫把蔡元培推到一线"接待"。愤怒的学生喊"打！"虽然并没有真打，但这让蔡元培的颜面扫地。虽说蔡元培在"规劝"学生的过程中，没有任何指责之词，言行间充满了爱护。但于其声望而言，确实是有损。

蒋梦麟在天津转车时，写信给胡适、傅斯年，声称："我们两个已议决了把北大放弃不办。理由一是经费拖欠，教员灰心；二是学生跋扈——背了爱国的招牌更利害了——真使人难受。好好一个人，为什么要听群众的无理命令呢？"

司徒雷登是美国人，中国只是他的第二故乡。学生南下请愿时，司徒雷登不在北平。回校后立即问道："我校的学生去了吗？"当得知去了后释然道："如果燕大的学生没去，只能说我们办教育的失败。"诚如司徒雷登所言，金瓯已缺、国难当头，身为国之精英的大学生不忿、不愤、不呐喊、不奔走，实在是说不过去。

且不言"九一八"之后的国内的总体形势，政治、军事、外交的大方略。五四运动的主要口号之一是"誓死力争，还我青岛"，学生游行的队伍博得了"西人的脱帽致敬"。十八年后，面对着东四省被日本鲸吞，中国学生如不走上街头，西洋人、东洋人会怎么看呢？"亡国奴耳"，"国未亡，已甘心为奴"。"民气不可遏"，"民气"实系军事，外交的后盾，对外而言，更是一个国家综合国力的展现。因为外国势力不但要考虑怎样对付这个国家的政府，还要考虑怎么对付这个国家的民众。可惜，蒋梦麟没有认识到这一点，当局者也没有认识到这一点。

联大时期，校务由北大校长蒋梦麟、清华校长梅贻琦、南开校长张伯苓共同主持，三校长均系"常委"。实际"理校"者系梅贻琦，蒋梦麟有相当多的时间在重庆"活动"。1939年蒋梦麟"执行中央以党治校的方针"，要求在联大担任院长、处长职务的教授"入党"。此举遭到众多教授的抵制，他们表示可以"弃职"。一计不成又生二计，教育部明令给担任行政职务的教授以"特别费"，也就是"职务补贴"。没想到的是教授们"穷得起"，明确表示"弃领"，真可谓君子固穷，穷而弥坚。

1943年蒋梦麟被调到重庆任"中央训练团训练委员"，名为"训练委员"，实为受训者的"班长"，也就是"带队受训"。早晚升降旗要参加，重要的课目要上课听讲，每星期纪念周必须参加听训。团长、教育长点名时，还必须排在队列里面，握拳、举手、转头、注目，很有力地答一声"有！"

"中训团"的团长由蒋介石挂名，副团长黄杰（黄埔一期生）主持，斯时，黄的军衔为中将、教育长的军衔为少将。以北大校长之尊，只能叹曰："悲夫！悲夫！"

抗战胜利后，蒋梦麟出任行政院秘书长，到20世纪20年代末，他已经是教育部长。此次当官，谈不上升迁。与此同时，对胡适的安排是"考试院院长"。国民党实行五院制，即行政院、立法院、司法院、监察院、考试院。傅斯年力阻胡适当官，认为这是"鲜花插在了牛粪上"。后胡选任了北大校长，傅表示全力支持，在胡由美返国前，傅代理校长，主持复员北平的工作。

傅斯年力阻胡适当官，却不阻止蒋梦麟当官。一说是傅认同了李方桂（语言学家，对民族学亦有专攻）的观点：一等人才搞研究；二等人才当教授；三等人才当官。换句话来说，蒋梦麟搞不了研究，也讲不好课，只能当官。二说：明知拦不住，也就不拦了。三说：傅斯年最看不上的人就是宋子文和孔祥熙，蒋梦麟既然愿意舍身去给宋子文去当秘书，也就犯不上拦了。总之，以直言、敢言著称的傅大炮，没有阻蒋去当行政院秘书长。

有人说蒋梦麟到台湾后搞了"土改"，此言过矣。他至多做了些调查工作，真正主持全岛"土政"的是省主席陈诚。蒋梦麟在台湾也想办点实事，系提出"节育"说。此举遭到了地方势力、地方人士的合力攻击，并呼"杀蒋梦麟以谢国人"。

看来，北大和人口问题有缘。蒋校长在台湾大呼"节育"；马校长在大陆提倡"计划生育"。前者遭围攻，后者遇批判。而历史证实了两位校长都是正确的。

最后需要补充的是言及北大"贫困生"时，陈佳洱校长明确表态：北大历史上没有让贫困生失学，现在更不会有，将来也不会有。陈校长说此话时甚有底气，"北大方正"已经崛起，解决北大贫困生所需，区区六百万元耳。陈校长"下条子"，于理于情"方正"不会"拒付"。

溯北大历史，京师大学堂时期不会有，此时的学生是"带俸上学"。抗战时期，也不会有，沦陷区的学生只要考上大后方的公立学校，一律提供食宿。北大复员后，这项政策延续了下来，一直到 20 世纪 50 年代中期，而且伙食标准不低，超过了党政机关的"大灶"，接近"中灶"。只是在蒋梦麟时代，发生了一件憾事。北京社科院所编的《北京历史纪年》载，1938 年 9 月"北大学生为抗议蒋梦麟开除无力按时缴纳学费的八名学生，全体罢课"。

算笔经济账，北大每年预算 90 万元，学生每学期交学费 10 元，全校学费只收 1.2 万元。国难区（指"九一八"后的东四省）、灾区的学生免收学费。也就是说，学费的收入只占"千分之十三"。为了区区 80 元，竟然开除学生。呜呼！蒋校长。

傅斯年

傅斯年是北大的名学生，他在新文化运动中、五四运动中的表现，后节中将详述。五四之后，傅列"出洋"的"五大臣"之中，在欧洲留学九年，广涉各学科，和陈寅恪一样，均未取得博士学位。但眼界宽了、治学方法广了、所执之道深了。今人是这样评价陈寅恪和傅斯年：在 20 世纪初叶的大师中，有些是单打独斗，以本身的研究成果对学术界产生了巨大的影响而为后人所怀念。有的人除了个人的辉煌学术造诣外，还留下了制度下的遗业，在学术界有着长远弥久的影响。前者当以陈寅恪为代表，后者当以傅斯年为代表。

傅斯年病逝于 1950 年 12 月 20 日，胡适闻讯后不胜悲痛，说："有人攻击我，傅斯年总是挺身而出，说：'你们不配骂胡适之。'那意思只有他才配骂，他也承认这一点。"胡适用了十四个"最"来表彰傅斯年："孟真是人间最稀有的天才。他的记忆力最强，理解能力也最强。他能做最细密的绣花针功夫，他又有最大胆的大刀阔斧本领。他是最能做学问的人，同时他又是最能办事、最有组织才能的天生领袖人物。他的情感最有热力，往往带有爆炸性的；同时又是最温柔、最富于理智、最有条理的一个最可爱的人。这都是人间最难得合并在一个人身上的才性，而我们的孟真确能一身兼有这些最难兼有的品性与才能。"

罗家伦评傅斯年："纵横天岸马，俊逸人中龙。"又言："孟真贫于财，而富于书、富于学、富于思想、富于感情，尤其富于一股为正气而奋斗的斗劲。"孟真所代表的是天地间一种浩瀚的元气，这种淋漓元气之中，饱含了天地的正气和人生的生气。"

1945年7月，毛泽东在延安设宴招待傅斯年等六位参政员，周恩来、朱德、陈云、刘伯承、贺龙等出席作陪。毛泽东风趣地对傅斯年说："我们老相识了，在北京大学时我就认得你，你那时名气大得很，被称作孔子以后第一人哩。"

于学术而言，傅斯年创办中央研究院历史语言研究所（简称史语所），该所主持了殷墟的考古工作和大内档案的整理工作。所憾之事是与顾颉刚不能合作。如果傅、顾二人能合作，史语所可更上一层楼。不能合作的原因，主要在傅。

创办史语所，蔡元培（时任中央研究院院长）指定由傅斯年、顾颉刚、杨振声三人为常务筹备委员。结果傅太霸道了，顾去燕京执教，杨去清华执教。顾、杨离开史语所后，傅"独木支天"。若能像西南联大，"三足鼎立"，那将是中国学术界的幸事、佳话，更能多办些实事。

傅斯年在史语所有"傅老虎"之称，但大家虽"怕"他，可是不"恨"他，也相信他。1949年中央研究院迁台，数学所迁了"半个"，史语所"全迁"，其余之所"未迁"。史语所全迁，并不是"强迁"，而是傅"带得动这帮弟兄"。

于北大而言，傅斯年接替胡适掌北大文科研究所。于学生、于教授，傅均能聚人聚气。传为佳话的是 1938 年陈寅恪到达昆明后，即受傅斯年之聘兼任北大文科研究所历史组导师。史语所在昆明郊外，北大文科研究所在靛花巷青园学舍楼上。傅斯年不仅"两头跑"，还要"跑警报"。陈寅恪的身体状况，难以"跑警报"，傅就在楼下挖了一个防空洞。但防空洞中经常水深盈尺，陈寅恪只好带着椅子坐在水上面。对此，陈作了一副对联——"闻机而坐，入土为安"。

每当警报一响，众人皆争先恐后向防空洞奔跑以尽快"入土为安"。陈寅恪不但身体虚弱，而且右眼失明，左眼患疾，视力模糊，行动极其不便。众人大呼小叫地纷纷向楼下急奔时，傅斯年却摇晃着肥胖的身躯，不顾自己极其严重的高血压和心脏病，喘着粗气大汗淋漓地向楼上冲，小心翼翼地搀扶陈寅恪下楼，直到"入土"方才"为安"。

"满身霸气，整日仰头挺胸，鼻孔朝天，头颅左右转，不把任何人放在眼里"的傅斯年，竟对陈寅恪如此敬重呵护，一时在昆明学界传为佳话。后来傅斯年搬到龙头村，陈寅恪"入土为安"的工作就由吴宓和其他师生接替。

北大历史系的王玉哲读本科时，曾公开发表文章对傅斯年进行"批判"。毕业前打算报考北大文科研究所，可心里又发毛，犹豫再三，还是硬着头皮报了。本想的是"有枣没枣打一竿子"，没想到的是被录取了。而且在就读期间和傅相处得很好，由一般学生发展成入室弟子，毕业时傅斯年还帮他找到了工作。师生二人，也系联大所传的佳话、佳缘。

傅斯年曾任中央研究院总干事，此缺亦实亦虚。"上传下达"，可也；"发令指挥"亦可也。傅任总干事时，自然是敢作敢为，"说了算"。后因得照料"两所"工作，不能长居重庆，辞去了总干事一职，可是仍以太上总干事自居，闹得接任的叶企孙叹道："我惹不起你，还躲不起你吗？"于是上呈请辞，回清华教书去了。

蔡元培在香港病逝后，中研院院长出缺，继任者的人选由各方面推荐，后由院评议员投票选举。获票前三名，呈总统府定夺。傅斯年、陈寅恪联手推荐胡适，此时胡正在美国任大使。陈寅恪起程前即在联大宣布："到重庆就为了投胡先生一票。"到重庆后更是态度鲜明。最后投票的结果是翁文灏、朱家骅各得 24 票，胡适 20 票，李四光 6 票，王世杰、任鸿隽各得 4 票。

翁、朱皆系党国高官，以朱而言，当过教育部长、宣传部长、组织部长，逐鹿中央研究院院长之位，不在权，不在利，在"名"，院长一职虽"清"，系天下儒林"盟主"。翁、朱政治色彩浓重，胡适系"无党派人士"，力挺胡适也就是要行学术独立、学术自由之道。胡适进入前三名，傅、陈又顿觉失策。宋子文、孔祥熙早盯上了驻美大使这一缺，对胡"正欲去之"。胡入围，正中宋、孔下怀。

明白过来后，傅斯年又动员陈布雷、王世杰、张群等人出面力保胡适留美任大使，万不得已，请王世杰代行中研院院长一职。蒋介石考虑再三，还是弃翁选朱，不过给朱家骅加了个"代"字，胡适得继续留美任大使。

宋子文、孔祥熙系蒋介石的皇亲国戚，假抗战之名大发国难财。马寅初、傅斯年均对其行径进行了口诛笔伐，所不同的是马的锋芒指向了蒋介石，傅则专攻孔祥熙、宋子文。太平洋战争爆发后，发生了"飞机洋狗事件"。许多党国要员、文化界知名之士均困在香港，可是孔二小姐竟然用飞机载回了她的洋狗。被《大公报》披露后，联大学生上街游行，声讨孔氏祸国殃民。傅斯年则在国民参政会上，对宋、孔发难，揭发他们在发行美金公债中贪污舞弊。

会后，蒋介石亲自请傅斯年吃饭，为孔说情。席间，蒋问："你信任我吗？"傅曰："信任。"蒋进而说："你既然信任我，就应该信任我所任用的人。"傅答道："委员长我是信任的，至于说因为信任你，也就应该信任你所信任的人，砍掉我的脑袋我也不能这样说。"

孔祥熙闻之后，气得咬牙切齿。有人劝孔说："何苦同这样的人动气呢，高血压、心脏病集于一身，阳寿还能几何。"孔大喜，连呼："主啊！主啊！赶紧收走这个恶人吧。"

抗战胜利后，蒋介石欲任傅斯年"国民政府委员"之职。"国府委员"系五院长的兼衔，位列部长之上。出任"国府委员"，可享受特勤费、秘书、司机、卫士的待遇，傅力辞不就。叹曰："已是三等人才，莫作等外才。"三等才有出处，系朱家骅出任中研院院长后，计划成立民族研究所，托傅斯年出面"请驾"，促李方桂"就任"。李坚辞不就，傅一再催促，李烦了，直言道："我认为研究人员是一等人才，教学人员是二等人才，当所长做官是三等人才。"傅听后躬身作了一个长揖，退出说："谢先生，我是三等人才。"

中研院的所长，所掌者系学术研究，于人事上而言，"百夫长耳"。若出任"国府委员"，则是党国高官，只能"士林等外了"。故傅斯年有言："中国向来是臣妾并论，官僚作风就是姨太太的作风。官僚的人生观：对其主人，揣摩逢迎，谄媚希宠；对于同侪，排挤倾轧，争风吃醋；对于属下，作威作福，无所不用其极。"终其生，傅斯年未出任过"行政官员"。

胡适出任北大校长，可是"在美逗留"。究其实，系面对着"北大复员"这个大摊子，"颇为怵头"。傅斯年挺身而出，"扛一膀子"，以代理校长的身份，主持"北大复员"。他认为"伪北大"的教职员在国难当头时"于大节有亏"，坚决不再任用。"专科以上学校，必须在礼义廉耻四个字上，做个榜样，给学生们、下一代看。"

容庚系名教授，执教于燕京大学。太平洋战争爆发后，入伪北大，所教系甲骨文。自认与政治无涉，又与傅斯年交谊甚厚，想在北大复员后继续执教。傅见面后当面斥责："你这民族败类，无耻汉奸，快滚，不用见我。"后来再去见傅，表示谢罪改过，傅接见了他，但仍坚持原来的立场。当时北平报纸评论说，傅斯年对伪职人员"有一种不共戴天的愤怒"。

伪北大校长鲍鉴清，躲过了北平当局的"追究"，傅认为鲍附敌有据，向河北高等法院控告，要求以汉奸罪论处。胡适主张宽容，对伪北大的"落水者网开一面"，傅斯年誓称"决不为北大留此劣"。

北大军训主任教官白雄远，因负伤住入中央医院，未能南下昆明。滞留北平的八年中二次入狱，受尽酷刑，守住了大节。傅斯年多次登门问候，与之长谈。白原系保定军校教官，1917年到北大任体育部主任。傅是名学生，且"好论军言兵"，故二人颇为投缘，时常在一起讨论战史和"时下军争"。傅1919年秋赴欧洲留学前，两人谈"一战"，此次重逢，话题当然是"二战"。

傅的消息"灵通"，和国军上层、美军上层均有接触，对中美、中苏外交的内幕也有所了解。但聊起"二战"，已非昔日的"傅大炮"了。

北伐胜利后，傅斯年异常兴奋，就约了几个北大旧同学去找蔡元培喝酒。大家兴致很高，都多喝了几杯。傅喝醉后，就信口畅谈他的国家理想："我们国家治理好了，不但要灭了日本小鬼子，就是西洋鬼子也要把他们赶到苏伊士运河以西，从北冰洋到南冰洋，除印度、波斯（伊朗）、土耳其以外，都要'郡县之'。"蔡元培笑着说："这除非你做大将。"

此时的傅斯年，不会再做"大将"之梦。大炮也哑火了，据白雄远长子自理熙回忆，傅斯年曾沉闷地说："一战中国是胜利国，可险些丢了山东，五四运动给了争了回来。'二战'中国不但是胜利国，还与美、苏、英、法比肩，成了联合国的常任理事国，可是丢了外蒙，承认公民投票，也就是承认对外蒙独立，承认外蒙纳入苏联，胜得比'一战'都惨。"

白雄远是檀营的蒙八旗出身，系成吉思汗黄金家族的后裔。此时，他的心情比傅斯年要沉重："中央怎么会同意外蒙独立？""美国人要拉俄国人去消灭关东军，在雅尔塔把中国人给卖了。但斯大林也给中央开了价，'不支持新疆闹独立。'""拿外蒙换新疆"，白雄远惊诧地问。傅斯年点了点头。白雄远听罢摇了摇头，"不值得，元代的历史怎么写？宁丢新疆也不能丢外蒙。成吉思汗的子孙怎能分裂为二。中国人民不可无外蒙，我们蒙族人民更不可没外蒙。"傅斯年点了点头，说："宋子文没有在《中苏同盟友好条约》上签字，跑了回来。王正廷接替他去谈判，签了字。我骂宋子文，可是在这件大事上，他这是做了陆征祥第二、顾维钧第二。"

接着，傅斯年长叹一声："罗斯福太糊涂了。他给了苏联人一万架飞机、二万辆坦克。远东地区的苏军进攻关东军时，使用的都是美军最先进的谢尔曼中型坦克。给印缅远征军几个战车营的坦克，都是轻型的。"

白雄远默默地算了一笔账："中国军队不需要这么多坦克，一辆中型坦克配有一门火炮、二挺轻机枪、一挺重机枪。要是给中国军队两万门大炮、四万挺轻机枪、两万挺重机枪，再加上一万架飞机的制空权，中国军队能把日本军队赶过鸭绿江。"

傅斯年缓缓言道:"美军的主旨是少死人,用刚刚研究出的原子弹结束了战争,要是早点研究出原子弹,也就不会有雅尔塔、波斯坦了。不会压中国承认'外蒙现状',进行全民'公决'。"

白雄远又摇了摇头:"少死人的打法很多,夺岛作战伤亡惨重,隔岛作战同样伤亡惨重。美军已经完全掌握了太平洋的制海权、制空权,困而不打,日本海军、空军的油料储备也撑不过半年。把欧洲战场的装备转移到中国,不用半数,中国军队完全可以解决冈村宁次的疲兵。麦帅的战术是错误的……"

一提起麦帅,傅斯年轻蔑一哂:"且不说战术,于军人道德而言,他自己乘坐鱼雷快艇带着全家跑了,让温莱特替他当了日本战俘。临阵弃军而逃,当斩!"

1949年麦克阿瑟访问台湾,"国府"视之为"太上皇"。蒋介石亲率五院院长、三军总司令等政要到机场迎接,并通知傅斯年到场。傅虽然去了机场,但表现出与众不同的风格。第二天重要报刊的照片,当时在机场贵宾室就坐的仅三人。蒋介石、麦克阿瑟和傅斯年。其他五院长及政要垂手恭候,三军总司令立正挺立,傅则坐在沙发上,口叼烟头翘着右腿,潇洒自若。当时报纸新闻说:"在机场贵宾室,敢与总统及麦帅平坐者,唯傅斯年一人。"

傅斯年蔑麦克阿瑟,是有中国人的底气、北大人的霸气,也是良有因也。以军人道德而言:"临阵弃军而逃,当斩!"可是罗斯福让他跑,不斩,还委以重任。这也是中国同美国之异吧,至少说是罗斯福与傅斯年之异。

最后需要补充的是,傅斯年的绰号是"傅老虎""傅大炮",殊不知他也有"疯子"的桂冠,择两事而明之。

在中山大学时,罗家伦、何思源正在聊天,傅斯年突然闯入,坐地大哭。自言被人欺了,要多找几个北大老同学去帮他打架。此时傅已由"名学生"过渡到了"名人",正在筹办历史语言研究所。罗家伦、何思源在中山大学也是院长、系主任级的人士。此事系何兹全由何思源处亲闻。

20世纪30年代初,即有"废中医"之说。40年代在重庆的国民参政会上，有人又将此案旧事重提。傅斯年是支持废中医的，和力挺中医的孔庚发生了冲突。孔自然是辩不过傅，但依仗系"辛亥功勋""党国元老"，先是对傅"臭训"，进而"臭骂"。孔是军人出身，有"叫操"的硬功夫——嗓门特别大，而且声音洪亮。不说"声震屋瓦"，也是"全场为之所镇"。孔训够了、骂够了后，傅站起来宣布："散会后，你我在礼堂门前决斗。"

执行主席一宣布散会，傅斯年抢先走出会场，在大门外将孔庚截住。让傅感到意外的是，孔虽声音洪亮，可是又矮又瘦又干，是个"小老头"。自己比他大三号、壮三圈。犹豫了一下，说："我不打你了，你太弱了，我收回决斗。"说罢，半躬而去。目睹者有人说傅斯年有绅士风度；有人说傅斯年幸没动手。孔庚是太极拳、猴拳的高手，和他过招定吃大亏。

傅斯年在"北大复员"中为胡适"硬扛了一膀子"，所务有二。一是肃清了伪北大；二是为北大争了不少房子。许多人认为前者有些"过"，傅坚决辞退容庚。容南下广州，执中山大学教席，且任系主任。争房子，确为北大办了件实事，不但原有校址全部收回，而且将中法大学校址、老国会旧址等归入北大，还收了府学胡同燕京神学院等宅子作为北大教员宿舍。十分感慨地对白雄远说："北大同仁，八年抗战在外漂流，无家可归。不能复员后仍旧无家可归，好歹得有个栖身之所，才能安下心来教书。所以房子我不能不争，打得头破血流也要争，他来头再大，我也不能让。管他什么军字号的、特色号的、党字号的，我敢拼老命，他敢拼吗！他为了车子、金子、票子、婊子，只能不要房子。我不要车子、金子、票子、婊子，房子是要定了，官司打到哪儿，我都扛着。"

1946 年 6 月北大正式复员，傅斯年解除了代理校长的职务，仍旧回史语所干他的老本行。孔祥熙愤愤不平地说："都说他活不了几天了，可是蹦得还挺欢，真郁闷。"此话传出后，友人都对傅"揪着一把心"。"一二·一"运动爆发时，傅斯年赶到昆明，一见到云南警备总司令关麟征即愤怒地大骂："过去我们是朋友现在我们是仇敌，学生就是我的孩子，你伤害了我的孩子……"傅向蒋表示要追究军方的责任，得罪了不少"悍将"。全面内战爆发后，这些人拥兵擅权，友人们更是为他"捏着一把汗"。而傅斯年的身体状况，也确实是难以继续工作。只得到美国去就医，也是"换换空气"。

1948年底，国民党政局已定。把"名校"迁台已无此能力，"名教授"也大多"拒迁""谢迁"。蒋介石为了"复兴大业"，只能办好台大。台大是个烂摊子，日本侵台时期形成的学派之争和地方势力交织在一起。光复之后陈诚任台湾省政府主席，又从大陆引进一些教职人员，斯时形成了"客籍"和"本土"的矛盾。客籍、本土内部也有矛盾，但一些具体问题上又能一致对外。

此时出任台大校长，就是"跳火坑"。傅斯年自云："二次跳火坑，刚从火坑中爬上来（指代理北大校长），又跳了进去。"到台大后傅锐意改革，第一要务就是整顿人事，凡不合格的教员一律解聘，对于政要推荐来的，并不买账。声称："总统介绍的人，如果有问题，我照样可以随时开除。"学期伊始，每位教师都会收到校长的一封信："说不定哪一天，会跟教务长、贵学院院长、贵系主任去课室听讲，请勿见怪。"不到两年（1949年1月17日—1950年12月30日），傅斯年就开除了七十多名教师。他用人从不看背景只看能力，因此得罪了不少权贵，也受到各种非议和攻击。骂他是"学阀""台大的独裁者"，但傅斯年依然我行我素。对于"妥协"，在他的人生词典中，压根就没有这个词。

1950年12月20日，傅斯年上午参加蒋梦麟召集的"农复会"第一次会议，作了长篇发言。下午参加省参议会第五次会议。参议员郭国基向台大发难。郭系台湾屏东人，生于1900年留学日本，好勇斗狠，一生的理想追求就是造反起事，占山为王。或先把天下搞乱，然后再由他出面，来个天下大治。此人无论在什么场合，总是难以收敛流氓的本性，胡乱发一些火药味甚浓的长篇宏论，气焰凶妄，举止轻狂，江湖上送外号"郭大炮"。

郭的发言主旨，系台大由省政府拨款，花的是台湾人的钱，就应该多聘本省的教授，多招本省学生，奖学金制度要废除。发言中不但观点荒谬，而且态度蛮横。傅斯年的回答针锋相对，聘教授首先考虑的是"称职"要"德才兼备"。对本省籍学生已降10分录取，不能再"扩招"。奖学金制度不能废除，一些品学兼优的贫困生如得不到奖学金，就要失学，何忍将他们摒之校门外。

傅斯年走下讲台即将回到座位上时，突然脸色苍白，步履踉跄。陈雪屏赶紧上前搀扶，傅只说了声不好，便倒在了陈的怀里。当晚9点许谢世。

第二天，台湾省议会副议长李万居在记者招待会上宣布："傅校长于20日夜去世了。"李的国语很不标准，记者们把"去世"听为"气死"。于是各报纷纷报道："郭大炮气死了傅大炮。"

傅斯年死后，哀荣自不用提。蒋介石亲往致祭，台大校园内专辟傅园，园内建造傅亭、傅钟。傅斯年尝讲："一天只有二十一小时，剩下的三小时是用来沉思的。"台大将这句醒世恒言化为实际行动，上课下课时，钟敲二十一响。

傅斯年为台大立下的校训系八个字："敦品励学，爱国爱人。"傅的一些教育理念至今影响着台大，即："基础学科的建设乃是重中之重，若不用火车头去牵引，就不可能产生理想的动能和速率。"故大一的课程，多由名教授担任，有人表示困惑，"杀鸡焉用宰牛刀"。可是傅仍然坚持这一理念，并诚恳地敦请毛子水、屈万里、台静农等大家，执大一教席。

台大至今执台湾高校之牛耳。中学生的备考集训营所悬的口号就是："目标，台大。"蔡元培掌北大，两年后北大焕然一新，傅斯年掌台大，未及两年而辞世，台大师生敬挽：

早开风气，是一代宗师，吾道非欤？浮海教三千弟子；

忍看铭旌，正满天云物，斯人去也，哀鸿况百万苍生。

吴稚晖的评价是："是真正校长，主持大学，子民外一人。"

胡适

胡适在前文中已多次提到，后文的新文化运动、五四运动中也将涉及，本节仅就其关乎"校长"的内容进行阐述。

胡适在上海的中国公学当了两年的校长，在北大当了两年半的校长，在北大当文学院院长的时间较长，北大有文、理、法三院，文学院的师生"过其半"，文学院的院长，也就是半个"校长"，故有关"胡院长"可规入"胡校长"。

胡适掌中国公学颇为"开放"，引起了教育部的"训责"。斯时，部长乃蒋梦麟，系不得不为之。蒋 1930 年 12 月由教育部长转任北大校长，次年，胡辞去了中国公学校长，回北大任文学院院长。北大也就开启了蒋胡时代。对胡的评价不同时期"甚殊"；不同人的评价"甚殊"。否之"一棍子打死"；誉之"几为完人"。政治上的否誉姑且不论，引学人的否誉以明之。

胡适在台北去世后，毛子水为其题写墓志铭："这个为学术和文化的进步、为思想和言论的自由、为民族的尊荣、为人类的幸福而苦心焦虑、敝精劳神以致身死的人，现在在这里安息了。我们相信：形骸终要化灰，陵谷也会变易，但现在墓中这位哲人所给予世界的光明，将永远存在。"

台北的"北京大学同学会"送挽联："生为学术，死为学术，自古大儒能有几？乐以天下，忧以天下，至今国士已无双。"

洪业在燕大执教二十余年，好品学林人物，言及胡适、傅斯年，用调侃的口气说："胡适爱胡说，傅斯年爱附会。"

温源宁比较梁漱溟与胡适的不同。"梁漱溟多骨，胡适之多肉；梁漱溟庄严，胡适之豪迈；梁漱溟应入翰林，胡适应入文苑。学者也好、文苑也好，但适之是决不能做隐士的。"

沈尹默认为："胡适这个人，因缘时会，盗窃虚名。实际他是一个热衷利禄的政客，并非潜心学术之士。"

季羡林说："胡适是一个非常复杂的人物，他一方面研究学术，一方面从事政治活动。有时想下水，但又怕湿了衣服。一生都在矛盾中度过。"季觉得胡适本质上是一介书生，"说得不好听一点，就是个书呆子"。

总的来说，季羡林说的比较中肯，综汇胡适一生，"他一方面研究学术；一方面从事政治活动""有时想下水，但又怕湿了衣服"。需要补充修正的是："本质上还是书生"，"但不是书呆子"。最后，还是守住了人生的"底线"。对

"胡校长"，可分四个部分来阐述，即作学问、当校长、当官、社交。

胡适的初始教育，系在私塾中进行的。1905 年清廷"废科举"，十四岁的胡适也就进了新式学堂，先后就读于"梅溪""澄衷""中国公学""中国新公学"。1910 年结束了在上海的求学生涯，成了"沪漂"。在此期间，接触到邹容的《革命军》、梁启超的《新民说》、严复的《天演论》，《天演论》一书对他的影响最深。其名"适"，字"适之"就是在这时起的。取意于"物竞天择，适者生存"。

在此期间，胡适参与了《竞业旬报》的编辑工作，为报纸提供些稿子，稿子均是用白话写成，如《地球是圆的》(科学小品)、《真如岛》(章回小说)。1910 年胡适考取了"庚款留美生"，斯年二十岁。先入康乃尔大学农学院，次年春天转入文学院。1915 年转入哥伦比亚大学哲学系，1917 年毕业，获硕士学位。遂结束在美七年的留学生涯。回国后入北大，执中国哲学史教席。

此时的北大，正值蔡元培的"革新"，思想自由，兼容并包。于旧学而言，黄侃、刘师培、林损、黄节……于西学而言辜鸿铭一帜高悬。胡适的旧学底子显然难以和章门弟子"侪"，英文的水平更难以和辜鸿铭"等"。

胡适所开的"中国哲学史"，系北大的老课。原由经学家陈汉章讲，从伏羲氏讲起，胡适接此课后重编讲义，从周宣王以后开讲。顾颉刚回忆说："这一改，把我们一般人充满了三皇五帝的脑筋，骇然作了一个重大的打击，骇得一堂中舌挢而不能下。"顾听过几次课后，便称赞"胡先生讲得的确不差，他有眼光、有判断，确是一个有能力的历史家，他的议论处处合于我的理性，都是我们想说而不知道怎样说才好的"。

胡适所开的中国哲学史课，可以说是观点新、体系新、方法新。在讲义和昔日论文的基础之上，1919 年 2 月，胡适的《中国哲学史大纲》上册出版，蔡元培为之作序，称此书有四大特长，即证明的方法、扼要的手段、平等的眼光、系统的研究，"一样样都是超越古人，开出风气的"。

胡适对此书的历史地位颇为自负："我自信，治中国哲学史，我是开山的人，这一件事要算是中国一件大幸事。这一部书的功用能使中国哲学史变色。

以后无论国内、国外研究这一门科学的人，都躲不了这一部书的影响。凡不能用这种方法态度的，我可以断言，休想站得住。"

陈汉章所讲的"哲学史"，和"经学史"相差无多，胡适则划清了"哲学"与"汉学"的界线，将考据、训诂等不属于哲学史的内容清了出去。同时也划清了"经学"与"哲学"的界线，使哲学成为了独立的学科。

胡适把中国哲学史划分为古代、中世界、近代、文艺复兴等阶段，试图和欧洲哲学史一一对号，牵强附会。今人看了后觉得"不胜批评"，时人洪业言"胡适爱胡说"，亦非只是调侃。但《中国哲学史大纲》毕竟是开山之作，同时也是应时、应势、应需之作，体系初成，"胡说"难免。

正因为"胡说"难免，《中国哲学史大纲》下册一直没有问世。究其具体原因有三：一是写不下去了；二是没工夫写了；三是不好意思写了。胡适的《白话文学史》也只有上册无下册。故有"胡半部"之说。黄侃在南京中央大学讲课时放言："昔日谢灵运为秘书监，今日胡适之可为著作监。"学生问其故？黄答曰："监者，太监也，下面全没了。胡适著书有上部无下部，岂不是著作监乎。时下，著作监之职舍胡适之谁敢当之。"学生哄堂大笑。

深思之，"胡半部"亦有可圈可点之处。一是胡博士写书，不愁出版。二是只要写出来，不愁没人捧场。但胡适毕竟是胡适，宁承"著作监"之讥，不"姑成之""草成之""速成之"，更不组织个写作班子，当个挂名主编，"督他人成之"。

补记之，1918年冯友兰从北大哲学系毕业，后入哥伦比亚大学研究院哲学系，1924年获博士学位。先后任中州大学哲学系主任、中山大学哲学系主任、清华大学哲学系主任。在此期间著有《中国哲学史》，上册1931年出版，下册1934年出版。胡见冯书后，对昔日自负之言当赧颜。

胡适在两半部外亦有许多开风气之作，如出版了第一本白话诗集《尝试集》，立白话小说为学术研究项目，对《红楼梦》的研究自成一家。其实，胡适在学术上最大的贡献是"大胆假设，小心求证"的治学方法、"有一分证据说一分话"的治学精神。

应该说，胡适的大名不是因当校长而得，系新文化运动中所得、在讲台上所得。"胡适演讲式的教学方法在北大颇受欢迎，常常因红楼教室人满为患而搬入二院大讲堂。他讲课从不发讲义，自己也没讲稿。讲课的内容很有新意，如讲中国文学史的宋元明清部分时，先从文学评论的角度，介绍王若虚的《滹南遗老集》。讲《红楼梦》作者曹雪芹时，给学生介绍了曹寅写给康熙皇帝的奏折。但同学们最喜欢听的还是他的演讲。柳存仁称：'胡先生在大庭广众间讲演之好，不在其讲演纲要的清楚，而在他能够尽量地发挥演说家的神态、姿势和能够以安徽绩溪化的国语尽量地抑扬顿挫。并因他是具有纯正的学者气息的一个人，他说话时的语气总是十分热挚真恳，带一股自然的傻气，所以特别能感动人。'"

会讲课是一门学问，许多学问家、作家不善讲课，如沈从文、冯友兰、顾颉刚、孟森……只得靠板书。或宣读讲义，茶壶里头煮饺子——有货倒不出来。胡适会讲课，为他的执教生涯增了几分彩。柳存仁一语道破的，"不在其讲演纲要的清楚"，而在其"演说家的神态、姿势"和"纯正的学者气息"。用时下语表述，就是"有气场"。对内容体系，则"忽而略之了"。下课看讲义，作业抄讲义，考试背讲义，毕业后著书立说仍是发挥讲义，不是胡适的教学之道。

蔡元培名义上掌北大十年，实掌不过五年半。胡适掌半个北大六年，掌全北大两年半。蔡元培在北大只讲过"伦理学"，胡适兼任过哲学、文学、英文三个系主任，开过不少课。和学生在课堂上有许多直接的接触，在接触中以"雅量"著称（后文将详述），确实聚了不少人缘、人气。蒋梦麟认为蔡、胡并称北大的"功臣"，其实，以校长的业绩来评蔡、胡，"不可同日而语"。仅以"雅量"而言，胡适对学生系大仁、大肚、大量，然而对教师，则不然了。

对于蔡元培在北大实行"兼容并包"主义，容纳旧派学者，胡适持有异议，他认为："蔡老先生欲兼收并包，宗旨错了。北大应是革新基地，不应存在'新旧对立现象'。"陈独秀则对胡适这一说法不以为然。他在给胡的信中说："北大教员中，像崔怀庆（适）、辜汤生（鸿铭）、刘申叔（师培）、黄季刚（侃）四先生，思想虽说旧一点，但是他们都有专门学问，和那般冒充古文家、剧评家的人不可同时而言。蔡先生对于新旧各派兼收并包，很有主意，很有分寸。是尊重讲学自由，是尊重新旧一切正当学术讨论的自由，并不是毫无分寸，将那不正当的猥亵小说、捧角剧评和荒唐鬼怪的扶乩剑侠，毫无赏识的丹田术数，都包含在内……他是对于各种学说，无论新旧都有讨论的自由，不妨碍他们的个性发展。至于融合与否，乃听从客观的自然并不是在主观上强求他们的融合。我想蔡先生的兼容并蓄主义，大概总是如此。"

蔡元培革新北大的过程中若不"容旧"，也难以"启新"。在学术发展的进程中本无"鸿沟"，以新旧划界，实系"人为"，况且新旧总是相对的。于"桐城余绪"来说，"章门弟子"系新；数年之后，"新青年诸君子"又视"章门"为旧。以学生而言，由"黄门侍郎"到"胡宅行走"，也并不是"尽弃章学"，在他们的治学道路上，"章学"系良好的基础，"胡学"乃新理念、新方法，互融之后，成大才、大用。

胡适掌半个北大后，难容新旧对立的现象。况且此时的北大，"新也不新；旧也不旧"。新旧融合，实可"更上一层楼"。但这层楼难上，张中行有云："说起北大旧事，胡博士所为，也有不能令人首肯的，或至少使人生疑的。那是他任文学院院长，并进一步兼任中文系主任，立意整顿的时候，将系里任职多年的教授林公铎（损）解聘了。林先生傲慢，上课喜欢东拉西扯、骂人，确是有懈可击。但他发牢骚，多半是反对白话，反对新式标点，这都是胡博士提倡的。自己有了权，整顿、开刀、祭旗的人是反对自己最厉害的。这不免使人联想到公报私仇。如果真是这样，林先生所失是鸡肋（林先生不服，曾发表公开信，其中有：'教授鸡肋'的话）。胡博士的所失就太多了。"

如果说林公铎的"下课"确是有懈可击，马幼渔（裕藻）系无懈可击的老诚之人、谨慎之人，也"逊位"了。北大以不同形式"下课"的教授，如辜鸿铭、黄侃、黄节、林损、刘文典等人，均系"这下课那上课"。此地不留爷，自有留爷处。识货的人多了，山东大学恭请辜鸿铭去当校长。辜因不耻山东土皇帝张宗昌，直言拒绝了。

北大复员后，胡校长对白雄远不但善待而且礼敬。一千八百多人大合影时，亲自把白拉到第一排最中央就座，那个座位原是留给他的。白雄远的身体状况已不可能"上班"，因人设事，安排了一个"校务委员会专任体育委员"。这个职务以前没有，以后也没有，白以这个名义领取薪金，直到1950年病逝。

北大老人们感慨地说："马幼渔没等到这一天（马于抗战胜利前五个月病逝）。"有人接言叹曰："天假其年，马若等到这一天，且为之奈何？且为之奈何？"

从校长的角度来讲，兼容并包就是"得人"，不但能用立场、观点和自己相同的人；也能用立场、观点和自己不同的人；还要能用课上课下都骂自己的人。能用课上、课下都骂自己的人，对于校长来说是最大的成功、最大的收益，敢"骂"的人，大多肚子里有些真东西，不怕"下课"。让他在一个地方"骂"，总比让他多换几个地方"骂"的影响要小。例而言之，黄侃、林损在北大"下课"后，又到南京"上课"，换个地方开"骂"。更直白地讲：能容下骂自己的人，他骂多了，别人也就听厌了，不新鲜了，甚至反感了。或许也能骂出交情来，成为美谈。前提是骂人的人和被骂的人都"肚子大"，前者的肚子里装满了真学问，后者的肚子里"能撑船"。由此看来"校长"和"宰相"不能说"侪也"，也要说"近耳"。此蔡元培黄侃之谓也。

校长不是"官"，但又是"官"。且不言国立，公立大学的校长由各级政府任命。北京大学是国立大学，其校长由大总统"简任"。刘校长有名言："大学不是衙门"，但大学校长也要听"上峰"的指示、指令，只是在执行过程中，心中有"天平"、有"底线"。

教育独立说，是蔡元培在1922年提出的，对于中国来说不是"难行"，而是"不可能行"，是一种"美好的设想"。政府、政党不要干涉教育，欧美国家"行之"。20世纪20年代初的中国，政府无力、无暇于教育，也就是说干涉的范围不涉及具体的事务。于政党而言，国民党远在广东，共产党刚刚成立。也就是说，蔡校长的"独立"性，比胡校长要大得多。

胡适首次出任校长，是在上海的中国公学，在校长任上，不但聘了无学历的名作家沈从文执教席，而且玉成了沈和张兆和的良缘。这两桩事为今人所喜闻乐道。其实胡校长在中国公学并不是后人想象中的那么游刃有余，"当局"对其多有不满，胡校长只好"上呈请辞"。回到北大后，掌文学院，也就是掌了半个北大，如沐春风、如鱼得水，也避开了"校长与政治"。

1929 年胡适提出"全盘西化"，在《文化的冲突》一文中，直言问国人："我们对中国文明究竟有什么真可以夸耀的呢？……我们的国家在过去几年间曾产生了一位画家、一位雕刻家、一位伟大诗人、一位小说家、一位音乐家、一位戏剧家、一位思想家或一个政治家？"对上述问题，今日的中学生都可以将其批得体无完肤。

1930 年，胡适又肆言："我们必须承认我们自己百事不如人，不但物质机械上不如人，不但政治制度上不如人，并且道德不如人，知识不如人，文学不如人，音乐不如人，艺术不如人，身体不如人。"此文虽是对现实的"冲动"与"激愤"。但"吸鸦片""裹小脚""泡茶馆""打麻将""遛鸟"……绝不能代表国人。以点代面、以个别现象代替本质，所言系出于著有半部《中国哲学史》《中国文学史》的胡博士，不能简单释为"恨铁不成钢了"。对说出去的话，该负什么责任就应负什么责任。

1935 年 10 月，出现了有"党国背景"的《十教授宣言》，其政治目的姑且不论，主张对"中国文化存其所当存；对西方文化取其所当取，建设中国本位的文化"的主张和胡适全盘西化的主张相左，胡写了《试评所谓的〈十教授宣言〉》认为折中调和论调是行不通的。十教授也纷纷著文进一步诠释自己的观点。后得知《十教授宣言》的背景后，胡提出要和十教授成为同志，并修改"全盘西化"为"充分世界"化。也就是"尽量""尽力"西化，以免去许多无谓的论争，以争取同情和帮助。也就是在"言不调和中行调和；言不修正中行修正"。

从洋务运动始，当轴者对从西方引物为之所用，态度是"可也"。对引进制度和文化，则"很不放心"，或说是"于心不甘"。怕坏了"国之大本"，步入共和后，当轴者的心态依然如此。北伐后，"党国"开始"训政"。胡适"全盘西化"，当然和"训政"的精神不符。这种"不符"一直延续到 20 世纪 50 年代，故胡适客居美国十余年。

胡适真正的当官，系全面抗战爆发后出任驻美大使，而且马到成功，获得了 2500 万美元的贷款，蒋介石甚为欣慰，去电表彰。但美国当时的总体形势是奉行"孤立主义"——关起门来过日子。胡适也实难有所作为。太平洋战争爆发后，中美间的渠道畅通，政治、军事、经济上均有"热线"，实无须通过大使馆和美国有关方面沟通。况且，宋子文以财政部部长的身份长驻华盛顿，控制援华物资的"分配"。由于"专权"宋子文和宋美龄的矛盾也尖锐了起来，造成了宋美龄访美时的兄妹"不愉快"。

此时的"胡大使"，也就是聋子的耳朵——摆设。发挥不了实体的作用，真正的驻美大使是"国舅"宋子文。但胡也没闲着，发挥了自己的优势，进行中美文化交流。胡博士虽然主张"全盘西化"，但又"潜心整理国故"。在美的演说中，也起到了宣传中国文化的作用，在美国民众之中留下了良好的印象。胡适有 35 顶博士帽，院士、"外国会员"的头衔更是不计其数。这些荣誉大多是在驻美大使任上获得的，有人指责他"不务正业"。在重庆的孔祥熙、在华盛顿的宋子文，均欲借此为"口实"，以意中人取胡适而代之。平心而论，胡适不是"不务正业"，而是"难务正业"。以胡的能力而论，政治、军事、经济、外交均非所长，况且还有"宋大使"在，所以也就不可再苛责"胡大使"了。即使他主观上"求名"，客观上也宣传了中国文化、扩大了中国的影响，对抗战还是有利的，与在美国大发国难财的宋子文，实不可同日而语。

1946 年 6 月，北大复员北平。胡适从代校长傅斯年手中接过了"校印"，北大开始了胡适"时代"。任职的两年半中，在"沈崇事件"，反内战、反迫害、反饥饿运动中疲于奔命，但守住了"底线"。毅然出庭为沈崇做证，"守住"了北大校园，拒绝军警入校逮捕学生，也拒绝由校方交出学生。胡适保护学生的力度，别的校长恐怕不能达到。

于个人而言，这段时间是胡适的低谷。不但未能开拓新的领域，《水经注》的研究工作也没多大进展，亦无一有影响的著述问世。

在国民党在大陆的统治行将崩溃之际，匆匆召开的伪国大，制定宪法选举总统。蒋介石为了粉饰"民主"，曾提议"让文人当总统，比如胡适"。不但放出了风，而且让人吹风。但自任行政院院长、军事委员会委员长，总揽政治、军事上的实权。胡适"亲美"，此举也有讨好"山姆大叔"之意。后又改变了主意，大概是"必也正名乎"。胡事后跟朋友说："蒋介石如一定让我做总统的话，我就去做好了，反正国家大事有他蒋介石管，与我有什么关系。到那时，我到南京，把总统府大门一关，还做我的《水经注》考证。总统府门禁森严，我便可以安心搞学问了。"

伪国大召开时，民盟没有参加。对政局多少有些知晓的人，也不会"蹚这浑水了"。胡适临行的晚上，许多北大师生前来劝阻，胡校长最后的理由是："电报已经发了出去，许多人都要去接站，不能叫人家空跑了呀。"胡适的南京之行，蹚了浑水，也未能入主"门禁森严的总统府"去"安心搞学问"。

许多人都说胡适在政治上"幼稚"，幼稚到南京去当总统，可以说是"幼稚出水平了"。有八年驻美大使的经历，谁又能相信胡适会如此"幼稚"。费解、费解、费解。

1948 年底，胡适离开北京大学，直飞南京，与他同机的是陈寅恪。到南京后，陈转广东入中山大学执教。胡到美国，对于"胡大使"的到来，并没有热烈的欢迎，更谈不上"鲜花与美酒"。原因很简单，对于美国来说，胡适可以说是"双过时"之人。不但政治上过时了，学术上也过时了。对中国来说，胡适可没有"过时"。20 世纪 50 年代，海峡两岸对胡适均展开了批判。大陆的批判旨在"肃清其政治上、学术上的影响"；台湾的批判也和政治挂钩。为了配合所谓的"光复大陆"，台湾掀起了研究传统文化的热潮。胡适仍然坚持并发挥他早年关于中国文化的观点，当然是"不受待见"，得进行"批判"。

客居美国期间，胡适曾三次赴台，均受到"礼遇"。1952 年第一次赴台时，与蒋介石共进晚餐。席间明确表示："台湾今日实无言论自由，第一，无人敢批评彭孟缉；第二，无人敢批评蒋经国；第三，无人敢批评蒋总统。所谓无言论自由，尽在不言之中也。"但是胡适还参与了"助选"。对胡适来说这是唯一的选择。60 年代，胡适返台，出任了"中央研究院院长"。蔡元培由北大校长进而中研院院长，胡适也走了这条路。所不同的是蔡校长系"完人"；胡校长只是一个"守住了底线的人"——在政治上、学术上、观点上、为师之道上，守住了自己的底线。

在为人之道上，每个人都给自己画了底线。故有损己利人、损人利己；利己不损人、损人不利己；利己利人、损己损人。又有才德之说。"才德兼备"是圣人；才大于德是能人；德大于才是完人。

有道胡适是哲学家、文学家、教育家、诗人，除此之外，胡还是"社交家"，只是人们常常忽略了这一点，20 世纪 30 年代在胡适家住过好几年的罗尔纲说：

"胡适上午七时起床，七时四十分去北京大学上班，中午回家吃午饭。下午一时四十分去中华教育文化基金董事会上班。晚餐在外面吃，晚十一时回家。到家即入书房，至次晨二时才睡觉。

"星期天上午八时到十二时在家中客厅'做礼拜'。——接见那些要见他的不认识的人，凡是已见过的不再见。会客室里常坐满一二十人。有学生、共产青年、安福余孽、同乡商客，强盗乞丐都进得去。也都可以满意而归。穷窘者，他有解囊相助；狂狷者，他肯当面教训；求差者，他肯修书介绍；问学者，他肯指导门径；无聊不自量者，他也能随口谈几句俗话。下午一般不会客，只有傅斯年是例外。星期天晚餐同样是在外面吃，夜十一时才回家。"

每天下午六时到十一时五个小时，胡除晚餐外，不打麻将、不跳舞、不看电影、不听京戏，他的娱乐活动就是与人倾谈，可以说是个社交家。梁启超说自己："打麻将、作学问两不误。"胡适却因社交，成了"胡半部"；但也在社交中聚了人、聚了气。晚年在台湾，可以说是大同小异。有得必有失；有失必有得。

胡适善与人交、诚与人交，最有影响的是"七点事件"。一个北大学生想见胡，胡在电话中告知："明天七点钟来我家。"该生晚七点钟到，门房告之："先生刚走。"学生正欲离去，胡的汽车折了回来。师生相见后，胡问："为何七点钟不来？"学生答道："我以为是晚七点。"胡曰："我也意识到你当成了晚七点，故返回。"

"七点事件"不但时人传之、后人传之、今人亦传之，胡适在为师之道上、为人之道上、社交之道上，"几有完人之誉"。

胡适的社交圈子很广，以教育界为中心，北大、清华、燕京、辅仁、中法、协和医学院；科研机关也颇多，如中研院的历史语言研究所，全国资源调查委员会的地质调查研究所、北平研究院；西交民巷的欧美国家使领馆的外交官，特别是文化参赞；北平的名媛淑女，如凌叔华、林徽因、陈衡哲、陆小曼等；军政界、外交界、新闻界也有所往来。以人气人脉而言，实系北平教育界第一人。

傅斯年晚年曾说："蒋梦麟的学问不如蔡子民，但办事能力比蔡强。自己的学问不如胡适之，但办事能力比胡强。蔡、胡两先生办事，实在不敢恭维。"蒋的回答是："所以他俩是北大的功臣，我俩是北大的功狗。"蔡元培、蒋梦麟、傅斯年、胡适均出任过北大校长，此议可以说是北大校长论北大校长。学问姑且不论，办事能力所议属实。但"臣""狗"之别太费解、太深奥了，非局内人，难知、难晓。

三、北大教授

蒋梦麟有云："一个学校中有三种势力，即校长、教授、学生。如果两方联合起来反对一方，被反对者没有不失败的。"其实，两方闹矛盾时，另一方也可能中立。蒋梦麟又云："教授治学、学生求学、职员治事、校长治校。"由"教授治校"转化为"校长治校"，乃蔡、蒋之大异。故此，蒋梦麟时代只能视为"兼容并包"的余绪、余韵。

究校长和教授之异，首先校长是官方任命的。国立大学的校长是由大总统"简任"，还须国务总理、教育总长副署。虽不是行政长官，亦系"准公务员"，要对政府负责，对上峰负责。教授是校长聘的，但在校长"评议会"上，不但有话语权，还有表决权。由"教授治校"到"校长治校"，是通过改"评议会"为"校务会议"而实现的。也就是说蔡掌北大与蒋掌北大时，教授的地位是有所不同的。

纵论北大教授，综汇北大教授，有"八真"之说，八真者：真学问、真师道、真气节、真作为、真狂狷、真肚量、真性情、真风雅。"八真"备，可谓"全真"。但八真难寻，焉寻？故有真学问、真师道的"双真"即"可也"。能"四真"即"可佳"，能"六真"即"可赞"，能"八真"即"可讴"。在现实中没有绝对，只有相对。"美玉微瑕"，仍是美玉，求真之中，虽有"瑕疵"，不妨当真。

"八真"既是北大文化的展现，也是北大人的风骨、风貌、风神、风骚。

"双真"应是执北大教席的底线。著作等身并不代表有真学问。时下，著作等身者不乏其人，有"网上成之""有集众人成之""汇旧作成之"。陈寅恪有言："前人讲过的我不讲；近人讲过的我不讲；外国人讲过的我不讲，我自己过去讲过的也不讲。"著书之道更是如此。20世纪50年代，曾批"一本书主义"。若能有一本真正属于自己的书，大可"慰平生矣"。

以黄侃腹中有十车诗书，尚言"五十岁以前不著书"。惜哉！天不假其年。

讲坛百家

以学人而言，可以"人不说话书说话"，以教授而言，则不尽然。胡适聘沈从文执中国公学教席，沈第一次上课，讲了不到十分钟就没词了。胡笑曰："没有让学生轰下来，就是成功。"究沈老师没被学生轰下来的原因，应是学生大多读过他的作品，对他的"窘状"也就能相谅了。教授得有讲台上的艺术，也就是讲台上的道道与功夫，更有自己的讲课之道。

老北大毕业的震瀛回忆说："辜鸿铭在北大执教时，很得学生爱戴，胡适之先生也比不上，他教学生念英文本的《千字文》，音调很足，口念足踏全班合唱。现在想起来也觉得可笑。看他的为人，越发诙谐滑稽，委实弄得我们乐而忘倦，这也是教学的一种方法，所以学生很喜欢，讲到得意处，他会忽然唱段小曲，或从长袍里掏出几颗花生糖果大嚼，令人忍俊不禁。"

熊十力一到北大，即打破"师生蚁聚一堂"的学院式教学方式，而采取古代师生朝夕相处，自由随和的书院式教学，力主道德与学问并重，生活与学习一致。熊在北大不喜多上课，学生上门问学比上课还多，被人称为不上课的名教授。

熊十力在北大讲课，或与朋友交谈，谈到重要的地方，往往情不自禁，随手在听者的头上或肩上拍一巴掌，然后哈哈大笑，声震屋宇。以致学生们都不敢坐第一排，怕熊的"棒喝"。有的人躲在最后一排，他就由最后一排拍起。朋友们与他谈话，也不敢靠近他。据说张东荪与他交谈时，也被他拍过巴掌。

任继愈谈到刘文典时说："先生精于考订，哲学、文学修养都很高，他曾赴云南西部滇缅战线慰劳前线将士，归来后在课堂上说起宋希濂部，即席赋诗'春风绝塞吹芳草，落日荒城照大旗，海外忽传收缅北，尖兵已报过泸西'。"杜甫有"落日照大旗"之句，将杜诗结合当前，给人留下了深刻的印象，所以学生都牢牢地记了下来。

刘文典忽然宣布："今天提前下课，改在下星期三晚饭后七时半继续上课。"原来，下星期三是阴历正月十五，他要在月光下讲《月赋》。届时，校园里摆下一圈座位，刘文典坐在中间，当着一轮皓月大讲《月赋》，生动形象，见解精辟，让听者沉醉其中，不知往返。

刘文典在西南联大时讲《红楼梦》，因听讲者太多，容纳不下，只好改在教室前广场上去讲。届时，早有一批学生席地而坐，等待开讲。其时天已近晚，讲台上燃起烛台。不久，刘文典身着长衫，慢步登上讲台，缓缓坐下。一位女生站在桌边从热水瓶里倒水为刘斟茶。刘从容饮尽一盏茶后，霍然站起，如歌"道情"一般，有板有眼地念出开场白："只、吃、仙、桃、一口、不、吃、烂、杏、满筐！我讲《红楼梦》嘛，凡是别人说过的，我都不讲；凡是我讲的，别人都没说过。"然后拿起粉笔，转身在旁边的小黑板上，写下"蓼汀花溆"四个大字，并解释说："元春省亲大观园时，看到这幅题字笑道：'花溆二字便好，何必蓼汀？'花溆反切为薛，蓼汀反切为林，可见当时元春已然属意薛宝钗了。"

刘文典在课堂上多惊人之语，有学生问他如何才能写好文章。这个问题可"大论"也可"小答"。刘随答曰："只要注意观世音菩萨就行了。"学生们均是一愣，刘缓缓言道："'观'要多观察；'世'要懂得世故；'音'要讲究音韵；菩萨即是有救苦救难，为广大老百姓服务的菩萨心肠。"此典久传不衰，实可谓名师名言。

这些教学方法，是出于"真性情""真风雅"。不可学，更不可仿。于师道而言，师德重于师术，师术也就是教学方法，因人而异。德者，心中的道也，于师德而言，就是"学生至上""一切为了学生"，不只是"传道、授业、解惑"，还要爱护学生、保护学生。虽执教于中国的最高学府，也要确信"只有不好的教育方法，没有教育不好的学生"。对学生不但要宽，更能要容。要受得住"冒犯"，让冒犯者"动容"。

师道师德

茅盾（沈雁冰）1913 年入北大预科，陈汉章是给他留下印象最深的老师。陈是俞曲园的弟子、章太炎的同学。京师大学堂聘其执教席，得知大学堂通儒院毕业后可"钦赐翰林"，故辞"先生"而当"学生"。毕业时恰逢辛亥革命，北大恪守前约，仍聘陈汉章为历史门教授。

茅盾曾经在回忆中提到："陈汉章自编讲义，教上古史。从先秦诸子的作品中搜罗片段，证明欧洲近代科学所谓声、光、化、电，都是我国古已有之。而那时候，现在欧洲列强还在茹毛饮血的时代。甚至说飞机，在先秦就有了，证据是《列子》上说有飞车。

"有一天，他讲完课正要走出教室，有个同学忽然问道：'陈先生，你考证出现代欧洲科学，在中国古已有之，为什么后来失传了呢？'陈汉章皱了下眉头说：'这就要继续考证其原因了，这要在先秦以后的历史讲到。'那时我插了一句：'陈先生是发思古之幽思，光大汉之先声。'这句话可作赞词，亦可作讽刺。陈先生看了我一眼，不说什么就走了。

"晚上他送个字条来，叫我到他那里去谈谈。我不免有点踌躇，猜想起来，他会教训我这黄毛小子（当时我实足年龄是十七岁）但还是去了。不料他并不生气，反而说：'我明知我编我的讲义，讲外国现代科学，两千年前我国都已有了，是牵强附会。但为什么要这样编写呢？扬大汉之天声，说对了一半。鸦片战争后，清廷畏洋人如虎。士林中养成了一种崇拜外国的风气，牢不可破。中国人见洋人奴颜婢膝，实在可耻……我要打破这个风气，所以编了那样的讲义，聊当针砭。'我当时觉得陈先生虽迂而实倔强，心里肃然起敬。"

陈汉章教授是个"爱国的怪人"，葛利普教授是个热爱中国的美国人。1920 年来到中国，在北京大学工作了长达 26 年，1946 年病逝。他的墓地就在北大校园里。

在半封建半殖民地的中国，"洋人"给人的印象是"趾高气扬"。葛利普总是谦恭和蔼，亲切待人。孙云铸曾说："追随先生26年，未见先生发怒一次。尤其可贵的是，当学生指出他的错误时，他感到非常高兴，并且说：'一个老师最大的快乐，就是自己的学生指出他的错误。'他对中国青年教师也是奖掖备至的，当时年轻的李四光先生研究纺锤虫有成绩，他讲到这一章时，特意请李先生来讲，并亲自去听课。这种虚怀若谷，奖掖后进的精神是十分感人的。"

葛利普在中国从事地质教育工作长达26年，桃李遍天下。《中国古生物志》共出版了25册，其中19册的作者是他的学生。在他任教期间，北大地质系毕业生有188人，杰出者甚多。裴文中、侯德封、张文佑、卢衍豪、杨钟健、斯行健……均出其门。

"七七事变"爆发后，北平沦陷。葛利普手执美国国旗站在地质调查所门前，阻止日军"接收"，同时也拒绝到"伪北大"上课。太平洋战争爆发后，葛利普被关进山东潍坊的"集中营"，直到抗战胜利后才获得自由，但身体完全垮了，不仅骨瘦如柴，而且神志恍惚。裴文中、高振西等人去看他时，他的第一句话总是："你是我的学生吗？"恍惚中总问的话，也就是心中的一切、心中的世界、心中的唯一。

1946年3月，葛利普的病情加剧，在弥留之际多次提出要加入中国国籍，成为一个中国人。3月20日下午5时，与世长辞。把一生奉献给了北大、奉献给了中国。应该指出的是，葛利普在美国已是地质界的知名之士，远渡太平洋，并不是为了"谋生"。

应该补记的是，葛利普在中国的26年中，有两次"穷得要揭不开锅了"。一次是20世纪20年代末，北大"欠薪"。许多"北大老人"，或"孔雀东南飞"或孔雀落邻家。可是葛利普拒绝了朋友们的"安排"，坚持在北大执教。因为"我的学生在北大，他们需要我"。

"七七事变"后，地质调查所南迁、北大也南迁了。葛利普经济上陷入窘迫。把家中的钢琴卖了聊以度日。尽管如此，仍然拒绝到"伪北大"教课。相比之下，国人赧颜者多矣。当北大校长要"穷得起"，当北大教授要"穷得起"。葛利普"穷得起","穷不起"者也不乏其人。

1948 年初夏时节，北平物价飞涨，局势愈加紧张，北大教授生活难以安定，邓嗣禹经过考虑，决定向校长胡适辞职。邓一进校长办公室，就开门见山地对胡说："胡先生，抱歉得很，一年例假已到期，我想回美国教书。请您原谅。"胡惊讶地说："去年我请马祖圣、蒋硕杰跟你三人来北大教书，希望你们三位青年教授，把在美国教书的经验，施之于北大，提高理科、经济跟历史的标准，采严格主义，盼在三五年之后，能使北大与世界各大学并驾齐驱，为什么你刚来一年就要离开，请打消此念头。"

邓再说："我已考虑了很久，跟同学、同事们相处得非常之好，实在舍不得离开北大。然人是要吃饭的，而且我要吃得相当的好，再三思考，别无办法，只好辞别心爱的北大，再去给别人抱孩子。"

当时前来辞职的教授甚多，胡无奈地看看其他教授，对邓说："各位在座已久了，此事一言难尽，我请你们取消辞意，以后再谈，如何？"但邓去意已决，不几日离开北大，前往美国。同人们为邓送行，学生们也赶来"加菜"。所加均系"以鸡蛋成之"的菜。斯时，学校每周发三个鸡蛋为学生的"营养品"，学生"集蛋"为邓老师送行。邓无限感慨，但还是"给别人抱孩子去了"。

张申府是北大的名学生，毕业后留校任教，是中共一大时的党员，也是周恩来、朱德的入党介绍人。1925 年退党。抗战期间参与组建民盟。1948 年 10 月 23 日，张申府在《观察》周刊上发表《呼吁和平》一文，主张"协议恢复和平""承认宪政""拥护戡乱政策"，被民盟开除，被斥为"人民的叛徒、敌人"，张也因此结束了自己的政治生涯。19 世纪 50 年代初，由周恩来安排，任北京图书馆研究员，晚年任全国政协委员，逝世后，《人民日报》讣告称其为"党的老朋友"。

事后，张申府提及《呼吁和平》一文时说："我写这篇文章，赚了三千元。您要知道，当时这是一笔不小的收入，教授们那时都断粮断饷，吃饭是一个问题。我一交稿就有稿费，我大概是稿酬最高的作者之一。我需要那笔钱。"

北大有"一塔湖图两锅粥"之说。其中一锅粥就是指周培源。此说姑且不论，仅以一事明之。周培源于1947年4月由美国回到清华大学，清华教授的年薪仅相当于300美元，周在美国的年薪是6000美元，两者相差20倍。"人不说话事说话"，毋庸再言了。周校长系"穷得起"之士。

学生尊师，系国人的传统。有"一日为师，终身为父"之说。教授尊重学生，是老北大的传统。蒋梦麟、胡适、白雄远、冯友兰、周作人……均好称学生为"先生"。马寅初、陈垣在讲课时自称多谓"兄弟我……"邓之诚是北大的名教授，"为人为学颇有古名士之风"。执教之敬诚，实系楷模，但难学其真。

邓之诚上课前不见客、不理事。一人静坐半小时到一小时，凝神静气，全身心进入"临课状态"。故上课时经常空手而来，不带只文片纸。开讲前往台上一站，摘下帽子，放在讲桌上，深深一躬，脑门几乎碰到桌面上。然后说："同学们，我来看看你们。"

开讲后，一口西南官话，温文尔雅、口若悬河、一泻千里。遇到引进史书，随讲随写。不怕吃粉笔末，在黑板上用端正的楷书一大段一大段地写出，既快又准确。如果有学生课后去他家请教，那是最受欢迎的。"孺子可教也"，可便于因材施教。学生也以听过邓先生的课，受过邓先生指点为荣。

金岳霖获博士学位后于1926年受聘于清华，创办哲学系，担任系主任。斯时哲学系只有金岳霖一名教师，也只招到沈有鼎一个学生。"一师一生，号称一系"。在一次逻辑研讨会上，有人提到哥德尔的著作，金岳霖说要买来看看，沈有鼎站起来说："老师，这本书你看不懂。"金熟知沈的性情，哦了两声，说："那就算了。"

抗日战争中，沈有鼎一直在西南联大任教，与金岳霖共同培养出王浩、殷海光等名学生。1972年中美建交后，王浩从美国回来，金岳霖每次见王浩，必叫上沈有鼎，并对人说："沈先生有学问，其实王浩不是我的学生，是沈先生的学生，他们在一起讨论，我根本插不上嘴。"

联大的老同学回忆说："金先生讲课时，经常询问王浩的意见，有时成为了二人的对话。"冯友兰先生在讲课时，也好征求学生冯宝麟的意见，用英语问道："你有什么看法？"金岳霖、冯友兰都是国内外公认的大家，大家就是"难学"，更不必"强学"，能"悟其道"，也就"得其真"了。

北大开门办学，旨在"国立大学育国人"。据张中行回忆，胡适开课时总是首先表态："在座的哪位是偷听生？请把你们的名字告诉我。你们来听我的课，就是我的学生，我不但会一视同仁，还会更加敬重你。"偷听生们很感动，胡适也确实做到了一视同仁，不仅解答问题、批改作业，还指导论文。

中文系的钱理群教授，被学生视为北大的精神领袖。对那些来北大求知的"精神流浪者"，更是鼓励有加。因为旁听、进修的"北大边缘人"，对知识的渴望与追求更加迫切。遇到的困难往往比正式学生要多得多，在讲课中，钱理群多次对旁听生进行激励，对这些"北大边缘人"来说，如同久违了父母之爱的孤儿，得到了双亲的爱抚一般。

有一位北大旁听生，为了能进北大图书馆借书，冒昧地请求钱教授为他"担保"。钱欣然和他一起到图书馆办理借书证。虽然没有办成，但温暖了一颗心，更加坚定了这位旁听生的信念，知识就是力量，走北大的路，当个北大人。

单丕，号不庵，北大哲学系教授。他学问道德不仅为同人所钦佩，在学术界中亦受到推崇。多年的教授"薪资不菲"，可是"棺殓之资不得不由同人们捐"。原因是收入中的大部分用于接济清贫的学生。当他得知某学生陷入窘境时，就找出许多名目来，比如抄写、校对之类，使受益者感到收益是劳动换来的，不会心中不安，唯恐学生感到"受之无名"。这就是"帮助了人，还不让被帮助者知道"。师德、师道，可谓至矣。

20世纪三四十年代，"党国"在学校中建立了"训导制度"，选有"时望"的"硕学鸿儒"出任"训导长"，以便整肃、监控、督导。教育家查良钊被任命为西南联大的"训导主任"。在他的主持下，"训导"变成了"关心"；"监控"变成了"关爱"；"督导"变成了"关切"。所行一反"党国初衷"。查主任在学生中极受尊敬，被称为"查菩萨""查婆婆""查妈妈"。

贺麟获得博士学位归国后，被聘为北大哲学系教授，1947 年担任"训导长"。党棍朱家骅时任教育部长，贺多次压下"部令"，对特务学生报告的"黑名单"也锁进抽屉了事。还利用"训导长"的身份，保护、保释了许多进步学生。后来清华、师大的学生"失踪"了，也托他"想办法打听"。北大五十周年校庆时，学生会送给贺麟一面锦旗，上绣"学生保姆"。

职者"业也"；所执"道也"；所操"德也"。其查良钊、贺麟之谓也。若进一步明之，"训导长"也得有人干，由恶人干，后果不堪设想。跳火坑，是为了救学生。正因如此，被学生称为"菩萨""婆婆""妈妈""保姆"。

钱穆是北大学生最喜爱的教授之一，在北大讲"中国近三百年学术思想史""中国通史"等课程。由于听者甚众，讲课的地点设在二院大礼堂，从来都是座无虚席。钱晚年有道："其实，我授课的目的并不是教学生，而是要招义兵，看看有没有人自愿牺牲，要为中国文化献身。"

要是教授们都能招"义兵"，定能组建起一支浩浩荡荡的"义勇军"。这支部队压不垮、挤不垮、拖不垮、批不垮、穷不垮，21 世纪定能是中国世纪。

学问与乖僻

言北大教授，黄侃可以说是个"风口浪尖"上的人物。于旧而言，他要和陈汉章决斗，以刀杖相见；于新而言，以骂胡适为多。周作人曾说："要讲北大名人的故事，黄侃是断不可缺少的一个人。他是章太炎门下的大弟子，乃是我的大师兄。他的国学是数一数二的，可是他的脾气乖僻，和学问成正比。"

黄侃腹中有真学问，从其学者甚多，许多名学生均是"黄门侍郎"。黄开的课很多，小学之外还讲《文选》《文心雕龙》等课。其他院系的学生常常慕名来旁听。黄善于吟诵诗文，抑扬顿挫，使听者有入境之感。学生们在课堂上情不自禁地唱和，在校园里流行一时，被师生们称为"黄调"。

黄侃小事上乖僻，大事上一点也不糊涂。"洪宪帝制"，刘师培系"筹安会"六君子之一,四处拉人"劝进"。刘假借研究学术之名，集学术界名流开会，黄位列其中。会上刘"拥戴"之言未毕，黄即挺身而起，怒目视之曰：

"如此，请先生一身任之！"言罢愤然离去，与会者亦随之四散。

袁世凯见"拢之不果"，于是开出天价，只要黄侃肯上"劝进书"，则授予一等金质嘉禾勋章。黄直言拒之，并赋诗云："二十金饼真可惜，且招双妓醉春风。"章太炎被软禁于钱粮胡同家中后，黄闯门而入，与老师"共此厄"，师生二人"临危而安"，在警察厅的特工"侍奉"下，潜心研究学问。

五四运动爆发后，时人均把黄侃归入"迎胡派"，但黄毅然站在了"挽蔡"的队伍中。在会上表白："余与蔡子民志不同，道不合；然蔡去余亦决不愿留。因环顾中国，除蔡子民外，亦无能用余之人。""五四"之后，蔡元培出国考察，蒋胡体系在北大逐渐形成。黄践前言，到武昌、苏州、南京执教。受聘于中央大学时有言在先，即刮风、下雨、下雪均不来上课，时人谓之"三不来教授"。

北伐之后，老同盟会的旧人大多"显贵"，黄侃不与这些老友往来。居正被蒋介石幽于汤山温泉时，"时人"大多避之唯恐不及。黄侃时在南京中央大学任教，经常赴汤山探望居正，令居正感慨不已。后政局变化，居正东山再起，出任了立法院院长。黄足不履居府之阶。居正赴黄宅问其故？黄正色答道："君今非昔比，宾客盈门，权重位高，我岂能做攀附之徒。"

闻"九一八事变"，黄侃拍案作歌"四百兆人宁斗死死兮，不忍见华夏之为墟"。1935年10月8日，黄侃谢世，年仅49岁。临终念念不忘国事，问家人："河北近况如何？"最后叹道："难道国事果真到了不可为的地步了吗？"

中央大学教授汪辟疆在《悼黄季刚先生》一文中赞曰："盖先生本性情中人，义愤填膺，虽在弥留之际犹不忘怀国事，即此一端，已足见其平生矣！"

黄侃"能吃能喝"，饭量酒量惊人，常为"口腹所累"。在日本时，同盟会一些同人"聚餐"，因黄好骂人，所以"避之未请"。无奈嘴馋难忍，于是不请自去。入门后"众人皆讶"，也只好"笑迎入座"。黄心知肚明，拣好的就吃，狼吞虎咽，风卷残云之后，提鞋就往外走，还回过头来说："好你们一群王八蛋！"说完，拔腿就跑。

据冯友兰回忆，黄侃执北大教席后，讲到关键的地方，却常常戛然而止，笑曰："这里有个秘密，专靠北大这几百块钱的薪水，我还不能讲，你们要我讲，得另外请我吃饭。"不知此举是"戏言"还是"实言"，但愿是戏言。无奈同和居之举，则系实言了。

黄侃有一学生，平日执弟子礼甚恭。一日在同和居饭店请人吃饭，忽听见黄侃在隔壁包间正高谈阔论，于是赶紧过去问候。不料黄竟然对他大加训斥，而且似有不尽之意。该生心生一计，把"跑堂的"叫来，当着黄侃的面交代说："今天黄先生在这里请客，无论花多少钱都在我的账上。"黄听后立即停止了训斥，对该生说："好了，你走吧。"

《说文解字》一书言辞古僻，内容深奥，弄明白甚是不易。故每次考试，总有几个不及格的学生，"诸生后知黄侃嗜美食，便集资设宴，请老师尽口腹之美，于是与宴者考试都能及格。"蔡元培知道此事后，责问黄侃。黄直言答道："彼等尚知尊师重道，故我不欲苛求也。"

洪宪醒梦后，刘师培陷入窘迫，黄侃推荐他到北大任教。蔡以刘附袁为逆，不肯聘任。黄坚持说："学校聘其讲学，非聘其论政，何嫌何疑。"最终蔡接受了黄的意见，聘请了刘师培。

黄侃与刘师培在学术界声名不相上下，又同执北大教席，而且刘系黄所推荐。一日黄在刘家，见到刘对上门求教的学生敷衍搪塞。学生离开后，黄问其故？刘答曰："此子不可教也。"黄便问："怎样的学生才算如意呢？"刘拍拍黄的肩膀说："像你这样足矣！"第二天，黄即对刘行磕头礼，正式拜刘为师，执弟子礼。消息传开，立刻成了北大的一大新闻。众人皆不理解，困惑之余"另类"之感也就顿生。

杨伯峻在北大上学时，问叔叔杨树达如何才能获得"真学问"。杨树达说："要想学到真学问，一定要拜黄侃为师。"并指点道："要用红纸包上十块大洋作为拜师礼，而且要当面叩头。"受新思潮影响的杨伯峻实在不习惯这种老派做法，显得犹豫不决，但还是遵照叔叔的话做了。

待拜师礼毕，黄侃言道："从这时起，你就是我的门生了。我和刘申叔，本在师友之间。若和章太炎在一起，三人无所不谈。但一谈到经学，有我在，申叔便不开口，他和太炎师能谈经学，为什么不愿和我谈呢？我猜想到了，他要我拜他为师，才能传经学给我。我便拿了拜师的贽敬向他磕头拜师，这样一来，他便把他的经学，一一传授给我。我的学问是磕头来的，所以我收弟子，一定要他们一一行拜师礼节。"

黄侃过生日，几位北大的学生登门拜寿。进门后毕恭毕敬地给黄侃行了三鞠躬礼。不料黄勃然大怒，说："我是太炎先生的学生，我给太炎先生拜寿都是磕头。你们却鞠躬？"吓得这几位同学只好磕头，黄才欣然受之。

黄侃所执的师道，为张亨嘉总监督所不取（京师大学堂开学之时，张受学生三揖之礼）。胡适1918年到北大后，许多"黄门侍郎"转化为了"胡宅行走"。"黄不敌胡"，并非简单的"旧不敌新"。在为师之道、待人之道上，黄实逊胡。

黄侃腹中的学问，确实是"真货""硬货"，于学生而言，"先生腹中的学问，先生能当饭吃，我肚子里没有先生的学问，即便有，也不能当饭吃。"确如学生所言，"小学大师""经学大师"有几位就够了。多了，也就"吃不上饭了"。

不可免责

王选有言："名人和凡人的差别在什么地方呢？名人用过的东西，就是文物了，凡人用过的就是废物；名人做一点错事，写起来叫名人轶事，凡人呢，就叫犯傻；名人强词夺理，叫雄辩，凡人就叫狡辩了；名人跟人握握手，叫平易近人，凡人就是巴结别人了；名人打扮得不修边幅，叫真有艺术家气质，凡人呢？就是流里流气的；名人喝酒叫豪饮，凡人就叫贪杯；名人老了，称呼变成王老，凡人只能叫老王。"

北大的名人多，效仿名人的人也多。例而言之，钱玄同在北大兼课时不判卷子，校方为此刻了一个"及格"二字的图章，往卷子上一打，万事大吉。钱玄同也在燕京大学兼课，"照方抓药"。考试毕，交给教务室。燕大将卷子退回，钱仍不看，也将卷子退回。于是校方表示，不判卷将扣发薪金。钱回复："薪金全数奉还，判卷恕不能从命。"这桩公案如何了结，张中行也未能详考。有人引袁枚所言为例：一个秀才刻印自己的文集，请袁"为之序"，并附已代写好的序文。袁"首肯"。秀才照方抓药，又请另一名人，结果遇到"训斥"。论者认为"两皆宜"。首肯是显示了前辈之"宽"；训斥是显示了前辈之"严"。

也就是说："北大宽容，旨在得人；燕大严格，重在制度。"且不言北大、燕大的宗旨。钱玄同此举，无疑"失当"，犹如"名角出场，得要大牌"。赢得掌声，是观众懂艺术；没赢得掌声，是观众不懂艺术。"角"肯出场，已属"屈尊"。

郁达夫是名人，而且"风流"。郁在日本所修是经济，1923 年授聘为北大经济系讲师，开设统计学课程。郁的学生樊弘教授回忆说："上第一节课时，郁先生直言道：'我这门课是统计学，你们选了这门课，欢迎来听课，但也可以不来听课。至于期终成绩呢，大家都会得到优良的。'"

郁达夫此举虽然给学生留下了深刻的印象，但实在无法为之"点赞"，也无法引入"名人免责权"。

刘半农在北大的名气比郁达夫要大得多，他在北大讲古声律学，经常运用西方试验方法来分析问题，不易听懂，所以选课人不多。最多时有十几个人，最少的一次只有张中行一人。因此刘考试出题便出得尽量简单，如果学生不会，他就在一旁指点一二。结果，高分不多，太低的分数也不会有，大家皆大欢喜。

执此教学之道，虽然是"师生皆安"，但也是无法"点赞"。

辜鸿铭、刘文典等名教授上课，均有"校役"茶、烟侍候。此系京师大学堂所遗，属于"衙门气"非"学府气"。徐志摩在北大任教时，常常口衔纸烟走进教室，放脚于椅上或坐于书桌上讲课。风采乎？潇洒乎？不敬乎？轻狂乎？不同的人有不同的说辞，说辞归说辞，不可学，更不可仿。

动武何妨

北大教授多性情中的人，易冲动。不但敢骂、善骂，而且敢打，还能打出交情来。熊十力入北大执教，系梁漱溟的推荐。熊的脾气大，喜欢骂人、打人。一次，熊与梁因学问之事发生争论。争完之后，熊乘梁转身机会，跑上去打了梁三拳，口里还骂梁是"笨蛋"。梁未与之再争论，走之大吉。

20世纪20年代后期，梁漱溟、熊十力携弟子十余人，在京西大有庄赁居治学、讲学，经济上十分窘迫。梁素食，学生们也随之素食，熊"非肉不饱"。学生薄蓬山买菜归来，熊问："给我买了多少肉？"答曰："半斤"，熊闻后大怒。次日又问，学生答曰："八两"，熊闻后曰："这还差不多。"老秤系十六两一斤，半斤与八两，"等也"。

熊十力与弟子李渊庭因书稿中的引文发生争执。李走后，熊追至其家。进门后继续争论，熊举拳打向李肩，把李的三个孩子吓得大哭。谁知第二天一早，熊又到李家。笑嘻嘻地喊道："渊庭，你对了，我错了……"说罢逐个摸了摸三个孩子的头说："昨晚熊爷爷吓着你们了。"

"一·二八事变"前夕，陈铭枢有事去杭州，顺便看望熊十力。一进屋，熊劈头打了陈两记耳光，骂道："你不在上海打日本，跑到杭州来干什么？还有心游山玩水。"

熊十力与废名（冯文炳）经常在一起讨论佛学，二人观点不同，又都坚信自己是正确的。始则面红耳赤，再则大叫大嚷，继则扭成一团，掌脚相加。熊十力当然不敌废名，废名的"武卫"也是适可而止，得手后即脱身，退出战斗。一日大喊大叫后，忽然万籁俱静，一点声音都没有了。前院的人赴后院一看，原来是二人互相卡住对方的脖子，都喊不出声了。周作人、汤一介对熊十力、废名二人的"武斗"，均有记载。

熊十力曾在学生徐复观家中"小住"，一日拉着徐三岁的小女儿手问道："你喜欢熊爷爷吗？"答曰："不喜欢。""为什么呢？""你把我家的好吃的都给吃光了。"熊哈哈大笑，抱起她来亲了亲说："这孩子将来一定有出息。"

20世纪40年代，熊十力在重庆北碚办勉仁书院，生活极为清苦。徐复观此时已经"发达"，在"委员长侍从室"任职。一日徐来看望老师，送上一张百万元的支票，告知系蒋介石所送。熊大怒，对徐吼道："你给我快走！蒋介石是狗子，是王八蛋！我怎能用他的钱！你快拿走！"1946年，蒋介石又先后再次赠巨款，并明言系"筹办研究所的经费"。熊十力均辞而不受，直言道："当局如为国家培元气，最好任我自安其素。"

1949年，董必武、郭沫若联名致信熊十力，敦请其北上。熊复信曰："不当官；能讲学"。即可返北大任教。

熊十力早年参加辛亥革命和护法运动，目睹"党人竞权争利，革命终无善果"。内心非常痛苦，常常独自登高，苍茫望天，泪盈雨下。后遂不问政事，一心向学。在中国现代思想史上，熊系最高原创性的哲学家，学贯古今，融汇中西，创立"新唯识论"。著有《新唯识论》《十力论学语要》《佛家名相通释》《原儒》等。

1962年，熊十力在致友人信中叹道："平生少从游之士，老而又孤。海隅嚣市，暮境中寞。长年面壁，无与言者。"冯友兰在《怀念熊十力先生》一文中写道："熊先生在世时，他的哲学思想不甚为世人所了解，晚年生活尤为不快。但20世纪50年代，他还能发表几部稿子。在他送我的书中，有一部扉页上写道：'如不要时，烦交一可靠之图书馆。'由今思之，何其言之悲耶！"

暮年的熊十力，室内悬君师帖。孔子居中、左王阳明、右王夫之，朝夕膜拜。此时他目光不再炯炯有神，谈吐不再潇洒自如，情绪也不再热烈激昂，而是常独坐桌边，面前放一叠白纸，手中握之秃笔，良久呆坐。

"文革"开始以后，身在上海的熊十力不断给中央领导人写信，反对"文革"，坚持让家人每信必寄，还经常写很多小字条，甚至裤子上、袜子上也都写着对"文革"的抗议。后来，熊常穿一件褪色的长布衫，扣子全无，腰间胡乱扎一根麻绳，独自一人到街上或公园，跌跌撞撞，双泪长流，口中念念有词："中国文化亡了！中华文化亡了……"

熊十力于1968年病逝，享年84岁。玄奘西行，载法而归，创"唯识宗"。该宗系佛教十宗之一，范文澜对其评价很高，认为唯识宗集唯心体系之大成，且到达了完善的境界。然而"曲高和寡"，区区五十多年后，该宗不传。通俗的净土宗，易修的禅宗却大行于世。熊十力的哲学思想颇有原创性，"新唯识论"作为思想体系，在20世纪属难传，甚至不传。作为哲学体系、学问之道，应在象牙之塔上予一席之地。其为人之道，实系"怪人""奇人""杰人"。忘之乎，难免；亡之乎，不该。对于自己的命运，熊十力似乎也早有觉察，早年即生"茫茫大地，唯有撑拳赤脚，独往独来于天地间而已"之悲。《熊子真心书》出版时，丁去病为其作跋，叹曰："孤怀独往者。自悲人叹一也"。时乎！命乎！

梁宗岱系著名诗人、翻译家。早年留学法国，归国后曾任北京大学法文系主任。梁才华横溢、性情率真刚烈，喜与人辩论，常常出言不逊。他和朱光潜几乎见面必吵架，对李健吾、梁实秋，也多有指责。沈从文把他的作风比作"江北娘姨街头相骂"。

罗念生（专攻古希腊学）回忆他和梁宗岱争辩时的情形说："1935 年我和宗岱在北京第二次见面，就新诗的节奏问题进行过一场辩论。因各不相让，竟打了起来。他把我按在地上，我又翻过来压倒他，终使他动弹不得。"

提起林语堂，时人大多知道他是《吾国吾民》《京华烟云》《风声鹤唳》《幽默小品集》……的作者。亦知他是"论语派"的代表人物，系鲁迅的"对手"之一。殊不知林博士于 1923 年回国后任北大教授，在 1925 年 11 月 28 日、29 日北京学界举行大规模示威游行，反对段祺瑞的执政府，时人称之在"首都革命"的热潮中，曾和学生一齐走上街头，手执竹竿木棍，和警察对打。警察随身携带的警棍俗称"二尺半"，学生用长竹竿、木棍当"旗杆"，用以抵御"二尺半"。在对打的过程中，有一种"进攻性武器"，就是"砍砖头"。

林语堂曾为圣约翰大学的垒球投掷手。在混战中，林的投掷术发挥了很大的作用，投出的砖头命中率极高，好几个警察被打得头破血流。林教授也被警察击中眉头，流血不止，从此留下了终身的伤疤。每当提及此事时，林总是眉飞色舞、自豪不已，说："我也加入了学生的示威运动，用旗杆和砖石与警察相斗。……我于是有机会施用我的掷球技术了。"

林语堂 1954 年任新加坡南洋大学校长，1966 年定居中国台湾。一生著述颇丰，善于用英文写作。自认"我的长处是对外国人讲中国文化，对中国人讲外国文化"。自许"永远不骑墙而坐"，"从未写过一行讨当局喜欢或求当局爱慕的文章"。自信："我这样的人若不上天堂，这个地球不遭殃才怪。"时人雅谑："林先生，你在海外多年靠什么维持生活？""实赧颜，靠出卖'吾国吾民'耳。"

综上所述，在北大能立得稳，并受学生欢迎的教授，总得是"三真""四真"教授，"一真""二真"，难成北大"名教授"。上士忘名、中士立名、下士窃名。"忘名"难，李卓吾有言："三代以上之人，唯恐好名；三代以下之人，唯恐不好名。"好名者在立名、窃名之间，于己而言，要慎之；于人而言，要辨之。

八真教授，也就是全真的完人。难求、难用、难留，也可以说是焉求、焉用、焉留。能有"三真""四真"即可称为真教授。也就是说"双真"（真学问、真师道）加"一真"，即"可也"。

个性强、脾气大的人执教席，也就是敢骂的教授、敢打的教授、敢爱的教授，敢称学生为先生的教授、敢不判卷子的教授、敢胡判卷子的教授、敢认错的教授、不当教授敢当学生的教授……是乃真性情也。

人有个性，就难免有脾气，只要脾气不沾官气，无妨。周作人脾气好，甚至一点脾气都没有。可是敢当汉奸，当了汉奸还不忏悔，敢到法院去争公民权。由此来看，脾气好，一点脾气都没有不见得是件好事。再进一步说，脾气好的人，人缘未必好；脾气坏的人，人缘未必不好。

心中的嬉、笑、怒、骂，全在脸上表现出来的人，辜鸿铭是也；心中的嬉、笑、怒、骂，全不表现在脸上，具有"零度风格"的人，则太可怕了。辜鸿铭难寻，言其系"全真教授"，只能说"庶几矣"，也就是"差一点"。

教授之责系教书育人，全真教授难寻焉寻？但是个"样板"，"样板"有创造出来的；有合成出来的。合成出来的样板才具有感召力，所谓的合成是从诸多"差一点""差一块"之中合成出一种氛围、一种环境。北大的学生就是在这种氛围、环境之中，成了敢担天下兴亡的学生，敢不要文凭的学生，敢……总之，是"敢字当头"，向前冲。

四、北大的学生

顾名思义，"学生"进入学校是为了"求学"。但北京大学又有其特殊的使命——要救国。救国就要"闹学潮"、要爆发"学生运动"，也就有人要"运动学生"。自东汉的太学始，形成了传统。故蔡元培提出："读书不忘救国；救国不忘读书。"两副重担要一肩挑。虽然压弯了腰，但还是挺起了胸，昂起了头。不仅为历史承重担，为现实挑重担，为了未来，也难卸重担。

敢担天下兴亡

敢担天下兴亡，和敢"夺天下""坐天下"是两回事。"刘、项原来不读书。"纵观由秦始皇到溥仪，究尽形形色色的皇帝。出身于太学者，只有东汉光武帝刘秀一人。可是每当"神州极荡"，"太学生"总会挺身而出，要挽狂澜、柱陆沉、肩长天。

于新文化运动而言，北大的学生是"半边天"。《新青年》和《新潮》同领风骚，前者系教授所办，后者是学生所办。若无学生"加盟"，教授们恐难"支天"。原因是"新青年诸君子"在教授中是少数，"新潮诸小将"在学生中是多数，而且都是"叫得响""带得动"、极富影响力的"名学生"，也就是"学生领袖"。学生们由"黄门侍郎"变成"胡宅行走"，对"旧派"心理上的打击"甚巨"。《新青年》的读者群、传播者群更是由学生组成。若无学生站脚助威、助阵，《新青年》诸君子恐难成陈、列陈。击鼓后总得有呐喊声，冲出一彪人马。否则，三鼓之后自息。

于五四运动而言，北大的学生不但是"先行"而且是"主力"。具体言之，五四前夜的三院千人"聚义"，无教授参加。第二天的游行，学生参加者过半。教授之中以不同形式加入游行队伍中的只有三人，即胡适、钱玄同、白雄远。"无北大学生就无五四运动"之说，诚有因也。

1919 年的五四运动，北大的学生担起了天下的兴亡。在中国的近代史上，国人面对着西方列强，第一声成功地说："不！"这声"不！"让中国跨入了现代。当然，这声"不！"是国人共同发出的，但毋庸置疑，北大学生、北京学生起到了雄鸡报晓的作用。关于新文化运动、五四运动，后有专章详述。

敢不要文凭

敢攀学术高峰，和获得几多诺奖是两回事，诺奖无疑是"高峰"，但系"时人所定"。王选没有获得诺奖，但他的贡献，非诺奖所能衡量。用老北京俚话来表述："崇文门的大秤，还真称不了怹。"

敢不要文凭，和考不上文凭也是两回事。文凭者，所显示出的是执有者的最低水平。一个人在学术上的最高水平，不是文凭所能显示的，更不是文凭所能代表的。

科举时代讲"出身"，院试中秀才、乡试中举人、会试中贡士、殿试中进士，第一名进士就是状元。如果和孔乙己一样，连个秀才也捞不上，难免也就是孔乙己的结局了。中了秀才，朝廷礼遇斯文，也就免除了力役，称之为"复其身"。即便"酸秀才"晋升不了"举人老爷"，也可"开塾教馆"而终其身。中了举人就可以参加吏部诠选，录取者即可授予七品以下的职官。不参加"诠选"，也可以举人的身份主讲书院，成为一方"名儒"。若会试、殿试皆中，则为"两榜进士"出身，进而可以"钦点翰林"。点了翰林，就有了大学士的前程。有清一代虽非"定制"但系"通例"，不是"翰林出身"，不可居大学士之高位。也就是说，"出身"是敲门砖。秀才可敲开"不辱斯文"之门。两榜进士可敲开"金殿"之门。

进入近代之后，急需"洋务人才"。只要"通洋"，不管出身如何，即可选用、举用、大用。时至 20 世纪，国内的"学堂"仿西方教育制度给毕业生颁发"文凭"。"留洋"归来者，如无文凭、学位，则被称为"假洋鬼子"，不太好混了。"文凭"也就取代了"出身"，成了不同阶层的敲门砖。例而言之，有个初级师范的文凭即可当小学教师；拿着京师大学堂的文凭，可位列"部曹"。

朱谦之是北大的"名学生"，以读书为乐，终日埋头图书馆，饱览群书。时李大钊任图书馆主任，在校务会议上曾言："图书馆的书被朱谦之看过三分之二了，再过一个月，将被他看完了，他若再来借书，用什么方法应付呢？"由此可见，朱谦之有一目十行之才，而且过目不忘，尚未毕业，即著有《周秦诸子通论》一书。时毛泽东在北大图书馆任助理员，朱谦之给他留下了深刻的印象，在延安时，还对斯诺谈到了朱，认为他有无政府主义思想。

朱谦之成为"名学生"，不同于傅斯年、许德珩、罗家伦、段锡朋等人，不是因五四成名，而是因为主张北大应废弃考试制度。此说得到许多学生的拥护，校方不得不作出回应。由蒋梦麟执笔，致书朱谦之。对朱的称谓系"谦之先生"。大意是考试制度确实有许多不尽如人意之处，但仍须坚持。若不参加考试，则不能获得文凭。

朱复书曰："入北大求学，本意在从名师获得真学问，并不以获得文凭为务。"在朱的复信中签字的有缪金源等 17 人，被称之为"自绝生"。一提起"自绝"二字，"十年浩劫"中的过来人极易联想于"自绝于党、自绝于人民"。也就是说："党给出路、人民给出路，可你不走。"1920 年前后北大的"自绝生"系不要文凭，也就是不走"公教人员"这条路。当官和教书是当时知识分子的基本出路，没有文凭，很难在这两条路上通行，故曰"自绝生"。

有人曰"置之死地而后生"，自绝生所选的路，是自己的路——职业革命家。斯时，辛亥革命时期的"职业革命家"，作为群体已经不存。以中国共产党为代表的职业革命家，尚未登上历史的舞台。也就是说有革命者，但革命并不是职业，更不是进身的途径和阶梯。

文凭不但在"公教人员"之途上系敲门砖，亦可视之为"斯文之途"的"准入证"。商务印书馆是全国最大、最有影响的民办出版机构。其编辑人员不但在招考时要看学历，而且进门后的薪金，甚至办公桌椅均以不同学历来区分。能不要文凭，甘当"自绝生"。此系空前又系绝后，只发生在北大、发生在五四运动之后。

说起文凭来，北大似乎不看重文凭，刘半农、梁漱溟都没有文凭，也没有"留洋"的资历。但蔡元培重其所长，破格聘之执北大教席。陈独秀是蔡元培看中的人才，为了能让陈通过教育部的审批，蔡还帮他报了假学历、假资历。对于蔡校长"造假"，不同的人有不同的说辞。能执不同的说辞，也就是此事确有可评，否之者、誉之者均有充足理由。

陈寅恪也只有一张中学文凭，他出国留学多年，是为获真才实学，不以文凭、学位为务。傅斯年是北大的名学生，而且在五四之前已经成名，系"黄门侍郎""胡宅行走"。在学生中是"学贯中西"之士，被同学誉为"孔子以后第一人"。陈、傅二人不以文凭、学位"为务"，理由均是专攻一科，获得博士学位并非难事。但有碍获得更多的知识，故"弃虚名而务实学"。

陈寅恪、傅斯年所攻涉及多学科、多领域，"金字塔所以是金字塔，系因有巨大的底面积"。傅系蔡元培的高徒，归国时蔡正掌中央研究院，所以顺利地出任了历史语言研究所所长之职。事实也证实了傅斯年"称职"。

陈寅恪有家世、有真才，如果不遇梁启超这个伯乐，实恐"海龟"将成为"海带"。梁从区区一封四百余字的家信之中，发现了陈之"博大精深"，故力荐为清华国学研究院导师，加之研究院主任吴宓又多方"玉成"。此时，陈既无博士学位，又无著作立身，故校方表示难以聘请。梁启超恳切地对校长曹云祥表示，就凭这四百余字，其分量胜过自己的全部著作。在梁的力荐、力争之下，陈寅恪被聘为国学院导师，位与梁启超、王国维、赵元任侪。在讲台上，陈成为了教授的教授，公认的国学大师。

世上多千里马，但少伯乐。如无蔡元培、梁启超，陈寅恪、傅斯年的前程恐不乐观。北大能出"自绝生"，所持并不是蔡元培将来会力荐、力挺。蒋梦麟的信中转达了蔡的意思，态度很明确：不参加考试，与旁听生无异。站在校长的角度上来讲，只能如此，这是校长的底线，也是对学生的爱护。否则，校将不校矣！

出现"自绝生"不是教育的失败，也不是北大学生的"立异"。虽然空前绝后，但系偶然中的必然。敢担天下兴亡；敢攀学术高峰。敢担天下兴亡，得有大无畏的气概，集正气、勇气、豪气于一身；敢攀学术高峰，得有筚路蓝缕的开拓精神，还要有闯劲、憨劲、干劲。敢挑这两副重担的年轻人，都是"真气十足、稚气犹存"。以匡世弱弊，救国救民为己任，当然，也就难免有"老子天下第一"之感。既然"老子天下第一"，那要文凭干什么？

需要指出的是"自绝生"入北大，系旨在"从名师获真学问"。由此看来，北大不乏"多真"教授，"八真"难，"多真"也不易。北大校园的氛围系"名学生""自绝生"的苗圃，没有"多真"教授，也教不出"名学生""自绝生"。

综上所述，老北大师生有"泰山石"的精神，可作为立国之基，也难免被压之于墙角。时也、势也、人也，也是性也。人都有个性，但个性太突出，又被世人、时人视为异类。于师而言，有敢骂的教授、敢打的教授、敢爱的教授、敢不判卷子的教授、敢胡判卷子的教授、敢认错的教授、敢不当教授当学生的教授、敢穷得起的教授……于生而言，敢围总统府的大门、敢集体到庭"自首"、敢集体抗传不到庭、敢卧轨南下、敢围校长室、敢叫教授辞职、敢和老师抢座、敢叫校长下课、敢向校长自荐东床（罗家伦）……

"敢"是冲动，冲动起来就要"干"。干得成干不成、干好干坏，可就不是"敢"字所能决定的了。

敢上街卖肉

进入 21 世纪后，陆步轩成了一个北大的话题，陆系北大中文系 1989 年毕业生，未能进入所谓的体制内就业，于是回到了家乡以卖肉为生。此事也无足为怪，斯时国家已不包分配。陆未能进入体制内就业，想必有些具体原因。

在体制外就业，时下诚属正常现象，当时则"有些不大对劲"。于地方而言，陆步轩在中学时系"名学生"，能考入北大，也可称之为当地的高考状元。

以卖肉为业的名人不少，家喻户晓的是三国名将张飞，但是卖肉向来不是一份体面的营生，《水浒传》中被鲁智深三拳打死的镇关西，虽有"郑大官人"之谓，实乃"郑屠"耳。陆步轩卖肉惊动了媒体，也惊动了"地方官"。于是陆被安置到档案馆工作，成了在编的公职人员。对陆的安置，有人称"招安"，有人称"落实政策"。两说相衡，还是后者"近理"。

也有人评论说，陆步轩若不是北大毕业生，媒体不会关注，地方政府也不会落实政策。老北大人吃五四饭；新北大人吃北大饭。蔡元培已告诫老北大人不能再吃五四饭，新北大人吃北大饭，想来也会一天比一天难。

陆步轩之后，媒体又报出了一个关乎北大的话题。西直门的过街通道里，一个自称在北大上过学的人，乞求路人帮忙，出资助其女友，否则将被家庭以身顶债。而且时间紧迫……

有人查到，此人确在北大上过学，退学后情况不明。此事很快也就过去了，无人再对其感兴趣。由此看来，新北大人想吃北大这碗饭，大概是吃不上了。老北大人吃五四饭，系指五四之后北大的声望如日中天，继之以"五大臣"为代表的"名学生"，归国后在学界、政界展现了风采。北大虽然已不是唯一的国立大学，但仍为教育界所认可，"犹执牛耳"。也为国人所认可，所以在 30 年代的民族危机中，有"北大在，中国不会亡"之说，让人震撼、震惊、震醒。

老北大人的光辉不会重现，也不可能复制，不可能追求，所能承者也就是"精神"。具体言之，时下书法家好题"精气神"三个字，名人题字、名人悬之于书房、客厅，当然有其蕴涵、有其说法。拙文因需诠释，精者，精英也；气者，气质、气度、气派也；神者，指内在的世界，系心中的道也，溢之于表也就是神气、神态、神韵。新北大人所承者，当为老北大人的"精气神"。

五、国立大学育国人

国家办教育，史有明载者可溯至西周。当时私学未兴"学在官府"。官学分国学与乡学。国学设于王城和诸侯的都城。在王城者称辟雍，在都城者称泮宫。乡学设于"都之四野"、州设序、党设庠、乡设校或塾。无论国学还是乡学，均是在等级制度下育人，当然是不可僭越的关门办学。

孔子首开私人讲学之先河，虽然主张有教无类，但学生"受教"是要有条件的，得"束脩以上"，也就是说要交干肉条为学费。章太炎、黄侃、刘文典、熊十力……诸国学大师均好食肉，大概是孔子之传也。后世兴起了义学，但义学有家族性、地域性，非本族子弟、本地子弟"弗能入也"。

西汉太学以降，均有严格的选拔制度、入学制度，名为"国立"，更是"关门办学"。步入共和之后，"学府"与"官府"始分。故京师大学堂更名为北京大学。一提到"堂"字，往往让人联想到"公堂"，联想到"升堂断案"中的"威武"之声。去掉了"堂"字，始成"学"字。蔡元培掌北大之后，这所"国立大学"对国人全方位地开放了。"国立大学育国人"，实不虚也。

大哉办学

朱海涛回忆说，当时最痛快的事就是到北大来求师。"北大的学术之门，是开给任何一个愿意进来的人的。在这一点上，只有北大才无忝列'国立'二字。只要你愿意，你可以去听任何一位先生的课，绝不会有人来查问你是不是北大的学生，更不会市侩似的来问你要几块钱一学分的旁听费。最妙的是所有北大的教授都有着同样博大的风度，绝不小家子气地盘查你的来历，以防拆他的台。因此你不但可以听，而且听完了可以追上去向教授质疑问疑，甚至长篇大论地提出论文来请他指正，他一定很实在地带回去，很虚心地看一遍（也许不止一遍），到第二堂课带来还你，告诉你他的意见。甚至因此赏识你，到处为你揄扬。这种学生是北大欢迎的，虽然给了个不大好听的名称——'偷听生'，因此，在沙滩红楼一带形成了一种'浓厚而不计功利的学术风气'。"

爱护、礼遇"偷听生"是北大的传统。对于"向学之人"，在力所能及的范围内接之、纳之、呵之、护之，于理于情似乎是"当然"，可是舍北大外，能行之者希。季羡林就读清华时，慕名到燕京听课，却被名师所驱。

老北大有"五公开"之说，一是大礼堂、大教室、小教室中所开的课程一律可以随便入内听课。没有学籍的"好学之士"去早了，堂而皇之地坐在椅子上听讲；有学籍的学生去晚了，也只能站在后面"立而受教"。二是讲义公开，有学籍者、无学籍者均可购买。三是阅览室公开，有无学籍均可随便出入，书架上的书籍可以随意查阅。四是运动场公开，来者一视同仁，器械随便使用。五是食堂公开，校内外人皆自由就餐，和校外的饭馆无异。其实，北大"公开"不止五项，甚至宿舍、浴池也是公开的，"偷听生"可以享用，不会有"核查"之虞。

北大的"偷听生"，大体可归为三类：一是二、三流大学的学生到北大来"偷听"，目的是"硬席票（本校）坐软席车（北大）"，私出于名师门下。二是已经步入社会的一些青年，为了提高自己的素质和水平，有针对性地到北大来"偷听"几门课。三是"彷徨于十字街头的青年"，在况味人生的过程中到北大来领悟人生、追求人生。这些人难以入学受教亦难以在社会上择业谋生。欲语无声、欲哭无声、欲喊无声，在社会上味尽了人生后，到北大来开拓人生——也就是到北大来寻路。

北大也无愧于国立大学，敞开校门为国育人、为国育贤。给欲沉者以力量、关爱、呵护，激热了一颗悲凉的心，重新燃起了希望与壮志。沈从文、申寿生、丁玲……均在北大当过"偷听生"，知识就是力量，在人生的征程上，重新扬起了风帆。

保安著书

北大有办平民夜校、工友夜校的传统。自以 1917 年蔡元培摘下了"学堂重地，闲人免进"的警示牌后，校警（也就是今日的保安）成了聋子的耳朵。可是，说来也奇怪。小络（小偷）都不到北大做案，五公开的校园秩序井然。有人说是氛围、有人说是气场、有人说是感召，红楼、未名湖就是红尘中的静地、净地。"学养"是内在的，但也可以"扬溢"。

北大的保安大队中有不少人考上了大学，保安甘相伟考上了北大中文系成教班。以自己在北大成长的经历为素材，积累了十几万字的手稿，整理定名为《站着上北大》。与出版社签约后，请周其凤校长为之作序。甘相伟去校办取邮件时，经常会碰到周校长，周平易近人，跟每个员工都会打招呼问好，所以甘相伟动了请校长作序的念头。

校长的秘书打来电话，让甘把书稿送来。几天后得到通知，校长为他写了序，并改正了文稿中的错别字。甘相伟认为："未名湖是个写诗做梦的好地方，生命的本身就是一个偶然……我常常一个人孤独地走在人群中，去寻找属于真正的自己，成功永远在路上。""校园里总是充满了活力和学术气，在这里，任何人都有机会实现自己的梦想。沈从文没有上过北大，可是他成了北大教授。"

周其凤在序言中表示："北大的资源用之不竭，学生用得越多，北大就越好、越富有、越高兴。相伟在这方面的智慧简直发挥到了极致。这特别值得北大学生学习和效法。"

北大永远是梦开始的地方；不是梦结束的地方。人需要梦，年轻更需要梦。有梦的开始，才会有梦的实现。

2012 年 1 月 16 日，甘相伟当选为中国教育 2011 年度十大影响人物，而他的职业，只是一名普通的保安。甘相伟有自己的梦，他的梦开始了。他知道，"成功永远在路上"。据 2013 年统计，北大保安大队先后有五百多名保安考学深造，有获得大专、本科学历者，有考上重点大学研究生者，有毕业后当上大学教师者。北大保安用自己在北大的经历，证实了"知识改变命运"这一真理。北大不但"养人"，更"养学"。

六、北大的学术成果及其影响

北大的学术成果多矣，有专著、有专论。门外人也就不说门内话，以门外人所知，也可以说是国人尽知，关乎中国命运的学术成果有四项，即严校长的《天演论》、马校长的《新人口论》、梁漱溟的务实与笃行的精神、王选院士的汉字激光照排系统。

20世纪系"四海翻腾云水怒，五洲震荡风雷激"的激荡时代，20世纪初，中国步入了共和；20世纪中，中国步入社会主义；20世纪末，中国开始改革开放。百年沧桑、百年巨变。

中国步入共和是由孙中山先生推动的，但是我们不要忘了严复也是中国走向共和的推手。马寅初的《新人口论》系"盛世危言"，如果当时能成为"共识"，许多问题将不会发生，更不会遗之百年。农村土地问题、农村城镇化问题、农民工问题，时下均很凸显。早在20世纪20年代末梁漱溟就认识到了中国以农立国、中国农村现代化的问题关乎国之大本、大计，并发起乡村建设运动是务实与笃行。其精神无愧于"当代最后的儒家"之誉，其学术成果亦属可赞。汉字如果退出了历史的舞台、退出了世界文字之林，对中国的影响、对中国文化的影响、对国人心态的影响是灾难性的。王选将汉字输入了电脑，无疑是"挽狂澜、柱陆沉、肩长天"之举。国人似乎没有注意到这一点，汉字渡过了危机，也就是中国渡过了危机，这不是危言耸听，如果时下汉字仍然"不入电脑"，中国、中国文化、中国人会面临着怎么样的尴尬，实难设想，也不敢设想，其连锁反应，可能动摇的是"国基"。

严复的《天演论》——惊醒了国人

对于严复，前章已从"校长"的角度进行了评价。对严复的晚年，有人认为是"回归"；有人认为是"倒退"；有人认为是"堕落"。这确实是个发人深省的问题，牛顿、达尔文，均是科学家。在科学的硕基之上，建立了自己的思想体系。可是晚年均否定了自己的前说，"回归""倒退""堕落"为上帝创世说。

究严复的"回归""倒退""堕落"，应是晚年失去了激情、进取后的"无奈"。扬帆远航，已无魄力、动力、能力，也就只能随风、随流、随波的漂移。人海浮沉，更是如此。不改初心、初衷，对胜利者和失败者均是件难事。晚年的严复，"实在是混不下去了"。混不下去的人，往往要走回头路。回头所及，甚至比出发点还要远。

本节对严复的阐述，专对严复作为"步入共和的推手"而言。严复不是实干家，是公认的思想家，但严复的思想又不是"原创"，系通过"译述"展现出来，其所加的按语，可以视之为对原著的发挥。严复一生的译著有 170 万多字，先后有《法意》《原富》《社会通诠》《政治讲义》《论世变之亟》《原强》《辟韩》《宪法大义》《救亡决议》等书问世。所译《天演论》一书原名为《进化论与伦理学》，系英国著名生物学家赫胥黎所著，旨在阐述达尔文的生物进化论，以及自然力量与伦理过程中人为力量互相制约、互相依赖的问题。

严复译本有别于赫胥黎的原著，引入了斯宾塞的普遍进化观，并对二者进行了综汇。对于赫，取其"保种进化，与天争胜"说，而不取其人性本善，社会伦理不同于自然进化的观点。对于斯，严复取其自然进化是普遍规律，也适用于人类社会，不取其"任天为治"的弱肉强食的思想。

《天演论》一书问世后，"物竞天择，适者生存"之道警醒、惊醒了国人。执"天不变，道亦不变"说者，开始意识到天可变、道亦可变。而且会发生可怕的"变"。满脑子"天赋人权"，"人类是生而自由、生而平等"之说的人，也认识到自由和平等是"争"来的，是在"竞"中产生的。无"天赐"的自由平等，物竞天择，优胜劣汰，非自强无以图存。总之，中国人开始不信天了。只有信自己、靠自己才是条生路，才是步入共和之路。

1905 年孙中山和严复有伦敦之会，所争论的焦点是如何行动，也就是如何救中国。严复认为"唯急从教育上着手，庶几逐渐更新也"。孙中山明确表示："俟河之清，人寿几何？君为思想家，鄙人乃执行家也。"

孙中山确实是"执行家"，说干就干。不仅是"手枪、炸弹相向"，而且发动新军，利用会党，前仆后继发动了多次起义，在"伦敦之会"的六年之后，推翻了清王朝、结束了帝制、建立了民国。而且明令废除了《大清会典》《大清律》，颁布了《临时约法》，从此中国步入了共和。

严复虽然没有直接参与辛亥革命，但是其《天演论》的出版为共和的实现创造了思想条件，试想，执天不变、道不变的人；执天赐自由、民主、平等的人，在"天"没有被打破之前，何能接受三民主义。守着"天"的人，根本就不相信"人"，也不相信"自己"。

"物竞天择，适者生存"，在 20 世纪初不但震撼、震惊、震醒了世人，也解放了世人。秋瑾字竞雄，陈炯明字竞存，胡适、李天择、张竞生……这些人的政治观点、选择的道路不同、人生的归宿不同，但都被"物竞天择，适者生存"这八字真言所席卷，行动了起来。

此时的康有为已是"昙花现后"，梁启超和他也各走各的路了。但站在不同的立场之上，均对严复所译的《天演论》表示赞许。"桐城文章"的殿军吴汝伦为《天演论》作序，说明了不同观点、不同立场的人对严复所译、所按的认可、认同。也就是说国人的思想已进入了一个新阶段，这个新阶段是趋向共和、走向共和、步入共和的始基。对《天演论》认可、认同、赞同的人未必投身革命，但在武昌起义之后，也没有人出来步曾国藩、李鸿章、左宗棠之后三造清王朝。所以说在思想领域中，严复是孙中山的先行，是辛亥革命的推手。

《天演论》在 20 世纪初，确实影响了中国的精英。章太炎、鲁迅自不用说，康有为、胡适亦然。胡适生于 1891 年，40 岁时已是名成业就之士了。在

《四十自述》一书中说《天演论》一书给人以"一种当头棒喝","一种绝大的刺激，几年之中，这种思想就像野火一样延烧着许多少年的心和血"。

严复认为西方诸国所以强，系因民智、民力、民德三者皆备。中国欲"自强保种""救亡图存"就要"鼓民力""开民智""新民德"。严复曾任北洋水师学堂的总教席，后又任过安庆高等学堂监督、北京大学校长，虽然任职时间都不长，亦提出体育、智育、德育说。在执教之道上，还是甚有见解。

在洋务运动中，"中学为体，西学为用"可以说是既定方针。严复提出了"体用不二"说，冲破了"中体西用"的框框，并形象地比喻："牛之体有牛之用，马之体有马之用"；前者在负重，后者在至远。"分之则两立，合之则两亡"。体用不二说的实质是欲用进化论的世界观，以达到"民力日奋、民智日开、民德日新"之目的。

鲁迅有言："先驱者是容易变成绊脚石的。"晚清的政治舞台上康有为、严复均曾"领风骚"，可是很快就"难再风骚"。其因系 19 世纪末 20 世纪初，"时不我与""时不待人"，在历史的长河上戏浪、激浪，但难驭浪、驾浪。于是，先驱变成了"绊脚石"。但绊脚石也未必把人绊倒，亦可变成"垫脚石"。垫上一脚，向更高处起步。

严复晚年对吾国吾民的命运有更深层上的忧虑。认为"欧美之真先进"，"莫不瞭然知保存国种特性，为教育之一大事"。如只知亦步亦趋地效法西方，会成为"如鱼之离水而处空，如蹩跛者之挟拐以行，如短于精神者持鸦片为发越，此谓之失其本性、失其本性未能有久存者也"。"故虽极意步趋欧美，终是照居其后，不能与欧美并肩，而为一等之强国。"

严复晚年之忧虑不是杞人忧天，蒋梦麟提出的"西学为体，中学为用"；胡适提出的"全盘西化"，正是严复所忧所虑。正因如此，苏秉琦也曾忧虑地说："我们建设现代化，如果建成日本式的、新加坡式的，是单纯的学美国、学欧洲，哪能就是千万仁人志士抛头颅洒热血奋斗的目标？不是，我们要建设的是同五千年文明古国相称的现代化。"

苏秉琦说的只是"如果"，更直白地说是"不可能"。中国有 13 亿人口，国情不同于日本，更不同于新加坡。中国人要走中国人的路，也只能走自己的路。

马寅初的《新人口论》——高瞻远瞩

以中国步入共和后的北京大学校长而言，蔡元培、马寅初的政治地位最高。蔡系国民政府委员，马系中央人民政府委员。但蔡校长、马校长均不是"当官的人"。马校长是作学问的人、敢说话的人、敢坚持自己观点的人。马校长的一生可圈可点、可赞可颂就是在治学之道上、为人之道上，不说违心话、不做违心事，在任何情况下，都敢于坚持自己的观点。

马寅初两次进北大。第一次是 1917—1927 年，第二次是 1951—1960 年。习惯上称之为前十年、后十年。前十年执教经济系，并出任了北京大学的首任教务长；后十年系北京大学的校长。在诸多北大人之中，马校长的北大情、北大缘最深，他的身上也最能体现北大精神。

1928 年，马寅初已离开北大。言及北大精神："回忆母校，自蔡先生掌校多年以来，力图改革。五四运动，打倒卖国贼，做人民思想之先导。此种虽斧钺加身毫无顾忌之精神，国家可以灭亡，而此精神当永久不死。然既有精神，必有主义，所谓北大主义者，即牺牲主义也。服务于国家社会，不顾一己之私利，勇敢超前，以在其至高之鹄的。

"今日国家社会之所以每况愈下，根本原因在于吏治之不良、道德之堕落……当知吾人对于国家社会之义务，应以人民之幸福为前提，不当以个人弥补亏空或物质享受为目的。北大昔日即为群众之导师，今而后当如何引导人民。打破家庭观念，而易以团体观点；打破家庭主义，而易以国家主义。恢复人生固有之牺牲精神，否则，若仅有表面之革命，恐虽经千百次，于国家于社会仍无补于事也。

"欲使人民养成国家观念，牺牲个人而尽力于公，此北大之使命，亦即吾人之使命也。"

马校长于 1928 年所言，也是他终身所行。北伐之后，时人有"蒋家天下陈家党，孔宋财团浙江军"之说。孔祥熙是蒋介石的连襟，宋子文是蒋介石的大舅哥。孔家、宋家也就"把持了财政"。孔祥熙、宋子文交替出任行政院院长、财政部部长。

马寅初是研究经济的，对"经济"一词的解释甚多。经者经国也；济者济民也。对于老百姓来说，这是最直白、最切实的诠释了，对于经济学家来说，这也是义不容辞的责任。在国难当头的抗战时期，马寅初和孔祥熙、宋子文发生了激烈的冲突，并把矛头直接指向了蒋介石。

在一次立法院的会议上，马寅初当面质问孔祥熙："为什么在法币贬值物价上涨时，不去设法稳定币值制止物价上涨。反而大幅降低法币对美元的汇价造成物价大混乱，物价更上涨？"孔面红耳赤，张口结舌，无言以对。

马寅初在重庆大学商学院任院长之时，连续发表多篇抨击时政的文章，而且篇篇击中要害。蒋气恼之下将重庆大学校长叶元龙大骂一顿，并叮嘱说："下周四你陪他（指马）到我这来，我要当面跟他谈谈。他是我的长辈，又是同乡，总要以大局为重。"叶怕碰钉子，让侄儿去找马传达这蒋的"口谕"。马寅初听后火冒三丈："叫校长陪我去见他，我就不去，让宪兵来陪着我去吧。"

蒋介石又以宴请相邀，马寅初直言拒绝："见了面就要吵架，犯不着。再说，从前我给他讲过课，他是我的学生。学生应该来看老师，哪有老师去看学生的道理？他如果有话说，就叫他来看我。"蒋只好对叶元龙说："我是想和他谈谈经济问题，你可以告诉他，以后有时间，随时都可以来找我。"

孔祥熙则以"共渡时艰"为务，请马寅初出任财政部次长，又以担任全国禁烟总监之职相诱（禁烟总监曾是蒋介石的兼职，系最肥的实缺），均遭严词拒绝，并宣示说："我在北大时就参加了进德会，不做官、不当议员。"

官、钱诱之不行，则"利剑刺之"，这是独夫的传统。特务发出了信号，要采取行动。马寅初带着女儿和棺材走上演讲台："为了真理，我不能不讲。我带了棺材，是准备吃特务的子弹。我带了女儿来，是让她亲眼看着，特务是怎样卑鄙地向她爸爸开黑枪的，以便她坚定地继承我的遗志。"

马寅初大无畏的精神，赢得了雷鸣般的掌声，也震慑了混在台下的特务。马寅初不但要讲，而且走上了陆军大学的演讲台，面对着三百多名由前线回渝集训的将军慷慨陈词："现在是'下等人'出力，农民和劳动人民在前线浴血抗战。'中等人'出钱，后方广大人民受到通货膨胀，物价上涨之害，减少了实际收入，为抗日负担财力。'上等人'既不出钱又不出力，还要囤积居奇，高抬物价，从中牟利，发国难财。还有一种所谓的'上上等人'他们依靠权势、利用国家机密，从事外汇投机，翻手为云覆手为雨，顷刻之间就获巨利，存到国外，大发超级国难财，我可以告诉诸位，这种猪狗不如的所谓'上上等人'，就是孔祥熙、宋子文等人。"

马寅初的利矛，不但指向国民党高层的"特殊利益集团"，而且揭露了孔祥熙、宋子文的嘴脸。并把利矛直接指向了蒋介石，斥责道："有人说蒋委员长领导抗战，可以说是我国的民族英雄，但我马寅初认为他根本不够资格。要说英雄，不过他只是一个'家族英雄'。因为他包庇他的亲戚家族危害国家民族！"要求蒋介石大义灭亲。

傅斯年有"大炮"之称。其实，他只是门"小炮"，面对蒋介石，就有点"哑火"了。中国演讲台上的第一门大炮，无疑当是马寅初。

后来，马寅初"消失了"，被关进了军统设在息烽的集中营中，"休养"了一年零八个月后，又被软禁在家中，直到抗战胜利后才获得自由。但不忘初衷，发表了《中国工业化与民主是分不开的》一文，锋芒所向，仍是直指"四大家族"。

20世纪50年代初期，马寅初的职务甚多。除中央人民政府委员外，还兼政务院经济委员会副主任、华东军政委员会副主席等，本职系浙江大学校长，1951年调任北京大学校长，开始了在北大的"后十年"。

在北大师生们的欢迎会上，马寅初亲切地说道："兄弟这次是回娘家。"老教务长任校长，本应是轻车熟路。可是时局已经过了二十多年，马校长所面临的北大，时移、势易。50年代多"运动"，马校长并不在行，所以要请有关领导"帮忙""指导"。

马寅初就任北大校长后，在中央人民政府委员例会上，和毛泽东常能见面。毛问："在北大的工作有什么困难？"马寅初说："只希望主席能够批准，兄弟点名邀请到北大讲演者，就请不要拒绝。"毛风趣地说："这个好办，我批准了。马老校长，我给你这个尚方宝剑。以后你请诸位，我保证他们随叫随到。"

马校长凭借着尚方宝剑，先后邀请了周恩来、陈毅、李富春、胡耀邦等党政领导人来北大作报告。陈毅到北大演讲时，第一句话就是："今天是马寅初掐着我的脖子让我来的。"马寅初和陈毅是老相识了，陈系华东军政委员会主席，马是副主席，在上海时常见面，在经济大略上，陈主席常听"马副主席的意见"。

请中央首长来"作报告"，实系用心良苦。从总体上而言，是对北大的"提高"与"保护"。于内部而言，老区来的干部，进入北大这个新环境后难免多有不适应。中央首长常来作报告，当然体现了中央的精神、中央的态度。使老区来的干部，能适应北大这个新环境，融入这个新环境。也使北大师生，能领略报告的精神，让"大环境"和"小环境"沟通，由老北大走向新北大。

在北大的具体工作中，马校长所处不同于蔡校长。但马校长是学经济的，经济系"经国之大业、济民之大途"，在百业待兴的20世纪50年代，马寅初把主要精神用于我国宏观经济的发展。50年代初，全国第一次人口普查的结果是人口已达六亿，这是个准确的数字。历代封建王朝的人口统计数字，均不精确，原因是在"摊丁入亩"实施之前，地方官员少报人口，以少交人头税。"摊丁入亩"实施之后，地方官员又多报人口，因为人口增加，系"为政有道"的功绩。

马寅初是人大常委，多次到全国各地检查工作，发现新生儿激增，特别是农村。以经国济民为己任的马校长，对这种现象给予了高度的关注。只有盛世，才能增加人口。康熙为了增加人口，制定了"兹生丁口，永不加赋"的政策，在此基础之上雍正实施了"摊丁入亩"，取消了"人头税"。

可是，乾隆已经注意到："他早年随祖父康熙前往承德行宫避暑，沿途均是草地、林地。六十多年过去了，沿途均已变成了农田。土地不会增加，人口会不断地增加，这确实是个问题。"乾隆认识到问题的存在，可是没有注意到问题的重要性、严重性。当中国步入近代时，人口已突破四亿，占全球人口的四分之一以上。以中国的国土面积、资源，养活的人口数量已大大超过了平均水平。

由于近代、现代的动乱，人口大至徘徊在四亿这个水平。20 世纪 50 年代初环境安定、经济发展，数年间人口激增到六亿，这不但应引起注意，而且要警钟长鸣。马校长不是乾隆，他是个以经国济民为宗旨的经济学家，认识到了就要行动起来，这是天职，也是良心。所究的问题，是个纯学术问题。从时下来讲，亦可以说是个常识性问题。可是基于当时特殊的社会环境学术问题却变成了政治问题，而且是一个"上纲上线"的政治性问题。

1957 年 7 月，马寅初将《新人口论》作为一项提案正式提交人大。在此以前的最高国务会议上，马寅初宣讲了他的"人口论"。毛泽东没有明确表示赞同或反对。1958 年毛泽东在《人民日报》上发表了《介绍一个合作社》的著名文章，明确指出："除了党的领导外，六亿人口是一个决定的因素。人多议论多、热气高、干劲大。"这是从侧面上对《新人口论》的否定，此后在康生、陈伯达的直接指挥下，展开了对马寅初的"大批判"。

全国的主要报刊，发表了 58 篇批判文章，其中有 18 篇来自北大。康生亲自坐镇指挥，振振有词地说："不能光看见人有一张口，还要看见人有两只手。两只手还不能养活一张口？"在临湖轩的这次批判会上，马寅初和康生直接对阵了。康生直接表态："马寅初的《新人口论》到底是姓马克思的马，还是姓马尔萨斯的马？我看这个问题现在是该澄清的时候了。我认为马寅初的《新人口论》，毫无疑问是属于马尔萨斯的马家。"

那些参加会议的积极分子紧随其后，争先恐后地发言。马寅初始终冷眼相对，一言不发。直到最后主持人问："你还有什么话要说吗？"马寅初大声说了一句话："我马寅初是马克思的马家。"

马寅初通过社会调查，认识到安定的社会环境和多子多福的传统思想结成一种奇特的婚配，导致人口急剧增长，当时政府公布的人口自然增长是

20%，预测人口自然增长率已超过这个数字。如果不及时有效地控制人口其后果将是非常的严重。它会影响科学技术的发展，阻碍劳动生产率的提高，更会影响工业化的进程。受害最深的还是人类自身的主体——人民。它会使生活得不到改善，马寅初大胆地指出："人口若不设法控制，党对人民的恩德将会变成失望与不满。"其言实可谓既尖锐又恳切。

马寅初明确地指出，马尔萨斯的"人口论"，旨在掩盖人民走向贫困的实质，《新人口论》的目的在于提高人民的劳动生产率，从而提高人民文化、物质生活水平。

1959 年底 1960 年初，对马寅初批判的调门越来越高。马一再声明："这不是一个政治问题，而是一个纯粹的学术问题。学术问题贵在争辩，愈辩愈明，不宜一遇袭击就抱'明哲保身，退避三舍'的念头。相反，应知难而进，不应向困难低头。我认为在研究工作中事前要有准备，没有把握不要乱写文章。既写之后，要勇于更正错误，但要坚持真理，即于个人私利甚至于自己宝贵的性命有所不利，亦应担当一切后果。"

马寅初还在一次批判大会上，对北大的学生们说："同学们，我希望你们能够战胜我，而不是用大棒。"在《重申我的请求》一文中表示："我接受《光明日报》开辟一个战场为挑战书，我说这个挑战是很合理的，我当敬谨拜受。我虽然年近八十，明知寡不敌众，自当单枪匹马，出来应战，直至战死为止，决不向专以力压服不以理说服的那种批判者投降。"

北大开批判马寅初的大会，会议开始了很久，还不见马来，于是派人去"请"，马到会场后，搬张椅子坐在台前，泰然自若。台下有人喊口号，马很冷静地说："我这个人每天洗冷水澡，不管多冷的天都不怕，现在天气并不冷，给我洗热水澡，我就更不在乎了。"

全国上下猛批马寅初时，马拒不检讨，更坚决不写检讨文章，照常笑眯眯地出入北大燕南园住所，"圆圆一张脸像弥陀"。北大的学生说："马校长这硬骨头实在难啃。让他屈服，没门；逼他自杀，妄想。"

几位好心朋友劝马寅初："认一个错了事，不然的话，不免影响政治地位。"马谢绝了朋友的好意，说："我对我的理论有相当的把握，不能不坚持，学术的尊严不能不维护。""只得拒绝检讨"，"知难而行"。

1960年，马寅初先后参加政协北京东城区小组学习十余次，在会上多次阐发他的人口理论。并表示要至死不渝地坚持这一观点："我提出人口问题，是为了国家的命运和人民的利益。所以，我什么都不怕。我坐过蒋介石的监狱，坐监狱我已经有了经验了。我不怕孤立，不怕坐牢，不怕油锅炸，即使牺牲生命也在所不惜。言人之所言，那很容易；言人之所欲言，就不大容易；言人之所不敢言，就更难。我就言人之所欲言，言人之所不敢言。"

1960年3月，马寅初被迫辞去北京大学校长的职务，不久又被免去了全国人大常务委员的职务。马校长在北大最后一次阐明观点时，手中的话筒是被抢走的。离开北大回到东总布胡同家中后，当然也就不能再发表阐明观点的文章。

"生命不息，笔耕不止"是学人的传统。马寅初所务也只能是闭门著书了。他在日记中写道："大江东去，永不回头！往事如烟云，奋力写新书。"1965年，已八十有三的马校长，用毛笔写成了一百多万字的《农书》初稿。1966年春节后的一天，他召集全家人说："请你们抽时间帮我把《农书》原稿照抄一遍。这本书现在虽然不能出版，但不等于永远不能出版。也是我十几年的心血呀。"

从"十几年"来看，《农书》在马寅初到北大任职后即开始动笔了。他不是农学家，是经济学家，所攻所业，系宏观经济。当然不会写《齐民要术》《农政全书》那样的"具体而微"的实用书籍，应是经国济民的鸿篇巨著。

20世纪50年代初，马寅初曾以人大常委的身份到农村调查。中国的主要人口在农村，现在虽说早已工业化了，农村的人口仍是大头。农村的人口问题，实系国之大略、大策、大计。时至今日，农村土地所有权问题、农村人口城镇化问题仍是难题。言其难，是没有早提到日程上来。随着时间的推移，问题越积越多，只能是越理越难了。

马寅初的《农书》于1966年春节前脱稿，未及抄写，"义革"爆发，《农书》被付之于火。惜哉！惜哉！马著《农书》时，是在特定的形势下、特定的条件下，"润砚寄长年"。家人只知其写书，对书中的内容也不甚知晓。以致《农书》的具体内容，竟然难考了。或许是和《新人口论》一样的卓知远见。

马寅初是个思想超前、认识超前的先知先觉者，在第一次世界大战中，我国工商业获得了进一步的发展。国人大多认为，此系西方列强忙于战争，无暇东顾之因，也就是外国资本不得不暂时放松了对中国的侵略。所怕者系战后卷土重来。1919年3月，天安门广场举行庆祝"欧战结束"的活动，蔡元培演讲的题目是《劳工神圣》，李大钊演讲的题目是《庶民的胜利》，马寅初演讲的题目是《中国的希望在于劳动者》。马在演讲中提出，并强调中国需要"引进外资问题"，实质上是"利用外资问题"。这一观点与众不同，可以说是很前卫了。

中国历朝历代，均向穷人收税，或者说只向穷人收税，富人可依法免税，或持权逃税。马寅初提出了要向富人征税，抗战前提出了所得税、遗产税、累进税。抗战爆发后又提出征收临时财产税，要拿四大家族为首的特殊利益集团开刀。蒋介石先以赴美考察"驱之"，后以高官厚禄"诱之"，不果后以特务"恐之"，最后是黔驴技穷，以考察战时经济为名，让马寅初"消失了"两年。

马寅初认为中国应在共产主义、资本主义之外选择第三条道路。"即一面作有计划之生产；一面保存私产制度"。苏联的计划经济，系战争准备经济，造成了国民经济的全面失衡，独联体国家今尚蒙其害。我国的计划经济，在集中力量利用有限资源方面确实发挥了作用，但计划赶不上变化。

不知马寅初的《农书》中，开出了什么经国济民的良方，对农村的土地问题、农村人口城镇化问题或许有超前的真知灼见。总之，《农书》不存，何止惜哉！实系痛哉！憾哉！乃吾国吾民不可弥补的损失。

对马寅初的批判，常言所云系"错批了一个人，多生了几个亿"。但代价是难以负担的高昂，难以负担的沉重。难以负担，又必须负担。为了养活多生的几亿人，在许多问题上只能竭泽而渔，不计后果。

简而言之，最突出的问题是水的问题。北方的问题由于水库建成而下游断流，地下水已过度开采，所面临的是不能再开采，也无可再开采。所以只能南水北调，每立方米水的费用有不同的计算方式，但总离不开两个字"可观""可虑""可忧"。南水北调，难免会对长江流域产生许多具体的影响，可调的水量，也难以满足北方所需。于是有人提出用第四代核爆炸（无污染）在喜马拉雅山开出几条降雨云通道，以济"三江水塔"。有人提出引贝加尔湖水南下，直达北京的密云水库。但两方案均系"跨国工程"，就是一个字——难！求人不如求己，有论者认为可在长江口筑坝、修闸，使长江水不归海，"国人即可用尽国水"。上述方案均系"向大自然挑战"，有违时下所云的"天人合一"之道。仅就长江口方案而言，是福是祸，实不敢预言，更不敢断言。

资源问题也迫在眉睫，首先是能源。煤的超量开采，使储量已近枯竭。石油的进口量日增，也就是日益依靠进口。大气污染严重，"十面霾伏"之说实非虚语。为了解决"餐桌问题"，不但进口粮食，而且超量使用化肥，使用"育种技术"，"人种之虑"，并非杞人忧天。

国人以"壮士断腕"的果敢，颁布了计划生育政策，但也造成了人口比例的失衡。时下，中国社会老龄化严重，一个夫妻二人的小家庭，上有退休的"高堂四人"。高堂又有高堂，如果均长寿则是八人。于城市而言，父辈、祖辈均有退休金，无须养老，还可"啃老"。但财政部的账本上，可就难了。

费孝通是社会学家，他从人类学、伦理学的角度反对独生子女政策。经济学和社会学交织在一起，就产生了许多"难解"的现象。"难解"是难以"解释"，更难以"解决"。例而言之，时下有"房蛀""房奴"之说。"房蛀"者，有的独生子女继承了几套甚至十几套房产，于是过起了"吃瓦片"的生活。肆言："上班有什么用，我出租一套房，就比你上班的工资要多。"也有的独生子女，成为"房奴"，为了一套两居室，背上了几百万元的房贷，退休时才能还清。

一位企业家经营着一个数百名职工的工厂，一年纯利达二千万元。朋友哂之曰："太实、太傻，我一爷倒了两套高档住宅，就赚了三千多万。打几个电话，吃几顿饭就行了。"这就是经济学中的问题和社会学交织在一起后，造成的可怕现象。人口问题，无疑是产生上述现象的推手之一。

而更可怕的是，中国有 14 亿人口的大底盘。年龄段的比例又失衡。美国的领土面积虽然略小于中国，但可耕地、可牧地、可林地，矿产资源、水资源均超过中国，人口只有 3.3 亿。衡之于欧美发达国家，中国领土的承载力应在四亿以下。中国系世界上第二经济大国，可是一提到人均数字，就要赧颜了。中国人口所享有的平均数值，何年才能和发达国家大体一致？这个问题很难回答，只有两个方案：一是提高生产力；二是降低人口。前者不易，后者更难，而且后者制约着前者。2016 年中国人平均生产率，只是美国的 1/13。人口和效率只能找一个最佳值，这个"最佳"，难寻！

1958 年为什么要大批《新人口论》？马寅初不明白，时人更不明白，但不明白也要跟着批。军事专家徐焰教授有自己的观点。1958 年国际关系紧张，中国面临着核威胁。中国能与"核武"相抗的只有"人口"。也就是说，"人口"是对抗"核矛"的"盾牌"。这是军人的诠释。

不论是什么原因，20 世纪 50 年代的人口大爆炸在 60 年代、70 年代、80 年代就显露了出来。时下，中国生育率较低，老龄化严重，很有可能陷入"未富先老"的境遇。

计划生育已实施多年，但是仍然无法解决人口过多带来的一系列社会问题，马寅初的《新人口论》的正确性已无须再证。

"为真理而死，壮哉；为真理而生，难矣。"马校长高龄、享寿百年（1882—1982 年）。世纪老人，阅尽沧桑。历史是公正的——马寅初成了北京大学首位荣誉校长。北大享有盛名，马寅初也享有盛名，盛名之下，两者相副。

梁漱溟的务实与笃行——当代最后的儒家

由马寅初著《农书》，很容易联想到梁漱溟"乡村自治""乡村建设"。及其 20 世纪 30 年代在山东邹平创办乡村建设研究院；50 年代"廷争面折"，代表农民说话，为农民抱不平，从而和毛泽东发生了激烈的争论，这种面对面的

"冲突",为举国仅有。于是,成为举国的"反面教员",遭到了二十多年的批判。但梁漱溟始终坚持自己的观点,挑自己的重担。

梁漱溟在北大的时间系 1917 年—1924 年,入北大之前,所攻所究系佛学。18 岁时拒绝父母为之订婚,19 岁开始吃素。进入北大后,即成为进德会的丙种会员。甲种会员遵三戒,不嫖、不赌、不纳妾;乙种会员在三戒外增加不做官、不当议员,遵五戒;丙种会员除五戒外,再加上不饮酒、不食肉。

梁漱溟不饮酒、不食肉,与向佛之心有关。1916 年南下湖南,意在衡山出家为僧。目睹兵灾天祸,百姓苦不堪言,愤然提笔作《吾曹不出如苍生何》一文,回归了入世济民之道。

梁漱溟在顺直中学堂(今北京四中)积极参加革命活动,系同盟会京津支部的成员。袁世凯窃国后,梁漱溟精神上陷入危机,遂生遁世求佛之心。南岳衡山之行,原想入佛门,却返回北京入了北大之门。

佛门弟子修小乘者"为己";修大乘者"为人"。修大乘不但要普度众生,而且地狱不空,誓不成佛,颇有些"解放了全人类才能解放自己"的境界。梁漱溟回到北京后,在《东方杂志》上连载了《究元决疑论》。蔡元培读后邀请梁到北大讲授印度哲学。

梁漱溟于 1917 年 12 月 5 日正式应聘到北大,见到蔡元培后,直言问道:"对释迦牟尼和孔子的态度如何?"蔡表示"不反对"。梁则坦然曰:"我不仅是不反对而已,我此来除去替释迦、孔子发挥外,更不做旁的事。"

梁漱溟此时只有 24 岁,既不是"前朝宿儒",也不是"留洋博士"。蔡元培破格聘之,梁也就坦言布之,所凭者,腹中的"真气"也。言外之意,如若道不同、道不容,则不相谋。

梁首开的课是给哲学系三年级的学生讲印度哲学概论,后又开了佛教哲学、唯识学等课程,并编写了《印度哲学概论》《唯识述义》两部讲义。

1918 年 11 月 5 日,梁漱溟的孔子哲学课开讲,两年后,也就是 1921 年完成了由佛家到儒家的转变。有"教学相长"之说,梁漱溟可谓"以教促学;以学促变"。佛家离世度人;儒家用世济人。"离世、用世大异";"度人、济人甚殊"。但均是"为人"，只不过方法不同。

在为（wéi）人、为（wèi）人之道上，王选有云："经验告诉我，一个人要想有所成就，他首先要做个好人。'毫不利己，专门利人'是绝大多数人，包括我自己在内根本做不到的。我赞成季羡林先生关于'好人'的标准：'考虑别人比考虑自己稍多一点，就是好人。'不过，我认为这个标准还可以再降低一点，就是'考虑别人与考虑自己一样多的就是好人'。"在王选的标准上，再退而求其次："考虑自己时也考虑别人，不要伤害别人，就是好人。"

纵观梁漱溟的一生，考虑自己确实是少，而且越来越少。梁家是有些根基的，且不溯孛儿只斤氏的"黄金家族""成吉思汗的嫡裔"，就近代而言，亦系桂林的名门望族。祖父是两榜进士，父亲是举人，入仕后为内阁中书。梁漱溟投身辛亥革命，在袁世凯窃国后对政局感到失望，失望之中向佛门寻求开释，欲以遁入空门寻求解脱。当面对着人间的苦难时，仁者的情怀油然而生、勃然而兴、激然而动。于是猛回头，由离世走向了用世、匡世。猛回头的宗旨是"为人"，由佛家的大乘之道，步入了儒家的救国、救民之道。儒家的最高境界不是"己所不欲勿施于人"，而是"己欲立而立人，己欲达而达人"，能"立人""达人"当然是"爱人"。怀爱人之心，当然行"为（wèi）人"之道。儒门的"仁者"不是佛门的"忍者"，在"成仁""害仁"之择中，"宁杀身以成仁"，"不求生以害仁"。

真正的儒者不但求实，而且务实。"先知后行""先行后知""知行合一"是哲理，能各执一词。但真正的儒者不会"知而不行"。"有其言而无其行，儒者耻之。"正因如此，1924年梁漱溟辞去了北大的教职，前往山东。欲将儒家的理念，付之于实践——创办"重华书院"和"曲阜大学"。舜（重华）曾躬耕于济南的历山，曲阜是孔子故里。在儒家的圣地办学，旨在儒学的复兴。

办学兴儒，仍是在讲台上论教。20世纪30年代梁漱溟在山东投身"乡村自治""乡村建设"。梁在山东的活动，得到了省府的认可。抗战爆发前，在邹平搞了试点，实行"教政合一"。

辛亥革命之前，县系最基层的衙门。辛亥革命后，县署之下先后设立了区公所、乡公所、村公所。三级公所的执掌，实际上就是清代的"自治""族治""绅治"。"教政合一"也就是以中学和区、乡公所合一，以小学和乡、村公所合一。教育同行政合一，可谓破天荒之举。在试办的过程中抗战爆发，试办也就停办了。

农村看起来简单，实际上"麻雀虽小五脏俱全"。不但地方势力和家族势力交织在一起，20世纪30年代，军方的势力、各级党部的势力、商人的势力亦进入到农村。欲以中小学的校长、老师，取代三级公所实行乡村自治、乡村建设，实系大胆设想、大胆试验。

抗战爆发后，华北地区的"省府"也提出了"守土抗战"的策略。试验地区的一些中小学校长，竟遭杀害。一介书生，怎能取代盘根错节的农村势力？但也体现了铁肩敢担、铁义不辞的书生气概，书生无畏、书生敢当、书生不惧死。

对梁漱溟的总括，一般归为著名学者、国学大师、思想家、哲学家、教育家、社会活动家、爱国民主人士。20世纪四五十年代，梁漱溟主要从事社会活动，曾任民盟的秘书长。访问延安时，和毛泽东有过八次长谈，两次系通宵达旦。所谈涉及很广，争论也颇多。正因有争论，才有话题，才能深入，才能坐得住、谈得下去。抗战胜利后的国共谈判中，梁漱溟配合得并不好。他是个有主见的人，又敢做主，所以也就不善于"领会"。直至1950年，在毛泽东、周恩来的再三邀请下，梁漱溟和家人才回到阔别了20多年的北京。

有人说："梁漱溟是个怪人。"溯其怪，可至中学时期。中学生都有些不知道"天高地厚"，往往有"老子天下第一"的气概。梁在四中时，特别崇拜年级低于自己的郭人麟，认为"其思想高于我，其精神足以笼罩我"。尊郭人麟为"郭师"，课余常去"讨教"。并将谈话整理成册，名之曰《郭师语录》。同学们笑曰："梁贤人遇上了郭圣人。"

梁回忆说："我一向狭隘的功利思想为之打破，对哲学始知尊重。""一生中有四件始所未料的事情：第一，最讨厌哲学，结果自己讲了哲学；第二，在学校里根本没有读过孔子的书，结果讲了孔家哲学；第三，未曾上过大学，结果教了大学；第四，生于都市，长于都市却从事乡村工作。"四个"始所未料及"，均因为"为（wèi）人"而改变了自己。

梁漱溟认为："大事就是一个，为社会奔走，做社会运动。乡村建设是一种社会运动，这种社会运动起了相当的影响。"晚年时仍怀"我生有涯愿无尽，心期填海力移山"。在中国文化书院讲习班上对学生说："我不是一个书生，不是一个单纯的思想家、理论家，我是一个实行家、实干家。我生于都市、长于都市，却深入农村，热衷于乡村建设。一句话，因为我觉得中国要建设一个新中国，要从君主专制转移到民主宪政，并不是宣布一个宪法就能了事的，而必须以地方自治为基础。所以我一直致力于此。我是一个要实践的人，是一个要拼命干的人，在新中国成立前几十年里，我的所作所为，是致力于解决我所遭遇的实际社会问题、政治问题、国际问题。我一直没有停顿休息。"

梁漱溟的佛学观是"大乘菩萨不舍众生，不往涅槃，是'出世法而不出世'"。持这种佛学观可以舍身求法、舍身下地狱，度尽一切苦艰。他的儒学观是孟子所称的"大丈夫""富贵不能淫，贫贱不能移，威武不能屈"，敢于为民请命，也敢于拼命硬干，能承担逆境更敢于坚持真理。

张中行对梁漱溟的总结是："有悲天悯人之怀，一也。忠于理想，碰钉子不退，二也。有一句说一句，心口如一，三也。受大而重之力压，不低头，为士林保存一点点元气，四也。不作歌颂八股，阿谀奉承，以换取挈驾的享受，五也。""今日，无论是讲尊崇个性还是讲继承北大精神，我们都不应该忘记梁先生，因为他是这方面的拔尖人物。"

人不能自大，但要自尊；人不能狂妄，但可狂狷。不逐利功；要承使命。敢担历史的重担，才能承时代的苦难。能承时代的苦难；才能担历史的重担。敢担，不一定能担起来；能担起来，则一定是敢担。其梁漱溟之谓也。

梁漱溟成名甚早，1923年12月北大纪念校庆时，有一个活动项目系民意测验。据回忆：第二名是陈独秀、第三名是蔡元培、第四名是胡适、第八名是李大钊、第九名是章太炎，梁漱溟和冯玉祥并列第十名。冯玉祥是军界名人，在护国战争中通电逼袁下野，在护法战争中通电主和，在五四运动中通电力主拒约。斯时，任陆军检阅使，率部驻防南苑。梁漱溟与之侪，其在北大的影响不可低估。他若一直在北大站讲台，无疑是个名教授，甚至可以成为"教授的教授"。但辞去了教职，办实事去了，这就是"使命感之然"。

人有使命感，才有干劲、有动力；有使命感的人，都是自信的人、自负的人。太平洋战争爆发后，日军袭击香港。梁漱溟九死一生，才潜回大后方。在给儿子的信中说："孔孟之学，现晦涩不明。或许有人能明白其旨趣。却无人能深见其系基于人类生命的认识而来，并为之先建立他的心理学而后乃阐明其伦理思想。此事唯我能做。又必于人类生命有认识，乃有眼光可以判明中国文化在人类文化史上的位置，而指证其得失。此除我外，当世亦无人能做。"

"'为往圣继绝学，为万世开太平'。来正我一生的使命。《人心与人生》第三本书要写成，我乃可以死得。现在则不能死。又今后的中国大局以至建国工作，亦正需要我，我不能死。我若死天地将为之变色，历史将为之改辙，那是不可想象的，万不会有的事！我有我的自喻和自信，极明且强。虽泰山崩于前，亦可岿然不动，区区日寇，不足以扰我也。"

此信传出后，很多人都认为"疯狂至极"，梁则对友人曰："狂则有之，疯则未也。"

1966 年"文革"爆发，梁漱溟自然是"在劫难逃"。在致友人信中表示："我自信从来之为一身一家之谋，所关心而致力者不是国家危难，即是人类文化问题。我的遭际自有天命在焉，不是我一个人的事情。古人说：'不怨天，不尤人'颇觉自己衷怀亦如此。"

还对外甥说："我的生命正在此。我在危难中所以不怕死，就是觉得我不会死。特别是像香港脱险之时。那时《中国文化要义》还没有写出来，万无就死之理的。现在虽然不同那时，然而亦还有没有完的事（非我做不可的事）。"

1975 年，梁漱溟完成了《人心与人生》之后，觉得自己的使命已经完成，已无可留恋，可以去矣。有人认为这种想法过于消极。梁从容释曰："吾自是一'非常人物'，莫以俗人看我。我从来自己认为负有历史使命——沟通古今中外学术文化的使命。我相信我的著作将为世界文化的新纪元，其期不在远，不出数十年也。我虽身体精神俱佳，然是再活几年一任自然，只估量不远耳。其主要点即在我使命完毕，可以去矣。"

梁漱溟长寿，享年 95 岁，能从十年浩劫中走过来，应该说是精神力量的支持。"文革"中梁被逐出旧宅，迁至铸钟厂胡同一处破屋中，还要被批斗。红卫兵之劫刚过，批林批孔又至。梁漱溟的态度鲜明，"不批孔，但批林"。于是全国政协展开了"批梁"。大小批判会开了一百多场。梁表示："我不再申说了，静听就是了。"在总结大会上，主持人再三要求梁漱溟说说对批判会的感想，他只说了一句话："三军可夺帅，匹夫不可夺志。"

当场有人叫梁漱溟进行解释，他回答说："匹夫就是一个人，无权无势。他最后一招只是坚守自己的志不被夺掉。就是把他这个人消灭掉，也无法夺掉他的志。"夫人陈淑芬因个性太强，被红卫兵打得很厉害，于 1979 年去世，去世前已患精神分裂症。陈系北师大毕业生，性情温和，修养有素。1944 年 1 月 23 日在桂林与梁漱溟结为伉俪，她不仅使梁漱溟拥有安乐的后院，还使他冷峻孤傲的性格染上浓厚的暖色调，有了轻松愉快的一面。但陈的性格过刚过强，与梁也不甚和谐。梁从浩劫中过来了，陈未能进入 80 年代。

晚年的梁漱溟，谈到毛泽东、周恩来时，不胜感慨道："他们故去十年了，我感到深深的寂寞。"从交往上来说，梁漱溟和毛泽东起于 1918 年，同周恩来起于抗战时期。称"老朋友"，不为过。"感到深深的寂寞"，系"独存"中所生所兴的一种"失落"，梁漱溟弥留之际说的最后一句话是"我累了，我要休息"。

梁漱溟是哲人，不求生，不求死，顺其自然。启功对他的敬挽是：

绍先德不朽芳徽，初无意，作之君作之师，甘心自附独行传；
愍众生多般苦谛，任有时，呼为牛呼为马，辣手唯留兼爱篇。

何为使命？儒家有"天降大任"之说；佛家有"因果未尽"之说。其实，使命就是自己给自己定下的奋斗目标。有人是"传承国统，振兴中华"；有人是"退休前还清'房贷'，争取给儿子交上'首付'。"前者的目标于己而言是

"大而空"；后者的目标可谓"小确幸"。大而空的担子担不起来是"失落"；小确幸的担子担起来是两代人沦为"房奴"。

梁漱溟有房住，在积水潭之滨有一个两代人共建的小院。院外院内，入清入静，是读书的好住所。但他想的是"大庇天下寒士"，所以在十年浩劫中，没能保住这个小院。时下，这所小院已经不存，大概也难以"落实政策"了。

梁漱溟给自己定下的目标太大了，但是他不"空"——不空想、不空谈、不空讲，而是一步一步地向前走。"能不能走通"和"走不走"是两回事。"走不通"，留下了"雪泥"，留下了"印迹"，或许后人能"接着走"。"走不走"？是对观望者的催促。大多数的观望者所抱的态度是"你走过去我再走；你走不过去我绕着走；绕不过去我调头走"。

梁漱溟很乐观，在 1975 年的困境、逆境、厄境之中却能相信："我的著作将为世界文化的新纪元，其期不远，不出数十年也。"由此预言中，可以看出其精神。有言梁漱溟是"最后的儒家"，不妨在"最后"前加上"当代"二字。路正长，还在向前走。

王选——自主创新

溯汉字之源，有实物可考者系殷商的甲骨文。由甲骨文至西周的钟鼎文，乃一脉相承。春秋战国时期，诸侯各国的文字大同小异。秦始皇统一全国后，实现了"九州书同文"。"究秦始皇的功过，功莫大于书同文者"。如果春秋战国时期的"小异"得到发展，或许会形成"大异"，中国的版图也许就不是"九州一统"。

汉字的奇绝之处，是能把不同的方言、不同的语音框入其中，框入后即可趋向"语同音"。两汉时期，"语同音"在太学中得到进一步的发展。东汉时统一了教材《熹平石经》，当然也就要统一教材的读音。太学生多达数万人，其影响也就超出了校园，洋溢于社会，形成了首都洛阳的"通用语言"，也就是时下的"普通话"。在此基础之上，北魏孝文帝得以明令在朝堂上讲话要"一从正音"，也就是以洛阳话为国语。

但中国幅员辽阔，"语同音"比"书同文"要困难得多。在漫长的封建社会里，文盲高达 95%。文盲不认字，当然也就不可能让他把语音框入汉字之中。明清两朝均有官话运动，在各地兴办官话书院。直接原因是皇上听不懂分封在外省的藩王、疆吏说的话。于是产生了北京官话、南京官话、广州官话、成都官话、西安官话……诸官话趋向了"北京正音"，也就是 20 世纪 50 年代的普通话。

传统的字典用反切注音，也就是用汉字拼汉字，直到《康熙字典》亦是如此。王照首先提出注音字母问题，并得到被委任为京师大学堂总教席的桐城派古文家吴汝纶的支持。吴 1902 年在日本考察教育时，看到日本正大力推行国语（东京话），很受启发。于是向管学大臣张百熙反映，主张以王照的官话合声字母，推"京话（北京话）"为标准"国语"。

1909 年清廷的资政院通过了议员江谦的提案，把官话正名为"国语"。设立国语编查委员会，负责编订研究事宜。1911 年 8 月，学部召开中央教育会议，通过了《统一国语办法案》，定国语标准，编辑国语课本、国语辞典和方言对照表等。

1912 年，也就是民国元年。教育部召开了临时教育会议，决定先从统一汉字的读音做起，召开了读音统一会。次年，用投票的方式议定了国音标准，公布了汉字的国定读音，也就是国音。同时也公布了拼切国音的字母，即注音字母，也叫国音字母。应该指出的是，北大中文系主任马幼渔系这一工作的推手，功不可没。

1919 年教育部成立国语统一筹备会，训令全国各国民学校（公立小学）改"国文科"为"国语科"。同时制定国语罗马字母拼音法式，声调标注改"四声点法"为"符号标调法"。出版了《国音字典》，习惯上称之为"老国音"。1923 年国音字典增修委员会决定采用北京话音标准，称之为"新国音"，1923 年教育部公布的《国音常用字汇》采用了"新国音"。

抗日战争爆发后，国语推行陷于停顿。从 20 世纪 50 年代开始，我国开展了普通话运动，普通话仍以北京音为标准，系国语运动之延续。需要指出的是，"国语"一词在清代并不是指"标准的汉语"，而是指"满语"。"标准汉语"系"官话"。正式将"官话"也就是"标准汉语"称之为"国语"系1909年清廷的资政院所定。50年代初期，将"国语"改称"普通话"，也是考虑到多民族国家并非一种语言，不可以"主体"代替"全体"。

有了注音字母，汉字就有了全国统一的标准读音。在新文化运动中，以钱玄同为代表，发出了废除汉字，代之以拼音字的呼声。50年代有人也有此想法。试想，我们的祖先所创造的如不是现在的汉字，而是拼音字，中国还是九州一统的泱泱大国吗?! 于20世纪而言，弃汉字也就是弃五千年的传统、五千年的文明。

有"九州文化共同体""汉字文化共同体"之说；也有"九州文化圈""汉字文化圈"之说。其实，汉字的影响早溢出了九州，走出了国门，影响到周边地区。受影响最大的是东北亚、东南亚地区。从政治上的"需要"出发，一些国家提出"去中国化"，"去中国化"，也就是承认"已经中国化了"，所以才要"去"。"去"的核心是去汉字，消除汉字的影响。但是去而难去，消而难消。这说明了"政治"难以取代"文化"，同时也说明了汉字的千年影响不但犹存，而且难去、难消。

吾国吾民应该感谢王选、感谢北大。王选出于北大之门、立于北大之门，在北大创造了汉字的激光照排技术。王选谢世后其生前好友盛森芝有言："王选有一颗振兴中华的强烈爱国心，他用自己及其748团队的光辉实践给我们留下了灿烂的'王选精神'。""王选精神就是自主创新，振兴中华的精神。必须说明的是，王选精神的出现，不是空穴来风，也不是偶然的巧合，而是历史的必然。王选精神成长在北大，也不是北大赶时髦，而是北大这块土壤比较适合'王选精神'的成长。从历史上来看，北大从来都是出精神的地方。在解放前的民国时期，曾经出现过陈独秀、胡适的科学、民主精神，蔡元培的科教兴国兼容并包精神。在解放后，出现了马寅初为真理不惜牺牲自己的硬骨头精神。在改革开放后的强国时期就必然要出现新的精神，这就是王选的'自主创新，振兴中华'的精神。"

本章的学术成果节，对北大诸多的具体成果未予阐述。其原因首先是"专著甚多""评介甚夥"，其次是不想当"文抄公"。于是"行外人不涉行内事"，也不强说"行内话"。但对严校长的《天演论》、马校长的《新人口论》、梁教授的务实精神不惜篇幅。于是有人哂曰："所言者世人皆知，时人尽晓。"虽是"世人皆知、时人尽晓"，但从国人的角度、国人的层面进行点赞，说些"该说的话""应说的话"还是"可也、宜也"。

　　真正的学术成果，应是历史的推手，时代的火车头。推不动、拉不动是"时也""势也"，但也展现了敢推、敢拉的精神。舍严复、马寅初、梁漱溟、王选，谁能承之；舍北大，谁能出之？

七、西南联大

有些研究教育史的学者认为，老北大、老清华、老南开止于 1937 年的"七七事变"。西南联合大学虽然由北大、清华、南开所组成，但不可视之为北大、清华、南开。三强联合后系更强，更强的原因是三强的内因，时代的外因结合在一起后，产生了强大的"新因"。组成了国难之中的天时、地利、人和，形成了强大的凝聚力、共进力。

中国的大学教育，起步虽晚，但起点高、发展迅速。19 世纪末，只有京师大学堂、北洋大学堂、南洋公学 3 所学校。在四十多年的时间里，发展到 108 所。许多名校，获得了国际上的认可，凭本科文凭，可去读研。用时下语言来表述，也就是"同国际接轨"。中国的大学主要分布在东部地区，集中在北平、天津、南京、上海、广州等城市。

抗战战争爆发后，公立大学在有关的安排下迁往大后方。私立大学、教会所办的大学也纷纷南迁，108 所大学中，有 3/4 迁往西南、西北地区。在战火纷飞中不弃大学，是为了给我国保存元气，准备打一场持久战，甚至是"世纪战争"。日本也认识到了这一点，在战争中以中国的大学为攻击目标。中国的 108 所大学中，有 91 所遭到日军的轰炸，南开大学系首例。日军不但空袭中国的大学，对出版社、图书馆也不放过。战争伊始，就轰炸了商务印书馆。

大学内迁的途径不同，以北大、清华、南开而言，是在平津沦陷后迁往大后方的。言"迁往"，是概而言之的书面语言。具体情况是师生们冒着生命危险，携带着一些重要的图书、仪器，乘夜幕逃出了校园。设法潜入天津租界，然后乘海轮南下，会集于长沙。三校在天津租界设立了联合办事处，指导学生分流南下，乘船到烟台、青岛、上海系主要途径。

有些大学是在沦陷前撤出的，兵荒马乱之中，地方军政当局也不可能提供交通工具，甚至教育部也没有具体安排新的校址。"抬着棺材找坟地——还不知埋在哪？"这句话至今听了令人心酸，也令人肃然起敬。虽说"青山处处埋忠骨"，但活着决不就教、就读于敌占区。

师生们"自找坟地"，在校方和地方接触的过程中，均得到了当局和民众力所能及的帮助。只要能安顿下来，立即复课、招生。由于敌进我退，许多大学数次转移，办学条件之艰辛，令人无法想象。可是抗战之中，"遍地烽火""弦歌不辍"。师生们炸不垮、饿不散，拥抱在一起以体温取暖，共赴国难、共渡时艰。

抗战胜利时，中国的大学由108所增加到141所，学生由4万多人增加到8万多人。这是世界战争史上，教育史上的奇迹。只有中国人、中国教师、中国学生才能创造的奇迹。"七七事变"之前，日军兵临北京城下，按照"协定"，中央军、东北军已撤出了华北地区。时人有"大学镇守北平"之叹；又有"危城讲学义不苟免"之赞。胡适言："有些像悼词、挽联。"诚也。全面抗战爆发后，师生们"遍地烽火""弦歌不辍"的大无畏精神，足以让握着大和刀的日本法西斯颤抖，握着刀的手颤抖，正是"中华魂"战胜了"武士道"。中华魂不仅凝聚在狼牙山五壮士身上、凝聚在坚守上海最后一片国土的八百壮士身上，也展现在越炸越强、越饿越刚、越困越坚的学人身上。一身正气的"蓝大褂"，能让武装到牙齿的武士道发抖，让武装到牙齿的武士道只能后退一步。

为了抵消大后方"烽火遍地""弦歌不辍"的影响。日伪开始"发展教育"，在北平着手恢复北大、清华、师大。时人称之为"伪北大""伪清华""伪师大"。可是师生们还是铤而走险，奔向大后方。八年之中，奔向大后方的"学流"未间断过。北京二十二中的老校长，亲自带领高中毕业生潜出北平，遭到日军的逮捕。战犯冈村宁次在五一大"扫荡"失败之后，深感陷入了"兵民的汪洋大海"。提出了"三分军事、七分政治"的策略，向"伪北大"归还了日军宪兵强占的沙滩红楼，以示"尊重教育"。

抗战胜利后，傅斯年以代校长主持北大的复员工作。反对赦免伪教育督办周作人，并主张对伪校长们提起"校诉"，时人谓之"宜也"。对伪北大的教员、职员，不再聘用，有人谓之"过也"。傅表示，大而言之，国难当头，均不"赴难"，而是"附敌""附逆"，国将不国。小而言之，这些执伪教席的人，面对着由大后方复员的学生，还好意思站在讲台上吗？胡先生主张网开一面，这个恶人由我来做好了，绝不给北大留此污。让这些人共享"复员"，我对不起受尽八年艰辛的同人。胡"网开一面"是软道理；傅"绝不留此污"是硬道理。两者相衡相选，从胡从傅各有说辞。

西南联合大学各院系集中在昆明办学，西北联合大学在陕甘多地办学。地利之异，使西南联大产生了优势。战时首都重庆，对云南省区的控制多有力所不及。滇越铁路开通后，云南的风气也是日新，在政治上有"护国""护法"的传统。相对而言，昆明是一座开放的城市。云南王龙云对联大的态度是"接进来""帮下去"，使师生们在"板荡"之中能有一张讲台、一张课桌，得到暂安。军统中统在昆明的活动，也有所收敛，不敢过于嚣张。滇缅公路、驼峰航线开通后，昆明在抗战中的作用凸显了出来。联大"弦歌不辍"，使昆明成了战时的"文教名城"，系全国学人的仰望之所、归心之所、创业之所，也是师生们为抗战做贡献之所，取得成就之所。时人有云："昆明有多大，联大有多大；联大有多大，昆明有多大。"这虽是俚语，但饱含哲理，系联大与昆明的"合一"。

北大、清华、南开组成西南联合大学，系三强联合，不是三强合并、三强合一。校务委员会由北大校长蒋梦麟、清华校长梅贻琦、南开校长张伯苓共同主持，系三常委。三常委的经历不同、背景不同，三校更有不同。叶公超认为："北大一向是穷惯了，什么事不一定都要有规模，只要有教员、有学生、有教室就可以上课。清华是有家当的学校，享受惯了水木清华的幽静与安定。

南开好像脱离了天津的地气，就得不到别的露润似的。"许多人对联大的前途不乐观。

但三常委聚于昆明后，都能以大局为重。三校虽说难免有些矛盾，但合作是成功的。在国难之中，时艰之中，三校虽不能完全弃小我（仍保有各自的家底、班底），但小我服从了大我，使联大在抗战中不但坚持办了下去，而且创造了不可逾越的辉煌。

在三强联合之前，各有自己的优势。北大系新文化运动、五四运动的发源地，有兼容并包的学统，而且首创教授治校说、教育独立说。在19世纪20年代两次脱离教育部，宣布独立。一次是针对教育总长彭允彝，一次是针对教育总长章士钊。

清华有国际背景，有庚子赔款的家底，财大气就粗。况且校长由外交部任命，独立性自然就强。

南开是独立的，用时下语来表述就是民办。端谁的碗受谁管，既然没有端"党国"的碗，"党国"在许多具体事务上也就难管了。

综上所述，三校在历史上就不服管、不好管、管不了的传统。拥抱在一起后，则是怎么管？教授治校、教育独立的思潮，在三校均有传统、有市场。这些基因，在新的天时、地利、人和影响下，焕发出了光和热，在悲壮的历程之中展现了风采。跨越湖南、贵州、云南三省的学人长征，冬冷夏热的铁板屋中走出了诺奖获得者、"两弹一星"的元勋……

对于西南联合大学，怎么赞美、怎么讴歌，也难以表达敬仰、敬慕之情。逝去的就是历史，不可能重现，更不可能复制。1946年6月，三校复员。有人叹曰："虽说各续各个香火，可是'难忘八年'。物质上'清汤寡水'；精神上'丰富多彩'。那是个入梦的地方，胜利梦、复兴梦、强国梦、自由梦、民主梦，当然也有和幸福的拥抱之梦……多梦的年华，多梦的时代。胜利了、复员了，但梦醒了。"

不知道怎么回事，联大有校歌、勉歌、凯歌，但校友们相聚时好低吟，难放声。

第五章　北大之路

北大处处敢为天下先，亦敢为天下后。

一、敢为先天下——新文化运动

王国废墟与帝国废墟

轴心时代说甚有影响，可以说是共识了。中国的第一个轴心时代系春秋，战国时期。儒、道、墨、法……为代表的百家展开了争鸣，其哲理、思想、体系所达到的高度，后人难以超越，于是产生了回归之说。

夏、商、周系儒家尊崇的三代。时下，有三皇五帝是"古国时期"，夏、商、周三代系"王国时期"。自西周末年始礼崩乐坏，中国进入了春秋战国时期。此时的经济、政治、军事、文化均与前大异，千年的"王国时期"结束了，这正是百家争鸣的基础。也可以说，中国第一个轴心时代是建立在王国的废墟之上的。

秦统一中国到辛亥革命，系"帝国时期"。长达两千多年的帝国时期，统一是主流，分争总是归于统一。元、明、清三朝的改朝换代，没有动摇过统一的政局。唐以后，随着科举制度的发展，贵族政治逐步淡出了历史舞台。清初军机处的设立，相权不复存在。自秦始皇称"皇帝"始，中国的皇权就一直凌驾在教权之上。宗教的序位由皇上定，宗教的神佛由皇上封。也就是说，没有力量可以制约皇权。得不到制约的权力，必然和专制、独裁、腐败合为一体。退出历史舞台，诚属必然中的必然。

欧洲国家步入宪政、步入共和，有数百年的过渡。由城市的兴起、文艺复兴、宗教革命、启蒙运动，并伴随着地理大发现和工业革命，中国步入共和系突然之变。由六君子菜市口就义计，到辛亥革命系 14 年。由 1905 年同盟会成立计，系 7 年。由 1911 年 10 月 10 日的武昌首义，到 1912 年 1 月 1 日中华民国临时政府在南京成立只有两个多月。由"民国肇基"到"清帝退位"不足两个月，步入共和的进程太快了。"共和"虽然建立在"帝国"废墟之上，但进程系"飞跃"。

民国肇基后明令废除了《大清律》《大清会典》等旧法、旧制，颁布了《临时约法》等新法、新律。但梁漱溟有言——共和国不是建立在宪法之上的，是建立在地方自治之上的。梁的自治也就是"社会"。民国初期时的政体是政府强于社会、军阀强于政府。中国人口有 4 亿多，不愁人，只要有了枪就有发言权、决定权。谁的枪多，谁就说了算。

既然称民国，总得穿件民主的外衣。先实行总统制，后实行内阁制，并有配套的国会参众两院。总统、总理，谁说了算？袁世凯当总统，他有枪，袁总统说了算；段祺瑞当总理，他有枪，段总理就说了算。冯国璋当总统，段祺瑞当总理，两人均有枪，于是就闹"府院之争"（总统府、国务院）。

袁世凯死后，北洋军阀分裂为直（冯国璋）皖（段祺瑞）两系。闹得不可开交，只好各退一步请出北洋元老徐世昌为大总统。徐系翰林出身，但也出洋考察过。文人当总统，当然请文人出来组阁任总理。这就是新文化运动兴起时的北京政局。于全国而言，孙中山在广东树起了"护法"的大旗，西南一些省区的军政势力归附旗下。长江流域的军政势力，提出联省自治的主张。段祺瑞以"参战督办"的职衔，为皖系军阀的魁首，直皖关系紧张。奉系兴起后，东北王张作霖亦有入关争雄之志。也就是说中国处于军阀割据的状态之中。"割据"与"分裂"不同，割据时期无论是持"武力统一"者，还是持"和平统一"者，均是声称要维护国家的统一。

军阀、官僚、政客，谁说了也不算数，"北京政府""广州政府"系所谓的"盟主"，并不是一言九鼎的"中央"。这种政局和春秋战国时期颇有相似之处。前者是建立在"王国时期"的废墟之上；后者是建立在"帝国时期"的废墟之上。前者过渡到"帝国时期"长达五百年；后者由帝国飞跃到民国。但民国是个"枪国"，谁的枪多谁说了算，但有枪的人太多了。有枪的人利用、支持官僚、政客；官僚、政客也利用枪来支持自己组阁、入阁。"强人"多了也就"难强"，这就是五四运动前后的中国政局。

这种政局对以大学师生为代表的知识分子阶层来说，是比较宽松的，最有代表性的是1917—1920年，也就是新文化运动时期、五四运动时期。其下延可至1925年，"三一八惨案"（1926年3月8日），奉系军阀杀害了高仁山、林白水、邵飘萍、李大钊等烈士，宣告了一个新的历史时期开始了——"枪国"的枪，对于知识分子阶层也绝不手软，对于手无寸铁的人也敢开枪。

鸦片战争之后，西方在国人的心目中由蛮夷之地变成了文明强盛之地。由师其技发展到师其术、师其学。技系引进物质为我所用；术系治国之术也就是体制、法制；学也就是意识形态，狭义上的文化。在"引物"之中产生了"中学为体，西学为用"之说。执此说的人可"一分为二"，用是矛，可用之卫体，也可用之破体。也就是矛握在谁的手里。推而论之，引"术"者也可以一分为二，"术"也是矛，戊戌变法，清末新政均是谋求在"体"内求"变"。但变中有人是卫"体"，有人意在变"体"。例而言之，"皇族内阁"的产生系卫体；资政院中的活动则有意在变体了。

引"学"则不然，系"以夏变夷"之举了。蒋梦麟提出了"西学为体，中学为用"；胡适则提出了"全盘西化"。但怎么变成"西体"，怎么"西化"，又均无具体方案。两位校长也就是说说而已，而且很快就不说了。不说了的原因或是认识到了"不可能"；或是"不敢再说了"。还是严校长早领风骚，执"体用不二"说，在"新民德"中提出了"以自由当体，民主为用"系西方成功之道。认为西方国家打破了森严的等级制度，人人有平等的自由竞争权，因而能各自发挥其所长，竞相争高，促使社会日益进步；中国以纲常为主，上下地位悬殊，只重亲属关系不重言行信用，结果上下隐瞒怀诈相欺。人民由于无民主、不自由就不能充分发挥各自的聪明才智而使民族强盛，从而就不能在与外族的竞争中取胜。

但鼓民力、开民智、新民德是一个长期的过程，要经过几代人的努力，只能"渐变",进行思想启蒙和教育。人生几何?时不我待,严校长是"思想家",孙中山是革命家、行动家,带领中国步入了共和。

辛亥革命之后,中国有共和之名,无共和之实。梁启超试图通过政党政治来进行解决,故和袁世凯进行了"合作",在体制内解决。但袁世凯"变更国体"后,梁启超和蔡锷一起谋划"兴兵讨袁"。所谓"法统重光"后,梁启超又试图同段祺瑞"合作",仍试图在体制内解决。但在"民选"中,"研究系"却败给了"安福系",这是梁始料不及的结果。"护法军兴"南北交兵,梁启超退出政坛,到清华大学去当导师。

由世界公民回归中国公民

戊戌变法之前,康有为组织保国会,提出了保国保种说。一些满族权贵即敏感地察觉到,保国会保中国不保大清。确实,中国和大清是两个概念。对于四万万吾民来说,"中国"是纵横八万里,上下五千年的"吾国";"大清"系一代王朝,没有不亡的朝廷,只有不灭的中国。就是制造了多起文字狱的乾隆皇帝,也认识到"中华统绪不绝如线"。

1914 年 9 月,日本借对德宣战,派兵在山东登陆。11 月 8 日德军向日军投降,日本"接收"了德国在山东的"权益"。陈独秀愤不欲生,在心火的狂燃之中写下了爱国心与自觉心:"若中国之为国,外无以御侮,内无以保民。不独无以保民,且适以残民,朝野同称人民绝望。如此国家一日不亡,外债一日不止。滥用国家威权,敛钱杀人,杀人敛钱,亦未能一日获已。相众攘权,民罹锋镝,党同伐异,诛及妇孺,吾民何辜,遭此荼毒!'奚我后,后来其苏'。海外之师至,吾民必且垂涕迎之者矣。若其执爱国之肤见,卫虐民之残体,在彼辈视之,非愚即狂,实则国人如此役心初不为怪。盖保民之国家,爱之宜也;残民之国家,爱之也何居。岂吾民获罪于天,非留此屠戮人民之国家以为罚而莫可赎耶?或谓'恶国家胜于无国家'。予则云:'残民之祸,恶国家甚于无国家'。"

此文发表在 1914 年《甲寅》第 1 卷上,引起了一片哗然。斥陈独秀为

"何物狂徒？宁复为人"。

胡适1918年在《新青年》第5卷上发表了一首白话诗《你莫忘记》。其中有云："我的儿，我二十年教你爱国，这国如何爱得？你跑罢，莫要同我们一起死！回来！你莫忘记：'你老子临死时，只指望快亡国'。"

此时的陈独秀愿当"世界公民"，在当时此种思想被称为安那其。

"安那其"有多种译法，最普遍的是译为无政府主义；辜鸿铭认为应译之曰无王党，或译为无统治者，反对侵害个人自由的统治者。总之，安那其主义者的最高理想就是无国家，因为有国家就要有王、有政府。无国家、无政府、无王，社会是万能的，人类社会解决人类的一切问题。在清末民初安那其颇有影响。恨清政府，不如无政府。推翻了清政府，"袁政府"依旧可恨，更希望无政府。无政府也就无国家，操着世界语，去当"世界公民"。

但日本向中国提出《二十一条》后，亡国灭种的危机迫在眉睫。身为"世界公民"的陈独秀首先变了，在1915年的《青年杂志》第1卷上发表了《今日之教育方针》一文，明确指出："国家主义，实为吾人目前自救之良方。"

流亡海外的老同盟会旧人，蔡元培、汪精卫、李石曾、吴稚晖等人，均受到安那其的影响，在不同时期有不同的表现。此时重操旧业，组织了御侮会。要以"匕首、炸弹、手枪、毒物等"为武器，"见敌侮我同胞者击之，事变如有株连，则挺身任之"，"有华人助敌侮我同胞者，诛之"。也就是说《二十一条》，重新掀起了民族主义的热潮。黄兴呼吁"暂停革命，一致对外"。李大钊发表《警告全国父老书》，提出"策政府之后，以为之盾"的主张。这种转变，实系日本军国主义者逼出来的。22年后国共两党"共赴国难"，更是平津不守的危局逼出来的。

问题与主义

胡适在1918年尚属"世界公民"。一年后的五四运动，也使这位"世界公民"回归为"中国公民"，在上海参加了游行。精英们既然已经认识到谁都成不了"世界公民"，中国公民就要面对中国的现实，解决中国的问题，《四合梦》一书中有云："北大的校园里，展开了问题与主义的争论。胡适主张，多研究些问题，少谈些主义。李大钊主张确立中国可行的主义，方能解决中国的问题。五千年的文明史给中国留下的问题可谓多矣！整体言之，人口激增问题、列强逼迫问题、边疆蚕食问题、军阀割据问题、地方自治问题、民族分裂问题、南北对立问题、北京政府与广州政府对立问题、武力统一与和平统一问题、中央集权与地方分权问题、立法完善问题、司法独立问题、官吏渎职腐败问题、人权保障问题、废除不平等条约问题、租借问题、特别行政区问题、联省自治问题、农民土地问题、工人的保障问题、牧民的草场问题、山民的闭塞问题、老年的奉养问题、学生的就业问题、青年的困惑问题、教育的出路问题、中年的压力问题、儿童的教育问题、全民的健康问题、医疗问题、吸食鸦片问题、性病问题、防疫问题、商人的竞争问题、物价的上涨问题、废除厘金问题、统一货币问题、金融改革问题、江河洪水问题、放垦的沙化问题……

以北京而言，旗人生计问题、市民住房问题、穷人就医问题、孩子上学问题、人力车夫问题、盲流入城问题、乞丐问题、妓女问题、垃圾问题、粪霸问题、水霸问题、粮霸问题、菜霸问题、野狗伤人问题、养猫扰民问题、市虎（汽车）问题……"

总之，积题如山。用何种主义方能解决上述问题？有言资本主义者，有言国家主义者，有言无政府主义者，有言三民主义者，有言军国主义者，有言社会主义者，有言封建主义者——认为只有回复到井田制，方能国泰民安。一时间论者蜂起，最引人深思的是聊发一问："北京、广州两当局奉行的是什么主义？能解决哪些问题？"

问题多、主义多。简而易行之策是走成功者走过的道路。每个人心中均有崇拜的成功者，对于所师之道亦各有说辞：以英为师——光荣革命；以法为师——把暴君送上断头台；以美为师——建立合众国；以日为师——走明治维新之路；以德为师——鉴其失而得其成；以俄为师——庶民胜利万岁！最引人注目的一篇文章是《老师家的钥匙，能打开学生家的锁吗？》文章简而明：

各家门上均有一把锁，把房门锁上的原因是室内室外有别。西方室内的文明始自古希腊、古罗马的共和政治，实行的是公民民主。中经黑暗的中世纪，终于在 14 世纪迎来了文艺复兴的曙光和宗教革命的热潮，更有城市的兴起和地理大发现。后又产生了启蒙运动和工业革命。故有《独立宣言》《人权宣言》《共产党宣言》之说。

中国的文明诸君皆晓，不烦累述。概而言之，与西方殊。前无共和政治，后无五百多年的民主进程。但西方三圣柏拉图、苏格拉底、亚里士多德宣扬"奴隶是会说话的工具"之时，中国人已经认识到"夫民神之主也"。

孔子曰："仁者爱人，己所不欲勿施于人。""己欲立而立人，己欲达而达人。"孟子进一步发挥了儒家的仁本、民本思想和敬天保民说，指出了"民贵君轻"，得出了"诛一夫"有理论，认为君臣关系是互为因果。"君视臣如土芥，则臣视君为寇仇"，君臣关系不是片面的义务。故明初朱元璋把《孟子》一书删成《孟子节文》，阉割了其锋芒与精神。

西方有黑暗的中世纪之说，中国却有盛唐之赞。西方的民主进程始于教会、领主、城市的并立和国家观念的形成。中国人国家观念的形成可上溯至西周，西方人国家观念形成得甚晚。以德国而论，德意志统一，德国人方有国家之观念。

中西之道不相接，"学生"难循"老师"走过的路，"子趋亦趋"。而且"老师"心怀叵测，视学生为俎上之肉，欲分而食之。也就是说，老师成功之路，焉能让学生再走。"学生"积贫积弱，老师方能奴之役之，与"学生"签订不平等条约。后至的"老师"更是棋高一筹，执"门户开放，利益均沾"之策。直言述之则系"打开学生家的大门，各抉所需。在抉取的过程之中，要互相尊重，不要互相妨碍"。

若一心师之，不待补课毕，学生恐已亡国灭种矣！也就是说，"老师"不可能把自己家的钥匙交给"学生"，"老师"家的钥匙也打不开学生家的锁。

平视正视与务实论道

梁漱溟《东西文化及其哲学》一书中有言，而且一直坚持这一观点："中国人不是同西方人走一条路线，因为走得慢，比人家慢了几十里路。若是同走一路线而少走些路，那么，慢慢地走，终究有一天赶得上。若是各自走到别的路线上去，另一方向上去，那么，无论走多久，也不会走到那西方人所达到的地点上去的。"也就是说，中国文化与西方文化，各走各的路，根本不存在着落后与先进的问题，并预言"全世界西方化之后，还可以再回到中国化"。这体现了文化上的自信与自尊。自信与自大是两回事，妄自尊大者，只能是井底之蛙；自信自主者，是对过去、现在、将来进行了有机的联系，明确脚下的路。自信才能自主，自主才能自信。在洞察外界时不仰视、不俯视，能够"平视"。

综上所述，中国第一个轴心时代的争鸣之区，主要在齐鲁之地的孔孟之乡，后期可以说是聚于齐都临淄的稷下学宫。齐是七雄之中经济、文化最发达的国家，可是灭六国而统一华夏的是辟在西戎的秦国。秦系力耕、力战之国，故士不出于秦。秦亦不"养士"，但能"用士"。所用之士不争鸣，办实事，也就是不坐而论道，在外交、政治、军事上能为秦国大显身手。

第二个轴心时代太短了，能有所争鸣，区区四年耳（1917—1920年），只能是先声夺人，定有后续的雷鸣。争鸣核心系如何向西方学习，如何改造中国，也就是如何救中国。争鸣多集中在文化方面，故称之为新文化运动。争鸣的参与者大多是北大师生，但其影响绝不是校园内的论战，而是洋溢于全国的新旧文化的论战。能在争鸣中一发己见，并能坚持己论者，无疑系时代的精英。

西方文化、西方的价值观，当然具有优越性，因其建立在强势经济、强势政治之上，系成功的文化、主导的文化。时至今日，话语权仍在西方。一百年前仰视西方，也就无足为怪了。利玛窦虽为传教士，其腹中的西学、中学各富五车。由于各富五车，所以他能用平等、平和的心态对待中国文化，能在中国成功地传教，被中国人誉为"西儒"，称之为"利子"。但后来的"西人"

之中能如"利子"者甚希，特别是19世纪中期以后，他们以征服者的心态到中国来从事"文化活动"，中国人对其抱有敌视态度也就是理所当然了。仰视和敌视，均不能进行正常的沟通与交流，更难产生共识与拥抱。

佛教东传，产生了汉传佛教。对于佛教来说，实为幸事。天主教东传，若执利玛窦之道，必然会产生"汉传天主教"。这对天主教来说更是幸事，但不符教廷的"小欲"，所忌者系在东正教、路德新教之后，再出现一个新教派。这也不符合许多派遣国的东方政策——征服。故利玛窦之后，传教士中难觅"西儒"，更不见"利子"。

对于西方，国人之中对其有敌视者，也有仰视者。但也不乏正视者、平视者，正视者、平视者，他们以主人、主体的心态，正视着、平视着世间的一切。他们就是梁漱溟、熊十力为代表的中国知识分子。

科学与民主

新文化运动提出科学、民主的口号。但此时对科学的认识尚无自然科学与社会科学之分。科学与"真理""正确"似乎是同义词。而西方的一切都是正确的，都是真理，都是科学的。造成这种认识的主要原因系西方的物质文明——声、光、化、电……所产生的影响。建立在物质文明基础之上的精神文明，似乎也归入了科学。

民主这个词很费解，系"夫民，神之主也"的借用。在诠释的过程中能各取所需："以民为主""为民做主"。清官戏的台词上有"当官不与民做主，不如回家卖白薯"，老百姓上堂喊冤的台词系"我的青天大老爷，你可得给小民做主啊"，此系历史上的"民主"。

引入的民主首系卢梭的人民主权论，是18世纪法国启蒙运动中所兴，一切以公意为归依。公意不是由"一人一票来决定"。原因是"少数人有可能是公意的代表，而多数人也有可能是私意的组合，不能代表公意。"这种观点的引入有针对性，即袁世凯、段祺瑞均曾以私意控制"一人一票的选举"。

总之，新文化运动的初期虽然大唱科学、民主，但所言抽象、笼统，语焉不详。仿佛西方文化中的一切，均可归之为科学、民主。

胡适对科学、民主的阐述较为具体，他认为科学是一种思想和知识的法则；民主是一种生活方式，是一种习惯性的行为。进一步言之：所谓的科学精神就是尊重事实寻找证据，其法则系"大胆假设，小心求证"。所谓的民主就是承认每个人均有价值，人人都可以自由发展。要保障个人自由，不要政治暴力的摧残，不受众力的压迫。少数服从多数，但多数不能抹杀少数，不能不尊重少数，更不能压迫少数，毁灭少数。

行民主之道，难！居多数时则曰"少数服从多数"；居少数时则曰"真理往往掌握在少数人手里，要尊重少数人，保护少数人"。简而言之，不妨行民权之道。"你尊重我的权利；我尊重你的权力"。在为人之道上，强者首先要尊重弱者的权利；在为政之道上，官方要尊重民众的权利。弱者、民众的权利得到尊重后，也要尊重强者、官方的权利。但这要有一个前提——法比权大。法律能有效地保护弱者，保护民众。若是"言出法随"，任何民权、民主之说，均系欺人之谈。

"言出法随"，所持者就是强权。陈独秀在《每周评论》首刊撰文："凡合乎平等自由的，就是公理。倚仗自家强力，侵害他人平等自由的就是强权。""我们发行《每周评论》的宗旨，也就是'主张公理，反对强权'八个大字，希望以后强权不战胜公理，便是人类万岁！本报万岁！"

文学革命

言文学革命，世人首先想到的是胡适的《文学改良刍议》和陈独秀的《文学革命论》。这两篇文章均发表在 1917 年初的《新青年》杂志上。其实，文学革命的先驱系"国语运动"。戊戌变法失败后流亡日本的王照和赴日考察学政的京师大学堂总教习（桐城派古文家）吴汝纶在东京相遇。斯时，王正研究官话合音字母，吴也看到了日本推行国语（东京话）的成绩。1902 年考察结束后，吴汝纶即向管学大臣张百熙提出以王照的合音字母推行京话为标准国语。1909 年资政院通过江谦的议案，把官话正名为国语，并设立国语编查委员会。1911 年 8 月，学部召开中央教育会议通过了《统一国语办法案》，制定国语标准，编辑国语课本、国语辞典、方言对照表。1912 年民国教育部在蔡元培的主持下召开临时教育会议，决定先从统一汉字的读音做起。1913 年教育部召开读音统一会，用投票的方式议定了国音标准，公布了汉字的国定读音（国音）和拼切国音的注音字母，也叫国音字母。北大的马幼渔系章太炎的弟子，对音韵深有研究，系这套字母的推手。

1916 年，北京教育界人士组织"中华民国国语研究会"掀起了一场催促政府公布注音字母和改学校"国文科"为"国语科"的运动，并提出了五项任务，旨在促进言文一致和国语统一。

1918 年教育部决定在全国高等师范学校设国语讲习科，专教注音字母及国语，并于 11 月公布了注音字母。同年，《新青年》提出了文学革命的口号。1919 年教育部成立了国语统一筹备会并训令全国国民学校（公立中小学）改"国文科"为"国语科"由"国文"到"国语"之变，实际上也就是由"文言文"到"白话文"之变。

1920 年北京政府向各省发布训令，要求国民学校一二年级先改国文为语体文（白话文）。已审定的文言文教科书，将分期作废。包括国语在内的各科教科书，改用语体文。胡适认为："这一道命令把中国的教育的革新，至少提前了二十年。"

清末民初，或者说 20 世纪初的国语运动有两大口号，即国语统一和言文一致。于现代国家来讲，国语统一势在必行；国语统一势必导致言文一致。言文一致也就是书面语言不用文言而用白话。清廷的学部、民国的教育部均没有设阻，可以说是水到渠成。1920 年的训令，可以说是开闸放水。《新青年》的文学革命主张，系破堤放水。北洋政府的训令，在当时的政局之下往往是令而不行。开闸放水，流量难免有限。《新青年》破堤放水，正补开闸放水之不足。

但破堤后难免不好控制，于是出现了以钱玄同为代表的"过头话"。钱在日本留学时系强烈的国粹主义者，乃章太炎的嫡传。对训诂、音韵均有专攻，沉迷于经学，在章门执经侍坐时，兴奋起来就不停地移动座位（日本房屋席地而坐），"爬来爬去"，被鲁迅称之为"爬翁"。民国造肇，钱玄同主张"还我旧衣冠"，穿上了自制的汉服——玄冠博带。上班时引得同事们哄堂大笑，钱昂然自若，颇有名士、高士之风。

钱玄同往往语出惊人、语出骇人。辛亥革命后的政局使之迅速由信古、崇古转化为疑古、蔑古、非圣、逆伦，主张烧毁线装书，同时还要废孔学、废道教、废姓氏、废汉字。鲁迅也有同感，深信汉字不灭，中国必亡，认为中国不如改用德文，若办不到，也要在汉字中多羼入外文字句。钱玄同、鲁迅、周作人在日本时均出于章太炎门下，所以钱玄同是周宅的常客。他有一句吓人的话："人到四十岁就该死，不死也该绑赴天桥枪毙。"后与鲁迅失和，声称"我不认识姓鲁的"。钱步入四十岁时，鲁迅对他也有"为何不自杀"之诘。

黄侃总呼钱玄同为"二疯"，罗家伦认为他"精神恍惚"。其实"疯"和"激"都是逼出来的一时冲动，理静之后，所言所行令人肃然起敬：

> 三纲者，三条麻绳也，缠在我们头上，祖缠父，父缠子，子缠孙，一代代缠下去，缠了两千年。新文化运动起，大呼"解放！"解放这头上缠的三条麻绳！我们以后绝对不许再把这三条麻绳缠在孩子们的头上！可是我们自己头上的麻绳不要解下来，至少新文化运动者不要解下来，再至少我自己就永远不会解下来。为什么呢？我若解下来，反对新文化维持旧礼教的人，就要说我们之所以大呼解放，为的是自私自利，如果借着提倡新文化运动来自私自立，新文化还有什么信用？还有什么效力？还有什么价值？所以我拼着牺牲，只救青年，只救孩子！

钱玄同极力反对包办婚姻，主张自由恋爱。但他自己恪守夫妻伦理，与由兄长包办的妻子关系非常和谐。妻子生病多年，钱关心体贴，照顾周到。有人以他妻子身体不好，家境又允许为由劝他纳妾，他严词拒绝，说：《新青年》主张一夫一妻，岂有自己打自己嘴巴之理？"旧社会文人嫖娼类同家常便饭，但钱从不嫖娼，说："如此便对不起学生。"北师大同仁黎锦熙评论钱玄同时说："钱先生自己一生在纲常名教中，可真算得一个'完人'。"

这个"完人"的信念是"我不留在地狱之中，谁留在地狱之中"。释家有"地狱不空，誓不成佛"说，共产主义者有最后解放自己说。蔡元培出任北大校长时有言："我不下地狱，谁下地狱。"下地狱系勇气；留在地狱之中要坚韧、坚忍、坚挺、坚信，所信者何？钱玄同不是菩萨，也不是共产主义者，能让他留在地狱之中的是一颗真诚、赤诚的心——良知、良能、良心。

最后所需补充的是，钱老大（钱洵）给钱老二（玄同）安排的这个家，并非黎锦熙所言"非常和谐"。而是有家不想回，所以钱玄同常居孔德学校的办公室里。好串门，常到周家与"大先生""二先生"长谈，谈到半夜也就留宿周家。还闹过"半夜呼救"，一宅皆惊。钱玄同在周宅高呼"启明（周作人）救我"，后来发现是青蛙上了床，钱却以为闹鬼。

"七七事变"后，钱玄同因病未能同北师大迁往西北，至书同人明志："放心好了，钱玄同是不会当汉奸的。"钱和周作人是好友，鲁迅搬出了八道湾后，钱玄同还是周家的常客，"七七事变"后，钱周走上不同的路。

《钱玄同日记》整理本已由北京大学出版社出版。所记起于1905年12月9日赴日留学之初，终于1939年1月14日，距谢世仅三天。日记有两种：一种是写给自己的；一种是写给别人的。《胡适日记》有后者之嫌；《钱玄同日记》显然属于前者。向世人呈现了一个未经包裹的"自我"，赤条条地揭示了自己。

北大教授参加了五四游行者见诸文载的有三人，即白雄远、胡适、钱玄同。白系北大体育部主任，受蔡元培之嘱"保护学生，如遇非常，设法将学生带回学校"。故和学生一同由沙滩红楼出发。胡系到上海接杜威在街头和游行队伍相遇，即随队前行了。钱系在北师大学生队伍旁，一直随行，三位教授以不同的形式参加了五四的游行。

五四之后，《新青年》的同仁分别向政治和学术两极分化。陈独秀、李大钊成为职业革命家。在新文化运动中钱玄同最偏激，陈独秀也不得不出面声明："这种用石头压驼背的医法，本志同人多半是不大赞成的。"钱之偏激，系愤所激。易愤易激，真使之然，诚使之然。钱虽潜心学术，但不忘初衷，坚持新文化运动的精神，认为"赛先生绝不是西人所私有，的的确确是全世界人类所公有之物"。用毕生之精力从事"国语统一"和"汉字改革"。1925 年 9 月，钱玄同、刘半农、赵元任、黎锦熙等组织"数人会"，其研究成果《国语罗马字拼音法式》于 1926 年 11 月公布，成为 50 年代推行的《汉语拼音方案》的始基。1935 年钱玄同任教育部国语推行委员会常委，他所提出的简体字方案得到通过。但未及推行，全面抗战爆发。但开启了汉字简化的先声，学术成果往往不显当时，却重在后世。

在新文化运动中钱玄同最激烈，钱玄同也最高尚。最激烈容易，最高尚难；这也是"给我上""跟我上"之别。给我上的人"押阵"；跟我上的人"冲锋"。"给我上"的人让别人献身；"跟我上"的人自己献身。

清点孔家店

袁世凯镇压了"二次革命"后，又取缔了国民党，解散了国会。然后紧锣密鼓地展开了帝制活动，帝制的先驱之举是祭天、祭孔，提倡读经，组织孔教会。孔教会的活动引起知识界的不满，守旧如辜鸿铭者亦作新诗："监生祀孔子，孔子吓一跳。孔会祀孔子，孔子要上吊。"

袁世凯复辟帝制的行为，给钱玄同以极大的刺激。钱玄同认为孔氏之道断不适用于 20 世纪的共和时代，因此提出废孔学的主张。两千多年以来，孔家店的货架上确实是乱了套，塞上了许多"私货""假货"，以大宗而言，董仲舒塞上一批，朱熹塞上一批。历朝历代的最高统治者，根据自己的需要也会塞上一批。例而言之"外儒内法""外儒内道""王霸杂之"，不可"纯用儒术"。也就是说"挂羊头卖狗肉"，孔家店的货架上，充斥着"冒牌货"，真货却不多。新文化运动中，易白沙发表《孔子评议》后，陈独秀撰写了《宪法与孔教》《孔子之道与现代生活》《再论孔子问题》等一系列文章。其实，上起汉晋的王充、嵇康，下至明代的王守仁、李卓吾，均有"非孔"之说。孔子也确有"可非"之处，后儒更有"可非"之处。对孔家点进行清点，当时的"新青年诸君子"确实是"无暇"。无暇清点的原因是正忙于清扫，也就是所谓的

"打倒"。

孔子认为人生的道路系"修身、齐家、治国、平天下"。"儒者"不会"造反"，治国、平天下也是以"王师帝佐"的身份。孔子周游列国是"求仕"，所求乃"大用"——实现自己的政治主张，孟子亦然。孔子承袭了西周以来"敬天保民"的思想；孟子把"敬天保民"思想发展成"民贵君轻"说，而且提出了"诛一夫（暴君）"有理论。这种思想殊为难能可贵。所惜者，后儒难继焉。后儒"难继"，也是最高统者认为"不可承"。朱元璋把《孟子》删为《孟子节文》，就是这个道理。

荀子生活在战国后期，政治上兼并图存，学术上百家争鸣已是"一局残棋"，快要收场了。孔子、孟子的学说尚且被"人主"视为"迂远而阔于事情"，也就是说无济于兼并图存的燃眉之急。"人主"所需的不是"为民立基"之说，而是"立竿见影"的强君、强国、强军之术。荀子在这种大趋势下，如果再发"迂论"，也就不必去周游列国了。故对儒家的传统观点进行了一系列的修正，使之顺应时代的潮流。在最高统治者听来，"法后王"比"法先王"要入耳，因为法后王是给自己唱赞歌，"性恶"比"性善"更中听，因为性恶是实行"法治"的依据。

韩非是荀子的学生，青出于蓝胜于蓝。为了进一步适应最高统治者的需求，韩非抛弃"儒冠"，向最高统治者奉上了法、术、势的"人君南面之术"。人君的"南面之术"又启发了人臣的"北面之术"，故中国封建社会里的人君多系儒表法里的"谋夫"；中国封建社会里的人臣也不乏儒表法里的"佞臣"。有其君必有其臣是正常现象。人君需要以儒家学说为育民、牧民、畜民的"宣传教育大纲"；人臣也需要以儒家学说为媚君、诌君、祸君的"宣传奉上大纲"。挂羊头卖狗肉，是中国封建社会里人君、人臣的共同方法论。

秦始皇以焚书坑儒的流血方式结束了百家争鸣的局面。但给知识分子指出了唯一的出路——"有愿学者以吏为师"。也就是说只能学习、宣讲秦王朝的政策和法令。"焚书"之后"挟书"即犯法；"坑儒"之后非律即伏诛。

汉武帝接受了董仲舒的建议，"罢黜百家，独尊儒术"。凡不在"六艺之科孔子之言者，皆绝其道勿使并进"。儒学被定为一尊，百家"皆绝其道"。秦始皇"坑儒"，百家跟着遭殃；汉武帝尊儒，百家又跟着遭殃。这绝不是历史的巧合，而是历史的必然。因为最高统治者坑儒、尊儒的目的均是为了统一思想；坑儒、尊儒均是手段。

但这说明了一个问题，即儒家学说在我国思想界居于主导地位。把先秦的百家争鸣总括一下，可以归纳为儒墨之争、儒道之争、儒法之争、儒农之争……儒家虽不受列国之主的垂青，但在社会上却颇有影响，在百家之中总领风骚，执"论坛"之牛耳。故此，孔子、孟子虽得不到大用，但也受到列国之君的礼敬。

秦汉统一之后，秦始皇"坑儒"时，诸子百家难以"犹存"；汉武帝"尊儒"时，诸子百家亦难以"并进"。诸子百家与儒家的关系之微妙，实难概之以一言。但可以说"坑儒"诸子百家衰；"尊儒"诸子百家亦衰。因为"牧羊者"只要控制了"带头羊"，就可以达到控制"羊群"的目的。而强大、统一、集权的王朝，是完全有能力控制"带头羊"的。控制之道可"坑"可"尊"，最高明的还是开个孔家店——挂羊头卖狗肉。

儒学被独尊后，不但百家被罢黜，而且自身的发展也陷入停滞，战国时期儒家外有百家相争，内有荀孟两派之争；西汉初期外有黄老之治相竞，内有今古文经之争，儒学处于不断发展之中。被定于一尊之后，儒学的统治地位一直没有遇到挑战，所以自身也就得不到发展。宋以后产生了程朱理学与陆王心学之争，所争只是客观唯心主义与主观唯心主义两者之间的争论，是一种扭曲的延伸，其结果只是进一步磨灭了儒家务实和用世的积极精神，使儒学完全沦为最高统治者禁锢士人思想的工具。所以理学是元、明、清三朝造基之君——忽必烈、朱元璋、康熙的宠儿。理学的核心是"存天理灭人欲"。"天理"在政治上也就是代表统治阶级最高利益的"纲常之道"——君为臣纲、父为子纲、夫为妻纲。"人欲"是人之所追求。由"食、色性也"，到平等、自由、博爱。心学只要不向异端发展，也不失为救世之良方。因为在理学和现实根本无法契合的情况下，只有求诸心学——"求诸吾心了"。"心外无物""心外无理"之说，是对理学解释不了的社会现实进行补充。

孔家店挂羊头卖狗肉，货架上的私货、假货充斥了两千多年。打扫孔家店"宜也"，是应该对孔家店"清点""盘货"了。从历史上看"秀才不造反"，刘、项从来不读书。可是步入 20 世纪后，不但秀才造反，翰林也造反了。蔡元培揣着手枪炸弹造反了，周介仁率领绥远的驻防军造反了，谭延闿在长沙造反了……

"打扫"也好，打倒也好，对孔家店盘货、清点确实是件难事，因为孔家店也不断地"进货"，还有人"送货"。新货、旧货并存，有的储在库里，有的码放在货架上，要一笔笔查清，还得下些实功夫、真功夫，光喊口号不成。究孔家店之实，春秋战国时期系"民办"，秦统一后被"封店"，汉惠帝废"挟书令"，孔家店又恢复营业，依旧是"民办"。汉武帝接受董仲舒的建议兴太学于长安后，大大小小的孔家店均被"接管"，由中央到地方"一体官办"。

春秋战国时期百家争鸣，是由于诸国并立，各有各的"建国大纲"。人主可择士，士亦可择人主。士的趋附，人主不得不给予重视。"得士得国；失士失国"。能不畏乎！故政见同，则"大用"；不同，亦"礼敬"之。兼并图存的战争发展成统一九州的战争后，以兵、民两元社会立国的西秦，凭力耕、力战之道异军突起，实行了"武力统一"。经济、文化最发达的东齐，所遗也就是"田横五百士"了。

七雄并立之时，秦曾称"西帝"，齐曾称"东帝"，两帝所执大异。秦尚首功、重力耕；齐尚礼乐（文化）重工商。齐养士、尊士；秦用士、诛士。齐执王天下说；秦执霸天下说。从文化上来讲，秦的统一实系落后打败了先进。这也无足为怪，在冷兵器时代是"正常现象"。

秦统一后短命，区区十余年耳；汉承秦制却长祚，享国四百余年。岂不怪哉！怪哉！秦始皇"坑儒"，是把战国时期所遗之士慑住了、镇住了。但头脑仍然清醒着——伺机而动，待风云之变以逞其志。汉武帝是"杀人"不见血，用包着橡皮的软棍子打成"内伤"——打坏了最活跃的一根中枢神经。蒸汽机推动的铁甲战舰逆风、逆潮而进；后装线膛炮的隆隆振响，才让麻木了两千多年的士人开始苏醒，重新肩负起天下的兴亡。

具体而言，"孔家店"改由最高统治者经营之后，利用专利权开设了不同层次的"分店"。由中央的太学、国子学、国子监，到地方的各级官学，统一了教材、统一了课程。村中的塾学，也没有忘记"关照"，教书先生得"复其身"——免除力役。但"复其身"要经过"审核"——言行要"合矩中规"。

"合矩中规"的核心是"照本宣课"，照着董仲舒的"天人感应"讲，由春秋战国时期"天何言哉"的"自然天"，倒退到殷商时期的"意志天"。对理学的"存天理灭人欲"说，要大讲特讲，三纲五常说要大讲特讲；对心学的"灭心中贼"要大讲特讲，对八股文的模式，更要大讲特讲。直讲得"天下读书人都从一个模子中刻出来"，才是"合矩中规"。

由战国至盛唐，是中国封建社会的上升时期，开元盛世系巅峰。上升时期的指导思想主体上系孔孟、儒学。两宋时理学兴起，两宋经济最发达，军力最弱腐。何使之然也？能滋生理学的土壤使之然也。理学历经元、明、清三大统一王朝，系中国封建社会后期的"指导思想"。指导思想不是施政大纲，而是"宣教大纲"。在理学充斥之中，封建社会畸形地延续了下来。

如果把儒家学说视为一个完整、连续的体系，前期系孔孟的经世致用之学，以"仁"为核心；后期乃程朱理学，以"存天理灭人欲"为核心。后者只能视为前者的扭曲延伸、畸形发展。

康熙大谈性理，程朱之学兴盛一时。但清廷恩宠的理学家只是"空谈迂论"，并不"先知笃行"。理学名臣和陋儒、腐儒几成同义语。理学家又被时人称为"道学先生"——道貌岸然。其言越高，其行越卑。理学家的著述"十车难载"，仅康熙宠臣张伯行所撰述刊刻的理学"名著"，就有百种之多。"置于书肆，无人问津；送（捐）于官学，盈于几案"。"道学先生"臭不可闻，在《红楼梦》《新新外史》等小说中，皆予抨击。琉璃厂书肆不敢进"理学专著"，怕卖不出去赔了血本。对当代名臣的名著则"代销"，放在货架上以示有"大门槛"。

在雍正朝出了"吕留良案"，吕系以气节自许的理学家，不与清廷合作。

在著书、讲学中抱着"华戎之辨""夷夏大防"的传统观念不放，其门人有反清活动，清廷制造了血腥的文字狱，株连甚广旁及无辜。乾隆认识到理学是"双刃剑"，而且"道学先生"已失去了影响，没有什么利用的价值了。所以理学失宠了，传人甚希。

理学系"双刃剑"，心学更是"双刃剑"，而且极易剑走偏锋。"诛心中贼"固可大用，"万物皆出于心，心外无物、心外无理"之说则实难掌控。如果心中充斥着愤懑，燃烧着怒火，岂不是"造反有理"了吗？故对陆九渊、王守仁之说，亦以异端视之。只奉程朱为正统，不但科举考试以"朱注"为准则，不许越雷池半步，就连村塾的启蒙，也要以朱子之学为教材。

儒学的传统中有"华戎之辨""夷夏大防"之说，心学会导致"造反有理"。故乾隆大兴"汉学"，汉学也就是考据学，因推崇汉儒郑玄、许慎朴实的治学之风，又称之为"朴学"。大修《四库全书》的过程中，把当代知识精英引入故纸堆中。秦始皇焚书，乾隆修书，在大修天下之书的过程中，大毁天下之书。《四库全书》共计有"七万九千零七十卷"，但修书的过程禁毁的禁书共计有七十一万卷之多，相当于《四库全书》所收的十倍，称之为"盛世书劫"，实不为过。

焚书、修书均系手段，目的只有一个——统一思想。为了统一思想，发起了血腥的文字狱；为了统一思想，大修《四库全书》。凡收入《四库全书》的著作，均经"钦定"，不会有"异端"。所以乾隆开放江南七阁，供士子查阅、抄录。江南七阁，已具有公共图书馆的性质。但地方官抱着多一事不如少一事的当官之道，开放的尺度有限，故又起不到公共图书馆的作用。

在大修《四库全书》的过程中，形成了乾嘉学派。乾嘉之学始于惠栋，发展于戴震，知名学者前后共有六十余人。乾嘉考据学的治学方法是科学的，科学的方法促进了学术的发展。"尽信书则不如无书"的观点，可以说是从另一个侧面喊出了解放思想的呼声，其代表人物首推崔述、戴震。

崔述提出的"尽信书则不如无书"的观点，遵"文以载道"之说，书更是"先圣"的载体，崔述无疑是在向道统挑战。理论可以指导实践，理论亦来源于实践。严谨的治学过程中，必然归纳总结出科学的理论，科学的理论再进一步指导实践，这就是由物质到精神再由精神到物质的辩证法。

对书中内容的质疑、考辨，必然导致对书中理论体系的质疑，甚至否定。严谨的治学（实践）必然产生科学的治学方法。科学的治学方法，必然会上升为新的理论体系。士人、学人被文字狱逼进了象牙之塔，但在象牙之塔上又开始了新的觉醒。"尽信书则不如无书"，实系古史辨派的先驱，由"信古"到"疑古"乃历史性的飞跃。

戴震是《四库全书》的纂修官，但承认自己是"情欲"中的人。认为"无欲则无为"，"理"应该是多数人的"人情"。在《孟子字义疏证·卷下》中明确指出，古人言理，是从人的情欲上去探求，使人的情欲没有丝毫的缺憾。这就是理。今人言理，却离开人的情欲去探求，使人对情欲忍而不顾，以为这就是理。由于两种对理欲不同的态度和观点，就产生了两种不同的态度和观点。产生了两种不同的效果，前者是以符合众人的情欲为真理；后者则相反，其结果是尽使天下之人转而为欺伪之人，而祸患也就无穷尽了。此说精辟地阐明了天理和人欲之间的关系，也揭示了"存天理去人欲"之说造成了"二重人格"的遗祸。

戴震进一步指出，"以理杀人"比"以法杀人"更残酷。"尊者以理责卑，长者以理责幼，贵者以理责贱，虽失谓之顺。卑者、贱者以理争之，虽得谓之逆。于是……在下之罪，人人不胜指数。人死于法，犹有怜之者，死于理，其谁怜之。"戴震不但把理和欲统一为多数人的情，而且认识到，封建社会的"理"，是"下"对"上"的片面义务。这不能不说是考据学家的科学治学方法，反作用于认识论的结果，考据（实践）中为辩证方法上升为理论中的辩证思想后，一连问几个为什么，就开始朦胧地觉醒了。再问几个为什么之后，就要奔走呐喊了。

戴震乃"打扫孔家店"的先驱，要把"存天理灭人欲"之说，从孔家店的货架上搬下去。

"打扫孔家店""打倒孔家店"均已成了历史，给孔家店清清货，也是件难事。老掌柜时，货就复杂，就有不少应时之货、应需之货。三纲五常，为尊者隐、为长者隐，礼序之道，中庸之道也放在货架上，杂而陈之。中庸之道是不偏激，礼序之道是不造反，这能有效带动时之精英不偏激、不造反。春秋战国时期的"人主"当然会"礼敬"，但所言"迂阔"，不可"大用"。

汉武帝独尊儒术，但所谓的"大用"也就是"狗肉案子上的羊头"，挂上羊头好卖狗肉。汉成帝有言："汉家自有天下，王霸杂之，奈何纯用儒术，乱吾家天下者，必太子也。"王系王道，也就是儒家；霸系霸道，也就是法家。"杂之"就是"儒表法里"。

"存天理灭人欲"和"三纲五常"之道，毋庸讳言，有着内在的联系。"民本思想"其实就是"农本思想"让农民和土地结合起来形成生产力。故秦汉以后实行过占田制、课田制、均田制。唐代的"均田制"行之最广，出现了开元盛世。唐以后的政治经济形势不可能再"均田"，儒家的"百亩之田""五亩之宅""制民恒产"说，只能是不充饥的"画饼"。没实的就来虚的，让在下者"存天理灭人欲"，灭心中贼进行无私的奉献。

综上所述，孔家店的货架上百货充斥，有自产自销的货、有经销的货、有代销的货、有倾销的货、有脱销的货。进货渠道有趸的、有批的、有收的、有送的、有包的、有存的。盘点起来难、清点起来更难；畅销、滞销因时、因势而变。"打扫孔家店"尚且难，"打倒孔家店"也就是虚语了。到孔家店查账的有不少，也只是查查而已，查不出什么名堂。至多是"整顿"，不会"封店"。原因很简单，孔家店在中国营业了两千多年，是公认的"老字号"。有基础、有影响，下层不但"认可""认货"，而且尊敬、遵从。最高统治者有因时、因势的需求，可以给孔家店"送货上门"，孔家店从不"拒收"，而且放在最显目的货架之上，按"时货""快货"进行推销。

孔家店不但改朝换代可以照常营业，"中原易主"——游牧民族的皇帝成了"九州共主"后，至多是"加强监管"。但很快就认识到，这是多余的。孔家店对新旧"主顾"均一视"同仁"，"吕留良"是少中又少，稀中又稀。不知大趋、不合时宜。他"想不开"；雍正、乾隆更"心眼小"。闹出了血案后，连道学先生也跟着"吃了挂落儿"。

于爱新觉罗氏而言，对理学、心学"不放心"。诚然，任何思想体系，在面对现实的过程中，均会"发展"也会"回归"。"发展""回归"就会失控。最好的方法是"无学"——不治学、不讲学、不传学，也就是说，"什么都不要思考"，不要究之、审之，更不要联系现实。于是用文字狱的血，把精英们逼进象牙之塔去躲避现实，但在考据的过程中，科学的治学方法自然会上升为思想体系，在象牙之塔上喊出了时代的最强音。

正当爱新觉罗氏在意识形态领域中无学可用之时，蒸汽机推动的铁甲战舰闯进了中华门。只知重复着"天不变，道亦不变，祖宗成法不可变"的清廷权贵们，面对着"变"既无奈又苍白。只能承认"中学为体西学为用"。"用"系双刃剑，可保卫体，也可刺向体。保卫是希冀，刺向系必然。

张之洞提出了"中学为体，西学为用"。于"体"而言他是"两榜进士"出身，曾执清流党之牛耳。于"用"而言他修筑了京汉铁路，开了萍乡煤矿、大冶铁矿；建了时人称为亚洲之最的汉阳铁厂；又建了汉阳兵工厂，生产出了"中国第一枪"的"汉阳造"，该枪共生产了一百多万支，系中国陆军的制式武器；开办诸多的新式企业；创办了时务学堂，系武汉大学的前身；编练了新式陆军——自强军。在洋务派封建大吏中，张之洞是办实事的翘楚，在"抚鄂"的十八年中，所创所办的"西用"，客观上为武昌首义准备了条件。

如果说"引物"，得看"物操谁手"。清廷的新政所引系制度、法律。仅以资政院而言，钦定议员占51%，民选议员占49%。也就是说资政院之用在于卫大清之体。但资政院确确实实地帮了倒忙，通过了查办奕劻（庆亲王）案、废除军机处案……弄得摄政王载沣焦头烂额，搬起石头砸了自己的脚。

"废科举、办学堂"，爱新觉罗氏的目的也是"引为用"。此举对中国人说实为幸事，但对清廷来说，实为致命一击。科举、朱注、八股为一体，是意识形态领域中最后一道防线。这条防线早晚守不住，清廷在"失守"前"弃守"了。林琴南七试、严复四试。科场失利，严复译《天演论》，敲响了"天不变、道亦不变"的丧钟；林琴南译小说，客观上为西学的传播修桥铺路，扩大了影响。在废弃科举之前，每逢乡试、会试，京师大学堂就出现"空堂"，学生们都"应试"去了，总监督张亨嘉出告示，"亦不能止"。学生们"脚踏两只船"，重心还在"举业"之上。张之洞、袁世凯均认识到"科举不废，学堂不兴"。

兵家有云："攻其所不能守；守其所不能攻。""其所能攻不守；其所能守不攻。"看来爱新觉罗氏有"知兵"的基因，能在"失守"前"弃守"，就是"其所能攻不守"。武昌首义后全国响应，各省代表聚于南京成立了中华民国临时政府。见大势已去，未等到"首都革命，一夜鼎革"即宣布退位，这也是"其所能攻不守"，系明智之举。只是明智得太晚了，明智的意义也就不大。城下之盟可叹，城破之盟焉叹？

伦理革命

新文化运动中的"打扫孔家店""打倒孔家店"，所指系集中在货架上的"吃人的礼教"，礼教中最吃人的是婚姻，故有妇女解放之说。其实，早在辛亥革命之前，秋瑾、傅文幼、沈佩贞、尹锐志、尹维峻等妇女界人士，就提出过这个问题，并办过《中国女报》等出版物。辛亥革命中组织过女子北伐队，"戎装步枪"，在世人面前亮了相，也组织过女子铁血暗杀团，由天津租界潜入北京，吓得"八旗权贵""北洋新贵"杯弓蛇影、"谈女色变"。在国民党的成立大会上，因党章未写上男女平权等条款，女士们和宋教仁发生了激烈的争论，几乎要诉诸武力。孙中山多方解释后女士们以大局为重，党章才得以进入表决程序（党章过于激进，不利于在国会中获得多数，故许多问题上，均退了一步，实系以退为进之策略）。只不过是"俱往矣"，新文化中对妇女的解放有两个亮点一是"进德会"的首条是不纳妾、不嫖娼；二是女生进入了北京大学。这两个亮点均由后章涉及，本节仅从蔡元培、鲁迅、胡适、陈独秀等人的家庭婚姻为切入，对这个问题进行探讨。

对封建家庭进行抨击，首先发难的是傅斯年、吴虞。傅在《新潮》首刊上发表文章，认为家庭系万恶，要革命。吴虞以自身的经历，提出"非孝""非礼"说，发表了《家族制度为专制主义之根概论》《道家法家均反对旧道德说》等文章。以道家、法家之矛攻儒家之盾，引《道德经》"六亲不和，有孝慈；国家昏乱，有忠臣"而批曰："六亲苟和，孝慈无用，推而论之，国家强盛时就没有忠臣。"

吴虞僻在成都，因与父亲闹翻了，被逐出家门。后诉诸法律"解决"，虽打赢了官司获得了财产，但为舆论所不容，投到《新青年》旗下。胡适称赞他是"四川只手打孔家店的老英雄"。但"老英雄"面对女儿时，家庭专制主义又从骨子里爆发出来。钱玄同斥他没有身体力行自己的反儒主张，不过是孔家店里的"老伙计"。也就是说，为了自己的解放，要革父亲的命。对女儿，又要承父亲的衣钵。

钱玄同是"完人"。为了解放别人，自己留在了"地狱"之中。

蔡元培也是完人，1900年6月，蔡元培夫人王昭病逝。科举时代有"五十少进士"之说，32岁的"翰林公"，实系时下的钻石王老五。故很多人关心蔡的婚事，为之做媒。询所求，则曰有五项："女子须不缠足者；须识字者；男子不娶妾；男死后，女子可改嫁；夫妻若不合，可离婚。"斯时，不但皇上在位，而且科举未废。"翰林公"所言，实属离经叛道，惊世骇俗。因此颇受非议，遭口诛笔伐。蔡不言不辩，我行我素。不予理睬，系最好的回答。

一年后，有人给他介绍了江西黄仲玉女士。此女天足、知书识字、工书画，孝顺父母，符合蔡的要求，故很快就订婚。行婚礼那天，出人意料地挂出了大书"孔子"二字的红幛子。蔡元培还别出心裁地进行了结婚演说，以之代替"闹洞房"。斥闹洞房为陋俗，不可取，应废之。

悬挂有"孔子"二字的红幛子，有两说：一是蔡元培自己挂的意在"调侃"；二是送幛子的人给挂上的，意在告诉"翰林公"勿忘孔子。孔子认为"唯女子与小人难养也，近之则不恭，远之则怨"。孔子休妻，休妻的原因是回家时"妻子正乘凉，没有站起来迎接、行礼"。故孔家宗谱上无女儿之名。如果此时孔夫子在天有知，一定会很尴尬。蔡元培所行系大道、正道、直道——夫妻共同解放。女方不符合要求，不娶；婚后女方不满意，离婚。对等、平等，谁都不当婚姻的牺牲品。

鲁迅和蔡元培是同乡，蔡也是鲁的"恩上"，没有蔡元培，也就没有鲁迅，系诚诚然、确确然。无蔡，鲁迅不可能到教育部，不可能进北大执教席，不可能在上海当"自由撰稿人"（蔡给鲁迅每月300元"干薪"）。

中学语文课本对鲁迅的介绍是文学家、思想家、革命家。鲁迅影响之大，时至今日莫有能及者，其拒绝诺贝尔文学奖提名之举（现已得到诺奖委员会的证实）可谓有骨气、有性格，实非"常人"。

鲁迅夫人朱安，系富家女，长鲁迅数岁。在留日其间，鲁迅奉母命归国与朱安完婚，婚后三日，鲁迅即返日本。从传统上来说，朱安系明媒正娶，坐着四抬婚轿进的周家，拜堂成亲后入了洞房。有完整的婚娶程序，一切中规合矩。

但这是一桩包办婚姻，鲁迅遵了母命，也就是尽了孝道，对朱安的态度是："这是母亲送给我的礼物，我只能好好供养她，爱情是我所不知道的。"将人视为礼物，在20世纪的知识界中听起来颇不顺耳。鲁迅称朱安为妇、内子，仅为名义上的夫妻。周家的常客多有看法，也有建议。最合于天理、人情的是"让她有个孩子"，"过继、收养均可"。于过继而言，二先生（周作人）、三先生（周建人）均有孩子；于收养而言，更是简而易行。好心常客的建议能落实，对朱安来说是"万幸致哉"！

1923年7月19日，周作人突然把一封绝交信交给鲁迅，信上说：

鲁迅先生：

我昨日才知道，但过去的事不必再谈了。我不是基督徒，却幸而尚能担受得起，也不想责难，大家都是可怜的人。我以前的蔷薇的梦都是虚幻，现在所见的或者才是真的人生。我想订正我的思想重新入新的生活。以后请不要再到后边院子里来，没有别的话。愿你安心，自重。

七月十八日
作人

朱安跟着鲁迅搬出了八道湾的"周家大院"，住入西四砖塔胡同，后又移居阜成门内宫门口，即今鲁迅故居。1926年鲁迅南下，开始了新的生活。朱安一直守着小院侍奉婆婆。鲁迅在上海病逝后，朱安执意奔丧。此举当然是"不果"了，如若前往，只能是尴尬中的尴尬。"不果"是最佳的安排。

胡适的婚姻也是遵母命，尽孝道。如果说鲁迅应对母命拒之，也有能力对母亲拒之；胡适更是应对母命拒之，也更有能力对母命拒之。可鲁迅、胡适对母命皆顺之。两位大文学家、大思想家途殊、归殊。但对母命均是顺之，所异者，朱安和江冬秀的性格不同，鲁迅和胡适的性格也不同。鲁迅开始了新的生活；胡适一度也南下杭州，也要开始新的生活。江冬秀是个女强人，有霸气，声称要带着两个儿子到北大"抹脖子上吊"，胡适知难而退。

1938年，胡适出任驻美大使，"小脚夫人"随行。大才子、大学者携"小脚夫人"出现在社交场合，时人戏言："胡适大名垂宇宙，夫人小脚也随之。"胡适好饮酒，常过量，40岁生日时江冬秀送他一枚戒指，上镌"止酒"二字。再遇劝酒时，胡便把手指一抬，说："太太的命令，止酒！"

胡适晚年，创作了一首《新三从四德诗》："太太出门要跟从，太太命令要服从，太太说话要盲从；太太化妆要等得，太太生日要记得，太太打骂要忍得，太太花钱要舍得。"虽系游戏之作，亦反映出大才子和小脚太太"磨砖"已经"对缝"。

论及北大诸公，蔡元培所执系"我不下地狱谁下地狱"？钱玄同所执系"我不留在地狱之中谁留在地狱之中"？故蔡、钱皆有"完人"之誉，钱甚至有"圣人"之赞。等而下之的亦有"好人""超人"……之归。"大千世界，大象无形；红尘之中，皆系众生"。完人、圣人、好人、超人，我佛有云"皆是业耳"。

孔家店之真货，"食色，性也"。故黄侃、刘文典好美食，有口腹之累，亦留口腹之饥；徐志摩系情种，情归何处？"蓝天白云""大景无象"。性本真，即天理。孔家的货架上充斥着"存天理灭人欲"时，孔家店已易主，盘给了"朱家店"。朱家店的店主系"当今皇上"，朱熹，区区掌柜耳，站在柜台上，不过是个幌子。

新旧两军

新文化运动中的新旧两军，系后人"排兵点将"。新军有陈独秀、钱玄同、胡适、刘半农、李大钊、鲁迅、沈尹默、高一涵、周作人、易白沙、吴虞……旧军有辜鸿铭、刘师培、陈汉章、黄侃、梁漱溟、马叙伦、林琴南、林损……

溯新旧两军，新军系"海归"编组而成。留学日本者称之为"镀铁"；留学欧美者称之为"镀金"。留日者不乏革命党人，有留学的经历，大多没有文凭。滞留日本期间或从事革命活动，或在章太炎门下立雪受教，或两者兼之。胡适一人系留美硕士，刘半农此时尚未赴法留学。

章太炎是"老革命"，又是国学大师，影响之大，在民国初年无人能及。门生遍天下，许多不同观点的人皆出其门。例而言之，新派的"钱疯子"，旧派的"黄疯子"，均是"太炎师"的得意弟子。傅斯年、顾颉刚等"小将"则系"小门生"——门生的门生。京师大学堂时期，执文科教席者多系桐城派。严复掌北京大学不过半年，他是个留英的老"海归"，但国学溯源亦属桐城。

何燏时、胡仁源皆系留日"海归"。掌北大之时，章门子弟大得其时。林琴南系"桐城文章"的殿军，此时只得离开北大去教中学，林的态度一向是"惹不起还躲不起吗"?! 北大新旧之争的第一个回合，系"桐城败北"。第二个回合乃《新青年》树旗播鼓，陈独秀拖来 24 升之巨炮，向"旧世界宣战"。但旧军并未列队"迎敌"；新军只能由钱玄同、刘半农演了出双簧，骂倒了"王敬轩"，揪出来了一个林琴南。

旧军为何不列队迎敌的原因很简单，在第一个回合中，已经败北，被逐出了北大。第二个回合自然也就难组军、难成军。蔡元培任教育总长之时，不但颇办了些实事，而且颇行了些新政，首先是接受了蒋维乔的建议："前清之奏定学堂章程（张之洞主持下所制定）合乎帝制，不适于共和。今值变革，各省学校，无所适从。唯有先颁通令，对旧制之抵触国体者去之，不抵触者暂仍之。"根据这个原则，决定民国教育制度。在法规上，"去尊孔"，在学校中"废祀孔"，在课程中删经学。并制订了十四条通令，向全国颁行，其中明确规定，"小学读经科（课）一律废止"。

1912年9月2日，教育部颁布实行新的教育宗旨："注重道德教育，以实利教育，军国民教育辅之，更以美感教育完成其道德。""军民国教育"是蔡元培在辛亥革命之前就形成了的教育思想；"以美育代替宗教"是蔡元培革新北大后的教育主旨之一。这两大教育理念，在民国元年主政教育部时皆付诸了实施。后来蔡在《我在北京大学的经历》中明确指出："我素来不赞成董仲舒'罢黜百家，独尊儒术'的主张。"清代教育宗旨有"尊孔"一款，已于民国元年在教育部宣布教育方针时说它不合用了。

袁世凯为了帝制，提出了"尊孔读经"。可是帝制却把袁世凯忙得焦头烂额。在太和殿举行登基大典，都无心无力举行了。对"尊孔读经"，更是无心无力了。所能及者，也就是发一纸空文，要求中小学宜尊孔、尚孟、读经。

时任教育总长的汪大燮，为了应付一下袁世凯，命教育部的职员去祭孔，"且须跪拜"。可是总长自己不去，众皆哗然。教育部的职员有二百余人，仅去了三四十人。从鲁迅日记中来看，"或跪或立，或旁立而笑，钱念劬从旁大声而骂，顷刻间便草草了事，真一笑话。"跪者无疑是"孔家店"的老伙计，鲁迅未言自己，想必是"旁立而笑"，也没跟着钱念劬"大声而骂"。

袁世凯死后，蔡元培出任了北京大学校长。"蔡总长"的未竟之业，当然要由"蔡校长"完成。也就是说，蔡校长要重申蔡总长的主张"去尊孔、废祀孔"。蔡元培的资历，可以说是"镇场"，系老翰林、老革命、老海归、老总长，革新北大，并没有遇到太大的阻力。在人事上，其方针可以说是"容旧用新"，以成"思想自由，兼容并包"之说。从政治大环境来说，能"容旧"，才能"用新"。从北大小环境来说，"用新"是目的，"容旧"是手段；"思想自由"是目的，"兼容并包"是手段。

抨击胡适的人说，"旧学不如学生，西学不如辜鸿铭，只能肆言新学"。此说并不过分，傅斯年听了胡适的课后，认为"此人书虽看得不多，但他走的这一条路是对的"，劝同学们"不能闹"。罗家伦回忆时说："胡适初进北大时，常常提心吊胆，加倍用功，因为他发现许多学生的学问比他强。"于西学而言，胡适不如辜鸿铭系诚诚然确确然。"肆言新学"正是时之所需、北大所需，引入新的理念、新的方法，才能使北大更上一层楼。具体而言，陈汉章所言的哲学，未脱离经学。章门子弟所言的文学，未脱离汉学。不引入新学，北大也就脱离不了京师大学堂。但胡的"风骚"，也只能引领二十年代，在三十年代已系余韵，以后也就难领风骚。欧美的学成博士纷纷回国，开始在文坛上展现风采。"胡半部"难续，于是不言哲学史、不言文学史，转而在红学领域打出一片新天地，但终属一家之言。后又专注于《水经注》，未能回归于老本行。言"难再风骚"，不为之过。

旧军的实力远不及新军，辜鸿铭独树一帜，孤军奋战，可以说是无所不攻击，所以他"下课"最早。"章门"虽有实力、有影响，但分为新、旧、中，各吹各的号，各唱各的调。黄侃最"聚人聚气"，可是"五十岁以前不著书"，没有参加过对《新青年》的论战，只是在课堂上骂骂而已。对"大趋势"认识得很清楚，告诫弟子们要学好白话文。也就是说自己可为古文"殉葬"，弟子们要"新生"。

古文和白话文均是国文，国人本应一视同仁，而且两者之间并无鸿沟。于人而言，罗家伦说钱玄同说话是"满口文言"，张中行说白雄远上课时"满口文言"。可是他们写的文章都是白话文。这也无足为怪，钱系世家子弟，从小就"浸"在古文之中。白系"百年汉化"的蒙八旗，初始教育在檀营的官学之中，后入白檀书院攻习"八股"，意在科场夺魁。清廷废科举后入保定军校，毕业后留校任教官。保定军校的学生，大多是童生、秀才，废科举后只能弃文习武。虽为军校，所操语言亦难脱离文言，也就是三十年代的"文言滥调"。但钱所著的书系现代的《音韵学》，白所著的书系现代的《步兵操典》，而且均属教材，表述得要十分具体。古文乏此功效，白话文方是得力工具。也就是说，以科技为代表的著述不但要"定性"而且要"定量"，须白话文，简而明、简而确、翔实具体。

陈独秀在法庭上给自己的辩护状，洋洋数千言，"文白杂之。"文白杂之的原因是辩护状旨在定性——"我无罪"，文白杂之最易表达。于时下而言，年年祭祀黄帝、炎帝的祭文，均用文言。这并不是复古，而是文言文更易表达。一些电报、祝词用文言，更是物有其用并非"臭拽"。

至于传统的诗词，可以说是"仍在风骚"。诗坛之上，新诗不排斥旧诗。新诗、旧诗，并不是泾渭分明，各有作者、各有读者。作者往往是新旧兼之，读者亦然。

令人不解的是，高考试题中有"译古文"。古文、今文；文言文、白话文。皆是国文，国人读国文焉用"译之"。忆得恢复高考后不久，试题中有"乞猫"，标准答案系"求猫"。于当时而言，猫尚不属商品，故无买猫、卖猫之说。乞猫也就是抱只猫、要只猫，言"求只猫"实属不通。经阅卷老师力争，译成"要猫""抱猫"算是可也。无须译者硬译之，实属画蛇添足。《史记》《资治通鉴》以及唐宋八大家的文章，中学生读起来不费力气。小学水平者，也可阅读《水浒传》。《水浒传》系文言小说，把《水浒传》译成白话文，实无必要，恐怕也无人敢译。

林琴南发表文章，认为"古文不易废"。其实，古文一直有人读，只是使用者日稀，只是在一些特定的领域之中，古文仍一显身手。近来高考中出现了考生用古文答卷，此卷也未当废卷处理，不当废卷处理"宜也"。即使提倡，古文也不会大兴；不提倡，国人也不会废之。

旧学之中最旧的人当属林琴南、刘师培，此二公的特点是胆小。林领教过"章门"的利害；刘本系筹安会六君子之一，险些成为"帝制犯"，后虽免于通缉，但也是灰头土脸的，抬不起头来。林翻译过一百余部小说，其中不乏畅销书。可是不善于和出版商打交道，所以"枕着烙饼挨饿"。退出北大后，到中学执教席，枉为才子、大家。刘师培曾想卖字，被黄侃所止。卖字不失文人之雅，但刘的字怪，难入时人"法眼"。黄侃力荐刘师培于蔡元培，刘得入北大执教席。

黄侃表面上天不怕、地不怕，实际上"心里跟明镜似的"——知道大势已去。他的得意门生傅斯年，办起了《新潮》杂志。罗家伦、俞平伯、徐彦之、康白情等人集于旗下。创刊号即发表了傅斯年的文章，认为家庭是万恶之源，实可谓惊世骇俗。创刊号共发表文章21篇，有14篇出于傅斯年、罗家伦二人。最初只印了一千册，不到十天便脱销，后连续加印总销量达一万三千余册，和《新青年》相侪。胡适认为《新青年》的编辑和内容，实在相形见绌。

"胡宅行走"，出师大捷。"黄门侍郎"坐不住了，张煊、俞士镇、杨湜生、薛祥绥也办起了《国故》，请出刘师培、黄侃出任总编辑，陈汉章、马叙伦、林损、黄节、陈钟凡任特别编辑，张煊等任编辑。《国故》的消息经《公言报》报道之后，吓得刘师培赶紧登报声明："鄙人虽主大学讲席，然抱疾岁余，闭关谢客，于校中教员素鲜接洽，安有洽合之事？又《国故》月刊由文科学员发起，虽以保存国粹为宗旨，亦非与《新潮》诸杂志互相争辩也，祈查照更正，是为至荷！"

《国故》请老师"压阵"，老师却"免战高悬"。不在一个层次上，谈不上两军对垒。《国故》所言，只是整理国粹。系一堆陈旧古董、问津者稀。

北大的学生，还办了一个《国民》杂志。发起人系张国焘、高君宇、许德珩、段锡朋、易克嶷等人。聘请新闻研究会的导师、《京报》主笔邵飘萍为顾问，图书馆主任李大钊为指导老师。《国民》采用文言文，李大钊系《新青年》的中坚，《国民》请他去当指导老师，看来并未以新、旧划分，也未以后来的政治观点划分。

总之，旧军老将按，小将也"不顶劲"。可有个例外，就是法科政治系的学生张厚载。林琴南退出北大后，执教于正志中学，张系林的学生。张厚载在北大也是活跃分子，是《新申报》的通讯记者。1918年夏，张在《新青年》四卷六号上发达了《新文学及中国旧戏》一文。认为文学改良"欲速则不达"。针对钱玄同"戏子打脸（化装）之离奇，舞台设备之幼稚，无一足以动人感情"之说，提出了不同的意见，认为："戏子之打脸，皆有一定之脸谱，昆曲中分别尤精，隐喻褒贬之义，未可以'离奇'二字一概抹杀之。总之，中国戏曲，其劣点固甚多，然其本来面目，亦确自有其真精神。"

张厚载所言，在今日看来没有什么失当之处。但《新青年》在同期之上亦刊登了陈独秀、钱玄同、刘半农、胡适的批判文章，以张文为反面教材进行答辩。钱开骂，认为"脸谱"无异于"张家猪肆""李家马坊"的招幌——"猪鬃""马蹄"。陈独秀的主旨系"中国不如西洋"，中国戏剧"助长了淫杀心理"，"暴露我国人野蛮暴戾之真相"。可以说无一是处，应全盘否定。胡适所言，钱玄同认为太过于"温吞水了"。答辩又引发了钱玄同、胡适之间的争论。《新青年》五卷四号胡适为"当值编辑"，发表了张厚载的文章《我的中国旧戏观》，傅斯年、欧阳予倩、宋春舫均发表了文章，胡适则以《文学进化观念与戏剧改良》阐述了自己的观点。这期《新青年》几成戏剧改良专号。其实，早在辛亥革命之前南社的陈去病就提出了戏剧改良，并得到戏剧界的汪笑侬、熊文通、孙菊仙等人的响应。梁启超对戏剧改革也颇感兴趣，但所言都集中在内容上。溯前究后，对传统戏剧全盘否定，甚至要封闭戏院，也就是这一次。想不到的是竟是由一个本科生的一篇小文章所引起的。

林琴南本来就树大招风，张厚载又是他的学生。"王敬轩"之外，张厚载自然是"树小亦招风了"。招风且不论，张确实是"招了事"。

蔡元培的影响，比胡仁源要大得多。胡仁源于 1913 年 11 月—1916 年 12 月任北大校长。胡在任期内也办了四件实事。一是引入"章门子弟"，章太炎的学生可以说均有留日的经历，在当时来讲，也是一种资历、见识。章门之学重在考据、训诂、文字、音韵，以治学严谨见称。这种学风扎实、厚重，渐成北大文科教学、科研的主流；二是设立了评议会，为校政最高决策机关；三是抵制洪宪帝制；四是建造了沙滩红楼，也就是北大标识性的建筑。

蔡元培雷厉风行地革新了北大，对蔡不满的人就"思胡"。认为胡之政"宜也"；蔡之政"过也"。五四运动中蔡"请辞"，思胡派立即展开了"迎胡"活动。1919 年初，北大谣言四起，矛头不敢指向蔡元培，于是指向了陈独秀、胡适、钱玄同等人。应该说，这和思胡派"有关"，与林琴南"无涉"。可是张厚载"集谣言"在《新申报》上发表了两篇"半谷通讯"。汇总起来讲就是陈独秀、胡适、钱玄同、刘半农、陶孟和等人因思想过激，受政府干预而辞职。陈独秀已往天津，态度亦颇消极。胡适后来回忆说："代表了反对党心理上的愿望。"

林纾的《妖梦》，实系影射、攻击。林纾被逐出北大心怀懑郁，刘半农骂"王敬轩"，把林拉出来"陪绑"。刘系蔡破格聘用之人，在林看来，胡之政已"过之"，蔡之政系"谬之"。胸愤所积，借《妖梦》来"泄之"。中国文人行"恕道"；西方绅士讲"费厄泼赖"。林纾的《妖梦》由张厚载寄《新申报》。这时林收到蔡的亲笔信，所云系请林给赵体孟的新书品题，蔡有雅量，不计较《荆生》，林心生惭愧，急令张厚载"追回勿发"，但书稿已寄上海，为时已晚。

斯时，上海北京之间长途电话、电报早已"商业化运行"。林、张完全可以"电止之"，大概是经济上的原因，张厚载选择了代师受过向蔡元培道歉。主旨系未能追回《妖梦》的责任在我，请求蔡"大度包容，对林先生游戏笔墨，当亦不甚介意也"。

《妖梦》见报之后，林纾发表了《致蔡鹤卿书》："前云停科举、废八股、剪辫子、放天足、逐满人、整军备，中国就可以强大，现在都做到了，也没有见中国强大，于是又说要覆孔孟、铲伦常。""因童子之羸困，不求良医，乃追责其二亲之有隐瘝，逐之，而童子可以日就肥泽，有是理耶？"进而问道："所译一百二十多种外国书，凡一千二百万言，从未见有过鼓吹违忤五常之语，新学诸子的叛亲蔑伦主张，究竟是从西洋文化中学来的，还是从别的旁门左道学来的？"

《荆生》《妖梦》可置之不理。对于《致蔡鹤卿书》则必须正面回答，重申了北大"思想自由，兼容并包"的原则。同时指出，教员在校外之言也，悉听自由，本校从不过问，亦不能代为负责。并以辜鸿铭、刘师培为例，示以用人之道。并以林所译的小说中，亦有狎妓、奸通、争有妇之夫，与所讲的伦理课，"宁值一笑欤？"为反诘。

对于张厚载，则以"兄"称之："兄与林君有师生之谊，宜爱护林君。兄为本校学生，宜爱护母校……往者不可追，望此后注意。"当时习惯上称兄不称弟，称弟系示近、示亲，蔡元培当然不会称"小张同学"为弟。"望此后注意"，也就是"勿再前辙"。可是，北大评议会作出决议，对张厚载的处理系"令其退学"。张找蔡求情，蔡让张去找评议会。评议会的值年系胡适，胡又让张去找"蔡校长"。

据张厚载在 20 世纪 50 年代初回忆：全班同学替他"请愿"，教育总长傅增湘替他写了亲笔信，《新申报》为其辩白，列举两篇通讯均不构成"破坏校誉"之罪，但皆"不果"。看来北大评议会"甚有底气"，没有把徐树铮、傅增湘放在眼里，对《新申报》亦等闲视之。

张厚载已临近毕业，蔡元培给他出具了成绩证明，可转学到天津北洋大学，仍可本期毕业。但张辍学了，林纾深感不安，在报上公开道歉，承认自己骂人不对。对于张厚载也就只能说"无所戚戚于其中也"。林也挨了不少骂，钱玄同称之为"选学妖孽，桐城谬种"。鲁迅呼之为"禽男"。但骂了也就骂了，原因是"费厄泼赖应缓行"。

罗家伦回忆，有"四凶"说。即《新潮》惊动了大总统徐世昌，徐将《新潮》交给了傅增湘，傅示意蔡元培，要辞退两个教员，开除两个学生。四凶两个是《新青年》的编辑，两个是《新潮》的编辑。罗家伦是五四前后的"名学生"，后成为党棍。五四运动中草拟《告同胞》颇有文采，而且是"倚马而就"。可又到安福俱乐部"吃西餐大菜"，招来了一张漫画。《新潮》1月1日出版，"四凶"是谁，多系后人推测，最"激进"者当属陈独秀、钱玄同、傅斯年了。其实，四凶之说一直未发现"实证"，仅罗所言，罗所言仅能供参考。

如"四凶"在案，钱玄同必首当其冲，可是钱的日记中并无反映，只是1月5日中兴楼饭局中教育部秘书徐森玉谈到"有人为大学革新求徐世昌干涉，有改换学长整顿文科之说"。"改换学长"，这无疑是针对陈独秀。1月11日，钱在日记中写道："尹默来，知'整顿大学'之说已归消灭，独秀已照常办事了。"

参议员确实有提案，要"查办"傅增湘、蔡元培，但提案不了了之了。是撤案了，还是没有通过，亦无明载。但两个月后，陈独秀的"事"还是闹大了。

如果没有蔡元培革新北大，如果没有陈独秀、李大钊、胡适……入北大执教席，新文化运动也会在上海展开，新文化运动是历史的必然，在北大树起大旗系天时、地利、人和。在北京设擂乃国门叫阵，旗鼓堂堂。若在上海租界中设擂，实恐成为演擂、过擂，也就是说，无人打擂。

在上海租界内设擂，擂台难免被全盘西化，"世界公民"的演讲台、宣讲台，只能叹曰："悲夫"！当然，历史没有假设、没有如果，必然与偶然之间，可以说是"幸甚至哉"。新文化运动的旗手、号手向北大集结，北大给新文化运动提供了擂台。

胡适致信汤尔和，大发感慨之时，陈独秀正在狱中。胡每到南京，必往探视，并不时地从北平寄来书籍和生活用品。陈独秀委托胡适把《资本论》译成中文，胡一丝不苟，不久即来信告知进展情况让其放心。《独秀文存》第九版发行前，蔡元培为该书作序，此时陈独秀还在狱中。陈独秀、胡适两人政见不同，各守其道。胡到狱中探望陈时，陈慨然曰："你若只作学术研究，也许不会被人鄙视的。"胡亦慨然曰："我也为你惋惜，你若不当政党领袖，专心研究学术，想来也会有些成就，而不致身陷囹圄的。"

何应钦请狱中的陈独秀题字，陈写下了"三军可夺帅也，匹夫不可夺志也"，后来何将陈的墨宝悬之于办公室。据包惠僧回忆，陈还给一名侦缉队长写过两横幅——"还我河山"和"先天下忧"。

新文化运动的作用

《新青年》诸君子所快言，系他人所欲言而所不敢言，又系他人所勿言、所恶言。有人说："新文化运动中领袖多，群众少；口号多，作品少。"其实，领袖虽多，不外是"名教授""名学生"，总计也就二十余人，而且观点不但有不同，亦甚殊。群众少，发行量虽有万册以上，赠送者不少。外地的读者更少，系所谓的"精英刊物"。作品少的原因是《新青年》《新潮》的师生们，把主要精力均放在论战上，重在"喊口号"。顾新文化运动之名，思新文化运动之意，本应有许多震古铄今的名著问世，但所遗于世者，多系论战之篇。鲁迅没有喊过太多的口号，但他的作品"顶劲"，《狂人日记》《阿 Q 正传》比呼喊口号更能产生影响，故被陈独秀"叫绝"、钱玄同"催稿"。

钱玄同是"周家"的常客，向"大先生""二先生"约稿时，二周觉得《新青年》虽然系陈独秀所编，但看不出什么特色来。聚在一起高谈阔论，要比《新青年》激烈得多。"非圣""逆伦""去东方化""用夷（西方）变夏（中国）"均是话题。钱玄同主张烧毁中国的书和废除汉字，鲁迅也有同感，深信汉字不灭，中国必亡。认为中国不如改用德文，若办不到，也要在汉文中多羼入外文字句。

陶孟和（留英博士）认为钱玄同把"世界大同"和"世界语"等同起来，世界大同是"利益相同"，不是民族特性的消灭。以世界语取代汉语的主张，实系语言专制，与罢黜百家的文化专制如出一辙。

围绕着世界语问题，新青年分为两派。朱我农认为世界语是"垂死的假言语"，"已死的私造文字"，认为"陈、钱两先生称为人类之语言"，"现在是没有的"。原因是世界语没有口头语言为根基，系不能进化的死文字。靠几个人私造的一种文字来取代日常语言，是白日做梦，朱我农时在日本，对所谓的"世界语运动"，比国内了解得要深刻。陈、钱在新文化运动中总想找到一种助力，以求根本之上的解决。急不择路，选择了"世界语"，言其是"白日做梦"，世界大同梦的憧憬下，又做上了全人类使用同一种语言之梦。不过梦很快就醒了——休战。

从现在来看，"世界语运动"已无人再提；从当时的国情上来看，确实是"白日做梦"。梦醒了，就要办点实事。钱玄同提出了文字改革的方案——实行罗马字母拼音、简化汉字笔画。这一主张得到了国人的认可，并进入了逐步的实行进程，20 世纪 50 年代初期，真正地落实下来。

《新青年》的办刊方针后定为不收稿，当然更不约稿，系同人刊物。同人所撰之稿，均无稿酬。轮值编辑，有二百元的薪劳。这项举措反映出两个问题：一是"不容匡正"，在稿源上就采取了关门主义；二是经济窘迫，开不出稿费，能省则省。当时的刊物发行量过万系"不赔"，《新青年》可达一万五千多册，除去赠送，也就是"不赔"。支持《新青年》，确实是精神力量。

时下，有人热衷于"体制内变革"。戊戌变法，希冀于"体制内"，但以六君子喋血菜市口而告终。"立宪运动"亦希冀于"体制内"，但各省的请愿代表均被步军统领衙门强行押解回籍，交地方官严加管束。最后以皇族内阁的成立，宣告了"新政"的破产。新文化运动，系在"体制内"进行。《新青年》《新潮》没有被查封，所谓的"四凶"也没有被开除，更没有"递解出京，交地方官管束"；没有发生过"文字狱"，更没有发生"血案"。自民国元年始，官方即有"国语读音统一运动"，这一运动和"白话文运动"势必合流，使"白话"成了"国语"。1920年北京政府向各省发布训令，要求国民学校一二年级，改国文为语体文（白话文）。胡适认为"这一道命令把中国教育的革新至少提早了二十年"。

新文化运动，没有提出政治上的要求。胡适有"20年不谈政治"之说。激烈如钱玄同，亦视10月10日国庆节为过年。因反对过旧历年（农历）无效，则主张旧历年、新历年（公元、西元纪年）"全不过"，以国庆日为过年。这反映出，斯时钱玄同并没有感觉到政治上的压力，而深深地感觉到以封建礼教为载体的旧文化，把他压得喘不过气来。所以要借助一切力量，打倒旧文化，最简而易行、最彻底的解决方法是废汉字、烧古书。鲁迅认为：大家忙着骂钱玄同去了，也就顾不上反对白话文了。

正因为新文化运动的最激烈者，都没有提出政治上的要求。当政者也就没有必要对新文化运动使用行政力量进行压制。但当局并没有认识到，新文化运动所开启的是一条新路。喻而言之，系"破堤放水"，也可喻之，"推车上路"。破堤放水，非渠可囿之；推车上路，是把"旧车"推上一条"新路"。此时的"北洋诸公"，其治术确实停留在"近代"，尚未步入"现代"。《新青年》诸君子先行了一步，抢滩登陆——占领意识形态领域。占领了意识形态领域之后，也就兵分两路。

康有为带着"举人老爷"公车上书，旨在进行变法，其结果是流亡海外；梁启超认为"民国法制已备"，组党、入阁（梁首任熊希龄内阁的司法总长、段祺瑞内阁的财政总长），其结果"梁总长"变成了"梁教授"。《新青年》师生掀起了新文化运动，这条路太短了。三年后，各有各的主见，各走各的路。

1937 年 8 月淞沪抗战爆发后，南京遭到日军的轰炸，监狱被炸毁了一部分。胡适联合张伯龄等教育界知名人士，保释陈独秀出狱。胡适随即出任了驻美大使，胡陈两位老友从此也就"无缘再见"。20 世纪 50 年代，政府对陈、胡的态度均很严厉。改革开放后，对二人均进行了"再评价"。

"北大人呼？""北大人。"这就够了。

对新文化运动的评论，还有"铺路说""腰斩说"。即新文化运动为五四运动铺了路；新文化运动被五四运动所"腰斩"。

先言"铺路说"。"民国肇基"后，出现了两件动摇"国体"的大事件。即袁世凯洪宪帝制、张勋复辟。对于洪宪帝制，北大进行了抵制，评议会做出了决定：不"劝进"、不"受封"。马叙伦则愤然去职，时人有"挂冠教授"之誉，林琴南、辜鸿铭均骂退了"专使"，态度甚是分明——"不附逆"。但学生却没有什么反应。张勋复辟时，蔡元培只身离校，表示"不附逆"。学生仍没有什么反应。两次危及国体的大事件，均由军人出来解决了——蔡锷组织"护国军"讨袁，段祺瑞组织"讨逆军"讨伐张勋。"护国之役"，梁启超可以说是"主谋"；"讨逆之役"，梁启超也参与其事。

在学术文化领域，梁启超是公认的大家；在政治领域，则有政治家和政客之分。政治家有如一的目的；政客有不同的手段。梁两度出任总长，有政客之嫌；当官达不到治国的目的，弃总长而当教授，终是"家"不是"客"。

梁公弃政从教，当然可以择校。梁择清华不择北大，有许多具体的原因。但根本的原因是新文化运动后的北大，非梁公所"宜居"，更不"怡居"。明示之，就是清华"静"，北大"乱"。思想活跃才会乱，乱使思想更活跃。

"政"有国体，"教"有校体。共和体制，议会"说了算"；北大的校体，评议会"说了算"。评议会由全体教授互举，每五人中举一人。当时有教授八十余人，举出评议员 17 人，校长为评议长。凡重大问题，均须评议会通过。尤其是聘任教授和预算两项。评议会通过，校长也无法干涉。教授治校的精神，在北大得到了充分的体现。新文化运动时期，评议会最为活跃。蒋梦麟任校长后，改评议会为校务会议。

新文化运动时期，北大的学会、学社、团体、刊物如雨后春笋应运而生（后章有专节）。人人都要发言，人人都有机会发言，人人都有话语权，都可以在《北京大学日刊》上登启事或直接发布消息，举行讲座、演说，阐明自己的观点、宣传自己的观点、也可批评别人的观点，批谁都行。胡适系"大佬"，但在北大一直"挨批"，教授批，学生也批。

究"乱"之实，就是活跃，就是让人说话，让人说话说了过头的话也没有关系，以后不说了就是。不但陈独秀、钱玄同说了许多过头的话；胡适、傅斯年也说了不少过头的话。争论过后也就休战，原因很简单，清者自清、明者自明，毋庸再言。

"敢说敢做"，敢说和敢做有必然的联系。当然，也有"敢说不敢做""敢说不做"的人。"敢说敢做"的人在关键时刻一声"跟我上！"就带动了一群人。"敢说不敢做""敢说不做"的人在关键时刻一声"给我上"往往喊散了一群人。北大多"疯子"，当然是"跟我上"。黄侃被人称为"黄疯子"，可是"疯子不疯"，他对学生是"我上你别上"，"你得学好白话文"，自己坚守文言文，让学生学好白话文。武德有云："不把兵往死路上带"是好军官，黄侃诚可谓好老师。

至于"腰斩"说，五四之后新文化运动呈现出"退潮"之势。政治运动取代了文化运动，南陈北李开始建党。傅斯年、罗家伦、段锡朋等名学生出洋深造。鲁迅成了"灾官"，又打官司又索薪，好人李大钊被公举领导国立九校"索薪"，陈独秀到广州出任省教委主任。继之而来的是二七大罢工、孙中山北上、五卅运动、首都革命、"三一八惨案"，邵飘萍、林白水、高仁山、李大钊相继被奉系军阀杀害。北大校且难保，何言文化运动，但这不是五四运动造成的。

如果说《二十一条》《中日陆军密约》是日本强加给中国的，国耻、国辱，促成了国人的觉醒。《巴黎协定》则是整个西方强加给中国的，使中国的"世界公民"回归为"中国公民"。胡适、钱玄同均以自己的方式，出现在游行队伍当中。

不是五四"腰斩"了新文化运动，是第一次世界大战后的国际国内大趋势，不可能再续坐而论道的新文化运动，再寻求"体制内的进步"，五四是被逼上街头，"九一八事变"、"七七事变"则是被逼上战场。孙中山在流亡的过程中，对欧美、对日本均抱有幻想。此时幻想破灭，在寻路的过程中踏上了另一条路——以俄为师。

五四运动是国人行动了起来，齐声对西方说"不"，这声不首先意味着中国不被西方任意宰割，同时也开始认识到，中国不可能走西方的路。西方的科学、民主是"西人"的，不可能恩赐给"国人"。享受科学、民主，路正长。"西人"的路，走了几百年，才走到今天。可是这条路"西人"不让我们走；我们也走不了，通不过。怎么办？但此时的精英们还没有认识到，今后的路更艰难，是一条铁、火、血的征途。一心想当"世界公民"的陈独秀，出狱后拒绝了到美国去"写书"的安排，愤然道："我是中国人，要写书也得在中国写。"一心想"全盘西化"的胡适，最终也没有选择美国，而是回到了台湾，终老在祖国的土地上。

命运不能选择，道路可以选择。有"生而不幸为中国人"之叹者，在《排华法案》面前没有清醒，此时只能清醒了——当个中国人，只能当个中国人。有血性的中国人，不但要挺起胸来宣布："我是中国人！"还要宣布："我要把我的祖国，变成我理想中的国家。"

这就是北大人，也是北大人走的路。

最后，引用叶曙明在《重返五四现场》中的一段话作为本节的结束："思想的闸门已经被打开，获得了空前的解放，人们开始重新审视中国的历史、文化了，开始重新审视世界了，这才是最重要的。新文化运动的启蒙作用，自有它的历史意义，既不会因为旧势力的激烈反抗而变得更伟大，也不会因为没遇到旧势力的激烈反抗就有所失色，更不会因参与者日后的变化而被抹杀。"

二、中国说不——五四爱国运动

五四运动并非中国对西方说的第一声"不"，而是成功地说的第一声"不"。两次鸦片战争、中法战争、甲午战争、八国联军战争，中国也均说了"不"——不接受侵略、要捍卫主权，但均以签订辱国丧权的不平等条约而告失败。五四运动迫使中国政府没有在《凡尔赛条约》上签字，成功地说了"不"！

中国的主体人口是农民，农民对西方说"不"的方式是前有鸦片战争中的平英团，后有八国联军战争中的义和团。二者所同者，均是以血肉之躯，和洋枪、洋炮相搏。前者让英国人"恐惧到极点"；后者让德国人认识到："无论欧洲或日本，均无能力统治世界上这四分之一的生灵，故瓜分一事，实属下策"。被义和团围困在西交民巷英国使馆中的赫德，是个"中国通"。他语出惊人，称义和团是爱国主义者。此语一出遭到了"西人"的共愤，但此语颇对。赫德在生命受到义和团的威胁下，能承认义和团的行为系爱国，说明他真是个"中国通"。但义和团说"不"并未能阻止令中国人五内俱焚的《辛丑条约》的签订。

义和团在北京及周边地区和八国联军殊死血搏之时，确出现了"东南互保"的政局，两广、湖广、两江、四川、云贵、山东，均参加了这个协定，封疆大吏们和西方达成了"互保"的共识。所幸的是封疆大吏们还是有个底线——不能分裂中国。这个底线在民国犹存，各省军阀虽分属了北京、广东两政府，但对外则是"一个中国"。在《巴黎协定》《凡尔赛和约》《华盛顿协定》《九国公约》的谈判中，南北两政府共同组团，代表中国出席。也就是说，在国内兵戎相见，在国外则共同代表中国。此举不但明智，而且明义。在纷争之中，吾国吾民能行。"中国人乎！""中国人。"

对西方成功说"不"是由于中国觉醒了——理智地觉醒了。五月四日下午，游行的队伍从天安门前拥向东交民巷时，路旁"有西人脱帽致敬"。正阳门交涉案系清末民初的棘手外交事件。《辛丑条约》签订之后，美军拒绝撤出正阳门城楼，理由是"保护使馆安全"。正阳门系"国门"，事关国体、国尊。清廷外务部交涉的结果是"每当大清皇帝通过时，城门暂由中国军队布岗"。民国外交部交涉的结果是，"10月10日国庆日，可在正阳门升中国国旗"。五四运动之后，美方主动移交了正阳门城楼，步军统领衙门派兵接管，升起了五族共和的国旗。美方的"明智之举"，系吾国吾民的觉醒所致。

喻而言之：太旱了，须"破堤放水——漫灌"。新文化运动就是破堤放水，水灌、水润，让中国这片干旱的土地上又萌发了新绿。

公理战胜

1918年11月11日，第一次世界大战结束，北京城中一派喜庆祥和。克林德石牌坊被拆除并移至中央公园，名之为"公理战胜"石牌坊（20世纪50年代初改为"保卫和平"石牌坊），中国政府在天安门广场进行了阅兵，举行了庆祝大会，社会名流蔡元培、马寅初、李大钊……均发表了演讲。在国人的心目中，吾国为战胜国，自当一洗前耻。

于国内形势而言，1918年8月12日总统冯国璋任期已满通电辞职。皖系操纵的安福国会选举徐世昌就任大总统。按照直皖两系的协议，段祺瑞辞去国务总理，由钱能训出任总理。此时的北京政府系文人总统、文人总理。徐世昌是"北洋元老"，直皖两系均对其认可。徐表示要和平解决国内问题，向"广州"示好，国内外的总体形势均属缓和。

1919年1月21日，由北京政府外交总长陆征祥、驻美公使顾维钧、驻英公使施肇基、驻意公使魏宸组、广州护法军政府参议院副院长王正廷五人为全权代表，参加巴黎和会，陆征祥为首席代表。在和会上，中国提出七项要求：废除势力范围；撤退外国军队、巡警；裁撤外国邮局、有线电、无线电报机关；撤销领事裁判权，归还租界；关税自主；德国强占的山东青岛权益归还中国。

代表团行前段祺瑞认为："此次参战，宣布过迟，不宜提出过分的要求。只要能收回德奥租界，取消其在中国的权益，并提议撤销《庚子条约》驻兵的一条，以及修订海关税则，就很不错了。至于青岛问题，日本一再声言交还中国谅不至食言。"

康有为认为："应争取废除庚子赔款，收回胶州湾等地租借地，废除《二十一条》，改订关税，收回治外法权。"段此时已下野，但执皖系军阀之牛耳，在国内的政治舞台上，有举足轻重之势。康有为在张勋复辟之后，避居青岛租界之中。段在国人心目中有亲日之嫌，康系老顽固，但二者均对巴黎和会寄予厚望，提出了自己的要求。旨在以"战胜国"收回失去的国权，摆脱自鸦片战争以来的屈辱地位。

过去的外交，一直由当局专断，民间不可能与闻，更不可能参与。但此次系公开外交，南北两政府共同组团，各种政治力量均以关注，各界知名人士也纷纷来到巴黎出谋献策，如梁启超、张静江、李石曾、汪精卫……留法学生与华工更是以高度的热诚，"力为代表团后盾"。研究系所办的《晨报》，每天都刊登大量有关和会的新闻。可以说是举国一致，志在一搏。

令国人想不到的是，中国早就被西方出卖了，1917 年 2 月，英、法、意已经和日本签订密约，保证战后支持日本获得战前德国的一切权益，以换取日军参加对德作战。在"一战"中，日本借口"水土不服"，无一兵一卒赴欧参战。只是乘德军无力东顾，夺取了德国在山东强取的权益。日本出兵山东时一再声明，战后将青岛归还中国。相反，中国则有大批华工赴欧洲进行"战地服务"，在后勤、补给方面发挥了重大的作用。

中国代表团力争，认为日本所持的《二十一条》系武力压迫下的密约，依国际法当属无效，所谓的《中日密约》是《二十一条》的后续，当然也是无效的协定。但此时美国也放弃了《十四条》的立场，英、美、法、意、日五国做出了"裁定"，迫使中国接受山东的"转让"。中国代表抗议无效。陆征祥向徐世昌报告交涉失败，主张有条件地签字，也就是在和约内注明，中国对山东问题的条款不予承认，中国才能签字。但这一要求未能达到。北京政府一度密令专使签字，后又令专使"相机办理"。据顾维钧回忆，代表团从未收到过北京关于拒签的任何指示。所谓的"相机办理"也就是让专使承担签字的责任。

外交失败，举国共愤。国内先后有七千封电报到达巴黎，敦促专使万勿签字。国民外交协会连去三电，第三封电报简而明"公果敢签者，请公不必生还"。在北京说此话，尚属"严正告诫"。在巴黎的留学生、华工已经行动了起来，包围了代表团住所，组织了"决死队"，专使们如敢前往凡尔赛宫签约，就打死一个，然后去自首。

1919年6月28日，是《巴黎和约》签订的日子。徐世昌既不敢下令拒签，又不敢下令签字。27日，几百名学生聚于总统府大门外，坚持了两天一夜，最终徐世昌当面承诺，专使如未签字，即电令拒绝签订；如已签字，则和约送回国时一定予以批驳。

6月28日，中国代表团决定拒绝在《凡尔赛和约》上签字，并通电与会各国，再次严正声明拒签的理由。顾维钧回忆说："这对我，对代表团全体，对中国都是一个难忘的日子，中国的缺席必将使和会，使法国外交界，甚至使整个世界为之愕然，即使不是为之震动的话。"中国第一次成功地向西方说了"不"。

胡适在1919年7月6日的《每周评论》第29号上说："现在中国专使居然不签字了。将来一定有人说这是'电报政策'的功效。其实不然，这一次七千个电报所以能收效，全靠还有一个'五四运动'和一个'六三运动'。要不然，那七千个电报都只是废纸堆里的材料。"当时的国际电报费用是很高的，为了打电报，北大学生先后捐出了几千元。但没有"五四""六三"，电报也就是废纸。虽系"胡说"，但很中肯。

"五四"的具体过程资料甚多，简而述之，是全国行动了起来。首先是北大《新潮》派和《国民》派联合了起来。《新潮》系白话杂志，意在"启蒙"；《国民》是文言文杂志，志在"救国"。但在"五四"中走到了一起，原因很简单"二者一也"。不可能先启蒙再救国，也不可能先救国再启蒙。这副担子太重了，但北大人只能一肩担起。担起来向前走，但脚下的路，还是各有所择。

五三聚义

5 月 3 日是星期六，《京报》主编邵飘萍来到北大，向学生们通报了外交失败的消息。群情激动，愤不可遏。下午 1 时召集了北京 13 所中等以上学校的学生代表，当晚在北河沿法科三院召开紧急会议。13 校即北大、高师、清华、中国大学、朝阳法学院、工业专门学校、农业专门学校、法政专门学校、医药专门学校、商业专门学校、汇文学校（燕京大学前身）、铁路管理学校、高师附中，共有一千多名代表到会。

邵飘萍系北大新闻学会导师，后加入中国共产党，被奉系军阀杀害。邵向到会的学生代表报告了巴黎和会的最新消息。激愤之中，谢绍敏同学断指血书"还我青岛"。当即议决，第二天，也就是 5 月 4 日，13 校联合行动。并当场在北大学生中推出 20 个委员负责召集。傅斯年、罗家伦、段锡朋、许德珩、方豪、康白情……均系委员会成员。许德珩起草了宣言，许属《国民》派，宣言系半文半白，现全文引之：

> 呜呼国民！我最亲最爱最敬佩最有血性之同胞！我等含冤受辱，忍痛被垢，于日本人之密约危险，以及朝夕祈祷之山东问题，青岛归还问题，今已有由五国公管，降而为中日直接交涉之提议矣。噩耗传来，黯天无色。夫和议正开，我等所希望所庆祝者岂不日世界上有正义、有人道、有公理。归还青岛，取消中日密约，军事协定，以及其他不平等之条约，公理也，即正义也。背公理而逞强权，将我之土地由五

国共管，侪我于战败国如德、奥之列，非公理，非正义也。今又显然背弃，山东问题，由我与日本直接交涉。夫日本，虎狼也，既能以一纸空文，窃我《二十一条》之美利，则我与之交涉，简言之，是断送耳，是亡青岛耳，是亡山东耳。夫山东，北扼燕晋，南拱鄂宁，当京汉、津浦两路之中，实南北咽喉关键。山东亡，是中国亡矣。我同胞处此大地，有此山河，岂能目睹此强暴之欺凌我、压迫我、奴隶我、牛马我，而不作万死一生之呼救乎？法之于亚鲁撒、劳连两州也，曰："不得之，毋宁死。"朝鲜之谋独立也，曰："不独立，毋宁死。"夫至于国存亡，土地割裂，问题吃紧之时，而其民犹不能下一大决心，作最后之愤救者，则是20世纪之贱种，无可语于人类矣。我同胞有不忍于奴隶牛马之痛苦，极欲奔救之者乎？则开国民大会，露天演讲通电坚持，为今日之要着。至有甘心卖国，肆意通奸者，则后之对付，手枪炸弹是赖矣。危机一发，幸共图之！

许德珩是"名学生"，陈独秀任文科学长后厉行整顿，认为许"缺课"，挂牌记大过一次。许盛怒之下把牌子给砸了，陈又挂牌记许大过一次，许又给砸了。两次砸学长的记过牌，惊动了蔡校长，后查清缺课者系免试生、大总统黎元洪的侄子，陈弄错了人。许也由此声名更振，后成为《国民》的中坚。

罗家伦属《新潮》派，所草宣言系白话文，亦全文引之：

现在日本在国际和会，要求并吞青岛，管理山东一切权利，就要成功了。他们的外交，大胜利了。我们的外交大失败了。山东大势一去，就是破坏中国领土。中国的领土破坏，中国就要灭亡了。所以我们学界，今天排队到各国使馆去，要求各国出来维持公理。务望全国农工商各界，一律起来，设法开国民大会，外争主权，内除国贼，中国存亡，在此一举。

今与全国同胞立下两个信条：

一、中国的土地，可以征服，而不可以断送。

二、中国的人民，可以杀戮，而不可以低头。

国亡了，同胞们起来呀！

　　许、罗所拟的宣言均引全文，意在比较。文言文、白话文在五四宣言中打了擂台，此后自有分晓。

　　关于五四游行，蔡元培是否预知？可以肯定地说，蔡不但知道，而且有布置。例而明之，据许德珩回忆，蔡校长给他写了个条子，以便到庶务处领纸，印发传单。蔡元培还对北大体育部主任白雄远说："如有非常，你要保护好学生，把他们带回学校。"并把北大唯一的汽车，交白雄远使用，"以备非常"。

　　白雄远参加了五四的游行，在以后的学生游行中，白均参加并起到了保护学生的作用（详情见北大学生军节）。游行队伍出北大校门时，蔡元培进行了"劝阻"。此系策略，也是校长应有的策略，举大旗上街的是傅斯年，蔡元培考虑的是下一步，也就是如何保护学生，保护学校。

五四怒火

　　游行的队伍以"还我青岛"的血衣开路，到达天安门广场后和各校队伍会合。数千人齐呼："外争国权，内惩国贼"；"誓死争回青岛"。声如春雷。此时警察总监吴炳湘、步军统领李长泰赶到了现场。吴站在警用三轮摩托车上劝说："诸君的要求，均可转达。"李亦表示："有话对我说，不必如此招摇。"学生们齐呼："我们不信任当官的人！"

　　学生代表对李长泰说："我们今天到公使馆，不过是表现我们爱国的意思，一切行动定要谨慎，老前辈可以放心。"李认真地读了传单后，嘱咐学生说："那么，任凭你们走吗。可是，千万要谨慎，别弄起国际交涉来了。"说完，跳上汽车绝尘而去。吴炳湘亦停止了劝说，驶离现场。

　　学生的队伍在东交民巷西口被使馆巡捕所阻，只能派代表进入使馆区向各国公使递交说帖。由于是星期天，公使们均不在使馆中。学生们愤怒难平，队伍拥向了赵家楼，去找曹汝霖算账。徐世昌为回国述职的驻日公使章宗祥洗尘，内阁总理钱能训、曹汝霖等人作陪。据1966年在香港出版的《曹汝霖回忆》载，席间忽闻警察总监吴炳湘电话："天安门前有学生聚会，请曹、章……暂留总统府，不要回家。"徐世昌对钱能训说："打电话令吴总监妥速解散，不许学生游行。"吴回答说："颇不易为，他们定要游行示威。"钱说："请你多偏劳。"不久，吴炳湘又来电话说："卫戍司令段芝贵要出兵弹压。如果他出兵，即由他去办，我不问了。"

钱即打电话给段芝贵："这是地方上的事，不到出兵时不必出队伍，由吴总监去办，请你不必过问。"不久段芝贵来电话说："照吴总监办法，不能了事，非派队伍出来，吓唬吓唬他们不可。"吴炳湘也来电话说："段芝贵如果定要派兵，我即将警察撤回，以后的事，由他负责吧，我不管了。"钱只好两面协调，一面劝吴总监妥速解散学生，一面劝段司令不要派兵，地方上的事应由警察负责，不必派兵弹压。

宴罢，章宗祥和曹汝霖一同回到曹家。曹回忆说有三四十名徒手警察，在家中值勤。20世纪50年代中期出版的《近代史资料史》中有警官回忆说："行前，吴炳湘训话：'对学界要以礼待之。'"当时的警察，腰带上均挂有一条警棍，长约八十公分。老百姓称之为"二尺半"，又称之为"哭丧棒"。吴令解下腰带，目的是防止警察抢警棍、挥皮带。曹说"徒手警察"，和警官的回忆录相合。火烧赵家楼一幕，可以说是"徒手警察"对"徒手学生"。

有关火烧赵家楼的回忆录甚夥，各执其词不能相合。只有曹汝霖的回忆录和警官的回忆录相合，所以本书引之用之。学生到达前，警察关闭了曹家大门。需要指出的，学生认错了"曹府"。在一名警察的指点下，才拥向了赵家楼。把曹汝霖的私宅，称为赵家楼，其因系曹宅溯源是明代隆庆年间文渊阁大学士赵贞吉的故居。但曹汝霖回忆说："院内均是平房。"赵家楼之说，只能是"原先曾有楼"。

学生冲入赵家楼的过程记载亦多，总之是冲了进来。激进的学生原计划是在5月7日的国民大会上，"请曹汝霖等出席接受质问时，将曹等打死一两个以快人心"。5月3日许德珩起草的宣言中，明确表示"以手枪、炸弹是赖"。"五四"时不是"辛亥"时，数千学生中，不会有身揣手枪、炸弹的"死士"，但有携带煤油、打火机的"志士"，要火烧赵家楼——烧出一片天。

当高等师范学校（北师大前身）学生匡互生准备放火烧屋时，北大学生段锡朋大惊失色，连忙跑来阻止，"我负不了责任"。匡回答说："谁要你负责任，你也确实负不了责任。"火起之后，章宗祥被迫从锅炉房逃出，被学生痛打，据罗家伦回忆说，章宗祥遍体鳞伤，大家以为他死了，四散而去。

救火车赶来灭火。吴炳湘赶到赵家楼向曹汝霖道歉，并把他全家护送到六国饭店。章宗祥身受数十处伤，但并无生命危险。当场被捕的学生有32人，在押往步军统领衙门的途中，北大学生易克嶷沿途高呼："二十年后又是一条英雄好汉。"据许德珩回忆囚室："极其拥挤肮脏，只有一个大炕，东西两边各摆着一个大尿桶，臭气满屋，每半小时还要听他们的命令抬一下头，翻一个身，以证明'犯人'还活着。"

第二天，被捕的学生从步军统领衙门被移送到京师警察厅。警察总监吴炳湘亲自前来慰问，不但换了宽敞的囚室，而且允许学生走动交谈，可以阅读报纸，伙食标准按警厅科员标准，吃饭时共分五桌，每桌六七人。允许外面的同学探视，也允许里面的同学托寄信件。

梁漱溟五四时正执北大教席，在《国民公报》上发表文章，主张检厅提起公诉，审厅审理判罪，学生遵判服罪。原因是"在道理上讲，打伤人是现行犯，是无可讳的。纵然曹、章罪大恶极，在罪名未成立时，他仍有他的自由。我们纵然是爱国急公的行为，也不能侵犯他，加暴行于他。纵然是国民公众的举动，也不能横行，不管不顾，绝不能说我们所做的都对，就是犯法也可以使得"。

此说遭到各界人士的批判，法学界人士蓝公武在《每周评论》上撰文，以例言之："法国在欧战初起的时候，有个极有名的社会党领袖，因为主张和平，给群众打死，后来并没有发生法律问题。这种事情实例不知有多少。"蓝公武后任中国大学法律系主任，"七七事变"后铁骨铮铮，为时人所景仰。20

世纪 50 年代时，犹是法律界知名之士。

梁漱溟是个理想主义者，但理想和现实是两回事，政治和法律更是两回事。火烧赵家楼、打伤章宗祥的学生被保释出狱后，表示今后将抗传不到庭，原因是爱国无罪。"三一八惨案"后，京师检察厅签发了对段祺瑞的逮捕令，罪名系"杀人犯"，但段依然又当了一个月的"执政"，在鹿钟麟兵围执政府时，才逃进东交民巷。也就是说，逮捕令是废纸，段祺瑞该干吗还干吗；国民军包围执政府，段祺瑞才逃跑。前者是法律；后者是政治。"一战"初期的法国如此，五四时期的中国更是如此。梁漱溟的一生，只知理想，不知现实。

5 月 5 日，以蔡元培为首的各校校长奔走于总统府、国务院、教育部、警察厅，要求释放被捕的学生；社会名流汪大燮、林长民、王宠惠⋯⋯致函警察厅要求保释学生；商会、山东同乡会、山东籍议员纷纷开会，通电各省吁请一致行动，为山东问题提供后援，国民外交协会派出代表，向徐、钱要求尽快释放学生。三千多名各校师生，集于北大三院开会，由北大学生段锡朋主持。警官学校的代表上台，展示了一件"杀卖国贼"的血书，与会者热血沸腾。段锡朋号召大家说："最后的手段就是各校师生到地方厅自首，绝不能使少数同学负全体之责。"大会宣布 5 月 7 日总罢课。推选段锡朋为北京学生联合会主席，方豪为副主席，统一行动。并上书徐世昌声明严正的立场："抚心自问，实可告无罪于国人。""断不能以全体所为之事，使三十余人独受羁押之累。"

5 月 6 日，京师总商会决定会员一律拒绝购买日货，与日断绝商务联系。北京协和女校的学生也走上了街头。北京当局对外封锁消息的企图完全失败，上海、天津也沸腾了，不但报界、民众团体、高等学校纷纷电请释放学生。正在上海的南北和谈代表，也分别致电徐世昌，表示对学生的同情。"南北和谈"系北京政府与广州政府的"对话"，徐世昌倡议"南北议和""和平统一"。议和代表的意见是不可忽视的，事关"徐大总统的政治生命"。

北京各校的校长继续在北大协商对策，会后又一同到教育部，傅增湘表示虽已请辞，但仍愿向钱能训疏通。从教育部出来后，又面见吴炳湘。表示今晚如不释放学生，各校秩序将难以维持。吴代表政府答复："只要学生取消明天（5月7日）的大罢课，被逮捕的学生就可释放。"校长们问吴："可有保证？"吴虽系秀才出身，此时急不择言："如果复课而不放学生，我吴炳湘便是你们终身的儿子。"

5月7日上午，被捕学生全部被"保释"。被捕学生以青岛问题还没有解决为由，不肯出狱。经吴炳湘再三劝告，始肯离狱。当汽车驰抵北大时，马路两旁的市民欢呼声雷动。学生们也鼓掌答谢，高呼："国民万岁！还我青岛！"

形势缓和了下来，可是北京政府的一纸训令，又激怒了学生。该训令声称："所有当场逮捕的滋事学生，应即由该厅（检察厅）送交法庭依法办事。"5月8日下午，蔡元培得到消息："如不离去，法庭就要严办被逮捕的学生。"蔡即留下一函：

> 我倦矣！"杀君马者道旁儿"。"民亦劳矣，汔可小休。我欲小休矣。北京大学校长之职，已正式辞去。其他相有关系之各学校、各集会，自5月9日起，一切脱离关系。特此声明，唯知我者谅之。"

此函费解，诠之、释之者甚多，各执说辞。

5月10日，保释的学生接到京师检察厅的传票，出席第一次预审。到庭后声明：系顾全蔡校长信誉而来（蔡系北大学生的保释人）。厅长发问谁系5月4日事件的主脑时，学生异口同声："各人具有良心，谁能主使。"预审也就草草结束。学生回校后，向检察厅交递了一份由许德珩起草的书面声明：

> 曹、章等卖国，罪不容诛。凡有血气，罔不切齿。5月4日之事，乃为数千学生，万余商民天良所激发。论原因不得谓之犯罪，则结果安有所谓嫌疑。且使我国而果有法律之可言，则凡居检察之职者，应当官而行，不畏强御，检察曹、章等卖国各款。按照刑律108、109条之罪，代表国家提起公诉，始足以服人心。乃曹、章等卖国之罪，畏不检举，而偏出传票传讯学生。如此执法不公，所谓法律二字，宁复有丝毫价值

可言！如钧厅认为有再讯之必要，嗣后不论其为传票为拘票，请合传十六校之学生。德珩等亦当尾同到厅，静候讯问，决不能单独再受非法之提讯也。

在学生联合会的统一指挥下，各校学生纷纷呈文，"依法自行投案静候处分"。此举使总统的训令，虽经总理、司法总长、教育总长附署却变成了一张"废纸"。对此训令教育总长傅增湘顶了三天才附署。5月11日傅增湘再次上呈请辞，教育界对徐世昌不挽留蔡、傅，却挽留曹汝霖、章宗祥、陆宗舆表示愤慨，提出质问。国务总理钱能训乏于应对，也上呈请辞。5月15日，徐世昌批准傅增湘辞职，以次长袁希涛代理总长。

5月18日，北京18所学校召开紧急会议，向徐世昌提出六项要求：一、巴黎和会不得签字；二、惩办国贼；三、挽回蔡、傅；四、收回警备令；五、交涉留日学生被捕事；六、维持南北议和。5月19日，北京26所中等以上学校举行了总罢课，学生走向街头演说，向民众宣传上述要求，21日游行队伍多至千人。大批军警包围了北京大学，限制学生外出，校方一再抗议，无效。

5月21日，徐世昌免去了李长泰步军统领之职。李原系第八师师长，参加了段祺瑞组织的"讨逆军"，在平定张勋之役中起了重要的作用，兼任了步军统领一职。从直皖之分上来看，李属于皖系。接任步兵军统领的是第十一师师长王怀庆，王属直系。李长泰和吴炳湘联手抵制段芝贵，徐世昌借李段之争，以王怀庆代李长泰，意在联直制皖。

吴炳湘系北洋老人，和"冯直""段皖"关系都很深。吴系安徽人，可归入皖系，袁世凯小站练兵时，吴系直隶执法营务处提调（军法处处长），段芝贵系队官（连长）。袁世凯任山东巡抚后，吴炳湘任山东巡警道（公安厅厅长），在中兴煤矿公司的支持下，组建了五千余人的警察部队，装备精良，有八营步兵，两营骑兵。袁世凯在"北京兵变"中失控，"变兵"抢了银行、铁路局。天津、保定的军警也乘机闹事。袁急调吴炳湘的警察部队进京控制局势。吴以陆军上将衔出任了京津保军警稽察总长。后出任了警察总监，所部编为京师保安队。

段芝贵后任总统府拱卫军（卫队）统领，但拱卫军的团长、营长均系大太子袁克定的人，谁都不买"段统领的账"。拱卫军在湖南与护国军作战中倒戈（被 30 万元收买）。小段成了光杆统领。洪宪醒梦后又成了"帝制犯"，在段祺瑞的力保下，"免于干系"。时人称二人为"老段""小段"。小段的卫戍司令是个"光杆司令"，也就是老段对小段的一种"安排"。从军制上来说，北京地区各师均隶属于陆军部。小段想借镇压五四运动，向北京地区的驻军发号施令，把虚设变成实体。李长泰当然对他进行抵制，王怀庆接任步军统领后，则置之不理。

王怀庆在任大名镇守使时，有"屠户"之称。出任步军统领后，也还算明白，没在五四运动中沾上一手血。从政坛上来讲，徐世昌先是"直皖平衡"，此时已是"联直制皖"。1920 年 7 月的直皖战争中，皖系战败，徐乃当了两年的大总统，1922 年 6 月下野。

五四运动对皖段不利，吴炳湘、李长泰虽属皖系但还明大义、知大理。王怀庆"也还算明白"，更犯不上为别人沾一手血。段芝贵是光杆司令，难有所为。吴炳湘最看不上他，卫戍司令部中有人贩运大烟土，吴即以稽察总长的名义进行了查抄，人证物证俱全，小段只能向吴夫人滕氏求情，"切勿公开"。正因如此，五四运动中没有发生流血事件。

王怀庆新官上任，总得有些表现。步军统领衙门的侦缉队开始到处驱赶在街头演讲的学生。学生们只好以"提倡国货"的方式在街头活动，变相进行宣讲。北京的"学运"进入了低潮，可是全国各地的民众已行动了起来。

举国一致

5 月 20 日，九江学生罢课；5 月 23 日，天津、济南罢课；5 月 24 日，唐山、保定罢课；5 月 26 日，太原罢课、上海学生二万余人在西门公共体育场集会，在国旗下庄严宣誓："吾人欲合全国国民之能力，挽救危亡，死生以之，义不返顾。谨誓！"会后举行了声势浩大的游行。

5月28日，苏州罢课；5月29日，杭州、南京罢课；5月30日，抚州罢课；5月31日安庆、开封、宁波、无锡罢课；6月1日，武汉罢课；6月3日，南通、长沙罢课；6月5日，漳州罢课；6月6日，镇江、武进罢课；6月9日，徐州罢课。短短的半个月内，罢课的浪潮席卷了全国两百多个城市。

全国沸腾了，这和北大学生的"大串联"有关。许德珩、罗家伦、傅斯年、张国焘、康白情等学生领袖不但南下到各校"点火"，而且拜访了正在上海"著书立说"的孙中山。在"知""行"关系上激烈辩论了三个小时。孙认为和平抗议并不算"知"，只有武力革命才是真正的"行"。"小将"面对"老将"，颇有"初生牛犊"的精神。许德珩直言道："先生也掌握过几万人的部队，何以革命还是失败？新文化运动反对旧思想、旧势力，在那里艰苦奋斗，学生们赤手空拳不顾生死地与北京政府抗争，只因没有拿起枪来，就不算革命吗？"

许是针对孙中山所言"如果我现在给你们五百支枪，你们能找到五百个不怕死的学生托起来，去打北京的那些败类，才算是真正革命"的反驳。孙始终娓娓不倦，越说越起劲，硬是要说服这些学生领袖，跟他一齐搞武装革命。

此次争论当然谁也说服不了谁。此次面对"小将"，"老将"所感是后生可畏了。故五四后孙中山致函蒋梦麟："愿君率北大二千子弟兵助余革命。"

6月2日在东安市场推销国货的七名学生遭军警逮捕，其中有北大学生会讲演部长张国焘。当晚学生会召开紧急会议，决定从6月3日恢复街头演讲。每次去五十人，如果遭逮捕，则再去五十人。如官厅逮捕其中一人，其他人就一起到官厅自首，听候发落。如今日遭逮捕，则次日加倍派人，直到所有学生被捕尽为止。

6月3日当天，北京学生会发出通电说："有178人被捕。"6月4日晚被捕的学生多达1150人。被捕的学生分别拘于北大三院西河沿法科校舍、北大二院马神庙理科校舍。三院二院的大门上挂上了"学生临时拘留所"的牌子，警官对被拘的学生进行了登记，然后宣布："在拘留时期不得擅自外出，否则按越狱论处。"被捕的学生在"拘留所"内还算自由，甚至可以踢足球。他们在"拘留所"内组织了被捕学生联合会，设有庶务股、交际股等机构。向警察表示："决不逃亡，尽管放心，但我们必须吃饭。"警官的回答是"这个上头自有安排。"每到吃饭时，警察均送来食物。这些食物都是由附近饭馆做的，还算可以。

前往"拘留所"慰问学生的各界人士络绎不绝。梁启超的弟弟梁启雄受广东同乡之托，送了一千元给"被拘"的学生。但学生们没有接受，并在报纸上刊登广告，表示谢绝一切金钱捐助。一千元不是个小数，鲁迅在阜成门内宫门口的四合院价八百余元，一个小学教师的月工资二十余元。学生们的想法是"为国坐牢，本分也；无须受助，受助则失也"。南洋兄弟烟草公司汇来了十万两银子，上海棉纱大王穆藕初也汇来了十万元，均被北大学生退回。以示纯洁、志诚。舍北大人，谁能行之。

6月4日，"大逮捕"的消息传到上海。烈火和燃油，拥抱在了一起。上海是中国的经济中心，商人系城市的主体。俚有"无商不奸"之说；士有"唯利是图"之机。可是奇迹发生了，在爱国激情的感召下、激励下，南市的中小商户首先罢市，法租界、公共租界的商家也起而效之。罢市的浪潮从南市直逼闸北，到中午时，全市已经没一家商店开门营业了。

罢市之后，店家纷纷张贴标语——"还我自由""还我学生""不受干涉""罢免三贼""释放学生"。时在上海的蒋梦麟描述道："成千上万的人在街头聚谈观望，交通几乎阻塞，租界巡捕束手无策，男女童子军代替巡捕在街头维持秩序，指挥交通。"上海总商会发出紧急通告："此次商界罢市虽激于义愤，而一切举动务求文明，勿酿意外。"

上海首举罢市的义旗，宁波、杭州、苏州、松江、南京、扬州、镇江、九江、武汉、天津、济南……相继罢市。上海工人也发起了罢工运动。内外棉三厂、四厂、五厂、日华纱厂、上海纱厂、商务印书馆印刷厂、祥生船厂、江南船坞（修船厂）、浦东和平铁厂……泸宁、泸杭铁路的铁路工人，浦江各轮船水手、泸南商轮公司、南市电车、英美电车公司、华洋德律风公司（电话业务的接线生）、中国电报局等交通、通信企业也卷入了罢工的浪潮。

罢课，学生是基于义愤、责任、使命，并没有太多实际的损失。但是罢市、罢工，商人要面对损失，工人要面对饭辙。此时，商人、工人们能全然不顾，只能说"人也！""中国人也！"游行的队伍高呼："国民万岁！中国万岁！"他们有资格喊，喊之无愧。五四运动时值中华民国的青春，但不是青春的躁动，是青春的洋溢、青春的澎湃，是新的价值观开始形成，象征着中国开始步入了现代。无愧于五四精神，才能继承五四精神。一个国家有青春的记忆，才能有青春的延续。

五四运动中学生罢课、商人罢市、工人罢工。以教育界而言，不但教师支持学生运动，校方也尽全力保护学生。以政治界而言，有支持、同情者，有怕引火烧身者，也有跳出来反对者。以军警而言，陆军大学的学生、警官学校的学生均以不同的方式进行了"参与"，冯玉祥、阎相文、吴佩孚等将领均发出了通电。冯表示"愿挡敌锋（指日本）"；吴表示"吾国不乏健儿（指学生）"。吴炳湘私下表示"民气动了，不可遏"。五四实为"吾国吾民"的一次"总动员"。站在五四的对立面，实难挺身而出。段祺瑞用《中日密约》的贷款编练了参加军，此时只怕引火烧身。段芝贵想跳出来镇压五四运动，但"跳不动"。段芝贵不是军阀是个"军棍"，头脑发昏，于他而言，镇压五四运动是手段，由军棍变军阀是目的。手段未能施展，目的更未能达到，只好灰溜溜地到湖北去"督战"，离开了北京。

各有所思

此时，北京政府所面临的局势已不是如何镇压而是如何收场。钱能训召开内阁紧急会议，王揖唐应邀参加，王系安福国会的议长，皖系的政客。他的态度也就是段祺瑞的态度，这位议长建议由傅岳棻出掌教育部，钱立即"照准"。任命傅为教育部次长，摄行部务。傅有留洋的经历，清末任山西大学堂总监督（校长）。

傅岳棻提出两项解决学潮的办法：一是请军警当局撤去对付学生的军警。二是由教育部会同各校劝告学生返校。钱能训一口答应，傅即就商于各校的校长、教员。5 月 13 日，北京高等学校的全体校长已向教育部"具呈辞职"。此时，傅只能一一拜访，敦请"速返校理事"。

此时，校长们心中已有了底，聚于江西会馆商讨下一步。吴炳湘得知这一消息后，打来电话，大家推王道元去接，王系学务局的代表。吴脱口而出："你们那学生还要不要哇？"王说："学生我们并没有扔，是你们把他们圈禁了起来。""那么，我要求各校当局即分派代表，把学生领回去吧。""学生不是我们送的，何用领为？总监只要下令解严，撤去武装守卫，他们自然会各回本校，何用领为？"吴答曰："好吧！"（见《蔡元培与北京大学》）

胡适此时陪同杜威回到北京，见"北河沿一带有陆军第九师步兵一营和第十五团驻扎围守"。从东华门到北大三院，全是士兵的帐篷。此时胡博士心中所感，恐怕是"焉能二十年不问政治"？

军队在校外扎帐篷，从一个侧面说明了"北洋大兵"并没有开进校内。拘留所内的监管工作，由警察执行。傅岳棻也确实有些背景，吴炳湘也"语不食言"，驻扎在北大校门外的军警全部撤走了。但被拘的学生要讨个说法，宣称："为了尊重法律和学生的人格，不得到圆满的结果，决不出'拘留所'。"徐世昌派出总统府的官员，偕同教育部的两名司长到"拘留所"向学生道歉。步兵统领衙门和警察厅也派人来道歉，并备了汽车和爆竹送他们出狱。总务处长连连向学生们作揖说："各位先生已经成名了，赶快上车吧。"被捕的学生才离开"拘留所"，在同学们的夹道欢迎下，昂然返回学校。

从"民国法制"上来讲，"五四"被捕的学生和"六三"被捕的学生不同。五四被捕的学生系因纵火、殴打国民，两项罪责均属触犯刑律。"六三"被捕的学生并无触犯法律。无论是街头演说还是提倡国货，均系合法行为，被军警拘捕，于法无据。学生讨个说法，乃是正当要求。官方道歉，是理所当然。

从"北京政府"的角度来讲，无论是叫嚣诉诸武力的段祺瑞，还是主张和平解决的徐世昌。均希望尽快结束"五四风波"，以免被"广州政府"视为后院起火。傅岳棻虽系政客，但颇有头脑。认识到对学生之策是"军警弹压，不如校长管束；校长管束，不如教师诱导"。故"临危受命"，首先做好校长和教师们的工作。

"三一八惨案"之前，有人向段祺瑞建议，从"金法郎交涉款"中，拨一部分给教育界，首先摆平校长和教师。段虽然留学德国喝过洋墨水，但系军阀思维，向学生开了枪。"凡是镇压学生运动的人，都没有好下场"。段祺瑞也就被钉在历史的耻辱柱上，千秋示众。段自认有三造共和之功，所谓的三造共和，一是联合北洋将领发出通电，逼迫宣统退位；二是抵制洪宪帝制，给袁世凯"搁车"；三是组织讨逆军赶走张勋，捍卫了共和。段祺瑞墓碑勒石，仍不忘三造共和。但时人所愤，后人所评，史书所载均系镇压学生的罪魁祸首——罪不容诛。

五四运动之后，蔡元培"出国考察"，蒋梦麟代理校长。谈到"五四之役"，不胜感慨："各地学生既然得到全国人士的同情与支持，不免因这次胜利而骄矜自喜。各学府与政府也从此无有宁日。北京学生获得这次胜利以后，继续煽动群众，攻击政府的腐败以及他们认为束缚青年思想的传统。"

蒋梦麟是个"办事的人"，也是个"当官的人"。权衡办事与当官的天平，办事服从当官。这也无足为怪，不当官，焉能办事？

蒋梦麟"维持"北大有功，自认为是"功狗"，其奥深矣。"功臣""功狗"之别，只有蒋梦麟和傅斯年心知肚明。言罢一笑，可以说是百味杂陈，欲哭无泪，只能一笑。笑哭之际，笑比哭更沉、更痛、更酸、更惨。至于"学府与政府也从此无有宁日"，实属"树欲静而风不止"，内忧外患，已"放不下一张课桌"。昔日的太学生犹能挺身而出，北大学生若无动于衷，羞煞北大校长。司徒雷登是美国人，"九一八事变"后北平学生组织南下请愿团，卧轨登车到南京"请愿"。时司徒雷登不在北平，回到燕大后即问道："燕大的学生去了吗？"当得知"去了"，释然曰："如果燕大的学生没有去，是我们教育的失败。"

诚然，吾国失去了东三省，吾民若不奔走呼号，"民乎？民乎？"大学生不挺身而出，"人乎？人乎？士乎？士乎？行尸走肉耳！太监耳！奴下奴耳！狗耳！""学府与政府也从此无有宁日。"宜也。

中国知识分子的第一代精英，成长于戊戌变法、辛亥革命，在新文化运动、五四运动中起了主导作用。第二代精英成长于新文化运动、五四运动中，两代人拥抱在一起，在新文化运动中、五四运动中喊出了时代的最强音。五四以后，"老将"们风骚难再，"小将"们只能"铁肩担道义"，扁担一头是民主革命，一头是民族革命。这副担子太重了，"路漫漫其修远兮"，压破了肩、压吐了血也得前行。因为责无旁贷。

北大高举着五四的大旗，北大人和五四人也就融为一体；北大学生和学生运动也就融为一体。"妖风大，王八多"之说，宜也。若"妖风息，王八去"，北大乎？北大乎？

走自己的路

1919 年 6 月 9 日，陈独秀、李大钊共同起草了一份《北京市民宣言》，由胡适翻译成英文，印刷成中英文的传单。提出了五项要求综汇、归略如下：一、对日外交，不抛弃山东省及经济上的权利，并取消民国四年、七年的两次密约（《二十一条》《中日陆军协定》）。二、免除徐树铮、曹汝霖、陆宗舆、章宗祥、段芝贵、王怀庆六人官职并驱逐出京。三、取消步军统领衙门及警备司令部两机关。四、北京保安队由市民组织。五、市民需有绝对集会、言论自由权。

最后声明："我市民仍希望和平方法达此目的，倘政府不愿和平，不完全听从市民之希望，我等学生、商人、劳工、军人等，唯直接行动，以图根本之改造。"

因在公共场所散发《北京市民宣言》，陈独秀被逮捕。其经过有多种说法，故不引用。陈的被捕，产生了极大的影响。各方均认为系针对教育界，针对北京大学。是惹不起学生，要拿老师开刀。于是教育界人士纷纷力挺、力保陈独秀。令人意想不到的是刘师培虽病卧在床，却闻讯扶病而起，联络北大、高师、中国大学等高校七十多名教授，联名保释陈独秀，"具保人"中有马其昶、姚叔节等"桐城谬种""选学妖孽"。胡适大为感慨，认为"这个黑暗的社会里还有一线光明","这个社会还勉强够得上一个'人的社会',还有一点人味儿"。

陈独秀出狱后,刘师培病逝。陈主持了刘的丧事,在葬礼结束后对友人们表示:"我要离开北大了。"

陈独秀能出狱,虽系师生们的力挺、力保,同当时的政局也有关。孙中山在上海接见徐世昌、段祺瑞的代表许世英表示:抓了陈独秀,"很足以使国人相信,我反对你们是不错的。你们也不敢杀死他,死了一个,就会增加五十、一百个,你们尽管做吧"!许世英十分尴尬,连声说:"不会、不会,我就打电报回去。"

广州护法军政府的总裁岑春煊,致电徐世昌和代总理龚心湛,敦促尽快释放陈独秀。广州方面和陈独秀原无什么关系,此时是以"陈案"为说山,向北京方面施压。徐世昌急于促成"南北和谈"以成"和平统一"的大业。当然不愿因"陈案"给对方以"口实",也就以顺乎舆论为上策了。

辛亥革命时,陈独秀一度出任安徽督署的秘书长,系"皖省时望"。故陈被捕后,安徽同乡会、在京皖籍官绅以及安徽省省长陈调元等纷纷表态,认为"学潮初定,不宜又以兴文字之狱。请尽快释陈,以慰民众"。

吴炳湘,安徽合肥人,极重乡情。《申报》认为:"尚幸警察总监吴炳湘,脑筋较为新颖,虽被军阀派多方威胁,及守旧派暗中怂恿,然其对陈氏始终毫无苛待。当陈氏初被捕时,步军统领王怀庆即与吴争执权限。斯时陈最危险,盖一入彼之势力圈,即无生还之望,幸吴总监坚执不肯让步,故得留置警厅。"

陈独秀出狱后,于1920年1月底到达上海,由上海转赴武汉进行了几场演说,在社会上颇有影响,引起了湖北当局的不满,只得又转回北京。北京警方在报纸上得知了陈在武汉的活动,即到陈宅查证。从徐世昌、吴炳湘的角度来讲,是希望陈不在北京,确实在武汉。到陈宅查证的警察,向陈讨了张名片就回去交差。并告之陈:"您如离开北京,至少要向警察关照一声才是。""关照"的实意是"您走吧"。

陈独秀再度离京的过程有"脱险"之说,而且版本甚多,有坐火车、坐轮船、坐骡车之说。总之，在 2 月 12 日到达了上海，14 日陈独秀致电吴炳湘：
"夏间备承优遇至为感佩。日前接此间友人电促，前来面商西南大学事宜，匆匆启行，未及报厅，颇觉歉疚。特此专函补陈，希为原宥，事了即行回京，再为面谢，敬请勋安。"此电有人说是"调侃"，究之颇为"诚恳"。其实，是留有回京的余地。

陈独秀入狱期间，《每周评论》实际由胡适一人编辑。《新青年》和《每周评论》有所分工。前者专谈文化，后者专谈政治。胡适原系"二十年不谈政治"，此时退为"不干政治"。抗战军兴，出任了驻美大使，干起了政治。抗战胜利后，若不是傅斯年力阻，则出任了考试院院长（负责官员的"考迹""铨选"，系"国府"五院之一），后来晕晕乎乎，甚至连总统都敢当。不谈政治、不干政治，是不懂政治；后来谈了政治、干了政治，仍然是不懂政治。

胡适在第 31 期《每周评论》上发表了《多研究些问题，少谈些主义》一文，此文本是针对安福俱乐部所办的民生主义研究会的批评，系针对王揖唐。但却引起了《新青年》阵营的内争，蓝公武、李大钊撰文展开了辩论。8 月 30 日，正当第 37 期《每周评论》排版之际，突然遭到警方的查封。胡适系安徽人，老乡转老乡，直接找到了吴炳湘。吴劝道："不要办《每周评论》了。要办报，可以另取报名嘛。"

王揖唐是皖系政客，组织民生主义研究会本欲一箭双雕，所针对的是上海（孙中山）和广州（护法军政府），用心极深。没想到蓝公武、李大钊替他应了战。但蓝、李所言亦反王意。王揖唐也是安徽人，两边都是老乡。吴炳湘两相衡，后劝胡"另取报名"。

李大钊是"完人"；胡适是"好人"。有争论、有分歧，各走各的路了，但友谊却没有受到多少影响。李大钊长子李葆华（曾任安徽省委书记、中国人民银行行长）回忆说："胡适先生是父亲非常尊重的朋友，他们之间的情谊并没有因为这些分歧而中断。"

《每周评论》被封后，"问题与主义"的争论也就不了了之。本应在 5 月出版的《新青年》，拖延至 9 月才面世，这期是由李大钊负责编辑的"马克思主义研究专号"。

陈独秀南下,《新青年》亦随之迁上海。陈赴广州前把《新青年》交给了陈望道。《新青年》的原班底李大钊、高一涵、鲁迅、周作人、钱玄同、张慰慈、王星拱、陶孟和……大同小异,均是主张将《新青年》迁回北京,对陈望道"独挑"不放心。1921年2月初,《新青年》在上海法租界被工部局查封了。后虽又在广州"复刊",却早已不可同日而语。1926年7月,自行停刊。

"一大"陈独秀未能参加,被选为总书记。陈返回上海时,方知中共已接受共产国际的资助,据周佛海回忆,他每月获80元生活费,还有点活动费。陈独秀认为革命者应无报酬地为党服务,领了钱就算雇佣革命了。拍着桌子说:"我们有多大能力干多大事,决不能让任何人牵着鼻子走。我可以不干这个书记,但中国共产党决不能戴第三国际这顶大帽子。"

10月4日,陈独秀在法租界的家中被捕,巡捕在其住所搜出了《新青年》《劳动界》《共产党》等刊物。胡适闻讯后,急请刚从欧洲归来的蔡元培出面营救(蔡在上海)。共产国际代表马林时在上海,也为陈聘请了律师。10月下旬,陈案宣判:"罚款一百元。"陈出狱后辞去了广东省教育委员会委员长一职,成了职业革命者。陈独秀和马林达成了共识,即中国共产党系第三国际的一个支部,但中国共产党不接受第三国际的经济支持,如有必要开支,由中国劳动组合书记部调拨。国际劳动组合书记部隶属于第三国际,中国劳动组合书记部隶属于中共中央局。初入政治体系,陈独秀办事确实"不在行",第三国际也就把援助的大头,给了孙中山领导下的国民党。

胡适、高一涵、丁文江等人,在五四运动三周年之际,在北京创办了《努力周报》。创刊词系胡适所撰的《努力歌》表示要:"不怕阻力!不怕武!只怕不努力!努力!努力!阻力少了!武力倒了!中国再造了!努力!努力!"

在《努力周报》第二期上,刊登了由胡适起草,蔡元培领衔,王宠惠、罗文干、李大钊、梁漱溟、汤尔和、陶孟和、朱经农、高一涵、丁文江、陶行知、王伯秋、张慰慈、徐宝璜、王徵16人署名的宣言——《我们的政治主张》严正要求政府立即进行改革,改革的最低目标是建立"好政府"。对好政府有三项基本要求，即宪政的政府、公开的政府、有计划的政府。

署名的 16 人当中，来自原《新青年》阵营的有李大钊、胡适、陶孟和、张慰慈、高一涵。原《新青年》阵营的陈独秀、鲁迅、周作人、钱玄同、刘半农、沈尹默则未列名。未列名的原因一是不认同，二是不问政治。陈独秀、李大钊此时已是中共党员，但身份尚未公开。李署名系环境上的需要，蔡元培、胡适的面子得给。

陈独秀在上海对"好政府主义"进行了批判，称之为"妥协的和平主义、小资产阶级的和平主义"，"努力是向恶势力作战的障碍物"。胡适则在《努力周报》上公开地应道："我们并不菲薄你们理想的主张，你们也不必菲薄我们最低限度的主张。如果我们的最低限度做不到时，你们的理想主张也决不能实现。"

这正是胡适所惧。谈文化时，再怎么争论也可以做朋友。但一谈到政治，不是同志，就是仇敌；不为信徒，便是叛逆。陈独秀、胡适虽然各走各的路了，当他们在特定的环境下重见之时（陈在狱中），两人谁都不觉得尴尬，两人仍执各自的观点。这就是陈独秀，这就是胡适。

新文化运动、五四运动已经成为历史；产生新文化运动、五四运动的大环境更是成为了历史。但在不同的新时期，总会产生一些新认识、新观点，对新文化运动、五四运动进行重探、重讨。这些新认识、新观点大多有个前提，就是"如果"。历史没有假设，"如果"也就是善良的愿望，更是美好的愿望。"如果"太多了，直接的设想是"如果五四那天不火烧赵家楼，痛打章宗祥。五四运动也会和新文化运动一样，在体制内运行"。

溯其前的"如果"有："如果慈禧太后不修颐和园，李鸿章少贪些银子，就不会有甲午之失。退而言其次，如果邓世昌是北洋水师提督，大东沟海战，打不胜也是个平手。就不会有马关之耻……"

"如果康有为'开门变法'；如果袁世凯不出卖光绪。变法大业也就会稳步发展。""如果载沣不拖延立宪，不搞皇族内阁，新政即可成为中国的'光荣革命'。"

"如果清廷有十个张之洞这样的封疆大吏，每人创办一个'亚洲之最'；

有一百个张謇这样的实业家，每人改变一座城市，二次中兴，恐非虚语。"

"如果袁世凯认可宋教仁组阁，民国元年中国也就步入了宪政的历程……"

究其后有："如果孙中山不早逝，中国不会有十年的土地革命……""如果有一千个卢作孚（北碚建设），有一万个梁漱溟、晏阳初（新农村教育运动）……

上述如果，均可归为善良、美好的愿望。

历史不能"复制"，让国人重新"选择"；历史可以借鉴，供国人择路时"参考"。

三、敢为天下所难为——女生上北大

20世纪40年代末50年代初的歌曲有言："井底下压着咱们老百姓，妇女在最低层。"诚如所言，三从四德，压得妇女喘不过气来。从近、现代史上来看，在19世纪与20世纪之交，女界的精英们已经站了出来。《四合梦》一书中对1903年京师大学堂首次"学生运动"——"上书拒俄"的演讲，有如下描写：

> 亡国与亡身之择，中华男儿义无反顾地会选择亡身。巾帼不让须眉，拒俄义勇队中，还有十余名女同胞所组成的赤十字会。赤十字会不同于基督教的红十字会。赤者赤胆忠心，"敢洒赤血卫吾华"。赤诚、赤勇、赤热、赤烈。男儿赤臂上阵，愿为鬼雄；女子赤胆挥戈，敢赤长虹。法国圣女贞德难独美于前，中国烈女将续贞于后。女子之大贞、大节，是为国尽贞、为国尽节、为国留名。
>
> 留日女杰秋瑾，人称之为女侠。其诗云："拼将十万头颅血，须把乾坤力换回……"

辛亥革命中，有女子北伐队、女子铁血暗杀团。民国元年，女界人士坚持"男女平权"说，强烈要求参选议员。在五四运动中，协和女校的学生走上了街头。时冰心正就读该校，在《回忆五四》一文中有如下记载：

学生们个个兴奋紧张，一听到有什么紧急消息，就纷纷丢下书本涌出课堂，谁也阻挡不住！我们三五成群地挥舞着旗帜，在街头宣传。沿门沿户地进入商店，对着怀疑而又热情的脸，讲着人民必须一致起来，反对日本帝国主义的侵略压迫，反对军阀政府的卖国行为的大道理。我们也三三两两地抱着大扑满，在大风扬尘之中、在荒漠黯然的天安门前，拦住过往的洋车，请求大家捐助几个铜子，帮助我们援救慰问那些被捕的爱国学生。我们大队大队地去参加北京法庭对被捕学生的审问，我们开始用白话文写着种种形式的反帝反封建的文章，在种种报刊上发表。

6月4日下午，北京15所女校的学生也冲出了校园，到总统府请愿。她们顶着狂风，排着整齐的队列。据在场的女生吕云章记述："女师师范部学生一律是淡灰裙、淡灰上衣，专修科学生则是蓝布褂、黑裙子，后头一律都梳一个髻。附中的学生也是淡灰裙、淡灰制服，头上则是左右一边梳一个小髻。队伍从下午一时后陆续出发，到总统府前变换队列排列站立，等候代表向军警交涉……好几个钟头之久，没有一个人坐下休息。

"钱中慧、吴学恒、陶斌、赵翠兰四名代表进入总统府后，没有见到徐世昌，只能向总统的秘书交递了请愿书，请他转达。女生们提出四点要求：

一、大学不能作为监狱，请从速释放被捕的学生。二、不应以对待土匪的办法对待学生。三、以后不得命军警干涉爱国学生的演说。四、对待学生只能告诫，不能拘禁虐待。"

女学生的行动，在中国是破天荒的壮举，并显示出了女生的亲和力、凝聚力、组织力。她们表现得热情、淡定；有序、有秩；沉稳、磊落；大气、大方。不但获得了知识界的认可，而且获得了社会上的认可。女生进入最高学府的条件已经具备，时机已经成熟。蔡元培早在1902年就创办过爱国女校，1915年又创办了孔德女校。此次让女生上北大，所执之道，仍是"破堤放水"。若是"开闸放水",恐怕要迟至20年代末,甚至30年代初。

五四运动中,甘肃省女生邓春兰致信蔡元培。希望北大能"为全国开一先例"。"我辈欲要求国立大学增女生席,不于此时,更待何时。"但蔡元培此时已离职,邓春兰即在京沪各报上呼吁大学"开女禁"。蔡元培返校理事之后,发表了大学不禁女生的公开谈话。1920年2月,江苏女生通过她在北大就读的弟弟王昆仑向北大提出了入学的请求,但招收新生的考试期早过,王兰以旁听生入学,成为北大第一个女学生。此例一开,先后有九名女生得以入校旁听。

教育部则致函北大,称:"旁听办法虽与招正科不同,唯国立学校为社会观听所系,所有女生旁听办法,务须格外慎重。"大总统徐世昌,也对蔡元培进行了"告诫",蔡则重申:"大学本来没有女禁,欧美大学没有不收生的。我国教育部所定的大学规程,并没有专收男生的规定。不过以前中学毕业的女生并不来要求,我们自然没有去招寻女性的理。要是招考期间,有女生来考我们自然准考。考了程度适合,我们当然准入预科。以前没有禁,现在也无开禁的事……今年暑假招考,如有女生来应试一定照男生一样办理。"

蔡元培巧妙地绕过了教育部,实现了女生入北大就读。此时的日本,女生尚被拒之于大学校门外。五四运动以前,女子高校仅有协和女子大学、金陵女子大学(南京)、华南女子大学(福州),三所均系教会所办。吾国所办者唯有北京女子高等师范学校,系1919年4月23日由中专改置,后又改为女子师范大学,1931年并入北师大,据许德珩回忆:

五四前夕,为了串联女同学一起参加五四运动,我和另外几个男同学去女子高等师范,在一间很大的屋子里有两个女同学代表接待我们,还有一个女学监。我们坐在这一头,女生坐在那一头,中间坐着女学监。房大、距离远,说话声音小了听不清,大了又不礼貌,好多话还要请中间的女学监传达才行。这就是当时男女同学间的情况。1924年底女高师爆发学潮,反对校长杨荫榆,良有因也。

女生入北大就读，今人看来实系小事，在当时确实是件大事，蔡元培"破堤放水"，各大学步北大之后纷纷招收女生入学。北京的市立中学一直是男女分校，直至 20 世纪 50 年代初才逐步合校，合校后多实行合校不合班。直至 1966 年，尚有十余所女中，十余所男中。"文革"中实行就近入学，各中学才实行合校、合班。90 年代时，又有人提出"男女分校"，重建女中、男中，所执理由是"保持名校传统"。

由此可见，蔡元培借五四之势用"斩而不奏"的方式招女生入北大，实系果断、勇敢。日本妇女界叹道："吾国无此人。"

五四之后，不但女生进入北大教室，女教授亦登上北大讲台。并不是发表演说，亦不是客座，而是堂堂正正地"执北大教席"。陈衡哲留美获得博士学位，系中国第一个女博士，1920 年归国，北大聘之为教授，教西洋史、英语。首位女博士成为首位女教授，宜也。但不知当时系北大独聘还是众校争聘。如系独聘，北大又是敢为天下先；如系争聘，则是"梧桐树招来金凤凰"。

四、天下所不为——北大能为

"天下所不为——北大能为。"此"天下"者，系特指言之。究欧洲大学、中国书院之始，均系学人团体，在政治观点上、学术观点上志同道合、聚而讲学。于是形成学派，有承有继。究北大之始，系京师大学堂。溯之，可达两汉的太学、历朝的太学、国子兴、国子监。国子监废，京师大学堂兴。废兴之际虽隔数年，其内在联系确是昭然。

国立大学的创办宗旨，自然不是兴某派某门之学。正因如此，蔡元培掌北大之后提出了十六字的办学方针："囊括大典，网罗众家，思想自由，兼容并包。"也就是说，北大之学，非执一派一门之道。蔡校长强调，希望北大只有学术宗师，没有学术门派。也就是说，可以"设帐讲学"，不可"一派独尊"。故蔡元培时代，党同伐异者难。虽陈独秀"不容匡正"，梁漱溟来北大"除替释迦、孔子发挥外更不做旁的事。"但两者能"共执北大教席"，所宣所讲系一家之言。胡适的《中国哲学史》（上卷）蔡元培为之作序，评价甚高，但梁漱溟和胡适各开各的课，由学生选择所修。一时之间盛况空前，不但外系，外校学生亦来听课。

敢兼容并包，是提出兼容并包；能兼容并包，是落实兼容并包。两者也就是"敢为"和"能为"的关系。郑天挺有云：

> 蔡先生1917年到北大做校长，提出"兼容并包"。大家常举辜汤

生、刘师培为例，这当然是事实，但容易被人误解兼容并包只是包容落后的人物。其实，这只是蔡先生兼容并包的一小角，而且是极小一角。

过去中国学术流派很多。经学有今、古文学派的不同，蔡先生同时聘请了今文学派的崔适，也聘请了古文学派的刘师培，在古文训诂方面，既有章太炎的弟子朱希祖、黄侃、马裕藻，还有其他学派的陈汉章、马叙伦。在旧诗方面，同时有主张唐诗的沈尹默，尚宋词的黄节，还有崇汉魏的黄侃。在政治方面，同时有英美法系的王宠惠，也有大陆法系的张耀曾。其他学科，同样也都是不同学派的兼容并包。这是蔡先生在北大兼容并包的较多的一面。

更重要的是，蔡先生一到北大，就请令全国侧目的、提倡新文化运动的陈独秀做文科学长；这时爱因斯坦的相对论学说刚兴起，蔡先生就请中国第一个介绍相对论的夏元瑮做理科学长。这种安排，震撼了当时的学术界和教育界，得到了学生的拥护。李大钊到北大，是蔡先生请来的；李四光到北大，是蔡先生请来的；胡适到北大，也是蔡先生请来的。

章士钊创立逻辑的学名，北大就请他用"逻辑"开课；胡适和梁漱溟对孔子的看法不同，蔡先生就请他们同时各开一课，唱对台戏。当时，很少学校里开设世界语课程，北大开了并附设了世界语讲习班，1917年以后的几年里，北大三十岁左右的青年教授相当多，其中不少人和蔡先生并不相识，而是从科学论文中发现请来的。

这是蔡先生兼容并包在北大的主要表现，也是最了不起的一面。我想北大所以能够始终走在新思想、新科学队伍的最前面，未始不发轫于此。

正因如此，《新青年》的老将、《新潮》的小将在北大结合在一起，成了新文化运动的主力。马幼渔、吴稚晖、袁希涛、黎锦熙致力于国语统一运动，也是新文化运动的组成部分。辜鸿铭、刘师培、黄侃、林琴南……所谓的"选学妖孽""桐城谬种"，似乎是新文化运动的对立面，但从另一个侧面来看，也是新文化运动不可缺少的角色。

以林琴南而言，他的一百多部译著，为国人展开了一个色彩斑斓的外部世界。林不但说"古文不宜废"，而且在报刊上"接战"了。挑战与应战系"对垒"；接战系"招架"。若无林，"王敬轩"何足道也，新文化运动实在是太寂寞了。究林之实，20年前弃科举译小说，诚可谓之"新派"。以章门子弟而言，10年前亦均是"新派"。长江后浪"掀"前浪，前浪后浪齐涌动，共同构成了一个轰轰烈烈的新文化运动。20世纪30年代初，胡适不"新"了（自己"新"不起来，时人也不视之为"新"），陈独秀在狱中重归训诂、音韵之学，"著书言小学"。

于政治而言，主张无政府主义的、主张社会主义的、主张实验主义的、主张国家主义的、主张马克思主义的，主张根本解决的、主张一点一滴改良的，共执北大教席。各宣主义，各释主张。

千家驹在《我在北大》一书中云："北大是中国的缩影，中国政治舞台上有多少党派，北大学生中便有多少党派。所有政党无论是进步的，保守的、反动的，都可以在北大师生中找到它的信徒，都有它公开或秘密的组织，这怕是任何大学都不会有的。"

北大不拘一格聚人才，于教师而言，群星璀璨。名师高徒，北大许多学生，毕业前后就脱颖而出，如顾颉刚、高承元、容庚、张崧年、容肇祖、朱光潜、朱自清、孙伏国、成舍我、徐志摩、康白情、朱谦之、陈绦、傅斯年、罗家伦、许德珩、段锡朋。

北大在聚人才的过程中，最能"破格"。于师而言，众多章门弟子既没有在科举试途中"跃龙门"，也没有在留学的过程中获文凭，但均成了北大的名教授。梁漱溟、刘半农不但没有文凭，亦无留学的经历，凭着腹中的真知、笔下的真著得执北大教席，非北大，焉能有中学生教大学生？

于生而言，北大更能"破格"。例而言之，胡适在阅卷的过程发现了一篇绝好文章，传之于诸同仁，大家皆曰"可"。试卷开封后，发现该生的数学只有六分。经评议后讨论，认为该生所报考的是中文系，决定破格录取。这个学生就是罗家伦。

十年浩劫之后，恢复考研。王瑶力争，不要因外文不达标，就将考生拒之门外。理由是中文系的考生，外文仅供参考。系领导和各方面沟通后，同意了王瑶的主张，此举实可谓功德无量。"十年真功修地球，焉有余思学外文。横眉冷对洋字母，仰天长笑是何人!?"考生梦想不到的事在北大发生了。

陈丹青成名于海外，归国后执清华美术学院教席。在录取研究生时，最看好的学生英文不达标，陈力争无效，只得推荐该生到英国考研，考试的结果是录取了。陈教授无限感慨，感慨者又何止陈教授。

老北大尚辩，好骂世、敢骂世、善骂世，这也是《清史稿》对辜鸿铭的评价。能骂者旧派以辜鸿铭、黄侃、林损……为代表，新派以钱玄同、刘半农……为代表。上课骂、下课骂；会上骂、会下骂；报上骂、书上骂；骂皇上、骂太后；骂总统、骂总理；骂校长、骂院长……想封上北大人的口，可不太容易。

其实，骂人的人并不可怕；好话说尽的人才是最可怕。可是许多人都认识不到这一点，于是，对而等之者，谁骂我我就骂谁；大权在握者，谁骂我我就整谁；手里有枪者，谁骂我我就杀谁。段祺瑞向学生开了枪，制造了"三一八"血案。奉系军阀开杀戒，邵飘萍、林白水、高仁山、李大钊……先后被杀害。

辜鸿铭可以说是无人不骂，黄侃也与之相差无几，蔡校长当然难以幸免。可是骂来骂去，骂出了真交情。五四运动中蔡被迫离职，辜、黄均主张挺蔡、挽蔡。辜的名言是："蔡校长就是北大的皇帝，北大不可一日无主，非挽留校长不可。"黄的名言是"舍蔡孑民，谁能用我。""蔡去我亦决不留。"由此看来"真金识烈火；烈火识真金"不虚也。

有人说："北大人好斗。"其实，斗是好事，孔子有云："乡愿者，德之贼也。"一团和气、满面春风，看起来颇为和谐，有治世、盛世之感。但腹诽、心怨者甚夥，背后骂街更多。实不如当面开"骂"，公开论战。《新青年》诸君子能行此直道，北大人亦能行之。君子之学、君子之骂，"真"在其中。辜鸿铭系百年前为"怪人"，百年后亦属"执人""直人"。"怪人""执人""直人"，更是北大人，不妨称之为"北大人中的北大人"。

北大聚国人，亦识洋人。对不同的洋人，态度不同。蔡元培革新北大时，断然处置了两个洋人——将其解聘。一个因"上课迟到，且不认真"；另一个因对工友无理。上课迟到者，蔡校长亲自"候之"，逮了个"正着"。对工友无理者，系教授世界通史的卡特理，此人尚"颇能用心教授"，但"凶暴无理，轻视中国人。有一次，校役正在抹黑板，卡特理一走上讲台，即飞起一足，将校役踢倒，幸未伤及要害。又一次卡特理正在授课，一校役持信进入课堂送交某同学。卡特理从讲坛跑下来，用力一推，校役站不住，跌于课室门外，头部负伤。"

这两件事在当时而言，"没有什么大不了"。可是蔡校长为了国人的尊严，将卡特理解聘。卡特理不服，英国公使亦出面力挺，对蔡进行威胁。威胁不果，卡特理告上法庭。王宠惠代表北大出庭，王系北大法学院教授，在国内外的法学界享有盛名。由于人证、物证俱全，王轻松地打赢了这场官司。从此以后，北大的外教始知国人之尊、北大之尊。

在蔡元培革新北大之前，对学校的工人均称之为校役。蔡始以工友称之，这一称呼一直延续到 20 世纪 60 年代中期。以后师傅一词取代了工友。师傅一词原系专指有师徒关系的人，后发展成尊称。

北大政治系教授燕树棠，为人耿直，疾恶如仇，谁都敢骂，尤其是日本人。政治系有两个日本留学生，上课时如二人不在，则正常上课；如二人在，即开骂。在"九一八事变"后的大环境中，这是要有勇气的。"七七事变"后，这两个留学生到北大"向燕教授请教"，斯时燕已南下到长沙，投身到后方建校的工作中。

北大的外教，也有令人起敬者，最受尊敬、爱戴的莫过于地质系的葛利普教授。前文已述，故不再述。民国时期，出国留学者众，获博士学位者稀。博士荣归，实可谓衣锦还乡，风光无限。但中国的大学，却不给学生授博士学位。故言及博士，必问"哪国的？"更没有听说过授予洋人博士学位。

其实，北大授予过洋人博士学位。这三个洋人，均系已成大名者，即杜威、芮恩斯、班罗卫。时杜威正在北大讲学；芮恩斯出任过法国总理，是著名的数学家，时正留居北京；芮恩斯长期任驻华公使，能操流利的汉语，亦能著书立说。

授学位的仪式在北大礼堂举行。开会的铃声一响，按照西方女士优先的惯例，女教授陈衡哲和女生指导员刘廷芳夫人先行，杜威、芮恩斯、蔡元培、蒋梦麟……鱼贯进入会场，登上讲台。陈衡哲身穿颜色清淡的女西装，举止安娴，风度典雅，颇有女学者的气度；刘夫人身穿绣花缎旗袍，雍荣华贵，风姿绰然。蔡元培身着西装、神采奕奕，气象从容。

蔡校长致辞，由蒋梦麟译成英语。然后蒋梦麟介绍了杜威在哲学上的成就和著作；芮恩斯在政治上的成就和著作，以及二人和中国人的友谊。旋即由蔡元培向杜、芮颁发了名誉学位证书。杜、芮分别致了答词。芮恩斯的答词系用汉语，十分流利。

究民国教育史，向外国人颁发名誉学位证书，只有北大这一例。看来也只有北大有此底气，在国际交往中，等之、侪之；互相尊之、敬之。

杜威是先于罗素到达北京的。二人观点不同，原以为将唱一出对台戏。杜威是胡适的老师，其思想体系集实验主义之大成。罗素一到北京，杜威即作了《三个哲学家》的讲演。这三个哲学家是詹姆斯（美国人）、博格森（法国人）、罗素。罗素执英国剑桥教席，在哲学界享有盛名。傅佩青时在北大教授西洋近代哲学史、近代哲学及伦理学。傅佩青在剑桥研究哲学多年和罗素是老熟人，建议罗素作一次批评实验主义的专题讲演。罗素表示："不好意思，杜威教授对我很客气。"

杜威、罗素在中国讲学，在教育界、知识界形成了很大的影响。杜威先来先走，杜威走后罗素亦回国。罗素在最后一次《临别赠言》的讲演中，语出惊人，明确提出："中国应走俄国的政治路线，也就是布尔什维克主义的路线。"罗素在20世纪60年代的"越南战争"中，坚决反美。在英国海德公园设民众法庭缺席审判美国总统约翰逊。

北大曾邀爱因斯坦来华讲学，爱因斯坦欣然接受，后因多种原因，未能实现，诚为教育界、学术界的憾事，由此也可以看出，在国际交流中，北大是全国的"带头羊"。

北大处处敢为天下先，亦敢为天下后。20世纪20年代末，有"北大老——搬不动"之说。此说系针对刘哲、李石曾而言，也就是北大的"护校斗争"。在政局大动荡中，北大虽三更校名，最终还是岿然不动。进而释之，就是太学的传统、太学的遗风搬不动。北大的学生以太学生自视，自东汉党锢之祸起到公车上书、拒俄运动、抵制美货运动、新文化运动、五四运动，均敢担天下兴亡的义举。"小将"们"欲成大树柱长天"，所以学生运动不断。五四之后，更是挺胸而出——"有北大在，中国不会亡"。太学生的情结，两千多年的传承，确实是"搬不动"。这也是北大沉重的负担，跨进北大校门，办了入学的手续，领了一枚由鲁迅设计的校徽，就成了"愁眉苦脸的人"。搬不动的情怀、搬不动的负担，"秋风秋雨愁煞人"的国家、社会，北大人怎能不愁眉苦脸。这副担子虽然压弯了腰，但仍然挺起了胸。在识时务的乖者、巧者看来，诚乃呆子、疯子所为。

北大亦有"改不了"之说，太学生的包袱——"搬不动"；士大夫的情怀——"改不了"。士大夫太陈旧了，但在两千多年的帝国时期，又无疑是社会中坚。

五四时期的"名教授"不乏三十岁左右者；"名学生"与之相差也就是几岁。师生之间，半师半友，实乃朋友之间。五四时期，是共和国青春的涌动，也是青春的记忆，于北大而言，亦是如此。士大夫属于19世纪，知识分子属于20世纪。但难分、难别。"老将"如此，"小将"亦然。"搬不动"和"改不了"，拥抱在一起、混杂在一起，于是敢为天下先，亦敢为天下后；天下难为、天下所不为——即北大能为。

第六章　北大的社团——百家之显

社团属于时代，最能与时俱进，与时俱兴。

北大的社团甚夥，其宗旨亦夥，以一言括之，就展现了时代的风采、校园的风采；发出了时代的最强音、校园的最强音。略而计之有：进德会、哲学会、雄辩会、书法研究会、画法研究会、逻辑学会、社会学会、体育会、静坐会、技击会、阅书报社、学生储蓄银行、消费公社、成美学会、学生救国会、工读互助团、平民教育讲演团、少年中国学会、马克思学说研究会（亢慕义斋）等，《新潮》《国民》《国故》，也可视之为学生社团。"北大学生军"在初始之时，也是学生团体。

　　各学会的导师，均系鼎鼎大名的学者。哲学会系傅佩青，出于罗素门下，专攻数理学派哲学，主要指导学生系统地分析西方哲学流派。罗素讲学由傅同声传译，影响极大。逻辑学会的导师系章士钊、生物学会导师系李石曾、社会学会导师系陶孟和、新闻学会导师系邵飘萍、音乐学会导师系赵元任、图画研究会导师系徐悲鸿。学生对哲学会、新闻学会最感兴趣，入会者超过百人。毛泽东在北大期间，参加了这两个学会的活动，对邵飘萍颇为赞赏。

　　这些社团，有校长组织的、有教授组织的、有学生组织的，许德珩称之为百家争鸣。本节仅就影响大、存在时间长、参加人数多的进德会、学生军简介如下。

一、进德会

北大承京师大学堂，故官场积习亦深。民国初年八大胡同的常客，多"两院一堂"之人。两院系国会的参议院、众议院，一堂就是京师大学堂。参众两院议员的月薪八百元，故有"八百罗汉闹京城"之说。北大也有一些阔学生，年花费在几千元。这些"阔少"步"八百罗汉"之后，在八大胡同招摇过市，造成了极坏的影响。一些教师，亦不能自尊、自爱，亦多青楼之游。甚者，师生同乐。尤其是法律系，教师中有兼课的官僚，学生多"候补官僚"，两者一拍即合，下课后直奔八大胡同。有钱的人烧包，去逛八大胡同；没钱的人眼热，也要潇洒走一回。于是铤而走险，动用赴法勤工俭学的捐款去"以赌济嫖"。结果是嫖光了赌输了，闹得颜面尽失，收不了场。

针对这种情况，蔡元培于1918年6月发起组织了进德会，旨在提倡培养个人的道德。会员分甲、乙、丙三种。甲种会员不嫖、不赌、不纳妾；乙种会员除上述三戒外，还须不做官、不做议员；丙种会员除上述五戒外，还戒烟、戒酒、戒肉。

进德会成立大会时，北大教员入会的七十余人，职员入会的九十余人。学生入会的三百余人。甲种会员有：李大钊、陈独秀、章士钊、马寅初、邓之诚、罗常培、胡适、张国焘、辜鸿铭、沈尹默、陈大齐、沈兼士、王星拱、罗家伦、周炳琳、夏元瑮、朱家骅、陈汉章、王宠惠、马幼渔等；乙种会员有：蔡元培、范文澜、傅斯年、钱玄同、周作人、徐宝璜、康白情等；丙种会员则有：梁漱溟、李石曾、张崧年等。

进德会对所"戒"，有两个原则：一是"既往不咎"，例而言之，甲种会员有妾者大有人在；二是"今后不可"。

对不做官吏、不当议员，蔡元培有个解释："文化教育以及工农界都不属于官吏范畴。"也就是说把官吏缩小到政治、法律、公安、检察等系统，免得妨碍学生毕业后的出路。

进德会虽然造成了声势，但未设立"监察""纪检"机构。对已入会者，缺少约束力。对未入会者，则不具有约束力。崔适系康有为之外的唯一公羊学家，著有《春秋复始》《史记探源》，应蔡元培之聘执北大教席。崔年近七十伛偻驼背，讲课欠佳，但所编的讲义颇有条理。此翁只身进京，以妓院为家。陈公博、徐志摩、王德林等"名学生"，以风流才子自居，视逛八大胡同为"潇洒"。以至北大校门口的洋车，有八大胡同的"专线"。

张竞生 1919 年获法国里昂大学哲学博士学位，受蔡元培之聘 1921—1926 年在北大执教。1926 年出版了《性史第一集》。此书引起了轩然大波，社会舆论一片哗然。于时下而言，从人类学、社会学角度来讲，性并非不可成书，对中学生、大学生进行性教育应提到日程上。社会学系涉及性，亦非不可。可是 20 世纪 20 年代初，女生初入北大时，则万万不可。刘元功有如下回忆：

> 哲学系的四位女学生，总是在上课铃一响即急速先到课堂坐定。四人静静地并排坐着，一言不发。男同学来到课堂，总不知不觉地向她们望一下，虽胡适教授，亦所不免。有一次胡适正在聚精会神地讲中国哲学史，由于课堂窗子开着一扇，正对着赵懋华。清风徐来，吹得她连咳数声，胡适马上急步走下讲台，轻轻将窗关上。男同学都不知不觉报之一笑，惹得女同学个个面红耳赤，赵本人尤甚。

《性史第一集》出版后，张竞生被解聘，从此一蹶难振，20 世纪 50 年代被聘为广东省文史馆馆员。

周作人在《北京大学感旧录》中认为蔡元培是"没有艳闻的知识人"。他所聘的陈独秀、夏元瑮、张竞生都给他惹了麻烦，而且是不小的麻烦。蔡元培雷厉风行地革新了北大，但所操之道多系德治，未给北大留下一套完整的、行之有效的制度。于是"有治人、无治法"。欲以进德会治校，效果也就有限了。以校门口的八大胡同"专线"而言，40年代犹存。

专线先是洋车，三十年代末变成三轮。无论洋车还是三轮，在八大胡同专线上均系"特殊服务"。拉洋车的、蹬三轮的都"认人"。老主顾当然是轻车熟道，新主顾也不会打眼。对"老客"是该上哪就上哪，该干吗就干吗；对"生雏"则是提供"一条龙"的服务。总之，是娼家、嫖家两头吃，也是两头服务。

50年代、60年代、70年代……历史不会重演，但历史会泛起"残渣"。2016年2月24日《北京日报》报载：

> 本报讯（记者 高健 通讯员 文海宣）北京大学诉邹恒甫侵犯名誉权一案，以邹恒甫败诉告终。然而，邹恒甫拒绝履行法院判决的赔礼道歉义务。昨天，海淀法院通报，该案已经执结，法院通过报纸公布了判决主要内容，费用由邹恒甫负担。

自2012年8月21日起，邹恒甫在其实名认证的新浪微博上陆续发表了"北大院长在梦桃源北大医疗室吃饭时，只要看到漂亮服务员就必然下手把她们奸淫。北大教授、系主任也不例外。所以，梦桃源生意火爆。除了邹恒甫，北大淫棍太多。"等一系列关于北京大学院长、主任、教授与北京梦桃源餐饮有限公司女服务员存在不正当关系的博文，引发社会广泛关注。2012年9月7日，北京大学以邹恒甫的微博言论侵害其名誉权为由向海淀法院提起诉讼。

> 法院审理后认为，邹恒甫未尽到对微博言论负有的注意义务，利用新浪微博平台发表针对北京大学及北京大学院长、系主任及教授群体的

诽谤、侮辱言论，使公众对北京大学产生一定误解，造成北京大学的社会评价明显降低，该言论不构成公民合法行使批评监督权利的免责事由，其行为已构成侵犯名誉权，据此应承担相应民事侵权责任，遂判决邹恒甫停止侵权，删除涉诉侵权微博并在其微博上公开发表致歉声明，向北京大学赔礼道歉，消除影响、恢复名誉。判决作出后，邹恒甫提出上诉。二审法院经审理，判决驳回上诉，维持原判。

终审判决生效后，邹恒甫未在判决确定的期限内履行前述义务，北京大学于去年1月8日向法院申请强制执行。在执行中，法院依法向邹恒甫送了《执行通知书》。邹恒甫接到《执行通知书》后，委托律师前往法院。明确表示不会主动履行判决书所确定的义务。

去年5月28日，法院向新浪微博经营者北京微梦创科网络技术有限公司发出《协助执行通知书》，要求该公司协助删除侵权微博。昨天，法院又通过全国公开发行的《人民法院报》公布了判决主要内容，费用由邹恒甫负担。至此，该案执行完毕。

邹恒甫败诉，如用"文革"语言来表述，则是"打击了一大片；保护了一小撮"。但总是这"少数中的少数"给北大抹了黑，"淫棍"也就乘乱"任逍遥"了。

二、学生军

学生军系北大所独有，但在校史研究领域中未引起注意。究其因，是把"学生军"和"军训"混为一谈了。学生军创办是 1922 年，最初系学生社团，后成为选修课，继而又成为必修课，但在社会活动中仍有学生社团的性质。1934 年"国民政府大学令"，对学生进行军训，北大学生军也就不存在了。但社会上对"受训"的学生，仍习惯上称之为"学生军"。

学生军的创办，和蔡元培的"军国民教育"思想有直接关系。在科举时代，蔡元培 23 岁中举人，24 岁中进士后钦点庶吉士，两年后进编修。可是翰林公未入仕途奔大学士的前程，而是兴教办学。后东渡日本组建了光复会，成了"手枪、炸弹伴我行"的革命党。

孔子所传的六艺，即有射、御，也就是射箭、驾车。春秋战国时期，车战是战争的主体，射、御之功则系"全武行"。留日学生组织拒俄义务队，欲赴辽东为"鬼雄"。在武昌起义之前，同盟会组织了多次以留日学生当骨干的武装起义。"书剑自随""履及剑及"本是士人的传统，更是革命者必备的无畏精神。

作为教育家的蔡元培，深感学生的素质是个问题。"手无缚鸡之力，肩无挑担之能"实系"酸秀才"。虽称"我辈读书人，当头悬国门"，但纵有"男儿报国任驰骋"之志，也恐难有"任驰骋"的体力。故此，蔡元培在日本时就组织过"军国民教育会"。

以京师大学堂而言，其办学宗旨系"救亡"。书剑报国是士人的传统。于19世纪末20世纪初而言，挽救民族危亡需要"书"，但更需要"剑"。自京师大学堂创始之时起，师生们就富有"尚武重戎"的精神，而且形成了传统。据俞同奎《四十六年前我考进母校的经验》一文中回忆，京师大学堂每人均发给冬夏"操衣"（新式军装）。每当脱下长袍马褂穿上操衣后，顿生赳赳武夫的气概。

每天破晓，操场上就传来了"向左转""向右看齐"……的口令声。虽然朔风凛冽，大部分学生都很认真。有一次军操后举行祭拜孔子之典礼，教职员都是朝服官靴，翎顶辉煌。学生们则是戎装参与典礼，守旧人士见后大为惊诧，认为孔夫子在天有灵，一定会说"非吾徒也，小子鸣鼓而攻之可也"。

学生们外出好集体行动。"操衣列队"，意在亮亮相，显示一下大学堂学生的风采。当一队"学生军"经过东华门大街时，市民们一齐拥出去看热闹。时逢早朝散班，满汉朝臣与"学生军"相遇后不知所措，庸官朽贵们谈虎色变。慨然叹曰："丘九之祸，恐烈于丘八。"

"丘八"是指新军，新军不但洋械、洋服、洋操，而且行"洋礼"。见了长官来个"兔子举爪（行举手礼）"，见了钦差竟然行"撇刀礼"，简直是"犯上"，早晚得"作乱"。丘九是新学堂的学生，一进洋学堂，"腿就变直了，辫子盘到脑袋后头去了。西装革履，走起路来咔咔响，和洋鬼子简直是半斤八两。先讲维新，后闹革命……"

庸官朽贵所议，并非是"早知十年"，而是一种本能的反应，"不幸而言中"，系历史的必然。辛亥革命的军事主力是各省新军，组织者、领导者、骨干力量则是以留日学生为主体的同盟会会员。也就是说，"丘八"和"丘九"发动的武装起义推翻了清王朝两百六十多年的统治，也结束了二千多年的帝制。中国步入了共和，历史展开了全新的一页。

京师大学堂的定制学生要出操，"叫操"的系由新军中选拔的教官。1905年废弃科举之后，许多童生、秀才弃文从武，进了新军的学兵队。这些人腹中有些文墨，在军中易于脱颖而出。能到京师大学堂"叫操"，大多是

"秀才兵"。

京师大学堂的本科生赐举人出身；研究生（通儒院）赐进士出身，名列优等者可钦点翰林。在大学堂"叫操"的"秀才兵"对学生颇有敬畏之感。于是出操时产生了"大人齐步走""老爷向右转"的口令。原因是时人对举人的称呼是"老爷"，对进士的称呼是"大人"。

辛亥革命后，北京大学不再出操。直接原因是外省的许多学堂，成了同盟的"基地"。袁世凯不希望国立北京大学的学生"尚武"，更怕由于尚武玩起了手枪、炸弹，成了乱党、革命党。蔡元培革新北大时，学生身体素质较差，提高学生身体素质必须提到日程上来。解决的方法只能是开设体育课，而当时的中国，体育也就是"军体"，强身系卫国。这也是形势所需，形势所迫。

民国初年，中学体育教员基本上是陆军小学的毕业生。北大是全国最高学府，要聘体育教员，当然要到全国最高军事学校——保定陆军军官学校物色。蔡元培委托曾任保定陆军军官学校校长的蒋百里，为之举荐一名体育教员。

蒋百里选择了白雄远。白雄远民国元年入保定军校，毕业后留校任教。蒋选白的首要原因是"墨宝尚佳"，写得一笔好字；二是"文墨尚通"，有些旧学功底；三是清末读过一年法政学堂，对新学"可谓知晓"。于是，1917年暑假结束后，白雄远成了北京大学历史上的第一名体育教员。

此时北大的体育课，一切从零开始。在蔡元培的支持下，北大成立了"体育会"。同时修建了足球场、篮球场添置了单双杠、鞍马、天桥等体育器械。学生们对体育这门课，颇感兴趣，开始由教室、图书馆，走向了操场、运动场。

1918年北大规定体育课为学生的必修课，同时设体育部，增聘了三名体育教员，白雄远出任了体育部主任。白在评议会上提出建议，今后北大学生，须先检查身体，合格者才有资格参加入学考试。这项建议得到了蔡元培的支持，获得了通过。北大的这一举措，在全国影响很大，首开文体并重之先河。之后，学生体检合格后，才能应试、入学，后成为了各校的通例。

蔡元培校长对体育非常重视，强调在指导思想上，德、智、体、美要并重，每年要开一次运动会。1922 年 4 月，北大举行了一次规模盛大的春季运动会，蔡元培亲撰了《运动会之需要》一文，刊登在《北大日刊》专辑上。

北大的体育教学，多借鉴北师大体育专修科的教学大纲来制定自己的教案，和清华也进行了多方面的沟通。诸校之间，经常进行足球、篮球的友谊赛，现存两张北大足球队的照片，其中一张注明是民国十四年（1925 年）北大足球队战胜清华后的纪念照。20 年代清华是足球劲旅，此役能战而胜之，大概是少有的殊荣，故存照留念。北大的足球队、篮球队，和东交民巷使馆区也经常交流、互访，不但活跃了校园的氛围而且也开阔了学生们的眼界。

1922 年 5 月，直奉战争爆发。为了保护学校免受溃兵的骚扰，蔡元培决定组建"保卫团"护校。保卫团由学生自愿参加，报名者多系体育骨干，可视之为学生社团。参加保卫团的有三百余人，白雄远对其进行了集训。直奉战争没有殃及北京城区，但学生们在集训中所焕发出的尚武精神却一发而不可收拾，纷纷要求改保卫团为"学生军"。

北大评议会通过了这一要求，决定成立北大学生军，蔡元培对学生军的军旗、制服、帽子、帽徽都亲自进行规划。并对白雄远说："学生军的服装不能和当兵的一样，不能打绑腿，要让学生平时也能穿。基本上按学生服式样做，立领三兜，西装裤，上军训课时加上武装带、戴上军帽。服装的颜色夏季为黄咔叽布，冬季是深蓝色的毛哔叽、大檐帽上悬北大校徽。"

1922 年 6 月 28 日，北大学生军正式成立。蔡元培亲自颁发了军旗。学生军的军容、军貌、军姿，充满了英气、豪气、正气，军事家蒋百里给予了很高的评价，欣然出任了北大学生军讲师（按北大定制，凡外校兼课者，称讲师）。

1924 年 6 月，北大学生进行了盛大的阅兵。各界人士莅临者甚夥，其影响也走出了校园，进入了社会。北大学生军在社会上第一次威威武武的亮相是1924 年 12 月 31 日。为了召开国民会议，孙中山由广州北上，行前发表了宣言，提出了废除不平等条约；取消领事裁判权；收回海关、租借；保障人民的权利等主张。12 月 31 日孙中山到达北京时，受到北京各界十万人的热烈欢迎。

孙中山莅京，北大学生军系仪仗队和警卫队。在专车进站前，学生军布置了警戒线。他们手持上了刺刀的教练枪，把京师警察厅派出的保安队，隔绝在警戒线外，并在站台列队站好，等候孙先生检阅。

当孙中山得知警卫部队、仪仗部队均系北大学生军时，十分兴奋。不仅和白雄远握手，还不断地向学生军招手示意。全体学生军举枪敬礼，同声高呼："欢迎孙先生北上！废除不平等条约！"在学生军的护卫下，孙中山登上了北大唯一一辆老式汽车，前往莅京后的行辕——顾维钧公馆。

北大学生军在返校途中，列阵东交民巷西口，面对着武装巡捕，列队高呼："打倒帝国主义！废除不平等条约！"这是石破天惊的呐喊——第一声"打倒帝国主义！"（在公开场合）而且是面对面地呐喊。中国学生、中国人进一步觉醒了，任西方列强宰割的时代已经结束了。第一声"打倒帝国主义！"在北大校史上应大书特书，北京史、中国史亦然。

行辕的警卫工作，初由北大学生军担任。孙中山怕影响学生的学习，通过李大钊三次向白雄远表示"免劳"（蔡元培不在国内），事不过三，行辕的警卫工作改由警察担任。孙中山于 1925 年 3 月 12 日在京逝世，守灵、护卫、移灵的仪仗兵、警卫兵，均系北大学生军。

公祭孙中山的过程中，学生军护卫着北大台籍学生的花圈，正步抵达灵前，挽联上书：

三百万台湾刚醒同胞，微先生何人领导？

四十年祖国未尽事业，舍我辈其谁分担？

废除《马关条约》，台湾省回归祖国怀抱是全台人民的夙愿。孙中山废除不平等条约的主张，是全体台湾同胞发自心灵深处的呐喊。挽联系墨写纸成，腹稿却是泪血合凝。是心声，是豪情，是信念、心志的迸发；是铜鼓、是号角，是吴钩、铁戈的撞击声。今日读之，犹令人热血沸腾。虽有"台独"小丑跳梁，海峡两岸一个呼声："台湾自古就是中国的领土，是中国不可分割的组成部分。世界上只有一个中国，金瓯不可缺。"这是不易的信念，是海峡两岸共同的底线——不可触碰的底线。

1925 年 5 月，上海发生了举世震惊的五卅惨案。全国一致，掀起了反英反日的热潮。时蔡元培正在德国考察，反应十分强烈，致电北大同人，主张对列强采取强硬的态度，认为中国应单方面废除不平等条约，无须征得列强的同意。并致信白雄远，说："学生军若继续推广，不于未成熟之时期中露锋芒，则一二十年后，必为吾国救亡之灵药，愿久持之。"（此语见 1934 年《北大年刊》）

北大学生军的骨干都是北大学生会的骨干，学生会主席邓文辉，系学生军总队长。所以每次举行游行，北大学生军都是"开路先锋"。五卅惨案发生了，举国共愤。北京学生在天安门前集会，会后到"执政府"请愿。北大学生军在执政府门前布了一个四列横队，站在群众队伍前面，保护群众。时降暴雨、学生军迎着狂风、顶着暴雨岿然不动。被誉为"北京民众的铁军"。

1925 年 11 月 28 日，北京爆发了反对段祺瑞执政府的大示威，时人称之为"首都革命"。各校学生在北大红楼后的民主广场集合，前往铁狮子胡同的执政府示威。此次活动得到了冯玉祥部国民军的暗中支持，驻扎在北京的鹿钟麟部派出了一营大刀队，以"弹压"为名，起到了保护学生的作用。

大刀队系"特种兵"，背插大砍刀，身配两把盒子炮。战场上系突击队，平日担任警戒或执行"特殊任务"。这个大刀队的营长，是名中校，保定军校出身。白雄远以"老学长""老教官"的身份和他套近乎。这位营长表示："鹿司令关照了，你们放心吧。"

学生的游行队伍包围了段祺瑞的住宅，执政府的卫队旅在墙头架起了机关枪。北大学生军的教练枪也上了刺刀，双方对峙了五个多小时。在对峙中，卫队向学生军挑衅："放一枪听听呀！""都多大啦！还玩烧火棍。"学生们齐呼口号，一浪高过一浪。军校教官出身的白雄远，观察到卫队的机枪、步枪均系子弹上膛。休说是"奉命射击"，就是"举枪走火"……于是向大刀队的营长说："还是隔开好。"营长点头，表示会意。于是令两排士兵"保护府门"，在学生军和卫队之间建起"隔离带"。

游行队伍结束时，白雄远和营长互通了名片，白邀学弟"到舍下小酌……"两位校友聚了几次，但所言都是保定旧事，未能深言。"军人不言政治"，在 20 年代的军界还是通行之说。

1925 年 3 月 11 日，孙中山病逝之后，北京的政治形势随即发生了变化。4 月 30 日，京师警察厅查禁了国民会议促成会等五团体。5 月 7 日，北京各校学生在天安门集会游行，纪念"五七"国耻日；5 月 9 日，各大学万余学生示威抗议执政府禁止纪念国耻日及逮捕学生。6 月 3 日，各校一致罢课，声援上海"五卅惨案"，罢课延续了三个多月，直到九月上旬才宣布复课；6 月 10 日，北京各界 157 个团体、20 余万人在天安门召开对日、英雪耻大会；6 月 14 日，长辛店工人在天安门集会，向执政府请愿，提出惩办沪案祸首、收回租界等七项要求。各校学生代表与会，并发表讲演。6 月 25 日，北京各界 30 多万人在天安门前举行追悼沪案遇难同胞大会，会后举行了示威游行；6 月 30 日，为全国哀悼"五卅"死难同胞日，举行了罢课、罢市、罢工总示威，北京各界 5 万多人在天安门前召开大会，通过了惩凶、赔偿、武装自卫等九项决议；7 月 18 日，北京四万余人在天安门前举行国民大会，向执政府提出废除中英不平等条约等四项要求；10 月 25 日，北京各团体一万多人在天安门前举行关税自主大会，并举行游行；10 月 26 日，北京大学师生五千余人举行关税自主示威游行；11 月 22 日，北京大学沪案后援会等三十余团体二万余人举行关税自主示威游行。11 月 28 日，爆发了所谓的"首都革命"；12 月 31 日，北京五万学生在天安门前召开反日国民大会；1926 年 2 月 17 日，北京各界四万多人在天安门前召开反英讨吴（佩孚）大会。

以上集会、游行中，北大学生军可以说是"穆桂英挂帅，阵阵到"，并誉为"民众武装"。1926 年 3 月 18 日，北京各界民众在天安门前举行反对八国通牒国民大会，举行示威游行，到段祺瑞执政府请愿，卫队开枪镇压，死 47 人伤二百余人。

据程厚之回忆，北大学生军沿途设岗，维持秩序。游行队伍还没有到达执政府，血案就发生了。此时北京的政局发生了变化，张作霖的奉军，取得了战略上的优势，国民军已经作出了退出北京的准备。北京卫戍司令鹿钟麟离任，由李仲鸣代理司令。

白雄远回北大的途中，见大街上没有国民军布岗维持秩序，到校后即和大刀队营长进行了电话联系，得到的回答是"李司令没有命令，部队不可能出动，您该明白了"。军人出身的白雄远，当然明白了——国民军的态度有所变化。

学生军只能取代了国民军，沿街布岗维持秩序，保障游行队伍顺利通过。如果学生军仍然开路先行，到达执政府门前布四列横队，无疑会全军覆没。

3月19日，李大钊等革命领导人遭到通缉，被迫转入地下斗争。直鲁联军开进北京后，张宗昌任北京卫戍司令，大开杀戒，把目标指向北大，在景山架设大炮，要缴收学生军的武器，白雄远避入东交民巷，经校方一再交涉，由警方查实学生军并无武器后，一场风波才算告终。但学生军也就只能停办。

1922年6月28日，北大学生军正式创办，到1926年4月停办。这时期的学生军，虽有校方组织支持，但学生系自愿参加，其性质无疑是社团。这一时期系学生军的第一期。

1929年北大复校斗争取得了胜利，恢复了校名。年底，恢复了学生军。并规定学生军为三、四年级的必修课，凡军训不及格者不能毕业。白雄远任军事训练组主任，不再担任体育组主任。此时的学生军，性质颇为特殊。北大是国立大学，从机构设置上来看，军训组、体育组并设。但此时的军事训练，是校方自定的课程，不是政府行为。军事训练处的主任和三位教员，均系校方所聘，上课时师生均穿学生军的军装。但学生军已不是学生"社团"，而是教师和学生共同参与的业修课。此时北大师生把军事训练课仍称为"学生军"，这一时期，可视为学生军的第二期。第二期止于1934年。军训总监部对各校学生军进行了"接管"，一体实行"军训"。

东三省易帜，降下了五旗共和的"旧旗"，升起了青天白日满地红的"新旗"，中国实现了形式上的统一。日本控制满蒙，分裂中国的阴谋未能得逞。

但狼子野心更加猖狂，直接挑起了"九一八事变"。民族的危亡，促成了抗战的热潮。东三省大地上义勇军风起云涌。中国军队守土有责，进行了江桥抗战（黑龙江）、长城抗战、绥远抗战，这就是学生军第二期的大背景、大环境。

激于抗战热情，基于"有北大在中国不会亡"的自信心和使命感。一、二年级的学生主动要求参加军事训练。每周两次"早操"时，形成了便服队在前制服队在后自动结集（三、四年级发学生军制服），共同进行操练的传统。操练的内容以实战为主，刺枪、掷手榴弹、拳术等。此外，还通过种种关系，借用驻军的地坛靶场进行实弹射击，使学生对于手枪、步枪、轻机枪、重机枪的性能和使用方法能有所了解。

在课堂上也讲述军事理论，进行沙盘战术演习。总之，北大学生军的授课内容以救国救亡为宗旨，内容活泼、新颖。"枪口指向东方"的指导思想，激励着"还我河山""光复东三省"的豪情。不但北大学生为之所动，而且很快地扩及别的大学。之后女师大、农业大学、中法大学、辅仁大学等，纷纷效法北大，办起了学生军。

1931年春，这几所大学在阜成门外三里河举行了野外联合军事演习，声势非常之大。不但各大中学校的师生前来参观，各界人士亦前来"观礼"。也惊动了东交民巷的各国使馆，武官们纷纷前来观看演习。

当时各大学均是自开军训课，大多以体育教员充当军训教员。授课的内容以队列、木枪拼刺为主，旨在培养尚武精神。也有的学校向驻军聘请军训教员，意在利用军方的物质资源。各校的学生军课程很不规范。白雄远汇北大军训教材成《军事教育概要》一书，由北京大学出版，振武书局发行。此书也就成了各校学生军的通用教材。白在该书自序中鼓励学生："脱下西服，换上军装，解下领带，扎上裹腿，共赴国难。"

1934年北大年刊中，载有白雄远《北大学生军的过去及现在》一文，详述了北大学生军从1922年创办到1934年上半年终结的历程，要求学生"勿忘国耻"。这一年刊中，有一组北大学生军的专题，有20多张照片，较为全面地反映了北大学生军接受军事训练的深度和广度。有靶场实弹射击重机枪的照片；有野炮、山炮、迫击炮（模型）战斗训练的照片；有搏击、大刀、拼刺训练的照片；有宿营练习、测绘练习的照片；还有室内沙盘的照片。

在这些照片中有一张 1931 年北大与农大、辅仁大学、女师大在西郊三里河附近举行联合野外演习的照片，照片上有一个学生军方队，从后面看都是留有长发，军装整齐，飒爽英姿，那是北平女子师范大学的学生军。这不由得令人回忆起辛亥革命时的女子北伐队，联想起历代妇女的娘子军……联想到抗联、八路军、印缅远征军的女战士。"中华女儿多奇志，不爱红装爱武装。"在民族危亡面前，半边天挺身而出了。

北大第二期学生军，仍是自办、校办，并非"政府行为"，在条件有限的情况下办得有声有色。而且带动了北平地区的其他大中学校纷纷办起了学生军。这在教育史上，特别是北大校史上值得深究、探讨。切不要和 1934 年以后的"党国军训"混为一谈。"军训"前章已述，故不再重复。张中行、严薇青等人的回忆，已均是 1934 年以后的"党国军训"。蔡元培在《我在北京大学的经过》一文中对白雄远的评价："白君勤恳而有恒，历十年如一日，实为难得的军人。"系对学生军时代的评值；不是 1934 年以后，白系党国军训教官的评价。

1934 年以后，白雄远一度出任北平军训委员会主任，后改任北京大学军训教官。此时的"军训"，虽系"政府行为"，但仍有学生军的余韵。1936 年北大年刊中，载有北大学生军大检阅的照片。白雄远在检阅台上，用手指向东方。这张照片旁边的标题就是"把我们的枪口对准一个方向"。

白雄远在讲话中表示："为什么要选择今天——五月四日举行大检阅，因为'五四'是北大光荣传统的纪念日，要发扬'五四'反帝爱国精神。但此时的'学生军'，已不可能出现在"一二·九运动"的队伍中，历史的一页已经翻了过去。"

三、小议社团

时下，北大的学生社团有多少个？不见最新资料。20 年前，也就是 1997 年北大正式注册的社团有 84 个，可分成三类。学术理论类 38 个；实践服务类 17 个；文体娱乐类 29 个。影响较大的有爱心社、山鹰社、五四文学社、百年同行社、北大车协（自行车）……"山鹰"在攀登珠峰时不幸"折翼"，实为憾事、痛事。

一所大学的学生社团，从数量上来讲，系学习氛围的展现、学生精神面貌的展现；从质量上来讲，是教学质量的展现、学生学业水平的展现。从总体上来讲，是学校未来的展现。名校长、名教授、名社团、名学生（活跃分子）结合在一起，才能办好一所大学。

北大的社团，不但展现过风采而且激荡过风云；不但喊出了时代最强音，而且知行合一，在历史的巨轨上，登上了时代的列车。社团属于时代，最能与时俱进、与时俱兴。即便是昙花一现，如工读互助团，也是时代的浪花。不能"惊涛拍岸，卷起千堆雪"，也跳跃了一下，凸显了自我，也凸显了北大与北大人。

第七章　校园内外

北京大学的旧校区、现校区，均是「文」的神韵；「道」的内涵。

而且两者合为一体，是内美和外美统一起来的最佳组合。

一、沙滩校区

1952 年政务院公布全国高等学校调整方案，北京大学、清华大学、燕京大学的文、法、理科以及辅仁大学的部分系科合并为新的北京大学。是年秋，北京大学校址由东城区沙滩迁往西郊海淀区燕园——原燕京大学校址。

沙滩、燕园是地名，但在世人的心目中却有着极深的内美、内涵。因为沙滩是北京大学的旧校址；燕园是北京大学的新校址。所以沙滩和燕园均是著名的人文景观与中国最高学府合为一体的存在。

元大都坐落在永定河的故道上，所以北京城区可以说是燕地水乡。内三海（皇家禁园中的南海、中海、北海），外三海（什刹海、后海、积水潭）斜贯了内城，形成了京城水系。沙滩位于北河沿西畔，"一条小河，两行垂柳"给古城平添了几分情趣，韵染了几笔绿意。在永定河汇归潮白河归海时，沙滩是大河之滩。但到了北大时期，沙滩只是一个地名了（今称五四大街），扩而言之，是北京大学校区的代称。

20 世纪二三十年代，北京学界有赏月之雅俗，师生们仰望着月朗星稀的天穹："下月到哪里去赏月？清华园（清华大学）、未名湖（燕京大学）、沙滩（北京大学）？""还是去沙滩吧！"的确，"沙滩"这两个字在神韵上绝不逊雅于清华园、未名湖。

紫禁城东侧的一条小河、两行绿柳，充满了生机、野趣、新意。和皇家别苑的未名湖、清华园的品韵相比，此地的生机、野趣、新意更能引发人们在朗月之下的遐思与畅想。故刘半农在《北大河》一文中说："你若到北京城里找一点带民间色彩、带江南风趣的水，就只有三院门前的那条河了。""春夏秋三季河水永远是满满的，亮晶晶的，反映着岸上的人物、草木、房屋……"

在朗月的普照下，师生们联步河畔。有人低吟婉转；有人欲横槊赋诗；有人纵声《满江红》。

旧京拉洋车的、蹬三轮的都知道，"沙滩""红楼"就是北京大学。1920年，建于沙滩的红楼竣工后，文学院即入住楼内，时称北大一院。由红楼沿街西去，没几步就进入了皇城的核心区，街南是紫禁城，街北是景山。金碧辉煌，古木葱秀，交相衬映。令人感到堂哉、皇哉、大哉。仿佛两千多年的帝国时代，尽收于内也尽释于外也。再向前就踏上了金鳌玉栋桥，站在桥上南向是中海、南海，北向是北海，皇家禁园之胜，尽在望中。三山仙境，身浸其中。

下了金鳌玉栋桥，就是北京图书馆（今国家图书馆分部）。图书馆和北海公园只隔一条汉白玉栏杆。倚栏而立，太液池、琼岛尽收入怀。男生只要一抬腿，就可以进入北海公园；入园后伸手一接，女生也就飘然而入。这条通道，为北大学生所专。馆方园方，均是"悉听尊便"。

夏日时节，北海水面荷花盛开。师生们好到琼岛南岸的双虹榭品茗。榭东是永安桥，南是金鳌玉栋桥。在榭中倚栏，两桥收入一窗之中，境入李太白"两水夹明镜，双桥落彩虹"的诗韵。水中的游鱼、水面的小舟、水空的雨燕浑然一体，诗境、画境、人境皆具。

一杯清茶、一席长谈、一番争论，从诗境、画境、人境中悟出了真谛、真境，悟出了正道、悟出了人生。

京师大学堂的"本宅"在马神庙（今沙滩后街）街的和嘉公主府。红楼竣工后"本宅"改为二院（理学院）建筑系大小四合院格局。公主府的银安殿改建成大礼堂。堂前一泓清池，水中游鱼怡然。观鱼会意，进入了庄子、惠子"子非鱼""子非我"的悟境。

池左右屹立着两棵罗汉松，"伟干巨冠"，四季常青。颇有些顶天立地的气概。大礼堂后有几棵名贵的玉兰，春日怒放，下自成蹊。大礼堂也是北大的

"议事厅"，最高权力机关——教授评议会在此"议政"。许多学术研讨会、名教授的大课，多在此举行。故又是北大的学术中心、讲学中心。

北大三院（法学院）在"北大河"西岸，系同文馆旧址，是几座西式二层楼房，但大礼堂可容千人。五四以来，多次学生运动都是在这里策划、集合，然后走上街头。所惜者，三院旧址今已不存，和北大河一样，消失在现代红尘之中。

沙滩的红楼是北大的标识性建筑，这里诞生了北大的"红楼文化""红楼精神"。红楼的一层是图书馆、阅览室，李大钊的办公室今已辟为李大钊纪念室。原报刊阅览室，是毛泽东曾经工作过的地方，现为陈列室。旧说依旧，历史已近百年。百年沧桑，百年巨变，使人联想到"多少事，从来急；天地转，光阴迫。一万年太久，只争朝夕"的真谛、真意、真理。

红楼的二层是校部办公的地方，校长蔡元培的办公室就在208号。遥想当年，楼之中"名教授"如云，"名学生"如雨。无论是先知后行，还是先行后知；不论是知行合一，还是思行合一。均在不同的领域树帜扬帆。虽然目标不同，但都是敢踏征程、敢历征程、敢闯征程。

沙滩红楼，现为新文化运动纪念馆，系国家级文物保护单位，北大师生，应前往瞻礼。在虔诚、恭谨之中，回忆过去，环顾现实，展望未来。定能有所感、有所悟，在感悟之中、况味之中安排未来。这种安排，或许是重新安排。

在沙滩红楼四周，分布着几所北大宿舍。马神庙西口（今沙滩后街）系西斋，汉花园（今沙滩北街）系东斋，嵩祝寺后椅子胡同系四斋（排在三院之后故称四斋），夹在二院与西斋之间的女生宿舍称五斋，一院大操场北边的灰楼系四年级学生宿舍，称新四斋。以沙滩红楼为中心，围绕着北大文理法三院，形成了一个大学区。

英国的剑桥大学、美国的哥伦比亚大学等名校均无封闭的校区。校在城镇之中；城镇之中分布着校舍。中国的大学多"封闭"起来，唯有北大，院、斋分布于沙滩地区。校与城融；城与校融。由融到溶，由溶到熔，北大和北京也就成为一体。正因如此台湾有"清华大学""辅仁大学"，无北京大学。胡适没有留在北大，可是他认识到，迁校没有必要。北大离开了北京，还能叫北京大学吗！

北大是位于北京皇城之中的大学。抗战胜利后北大复员，叶恭绰致函胡适，告知京师大学堂创办时期，在城外瓦窑地区买过两千亩地，规划为校舍。北京城郊"瓦窑"的地名不只一处，有人认为京师大学堂所购之地是在今昌平七盘山下的瓦窑村。理由是此地风景、风水俱佳，实是建大学城的理想之所。也有人认为，这两千亩地不明不白地丢了，实乃北大之幸事。北大若建于清雅、清静、清净的七盘山下，远离了市井、远离了红尘，确实是治学、养性的象牙之塔。但北大和新文化运动、五四运动也就无缘了。新文化运动、五四运动是历史的必然，"向北大集合、从北大出发"乃是天时、地利、人和，失去地利，也就难享天时、人和。

皇城中的大学，底蕴厚重，包袱沉重。只有"厚重"，才背得起"沉重"。带上愁眉苦脸的校徽，但不是愁眉苦脸的人。不愁眉苦脸，也不春风得意。春华秋实，故曰："北大老"。

"北大老"的说辞甚多，生在皇城中、长在皇城中，焉能不老。老当益壮，返老还童，更具有青春的活力、青春的影响力。北大给北京这座文化古城，注入了生机。"城育大学；大学带城"，北大使北京由清廷的首善之区、北洋政府的首善之区，变成了觉醒之城，喊出了时代的最强音，前章已述，不再重复。本节仅从"社区"的角度，言北大的影响。

以沙滩红楼为中心，周边地区出现了许多学生公寓。北大有宿舍，学生为什么住公寓。有多种具体原因，总括起来讲，是追求一个"我化的小天地"。我化并不是"躲进小楼成一统，管他冬夏与春秋"。而是一种自我完善、自我提高的"境"，我化是为了更好的"群化"，是对群化的补充。禅房与经堂、书房与讲堂，境殊道一。

在沙滩红楼的周边地区，还兴起服务于师生的餐饮业，这些饭馆不同于"八大楼""八大居"，但又有别于面向市井之人的"二荤铺"。见诸于文载的有集贤林、华顺居、海泉居、德胜斋等。海泉居内悬挂着一副对联：

学问文章，全国皆称北大棒。

调和烹饪，沙滩都说海泉行。

　　此联系掌柜的自为之，为了能记账，年过而立上了北大办的夜校。粗通文墨之后，推敲出了此联。请常来吃饭的学生书而悬之。没想到此联不胫而走，竟成了绝好的广告，使生意红火起来。

　　在沙滩附近，还兴起了许多和师生有关的商店，如照相馆、洗染店、理发店、冷饮店、面包房、文具店、书店等。影响最大的则是隆福寺街的书肆。隆福寺街的书肆在明代已很兴盛，形成了前店后坊的营业格局。明本的《词林摘艳》《五音篇海集韵》等书籍就成书于隆福寺书肆之中。清代实行旗、民分城分治的政策，将非旗籍的居民一体迁往外城。此举造成了报国寺书肆、琉璃厂书肆的兴起，隆福寺书肆也就冷落了下来。

　　京师大学堂创办之后，由于校址地近隆福寺街，书肆很快就红火起来，大有中兴之势。北京大学时期，师生们是书肆的常客。东雅堂、文讲阁、修元堂、鸿文阁、三友堂、大友堂、文奎堂，均是"吃北大饭"的字号。上述书肆的经营者对于图书版本的伪真、陈新，校勘的精劣知之甚详。

　　胡适在北大任教时，就好到隆福寺街作书城之游，用时下语来讲就是"淘宝"。每有所获即示之于同人，并经常对学生们说："北大距隆福寺街很近，你们应该常去跑跑，那里书店的老板，并不见得比北大学生懂得少呢！"

　　书店老板还有针对学生的经营之道，也就是"售后回收"。学生的经济条件有限、藏书的条件也有限。书售出后可根据时间的长短，有无损毁两个主要条件，打折收回。

　　每当暑期将近时，书店"跑外的"就忙乎了起来，到北大去收书，重点是四年级的毕业生、带不走的书，只能任书店压价收回。

　　对于教授，书店老板往往是送书上门，文人都有书缘，大学教授乃文人的典型。书店是儒商的典型。教授逛书店，自然会受到高标准的接待，还能享受高标准的服务。店家热情地表示："好书总得有个好归宿，知道您忙，有了珍品一定送到府上。"送书上门时则曰："这书是短版缺货，不敢上架，知道您识货，径直给您送来了，您先留着看，年底再说。"

"再说"，可不是"白看"。年关将近，小学徒则上门讨债。短版、缺货自然是"天价"。而小学徒讨债之术是静立在"大门洞"。时值三九严冬，小孩穿得挺单薄，让他进屋暖和暖和，则口称不敢。

不立于大门之外系至仁；立于大门洞乃至义；不登堂入室是守礼；静立不语实大智；年底方来可谓守信。店家仁、义、礼、智、信备矣，逼得"名教授"举债甚至进当铺还书债。教授看起来收入颇丰，实际上难免是"月光族"。此时虽"省"，但时过也就不"悟"。来年送上好书，还是忍不住要先睹为快。

二、燕园校区

1952 年 9 月，全国高等院校调整之后，北京大学迁往海淀镇的燕园——原燕京大学校址。

燕园系北京西郊的著名园林，据《天府广记》载："海淀米太仆（明代著名画家米万钟）勺园仅百亩，一望尽水，一望无际。"明清易鼎之后，由于勺园地近清帝行宫畅春园、圆明园，王公大臣为了早朝之便，相继在勺园附近兴建了诸多的别墅。现北京大学校园内的淑春园、鸣鹤园、镜春园、朗润园、蔚秀园、承泽园均系清代前期所建。

诸园之中，淑春园的规模最大，系乾隆宠臣和珅的赐园。和珅富可敌国，把淑春园扩建成京师第一名园。英法联军之役、八国联军之役，淑春园和附近的诸多名园均遭到了不同程度的破坏。民国初年，淑春园成了陕西督军陈树藩的"肄勤农园"。1920 年燕京大学购得肄勤农园，辟为校舍，1926 年夏竣工，1928 年夏燕大迁入新校址，新校址称为燕园。

燕园的兴建过程中，不论是总体布局还是个体建筑，均系"中西合璧"。在合璧之中不落生硬斧迹，绝不是中西建筑的"大拼盘"，明清旧园和现代楼舍浑然一体，堪称建筑界的范品。

1952 年北大迁入燕园之后进行了全面的扩建，形成了新的格局。旧迹寻踪，未名湖区、朗润园、承泽园、蔚秀园等地犹存昔日风韵。

未名湖原系淑春园中的"小福海"，湖中小岛有"蓬岛瑶台"之称，侯仁之先生在《步芳集》中称该岛为"枫岛"。因每逢金秋时节，岛上枫林尽染，漫步湖畔，顿生"霜叶红于二月花"之感。岛东岸有一石舫，马嘎尔尼在日记中曾提到这个船型建筑。

未名湖东岸耸立着一个古塔，其建筑外形酷似通州运河之畔的燃灯塔。塔级 13 层，高 37 米。"湖光塔影"，也就成了北大校园的标识。这座古塔看起来沧桑，但其历史不足百年，系 1924 年的燕大毕业生所捐赠。但设计者颇有匠心，使水塔不但有供水的功能，亦有点缀风景的功效。一箭双雕，实为方家的手笔。

未名湖区现为北京市重点人物保护单位，朗润园、蔚秀园、承泽园经过修整后，亦得到了有效的利用。建于台地之上的燕南园是 20 世纪 20 年代的建筑，系燕大的教员宿舍。青砖灰瓦，是中国的传统，室内室外的造型又流有欧风。园中的松竹，展示着一种情怀，不争春，但四季常青。燕大、北大的老教授们曾多卜居于此。现虽多变，但瞻礼者还是怀有仰慕、敬畏之衷。这也是"敬其人，礼其屋"的恭谨、虔诚。

综上所述，北京大学的旧校区、现校区，均是"文"的神韵"道"的内涵，是内美和外美统一起来的最佳组合。文就是中华文明的"文统"；道就是中国国魂的"道统"。文以载道、道以存文。"沙滩"和"燕园"也就成了世人瞩目的人文景观。到北京来观光旅游，所选所钟者当然是天安门、天坛、故宫、明陵、长城、颐和园……，但燕园的未名湖、沙滩的红楼也是海内外学子、学人瞻礼之所、流连忘返之地。

沙滩之行可参观红楼之中的新文化运动纪念馆，瞻礼毛泽东、李大钊当年的工作室。所憾者，红楼后的民主广场已封闭在机关大院中，不能重温五四的记忆，再走五四的路。

三、叹衣食住行

　　衣、食、住、行，由经济状况所决定。最直接的展示，就是月收入的多少。但衣、食、住、行也能反映出文化上的需求与追求，反映该人的素质、学养、品位。以衣为例，时下讲究穿名牌。更有高端者，从巴黎、米兰定制，而且要出自服装大师之手。穿不起名牌，也要淘件假名牌。若穿商店里、街摊上的"甩货"，则贻笑于大方之家，自己也难免赧颜。故言，穿什么是"看家当"，也是"亮家当"。

　　食、住、行也是经济状况的展示，只过不如衣着直接。亦反映了文化上的需求与追求；反映了人的素质、学养、品位。言北大人的衣、食、住、行，得先溯源至京师大学堂时期师生的经济状况。

　　以京师大学堂的所遗档案来看，总办（教务长）月薪 180 两，国文正教员 80 两，副教员 60 两，提调（管理员） 13 两 5 钱。当时白银 1 两，约合 1.4 银圆。清末时，北京城区的主体人口系旗人，宣统三年清帝退位时有六十三万余人，当时八旗兵丁的月饷是三两多。

　　京师大学堂的学生均系"公费生"，由国家提供食宿。宿舍是每人一间，自修室二人共用一间。伙食丰盛，早餐是面食和粥；中晚两餐每桌八人，六菜一汤。冬季四菜一火锅。饭厅中间置数方桌，上为酱萝卜一大盆、红辣椒一大盆、小磨香油一大盆。冬夏二季，各发一套"操衣"（制服）每天六点"出兵操"。其余时间，衣着自备、自便。

本科毕业后按成绩分别为"进士出身""举人出身"，后改为一律按举人出身算。"考试成绩最优等者，以为阁中书尽先补用，加五品衔。"还可以获得翰林院编修、检讨等殊荣。于是，京师大学堂成了步入仕途的"金阶"。仕学馆、进士馆的学生上课时多带有"跟班"（随身听差），下课后则有"斜街之游"。斜街、八大胡同，均是妓院的别称。

民国元年，袁世凯在经济上甚为紧张。当时严复辞去北大校长，原因很多，薪俸太低，系主要原因之一。民国政局稳定下来后，于1917年制定了《国立大学职员任用及薪俸规程》：

学长（院长）分为四级，一级450元，二级400元，三级350元，四级300元。

正教授分为六级，由一级至六级月薪分别为400元、380元、360元、340元、320元、300元。

教授分本科、预科二类，各为六级，月薪差皆20元。本科教授自280元至180元，预科教授由240元至140元。

助教分为六级，月薪从110元至50元。讲师非常设教席，因课程，因人而变。

上述规程如何执行，未见详载。《北京大学1919年职员薪俸册》现存一部分，现引用如下。3月至8月，蔡元培均系600元（国务会议所定"一级校长"）。理科学长夏元瑮350元、法科学长王建祖350元、文科学长陈独秀300元，图书馆主任李大钊120元。

一级教授280元，有辜鸿铭、陈大齐、朱希祖、马寅初、黄侃、张相文、沈尹默、关应麟、陈汉章、刘师培、胡适、陶履恭等人。

二级教授260元，有李景忠、贺之才等人。

三级教授240元，有周作人、王星拱、钱玄同、杨震天、徐宝璜、朱宗莱、马裕藻、朱家骅、沈士远、杨昌济等人。

四级教授220元，有吴梅、林损、顾兆熊等人。

五级教授200元，有沈兼士、王颜祖、陈怀等人。

六级教授 180 元，有黄节、龚湘、叶浩吾等人。

1919 年 9 月，发给讲师行的授课费：梁漱溟 100 元、张申府 140 元、罗文干 100 元。

1927 年 9 月 12 日，南京教育行政委员会修正大学教员的薪俸：正教授 400 元—600 元、副教授 260 元—400 元、讲师 160 元—260 元、助教 100 元—160 元。

民国初年的"北京政府"，拖欠教育经费；1927 年至 1937 年的"南京政府"，基本上没有拖欠过教育经费。"七七事变"之前，大学师生的生活相对安定。尽管如此在京师大学堂时期、老北大时期，执教和当官相比，薪俸还是逊色一些。例而言之，鲁迅系清水衙门教育部的区区科长，陈独秀乃北京大学的文科学长。但二人的薪俸却相等相侪，均是月薪 300 元。蔡元培时期北京大学校长系简任官；国务院参事也是简任官。北大校长的薪俸是 600 元；国务院参事的薪俸是 800 元。

民国元年，北大校长严复的月薪系 300 元，国会参众两院议员的车马费均是 800 元，三级警士的月薪是 4 元。严复"穷不起了"，去当总统府顾问，月薪"一千多块大洋"，但成了筹安会"六君子"，险成"帝制犯"。

"七七事变"后，周作人未随北大南下。"七七事变"前，周作人的月薪约 600 元。事变后下海当汉奸，伪教育督办系特任官，月俸 1200 元，年晋一级加 400 元，至 2000 元止。周作人当伪教育督办还不过瘾，还弄了个"加衔"，穿上伪军装去检阅新民会的青少年团，俨然是"皇协军将领"。正因如此，青年学生自发组织的"除奸团"将周作人定为清除对象。行刺虽然不成功，但给文化汉奸带来了极大的震撼。

陈寅恪"穷得起"，1941 年底由西南联大赴欧洲讲学，顺便治疗眼疾。取道香港时恰逢太平洋战争爆发，被困香港成了难民，连离开的旅费都没有。日本占领军以 40 万港币为诱饵，逼陈寅恪主持"东亚文化协会"。陈冒险潜回大后方，返昆明继续执联大教席。

病困之中的陈寅恪视 40 万为粪土；自视清高、清雅、清淡的周作人为

1200 元失身当汉奸。衣、食、住、行固然离不开钱；想穿得更好、吃得更好、住得更好，出行更舒适、便捷，也是人之常情；为了衣、食、住、行去挣钱，乃理所当然。钱不是万能的，但可以是万恶的。

对陈寅恪而言，钱不是万能的也不是万恶的，对周作人而言，钱是万能的，也是万恶的。

于老北大诸公而言，胡适在政治舞台上有能量，但并不善于当官，挣的钱最多，但"人莫能诽之"。胡适当官，应从任中国公学的校长说起。奉系军阀入主北京后在政治上大开杀戒，在经济上大肆拖欠教育经费。"名教授"开始"孔雀东南飞"。胡适在 20 世纪末 30 年代初，当了两年的中国公学校长，时蒋梦麟任教育部部长。

蒋、胡同是留美博士，在北大的前十年配合得很不错。蒋任部长，胡任校长，可是教育部给中国公学发出了一纸"训令"，说胡适"非惟思想没有进境，抑且以头脑之顽日迷惑青年，新近充任中国公学校长……实属行为反动，应将胡适撤职惩处"。并进一步指出："查胡适的近年以来刊发言论，每多悖谬"等等。

蒋部长如此严厉地"训斥"胡校长，也是出于上峰的压力，实乃无奈之举。胡适去职后蒋梦麟亦辞去了教育部长，回北大任校长。胡适也回北大，出任了文学院院长，中文系主任。时人谓之曰："蒋胡时代"。"蒋胡时代"和"蔡元培时代"相去远矣，"谓之余韵，可也"。

在蔡元培时代，时人对蒋、胡已有微言。在杜威、罗素来华讲学问题上，"太小家子气了"。杜、罗的观点不同，若在北京争鸣一番，对于中国的学术界而言，绝对是件好事。杜威是胡适的老师，应北大之邀来华讲学。罗素来华讲学，是应了几个学术团体的邀请。杜、罗不期而合，实乃"撞车"。撞、碰又何妨，"鹅湖之会"，是中国思想史上的佳话。

在胡适的安排下，杜给罗送上了一份礼。在罗素到京前，杜威作了《三个哲学家》的讲演，对此罗素只能"缄其口了"。此时，罗素的学生傅佩青正在北大任教，如果罗素来北大，傅佩青正好可以当他的同声翻译。刘元功在

《漫谈北大》一书中言："傅佩青在北大执教不过两个多月，即被解聘。解聘的原因据傅自己说，是由于胡适等排挤他。傅被解聘后他教的那几门课，也就因一时无人担任而停顿了。选修傅课的同学，只好到其家中去求教，傅欣然允诺。"

自罗素开始在北京讲学后，杜威就不再公开讲演了，退到北大教室内，给愿意听他讲授的学生开了哲学的派别、伦理学说两门课。但不久北大即因欠薪闹起了罢教风波，北大的全部教室都被贴上了封条。杜威也只好在东交民巷的私人寓所和学生座谈。由于前来的学生不多，杜威露出了不安的心情，担心学生都被罗素、傅佩青给拉去了，刘兴元一再表示："不是，不是，绝不是，他们一定会来。"话刚落音，楼梯传来了多人的脚步声，杜威急速到楼梯口迎接……这天杜威的精神很愉快，并要求同学有机会再来。

在蔡元培的安排下。黄侃和钱玄同，胡适和梁漱溟均同时开课，"唱起了对台戏"，对此不但外系的学生前来听课，甚至外校的学生也慕名前来"领略高师对台设帐"。这是何等大气！所惜者，蔡之后蒋、胡未能承焉。时人有微词，后人有感叹。

杜威、罗素来华讲学，若两位大师"同校设帐"，胡适、傅佩青同声翻译，那将是北大校史上可圈可点的一页。惜哉！惜哉！黄侃有言："蔡去我决不留。""真人识真人"，是真谛。

王廷材在《北大见闻录》一书中云，胡适的正式职务是国立北京大学文学院院长，兼中文系主任。另外还兼着几个重要的职位，如在中华教育基金会、太平洋学会都有他的位子。有人估计他的收入每月有两千元至三千元。他在地安门内米粮库胡同有宽敞雅静的私人住宅，有最时髦的私人汽车。他生病要住协和医院的高级病房，理发要到北平最高级的理发馆——"时代理发馆"。

但胡博士也是个"月光族"，也得想方设法"创收"。林琴南翻译了一百六十多部小说，却枕着金烙饼挨饿。胡适会和出版社打交道，要求"吃版税"。故30年代，是中国教育界的"首富"。

人总是"富后求更富"，胡博士也难免俗。商务印书馆、中华书局、开明书局，均系以出版中小学教科书为主业，此项收入最为稳定，系三大出版社的支柱。胡适和出版社打交道多了，也就明此商机，也想编一套中小学教材书。以胡博士的声望，此书问世，不愁销路。

但胡适对编教科书并不在行，于是找到中学教师出身的钱穆，意在二人联手合编。没想到的是钱穆直言拒绝，理由是：学术观点多殊，没有合作的基础，也没有合作的必要。胡碰了个钉子，拂袖而去。钱穆若能"活动活动心眼"，不仅能脱贫致富，亦可富后求更富。

"有所为，有所不为；有所不为，有所为"之道深矣。慎之乎慎之；审之乎审之。为人之道，执教之道、为师之道，求富之道能不畏乎?! 畏而行之，犹有诟之。不知畏、无所畏之人，其行焉至？其人焉归？

1930年至1937年，胡适看起来春风得意，其实，老本已经吃得差不多了。新文化运动中的辉煌，已成为板上钉钉的历史；因《中国哲学史》（上册）取得的学术地位，已被冯友兰所取代。胡博士已开始由学者向社会活动家过渡，系所谓的"名人""名流"。

全面抗战爆发后，胡适临危受命，出任了驻美大使。在当时的体制、政治环境的制约下，胡适在政坛上不可能有所作为。1946 年 6 月至 1948 年底，胡适当了两年半的北大校长，在当时的大环境下，更不可能有所作为。

令人意想不到的是，赵元任由美归国省亲，返美后无限感慨道："胡适在国内太苦了。"于是汇一千美元给胡适改善生活……本节所讲系北大人的衣、食、住、行，涉及大环境、经济收入等问题，目的在于"制约"二字。更是"以小看大；以大看小"。胡适翻翻箱底，不会少穿的；他住的北大东厂胡同宿舍，乃民国第二任大总统黎元洪的豪宅；所坐汽车系北大的公车——最新款的雪佛兰。他之所以让赵元任感到"太苦了"，只能是饭桌上"掉了底子"。

于北大师生而言，斯时胡适未必是"首富"，但一定是"首份"。首份在饭桌上"掉了底子"，余份可想而知。于是有人说："胡校长穷不起了。""穷得连总统都敢当。"抗战胜利后，胡适差点出任了考试院院长，幸有傅斯年力阻；两年后又犯起了糊涂，晕晕乎乎地到了南京，想在总统府里研究《水经注》。

是"穷闹的"，还是"官闹的"，真令人费解。

　　但北大人终归是北大人，从衣、食、住、行中可以看出许多问题，找到许多答案。有抽象的、有具象的。有传统的基因所遗，有现实的因素所启。

　　20世纪前半叶，国人的道德底线是"不当汉奸"。老北大的名教授中，只出了一个汉奸——周作人。其实，不同的时期、不同的事、不同的人，应有不同的底线。以不当汉奸为底线，这个标准太低了。抗战胜利后，就有人为周作人"说情"。认为文化汉奸，又没有杀人放火。没有杀人放火的人多矣，何止文化汉奸？若恕之，国将不国、民将不民、人将不人。20世纪50年代周作人无选举权，宜也。

四、衣——蓝大褂与蓝制服

20 世纪 50 年代初，清华、燕京的文、理、法三科并入北大。明眼的人一眼就可以看出，谁是老北大的，谁是清华来的、谁是燕京来的。老北大的学生"土"大多还穿着蓝布大褂；"燕京来的"，则透着"洋"。能上得起燕京的学生，在经济上得有点"底"；"清华来的"，则"离土洋合而中道"，穿大褂的少，西装革履的也少。总之，老北大的师生，对蓝大褂情有独钟，甚至可以说，有蓝大褂的"情结"。

北京燕山出版社总编辑陈文良，是北大中文系 1955 年的毕业生。毕业后留校任教，被派往越南当专家，教授中文。行前，箱子里还放了一件蓝大褂。当时的出国人员均统一置装，衣物是发的，这件蓝大褂就没派上用场。1957 年归国，蓝大褂已退出了历史的舞台。即便有"遗老犹服"，陈文良没有机会再穿，也不可能再穿了。

陈文良的父亲 1948 年以前在南京任交通部次长，1949 年以后在北京任交通部参事。家境应属上层，但是对蓝大褂情有独钟。由北京带到河内，由河内带回北京的蓝大褂，此时此刻也就"无以为用"，成了"箱底"。90 年代初，陈文良应邀赴台访问。见蓝大褂仍在知识阶层中活着，归京后感慨道："早知如此，也就将压箱底的蓝大褂穿到台湾亮亮相，展现一下最后的风采"，然后再入藏服装学院的博物馆。

究蓝大褂这一文化现象，得从科举制度以明之。忽必烈虽系草原骑士，但腹中有谋略五车。不但重视教师队伍的建设，而且明谕"凡塾师复其身"。也就是说，凡官方认可的小学教师，免除力役。此德政的用意在"其师从矣，其生焉往？"让老师管住学生——不造反。

明清两朝，县学的童生，亦免除力役，此举意在师生同归，心向朝廷。从事体力劳动的人，不可能穿长衫。"复其身"的人，也就属于"长衫帮"了。故鲁迅笔下的孔乙己，"大褂犹穿"。

文人为何钟情于蓝大褂？有多说。"青出于蓝而胜于蓝"之说系"歪批""戏说"。意在由蓝步青，由青步云，也就是"平步青云"。此说实系糟蹋蓝大褂，居心叵测，然可圆其说。

有清一代，穿上大褂就是"文人"，再穿上马褂就是"官人"。马褂这种服装有一种特殊的设计，袖口有两个马蹄，平时卷在袖上。其功能，是见皇上，见上司时，把两袖上马蹄捋下来，盖住双手，表示——任"驱驰"。皇上对臣下的最高奖赐，也就是赏穿黄马褂——认可你是一匹好马。步入民国后，马褂犹存。马蹄消失了，究其因，太直白了吧。

鲁迅民国初年在教育部上班时，仍然穿着马褂。但此时的马褂，已无马蹄袖。袁世凯所定的官服，系全盘西化。文官是英式燕尾服，武官是法、德相结合的军帽，时人称之为"民国顶子"。

蒋介石所定的官服，文官系蓝绫绸大褂，黑礼服呢马褂、革履、西裤、硬壳礼帽。实乃不中不洋、不伦不类。但此举把蓝大褂拉入了官场，并和马褂合为一体。所幸的是北大师生对蓝大褂情有独钟，对黑马褂并不感兴趣。

邓云乡是40年代的"老北大"，他认为穿上蓝大褂，就显得谦虚、潇洒、有涵养。当时各大学最美的服装，就是蓝布大褂。同是蓝大褂，蓝布大褂和蓝绫绸大褂亦可谓之泾渭分明，"混"不到一块。刘半农有言："有钢铁一样坚固的身体，有金刚钻一样刚强而明亮的灵魂，外面穿件蓝布大褂，也掩不住他的美。"蓝布大褂是内美和外美的统一，很难和"黑礼服呢"马褂搭帮配套。

徐志摩、梁实秋均是留美博士，但在北大上课时身穿蓝大褂，脚蹬千层底布鞋。1947—1948学年，辅仁大学校长陈垣第二次应聘到北大历史系兼课，讲授史学名著评论、中国佛教史籍概论两门课。斯时，陈已是近七十之人，但精神矍铄。冬冷时穿长袍，围一暗色围巾。天气渐暖后，穿蓝布大褂。朴素而整洁，美髯飘拂，举止从容，真使人望之有若神仙之感。随手打开携来布包，取出讲稿……

汤用彤常常穿一件蓝布大褂、一双布鞋，提着夫人为他做的一个布书包去上课。钱穆称赞曰："奉长慈幼，家庭雍睦。饮食起居，进退作息，俨然一位纯儒之典型。"

季羡林则曰："先生虽留美多年，学贯中西，可是身着长衫，脚踏圆口布鞋。望之似老农、老圃，没有半点洋气，没有丝毫教授架子和大师威风。我心中不由自主油然而生幸福之感，浑身感到一阵温暖。"

北大的学生长衫则是蓝布大褂，短装系学生军制服。蓝布大褂多在东安市场选料、定制。料乃丹士林蓝（新染料名），量体裁衣，试穿合适才付款，时价一元。旧京俚语有"新三年，旧三年"之说，一件蓝布大褂，也就伴随服四年的"北大生活"。

学生军制服冬系毛料蓝哔叽一套，另有两套黄卡其布制服，一是夏装，一是春秋装。有这三套制服，"衣不足忧也"。蔡元培特别嘱咐白雄远，学生军制服要有别于军装，让学生平时也能穿。故蓝大褂、学生军制服成了沙滩一带的"街景"。

学生好穿皮鞋，轮胎底猪皮面的皮鞋物美价廉，售价低于千层底礼服呢布鞋。一双皮鞋四年穿不坏，一双布鞋穿不了一年。教授好穿布鞋，学生好穿皮鞋，良有因也。一本研讨北京老字号的书中，对于内联升的千层底布鞋的评述如下：

> 千层底布鞋长为世人所钟，时人亦不弃之。其主要原因是舒服、跟脚。

异乡的"革履"多是进口货，即便是国产，也是西人的鞋型。国人穿着难免不顺脚、匝脚，很容易穿出"足疾"。于是高地位、高收入的人士闲庭信步、花园散步时，往往还是穿千层底礼服呢面的布鞋。出国时也好带上一双。于是，海外也产生了对千层底布鞋的需求。海内、海外同欣，"布履"也就成了一种身份的标志，凸显出气度、底蕴、根基，能和鳄鱼革履相媲美。在特定的群体，特定的环境中能长存、不衰。

老北大人所穿的"布履"，在内联升购置、定置的者实难考，想来屈指可数。摊上买的、自家做的才是布履的"本真"。时下内联升的布鞋贱者几百元，地摊上的"革履"（再生塑料底，人造革面）二十余元，问津千层底布鞋者稀矣，穿革履者大有人在。

老北京的风凉话有云："您是挟着皮包上火车的主，别跟扛着褡裢的喘气。"从此语可以看出，老北京人对"挟着皮包的人"深有看法，不予认同，执北大教席者，上课时大多提着一个包袱皮，里面装着……或拎着一个自家缝制的布包，里面装着……

包袱皮一兜，或布包一装，往往是真货。皮包里装不下多少东西，往讲台上一放——"架子功"。也就是"天桥的把式，光说不练"。20世纪50年代初，"军挎"开始流行，渐渐取代了包袱皮、布提包。"文革"中"军挎"一统天下，但真正的军用品也不多，仿制货材质系绿帆布，上印"为人民服务"。所装物品极杂，但少不了一本"红宝书"。

改革开放以后，各种会议上开始发包，所发的包档次越来越高，皮包有始兴之趋。但终归没兴起来，因为皮包的功效是公文包，内装红头文件，可以加锁加封。学术研讨会上所发的是书和资料，装在纸袋里就行了。袋上印有主办单位和会议名称，简单明了。

蓝布大褂、包袱皮，"俱往矣"。1953年以前，干部实行供给制。所发的干部服，材质是灰斜纹布。男式干部服和军装式样相同，颜色不同，军装系黄绿色，故又称之为"军便服"。女式干部服又称为列宁服，双排扣斜开。不知何故，称之为列宁服。北大师生脱下蓝大褂后，也就穿起了蓝制服。为何不穿灰制服？亦有两说。一是蓝大褂与蓝制服系一脉相承；一是对灰制服心怀敬畏，不敢随便穿。两说均有道理，合二而一，似乎也就可以解释了。

干部服、军便服、"文革"中又被海外称之为"毛式服"，其式样均是四个衣袋，溯究之，乃中山装。只不过衣袋上稍有变异。故20世纪80年代，又复其名为中山装、中山服。

郭麟阁、黄昆、季羡林均是北大名人。学生对郭麟阁的回忆是："在见到他之前，他对我们来说，是如雷贯耳，但见后却多少令人有点失望……全然没有留学法国多年的痕迹。他的外貌像一个憨厚的农民，一口河南乡音，常穿一身普通不过的卡其布中山装，剪裁缝制得甚不讲究，看上去也不那么整洁，甚于胸前还有个小污渍。他身材高大，满脸通红、精力充沛、声音洪亮，他常以自己身体好而骄傲。有时，他不无得意地说：'我满可以工作到九十岁、一百岁，没问题。'"

姚学吾回忆黄昆时说："黄先生是名教授，英国归来的博士，世界著名的物理学家，一直以来都享受到较高的物质待遇。但他的生活却非常俭朴。他夏天总是穿一件白衬衫和一条褪了色的蓝布裤子，冬天也就是一套蓝布棉袄。遇有外事活动，也还是这身布衣打扮。"

季羡林是留德博士，曾任北大副校长，系大师级的学者。他常年穿一身洗得发白的蓝卡其布中山装，一双黑色圆口布鞋，出门时提一个20世纪50年代生产的人造革旧提包，形象颇似乡下老农，以致有时被人认为是校内的工友。季曾对人说："我有一点逆反心理，我就不穿西服，到哪就是这一套中山装，你愿意看就看，不愿意看就算了。"

季校长说得到做得到。1998年是北大校庆一百周年，北大在香山饭店举行了盛大的纪念活动。与会的代表有千余人，季校长穿着他那套洗得发白了的蓝卡其布中山服出席了大会。由蓝布大褂到蓝布中山服，实乃"一以贯之"，系"一也"。也正如季校长所言："想搞好北大不容易；想搞垮北大也不容易。"

20世纪50年代，正是北大人由"蓝大褂"到"蓝制服"转变的过程，此时胡适正在美国，海峡两岸都展开了"批胡"运动，只不过是声势和方式有所不同。胡适是穿着蓝布大褂离开北大的，60年代定居台湾后，又穿起了蓝大褂。胡适初入北大，身穿西装，可是很快就穿上了蓝大褂，原因很简单，胡适此时胆小，入乡随俗，明智的选择是不当异类。辜鸿铭敢当"异类"，是自有他的底基、底蕴、底气。

邓云乡有言："胡先生当时虽然由驻美大使卸任、出掌北大，但仍然保持着学者的风度。不看别的，单纯看衣着也就可以想见其为人了。一年到头，基本上都是一件蓝布大褂，冬天罩在皮袍子、棉袍子外面的是它，春秋罩在夹袍子外面的也是它。夏天除去顶热的时候穿夏布、杭纺大褂而外，不冷不热的时候，仍是一件单蓝布大褂。穿着蓝布大褂，戴着黑边眼镜的校长和穿同样服装的教授、职员在一起，是很难分别出来的。

"有一次十分有趣，中文系开全体会，三位先生都来了。当时是冬天，杨振声先生气宇轩昂，衣着最讲究。散会之后，三位相偕一起出去，由松公府夹道新楼走到前面办公处去。杨先生较修长，穿着獭皮领、礼服呢大衣，戴着獭皮土耳式的高帽子，口中含着烟斗，走在最前面。胡先生身穿棉袍子，蓝布罩衫，还夹着杨先生的黑皮包走在后面（杨掏出打火机点烟斗，胡即接过了杨的皮包，替他挟着）。唐先生（中文系主任唐兰）又稍后些，三人边说边走，后面还跟着一大群同学。不知道的人，一定以为杨先生是校长，胡先生顶多是个秘书而已。哪能从他们的衣着中看出他们的身份和关系呢？于此也可以看出这几位先生的风范了。可能还有不少人记得这些事吧。"

中央研究院81名院士的合影中，胡适穿着袍子坐在一排右数第四位。张元济先生也在第一排，也穿着袍子坐在中间。81人之中，只有三四个人穿着袍子。所谓的袍子，就是棉袍。照片系黑白片、分不出颜色，姑言"外罩蓝大褂吧"。相比较之上，北大人爱穿袍子就显而易见了。

北大师生情衷于蓝大褂，情结于蓝大褂，但蓝大褂并非北大师生所专，谁都可以穿。还是再引刘半农入木七分之言吧。"有钢铁一样坚固的身体，有金刚钻一样刚强而明亮的灵魂，外面穿件蓝布大褂，也掩不住他的美。"其实，何止蓝大褂？真正的美，都是内美和外美的统一。娼妓好以兰花为服饰，但她们与"兰"实实在在是乏缘。

北大人之穿，也讲"派"。所谓的"派"不是比阔，是与众不同。辜鸿铭不穿蓝布大褂，着紫缎袍、黑礼服呢马褂，俨然清末大员的打扮。不但在北大无二，北京城中也难寻。

鲁迅也很有"派"，究其收入教育部薪俸 300 元，在北大、女师大等校的"课时费"大概不下 200 元。尽管如此，有时，大褂上也会有补丁，脚下的布履破尖。有时皮袍、马褂，颇有官仪。时异、兴异、衣异，就是与众不同。

白化文在《负笈北京大学》一书中，谈到周燕孙时说："周先生穿西服，有时配皮鞋，有时却穿便鞋（包括脚趾处很爱顶破的缎儿鞋）。家母是留学法国学装饰的，远远看见就对我说：'不可如此搭配。'我想，周先生不是没有皮鞋，也不是不懂搭配方式，再说，穿缎儿鞋常破老得换，远不如皮鞋省钱，为什么还要这样穿？ 80 年代的周先生，穿起了新西装、新皮鞋，又是一种老学者的派头啦，此是后话，不提。且说，周先生逝世后，我为此请教当时在北大周先生班上，学习过的吴小如先生。答复是那是'派！'北大就兴这个'派'，方知那是领导北大新潮流。"

与众不同就是"派"，时下语也可谓之潮。潮者可能是"散发潮气"，也可能是"引导潮流"。就拿黑缎子鞋来说：软缎暗印云朵，所意当然是平步青云。清代的高官，对此"缎履"甚为钟爱。首先是讨个吉兆，其次是配套。大褂、马褂均是丝织品，如果再足踏软缎千层底的"云履"，就给人以"金晃晃银闪闪"之感——眼前一亮。20 世纪 50 年代时，天津有个"干部俱乐部"，一位地方首长好穿海蓝色的料子中山服，脚穿白袜子，足蹬软缎子千层底的黑云履，每临场，都使人眼睛一亮。

清代的大员足蹬云履，出入均是坐官轿；天津这位首长足蹬云履，出入均是坐公车。无轿、无车的人足蹬云履，难免有些麻烦。云履虽然既耀眼又跟脚，可是软缎经看不经穿，极容易被脚趾顶破。

时下，老北京的布鞋虽不能说流行，但也有市场，摊货 10 元一双。只要不怕土，就可以放心地去穿。黑软缎千层底的云履，虽然商家有过展示，但经济上有能力穿的人，似乎也犯不上穿。

衣、食、住、行，衣为首，良有因也。衣服穿在自己身上，当然是选所欣、所钟，所舒、所适。但衣服穿出来就得让人看，甚至是展示自己，专为人看。看后是什么反应，有人不管不顾，有人思量再三。内外合一，是本真；内外不一，也不足为怪。衣本来就属饰物，研讨衣文化，可以有不同的切入点，更可以囿于不同领域，所欣、所钟，即属可也。

以季羡林而言，初归国时，穿西装，出入北大府学胡同的宿舍，颇引人注目。小青年赞曰："德国货，就是派。"白化文的母亲却不以为然，说："大概是出国前在八面槽做的，还织补过。"季校长脱下西装后，就成了蓝布中山服的老铁。在 20 世纪 80 年代的西装热中，在德国穿了十年西装的季博士，没有回溯。蓝布中山服依旧，并确信"一定会兴回来"。

蓝大褂的底蕴，支撑了一代人；蓝布中山灰的底蕴，也支撑了一代人。

五、食——还是北大行

"民以食为天"，北大师生亦然。北大人吃得好，当首推京师大学堂时期（前节已述）。"食、色，性也。"口腹之美，人所难免。北大的名人黄侃，刘文典、熊十力……均好吃。胡适家馈外溢，饭馆中有胡博士鱼、胡博士锅。胡本人既不肯定，也不否定。其实是无须肯定，也无须否定。进而言之，是肯定也不好，否定也不好；最好的方法是"随掌柜的便"。时下，胡博士鱼、胡博士锅又成了餐桌上的名菜，但烹调方法不一，也没有人考订之，究其真，昔日既有"胡说"，今日更可"胡吃"。

胡适 1917 年执北大教席，顾颉刚回忆，1913—1920 年北京大学的"吃货"概况如下。

北大食堂伙食费每人每月六元，六人一桌，六菜一汤，馒头、米饭随便吃。但教授似乎无人入伙，学生也不踊跃。个人在校外饭店包伙，每月十元，四菜一汤系"份饭"。只要经济条件许可，学生还是弃"桌饭"就"份饭"。冬季学生喜欢吃涮羊肉，"支个锅子开涮"，一元即可尽口腹之美。

在大馆子请一桌，高级的鱼翅席每桌 12 元，加上酒水、小费，总计不会到 20 元。鱼唇席 10 元、海参席 8 元。最高档的谭家菜，40 元一桌，主菜是每人一碗厚味鱼翅，属于豪华消费。谭家菜系私家菜，由姨太太们主厨，不挂牌营业。

谭家有"定制"，每桌来客限十人，谭先生坐主人位（腿肚子向南）。所以置大圆桌，入席时恰 11 人。谭先生入席后或举杯象征性地喝一口、夹一箸菜即言道："诸位请便，少陪。"或与来客开怀畅饮。这完全视来客所定，名人、名流则陪，暴发户则失陪。好在暴发户想得开，所图在实惠、痛快，陪与不陪无所谓。能步入谭家饭厅的，当然多是教授，学生"实难与焉"。对于"顾说"，"胡说"可为之证。20 世纪 60 年代初。有人在台北问诸胡适，胡对顾说表示"诚如所言"。

谭其骧 30 年代执教于北平，闻谭家菜之名，想"凑一桌"，但十人难聚，始终没有吃成。直至 50 年代，有一个单位请客，谭教授才了了这桩心愿。但此时的谭家菜，已是对外营业的饭馆了，一百多元一桌。据说，掌勺的是当年谭家的小厨师。谭其骧认为"当然无复当年谭篆青家里吃那种味道了"。

学生"一聚"的中等饭铺，系二元一桌的便席。菜谱大同小异，计：

四冷荤——熏鱼、酱肉、香肠、松花蛋等四个拼盘（单点每盘 5 分）。

四炒菜——熘里脊、鱼香肉片、辣子鸡丁等（单点每盘一角）。

四大碗——多为米粉肉、四喜丸子、红烧鱼块、扣肉等（单点每碗 2 角）。

一大件——一个红烧肚子或一只白煮整鸡，加一大碗肉汤（单点 6 角）。

这一桌菜十分丰盛，十个人是吃不完的。学生们"一聚"时，凑十二个人，"挤着吃"。

若言吃，老北大是一代不如一代。进入 30 年代后，在校内食堂包饭每桌 6 元至 8 元，一菜一汤，米饭、馒头自便。包伙吃桌饭的学生不足十分之一。西斋的食堂系"承包制"，究其年，始自京师大学堂。包饭 6 元，也可先交 7 元或 8 元的"押柜钱"，立一个折子，随吃随记账，放假前结总账。该食堂物美价廉，以小盘、小碟、小馒头出名。素菜 4 分一碟，荤菜 8 分一盘。学生中大肚汉不多，对少而精的菜品，还是颇为欢迎。

沙滩红楼周边有许多饭馆，便宜居是四川人开的，包饭每月 9 元，常吃米粉肉、炒肝尖等荤菜。每餐两荤一汤，就是一个字"值"。除此之外，华顺居、德胜斋、林盛居、海泉居……均是"吃北大饭"的餐馆。

前节曾说过的海泉居，最贵的一道拿手菜是炒腰花儿，四角一盘，但仍为师生们所钟，原因是厨艺甚高，不但入味，而且外焦里嫩。不论是"小聚"还是"大聚"，均系必点之菜。北大师生为之传名，外校师生慕名而来，生意确实是红火。

海泉居的面食便宜，10 个水饺 4 分钱，10 个肉馅饼 8 分钱，最便宜的是吃"面皮"，6 分钱即可吃饱。穷学生虽然家庭的供给有限，但成绩优良即可获得奖学金，全额者 160 元。能获此奖者，占注册生的十分之一。故学生也经常小聚。家庭供给较丰者，视助学资为外快，大多用来请客，花两元钱摆一桌，也是常事。

30 年代，以北大人命名的美食有三种：张先生豆腐、马先生汤、胡博士鱼。张先生豆腐是大众名菜，北大的名教授中，有好几位张先生，此张先生具体是谁，今日说不清了。沙滩附近的饭馆，几乎家家菜谱上都有张先生豆腐。这道菜中有笋片，想来是南方菜。物美价廉，1 角 6 分一盘，深受北大师生欢迎。

马先生汤为马叙伦所首创，由中山公园长美轩推出。马叙伦号石屋老人，在《石屋余渖》自述中，认领了马先生汤。马系浙江余杭人，著名语言文字学家、教育家、同盟会员。步入民国后执教北大，袁世凯洪宪帝制，马叙伦弃教离京，时人对其有"挂冠教授"之誉。国府南迁之后，马一度在南京出任了教育部部长。自 20 世纪 50 年代始，历任教育部长、高等教育部长、中国文学改革委员会主任、全国政协副主席等职务。马叙伦享年 86 岁（1884—1970 年），但"马先生汤"的影响远不及张先生豆腐。

胡博士鱼由王府井的承华园推出，其烹制方法系将鲤鱼切丁，加三鲜细料熬成羹。胡适系安徽绩溪人，徽菜最讲微炉文火，煨出的鱼羹醇厚味美。

在北大师生中，有影响的是胡博士锅。此菜虽无饭馆推出，但许多老北大人在米粮库胡宅有幸品尝。这道菜又称为徽锅、婺源一品锅、江南一品锅……多系品尝者所谥，最后统一为胡博士锅。系由海味、鸡、鸭、五花肉（油炸过）、豆制品、蘑菇、木耳、火腿、甲鱼……分层后煨制而成，少者七层，多者十三层。开席后，主人亲自站起来为客人布菜（特制的砂锅较高，客人坐着夹不到菜）一层一层地吃。

胡博士锅的汤类似闽菜佛跳墙，但分层不混杂，食时基本收汤。诸味合煨后互相借味、提味，实为难寻的美味。在 30 年代，舍胡宅焉求？胡适的饭桌"摆得宽"，但有缘，有幸到米粮库胡同品尝过的人，大概都已经谢世了。时下，胡博士锅泛滥，最简而易行的是"干锅菜"。早知如此，胡适真应该申请个专利，或制定个连锁章程。

1946 年 6 月，北大"复员"。抗战的八年中，撤退到后方的大学生和家庭失去了联系，食宿只能由校方负责。抗战胜利后，这种政策延续了下来，直至 1955 年。全面内战爆发后，物价飞涨，民不聊生。校方巧妇难为无米之炊，等救济面粉来撑门面。只能向每个学生提供鸡蛋作为营养品。学生们领到鸡蛋后，在星期日举行"鸡蛋宴"——蒸鸡蛋、煮鸡蛋、炸鸡蛋、炒鸡蛋……

1948 年底，解放军兵临北平城下，国民党政权"鸡飞蛋打"，胡适黯然离校，飞往南京。三架"抢救北平学人"的专机，空空荡荡。陈寅恪虽然和胡适一同登机，但到达南京后即分手——胡前往美国，陈飞往广州，到中山大学任教。胡适 60 年代初定居台湾，陈寅恪在中山大学终其天年。

解放军接管之初，新政权面临着诸多困难，粮食供应尤其不足，加上解放区征调的公粮多是玉米、小米等粗粮，南方的学生吃起来很不习惯。后随着国民经济的恢复、发展，北大食堂的餐桌办得也越来越有起色。据白化文回忆（1955 年中文系毕业生"文革"后执北大教席），学生的伙食标准系 13.8 元，常能吃到小炖肉。

当时党政机关、部队实行供给制。开始时分大、中、小三灶，小灶月标准 20 元左右、中灶标准 15 元左右，大灶标准 7—8 元。团级干部吃小灶、营级干部吃中灶，北大学生的待遇接近营级干部。

1955 年以后，大学生不再享受公费待遇。吃食堂买饭票、饭卡，但大学食堂一直有国家的补贴。有一种现象十分令人费解——每到饭点校内的人向外跑，校外的人向里跑，其目的均是就餐。大概是校外的人"到北大就餐"者太多了，北大的食堂不得不对"非北大人"收取附加的管理费。校内的人往校外跑，也未必是富有，据说是能吃上更划算的。两相比较，没有经过专题调查不可妄断，只能说是费解。

时下，北大校园内外各档次的饭馆甚多。只要有钱，绝不愁吃。从京师大学堂始，"食在北大"不虚也。

六、住——我化的小天地

衣、食、住、行，住居第三。溯源究之，京师大学堂的师生大多不是"京师土著"，而是来自全国各地。进京后首要之举是找个地方住下来。明、清两朝"京师十八行省会馆林立，省有馆、府有馆、县亦有馆"。这些会馆原是为接待本籍举子进京应试所建，科举制度废弃后，京师大学堂的师生理所当然地成了会馆的主宾。民国元年鲁迅进京，就下榻绍兴会馆之中。1917年初陈独秀进京，下榻安徽泾县会馆之中。有会馆可"暂安"，也就不急于"找房"了。

京师大学堂的学生，享受"处级干部"的待遇，两人合住一个"标间"，各有各的自习室。待遇虽高，但早上要出兵操。再阔的学生，也要应付一下，走个过场，因此也只能按校方的安排住宿。

步入共和后，学生均成了自费生，食宿自便。于是，宿舍之外，公寓也就应需而兴了。学生不住宿舍住公寓的原因之一，就是宿舍的臭虫太多了，令人夜不能寐。

最高学府中闹臭虫，时人听了有些不可思议。民国元年时，臭虫大闹总统府，咬得袁世凯称北京城为"臭虫寨"。问计于段祺瑞，段曰："我住在南苑内的团河行宫，那里没有臭虫。"袁叹曰："我真想迁都南苑以避之了。"此语并非杜撰，蔡元培、段祺瑞均有所记载。

京师大学堂的臭虫遗之北大，有人说北大学生宿舍在20世纪60年代还闹臭虫。把学生住公寓归罪于"臭虫闹的",对于臭虫实有所不公平,称为原因之一,"可也"。

老北大的学生自我意识甚强,课后向往能有一个"属于我的小天地"。为了自我一统,有人在宿舍里挂帘子、挂帐子,进行"隔绝"。有条件的人就跑到校外去住公寓。

以今人的角度来看,公寓"实不可居也"。老北京的四合院中,东房、西房称为配房、厢房。即便是标准四合院,东房、西房各有三间,每间的面积大多也不会超过 12 平方米。小型四合院中的东西厢房,每间的面积也就八九平方米。方砖地算是达标,碎砖铺地、三合土夯地属正常。东房、西房不可能有后窗户,通风不畅,室内大多潮湿。室内家具很简单,一副铺板、一个小书架、一个两屉或三屉桌、一把椅子、一张凳子、一个脸盆架,这系制式配制。

伙食:早点是米粥、馒头、咸菜,中午饭、晚饭均是一菜一汤、米饭、馒头。菜一般是肉丝炒豆芽、肉丝炒菠菜、肉丝炒雪里蕻,肉丝不多,但总有几根,算是荤菜。汤是豆腐汤、蛋花场、高汤,上桌前滴两滴浮油,以示不是清汤。公寓中不可能有餐厅,所以一律送饭进房,在小书桌上就餐。不在公寓就餐例不退钱,来客加餐要多添两角钱。此系霸王条款,二角钱在街上吃,能吃得不错了。

电灯系 15 瓦的"小泡",打热水不太方便,暖瓶系自备。厕所在院内,老北京称之为茅房。为了节电,公寓的钟能快上半小时。老早就催促着"关灯早点睡吧,明天早上别起不来。"这种公寓房费、伙食费捆绑在一起每月八元左右。

不仅沙滩附近有许多这种公寓,在老北京凡有大中学校的地方,均有人经营这种公寓。也有面对阔学生的高档公寓,让这些阔学生能够在三间大北房中"享受自我";甚至在小跨院中"独乐自尊"。经营者不但服务到位,甚至可以提供"特殊服务"。顾颉刚所说的"年花费千元以上的学生",就住在这种公寓之中。

1928 年北伐成功,国府南迁。北京变成了北平,"房市"骤跌。当时的情况是"卖房的人多,买房的人少"。北平唯一还算景气的领域,就是学校了。所以"吃瓦片"的主儿,就打起了学生的主意。当时在北平租房,极便宜,食宿捆绑在一起,才能开出八元的价。

30年代公寓大兴,"七七事变"后北大、清华、师大……均内迁到西北、西南地区,此阶段学生的住宿条件极差,往往挤在"大通板"上睡觉,夏天闷热、蚊叮,冬天阴雨沥沥不绝于檐,冷风破窗灌入……难寐之时,回忆起了北平的公寓,是如此的美好。

小书架上燃起了野菊花制成的"盘香",虽然意在熏蚊子。可是淡淡的菊香冉冉升起后,仿佛"境入东篱"。和中国文学史课上所讲授的陶渊明,渐渐地会为一体……

冬季的小"洋炉子"虽然总是半封着,可是屋子不大,糊得又严实,还是暖意盎然。当炉上所置水壶发出轻微的韵响时,另一种境油然而生,咫尺天地不但宜我而且怡我。宜、怡之中用刚烧开的水沏一杯张一元的小叶双熏,茉莉花的浓郁沁入心扉,润砚泼墨……

美好的记忆,变成了难忘的记忆;难忘的记忆,变成了特殊的记忆。这些记忆见诸文载后流传了下来,后人对学生公寓也就形成了美好的印象,特殊的印象。

流亡的途中,美好的记忆、难忘的记忆、特殊的记忆汇成的信念是"打回北平去",联大学生从军的比例相当高,联大的校歌有云:"千秋耻,终当雪;中兴业,须人杰。""待驱逐仇寇复神京,还燕碣。"

联大的勉词有云:"同学们,莫忘记失掉的家乡,莫辜负伟大的时代,莫耽误宝贵的辰光。赶紧学习、赶紧准备,抗战、建国,我们要担当!同学们,要利用宝贵的时光,要创造伟大的时代,要恢复失掉的家乡。"

但是当联大三校复员,同学们高唱着凯歌:"千秋耻,终已雪。见仇寇,如烟灭。""神京复,还燕碣时。"迎接他们的不是胜利喜悦的延续,是内战、饥饿、独裁、专制。此时住过公寓的学生,早已步入社会;没有住过公寓的学生,已无心于公寓。

北大学生住公寓的原因甚夥，宿舍条件不达标，应是主要原因。学生宿舍均系平房，而且系清代所建，和清华、燕京、辅仁无法相侪，和师大相衡，也要"略失文采，稍逊风骚"。为此，30年代时北大加强了学生宿舍的建设，在沙滩红楼五四广场的后面，建成了研究生宿舍、四年级生宿舍，系一座马蹄形的灰楼，共有八个门，分天、地、玄、黄、宇、宙、洪、荒八个楼号，前四号男生住，后四号女生住。

凡入住者，均享受每人一间的"我化小天地"。房间分六平方米、九平方米两种，有热水供应。新建成的学生宿舍，不逊色于清华了。由于房间有限，所以女生可以全部入住，男生则要等到四年级。能入住灰楼的学生，想来不会再去住公寓。

宇、宙、洪、荒四个门号，系女生宿舍，对男生来说属于禁地。越是门禁森严，就越有种神秘感。北大也仿照美国大学，有"女生宿舍开放日"。届时，男生可进女生宿舍会友、参观。女生大多在该日回避，空室恭候。但校花的芳闺，还是难免受到"骚扰"。粉丝们以物易物，自取留念。

抗战胜利后，傅斯年代理北大校长。傅飞抵北平后，立即进行"接收"。不但收回了"七七事变"前北大的全部校产，还接收了原朝阳大学旧址之上的伪北大农学院、阜成门外罗道庄的伪北大农学院实验农场、中法大学旧址之上的伪北大法学院、南顺城街国会旧址之上的伪新学院、府学胡同内原燕京大学神学院旧址上的伪东亚文化研究会、东厂胡同原黎元洪公馆旧址之上的伪兴亚会等房产。

傅斯年有"大炮"之称，炮轰宋子文、孔祥熙，打出了威名。虽系一介书生，但国民党的党、政、军都得让他三分。傅四处"接收"，目的只有一个，就是让八年流亡在外的北大师生，复员后不能再没房住，好歹得有个容身之所。

八年全面抗战之中，北大教授们的四合院基本上已经易主。复员后，府学胡同大院（今市文物局）成了真正的家属宿舍，不知挤进了多少家，颇有人满为患之感，沙滩红楼一度成为单身教授的宿舍，三人合住一室，亦有再次

"流亡"之叹。

北大教授们的居所，大概辜鸿铭最为局促。其局仄，不亚于时下的困难户。可是辜的外事活动最多，中外宾客云集。其待人之道是"谈笑蔑鸿儒；善遇尽白丁"。即使是"叫花子上门"，也绝不会"空手而归"。

居所最豪华的系"二周"即鲁迅、周作人。其格局前章已涉，不再重复。仅以购置过程，进行简介，目的在窥一斑而明全豹。

"二周"的居所购置最早，陈明远从鲁迅日记中综汇其经济收入如下：1912 年 5 月—12 月共收入 1100 元，1913 年共收入 2586 元、1914 年共收入 3146 元、1915 年共收入 3263 元、1916 年共收入 3276 元、1917 年共收入 3650 元、1918 年共收入 3600 元、1919 年共收入 3600 元。1912—1919 年，鲁迅的收入系教育部薪俸。1920 年共收入 2640 元，原因是北洋政府开始"欠薪"，1921 年共收入 2578 元，1922 年不详，1923 年共收入 2304 元（其中稿酬 69 元、讲课费 141 元），1924 年共收入 2611 元（其中讲课费 826 元、稿酬 703 元，两项收入超过了薪俸，前者占 56%，后者占 44%），1925 年共收入 1832 元（其中薪俸占 58%），1925 年共收入 2832 元（薪俸占 58%），1926 年共收入 4257 元（薪俸 528 元，仅占 13.6%），这年 7 月鲁迅南下到厦门大学任教。

1917 年 4 月周作人始入北大任编辑，月薪 120 元，后任文科教授，月薪 240 元，还有稿酬收入。

1919 年春，"二周"购入八道湾一套大四合院，房价 3500 元，其他费用 500 元总计 4000 元。此时"二周"月收入约 600 元，这所住宅系他们 7 个月的薪金总合。

1924 年 5 月鲁迅购阜成门内西三条 21 号院为住所（今鲁迅故居），此宅系标准的小四合院。房价 800 元，总费用（加建北房后的"老虎尾巴"，装修、购家具、中介）1000 元。这一年鲁迅总收入 2611 元。这所新居系近 5 个多月的收入。

1925 年鲁迅月均家用 66 元。三口人（鲁迅、朱安、鲁老太太）雇用一个

"老妈子"。

1928 年"国府南迁",随着"金陵王气",各界的孔雀纷纷东南飞。北平的房价大跌,北大教授们产生了"购房热"。从 1929 年始,"欠薪"基本上没有发生过,教职人员的收入很稳定。收入稳定,房价大跌,此时不购房更待何时。胡适的"豪宅",即此时所置,其费用不会超过一万元,胡的月收入2000—3000 元,以 2500 元计,系 4 个月的收入。

白雄远在府右街路西的住所,亦购于此时,系一个中档四合院,原系内务府的"旗产",故建筑用料属于上乘,30 年代初购入,正值房市低谷。这所标准四合院北房、南房各三间,东房、西房各三间,耳房四间,白购入后增建西式厨房、厕所各一间,总计十八间。并加筑了一道围墙,把整个院子圈在其中,使所有的房子均能"开后窗户",以便采光、通风。还在院门前的空地上兴建了一个一亩多地的小花园,内置喷水池、藤萝架,遍栽迎春、丁香、桃杏、海棠。花园前置,系西方建筑的格局。故院门也是西式的通透铁门,上刷绿漆。在当时来讲,颇为前卫。

此宅的购置费用,应大大低于"二周"的三进四合院,始定为 3000 元。白雄远的月薪在 500—600 元。也就是说,半年的薪金,即置备了此宅。白两儿、两女,合家六口人,另外还有两个女佣、一个拉包月的车夫,家庭开支约250 元,与鲁迅相比,显得高了些。原因是白雄远的四个孩子都在上学,而且上的是名校。

白雄远的应酬很多,晚上很少在家吃饭。当时各界均有"饭团",即"逢几会"。如逢一会则每月初一、十一、二十一、三十一在某饭庄相聚。北大的名人不在家吃晚饭,是正常现象。正因如此,许多"名教授"的学术成果不如20 年代,谓之"为饭团所误",实不虚也。

"七七事变"后,白雄远不但力拒保定陆军军官学校老同学齐燮元安排的伪职,对伪北大亦力拒之。存款花尽了后只好卖房,管义贤得知了这一消息后,寄来了 500 元。管原是《小实报》的社长、主编,"七七事变"后下海当了汉奸,此时在华北政务委员会任新闻局局长。管与白雄远曾是一个饭团的

"老熟人"，白当即退回管寄来的钱。管又派人送来，并言此款非新闻局所送，乃《小实报》所送。送款者放下钱就跑，白雄远只好再次从邮局将款寄给管义贤。

卖房之后，白雄远在北长街租了三间东房、三间西房，均属四合院中的厢房、配房，每间十平方米。全家 5 口人（大女儿白理智已经出嫁），蜗居其中。当然也就不会有女佣、包车了。

抗战胜利后傅斯年飞抵北平，见到白雄远后大为感慨。立即从刚刚接收的东斋，为白雄远安排住所。"七七事变"后，东斋被日本宪兵队强占，为佐级军官建起了日式单体家属宿舍，其格局类似今日的小两居或一室一厅。傅分配给白雄远两套，总面积也不过一百多平方米。东斋院内有公共浴池，可洗热水澡，还有些运动器械和供儿童娱乐的沙坑。大门外挂着"北京大学教授眷属宿舍"的牌子，习惯上仍称之为东斋。

1950 年初，白雄远病逝，北京大学给予公葬。为他在西郊罗道庄农学院北墙外的小松林中，辟了一块墓地，葬礼由郑天挺主持，在当时来讲，可以说是"甚为隆重"了。

白雄远病逝前，其次子白理彰已入华北大学，属于"参加了革命"。其长子白理熙（工商联干部），次女白理伸（小学老师）在葬礼结束后立即奉母搬离了东斋。白理熙在和平门内租了两间小南房，白理伸和母亲杨怡志在刘海胡同租了两间小东房，开始了新的生活。

20 世纪北大校史馆举行过一次活动，许多北大老人的子女得以重逢。互道别情后有人问白理熙："白老伯逝世后，你为什么急着搬出东斋？一别多年……"白理熙答道："确如你所言，没有人轰我搬家。我认为房子是给我父亲的，他逝世后，我应主动搬出。"

七、行——始于足下

京师大学堂的校长们，想必是坐骡车。原因是清廷的官员，均是自备骡车。只有外务部的堂官、司官，才乘坐"官马车"，也就是从西方引进的西式四轮马车。坐"官马车"是"工作上的需要"，"外事活动所必需"。管学大臣、总监督享受不了"外事工作的待遇"。管学大臣的官阶均在二品以上，所乘骡车虽系自备，但呢幨（车棚）系红色。总监督衔系正三品，所乘的骡车只能绿呢幨，但亦属"官车"。民间的骡车只能是蓝呢幨，等级分明，不容僭越。

严复是北京大学的首任校长，在给妻子的信中云："60元还不够我养马车的。"民国元年时，鲁迅尚未"定级"，每月领60元的生活费。1925年鲁迅已定居在阜内西三条，三口人加一个女佣，月开销也不过60余元，想必严校长的马车系"豪华型"，双挽、双御、双气灯……配置甚高。

蔡元培出任北京大学校长，孙宝琦把自家闲置的一辆旧马车送他"代步"，并云："校长怎能无车？"这辆马车很一般，单马所挽，只有一个驭者。"慢悠悠地走着，其实是跑不起来"。

马寅初所乘坐的马车也系"豪华型"，但不是自备，他在中国银行有兼职，出入乘坐银行提供的西式大马车。马是北大的经济系主任，一度兼任过教务长。在废学长制设教务长时，蔡元培在评议会上投了马寅初一票，使他胜过胡适以当选。此举的目的是避免中文系内部造成严重的对立。

1919年杜威应邀来北大讲学，为了迎接杜威，北大添置了一辆老式的二手汽车。1924年孙中山到达北京时，所乘坐的也是这辆车。这辆车是北大的公车，也可以说是校长的专用车。1930年蒋梦麟出任北大校长，添置了一辆豪华型的雪佛兰，这部老爷车也就退出了老北大人的视线。

老北大教授中的"有车族"不多，二三十年代，一辆高档轿车价在3500—4000元之间，可与三进大四合院相侪，甚"过之"。而且汽车是"吃钱的老虎"，买得起也养不起，"修理汽车的"太宰人，司机也"不好使唤"，动不动就"调幺子"。汽车司机的月工资在45元左右，"饭份"系一元，"有车族"的"饭局"多，司机的"饭份"也就多。（饭份由饭馆给，实际上谁做东谁出。）司机一个月可收入70—80元，近于中学教师、大学讲师。若能在汽油钱，修车钱中"坑"一笔，能有百元收入。尽管司机收入不低，但在时人心目中仍是佣人——"不能入座，得站着回事"。

胡适是有车族，顾颉刚也有一辆"二手车"。30年代的学术界，有三位"老板"，即胡适、傅斯年、顾颉刚。所谓的老板，是"能帮人一把"的人。胡适系北大文学院院长兼中文系主任，是北大的二号人物。30年代的老北大，被人称为是蒋胡时期、蒋胡"搭帮"——"胡点头蒋不会摇头，胡摇头蒋不会点头"。胡适在两个重要的"外资机构"都有兼职（中华教育基金会、太平洋学会），"帮人一把"也就易如反掌了。

傅斯年系中央研究院历史语言研究所所长，是个权威型、学霸型的人物。史语所的人"都怕他，但不恨他"。傅又兼任中央研究院总干事，是个说了算的实职。傅斯年"帮人一把"，也是易如反掌。

顾颉刚是燕京大学的教授、北平研究院历史组主任研究员，主办主编《禹贡》，凭借着自己的实力与影响，亦打出了一片天地。能和胡、傅三足鼎立，系学术界的三巨头。顾在燕大、北平研究院、北大均有薪金收入，再加上稿费，年收入已达万元，是30年代的万元户。禹贡学会1934—1936年总计收到捐款4324元，其中顾颉刚捐款1500元，占三分之一。

胡、傅"帮人一把"，所依系官方的力量，顾颉刚帮人一把，全凭自己的力量。胡、傅均"涉足政治"，顾"孑然一书生"言"顾老板"可敬，不虚也。

老北大另一个"有车族"是马衡，系马幼渔的四弟，人称马四先生。马1917 年执北大教席，主讲金石学。1934 年任故宫博物院院长，主持古物南迁。1949 年以后任北京市文物整理委员会委员，著有《中国金石学概要》《凡将斋金石丛稿》《汉石经集存考》等书。

据周作人回忆，马衡置汽车在胡适之前。马夫人系宁波巨商叶澄衷的千金，曾对人感言道："现在好久没有回娘家了，不好意思。家里问起汉平干些什么，要是在银行什么地方，那也说得过去，但是一个大学的破教授，教我怎么说呢？"

由此也可以看出，30 年代的大学教授虽然不欠薪，但在商人眼里，也还是穷人。当时法学系的学生首选是当官，步入仕途。其次是"开业"，当个律师。经济系的学生首选是进银行，其次是在洋行、公司谋个职务。中文系、历史系则难于"脱贫"，成了"名教授"，也仍是穷人，穷得太太回娘家，都赧颜。

抗战胜利后，清华、燕京、北大、师大均复员北平。美军在回国前处理汽车，特别是吉普车，很便宜。清华、燕京的一些教授，借此机会也就成了"有车族"，梁思成就购置了一辆小汽车。

20 世纪二三十年代，老北大人的代步工具主要是洋车。今人对洋车的了解，主要是通过老舍笔下的人物——骆驼祥子。凡是"拉洋车的"，总好围着北大转，在北大门口等坐。主要原因是乘客文明，待之以"工友"。更不会发生下车就翻脸，少给钱、不给钱的事。

"拉洋车的"要能拉上"包月"，则就成了上等车夫。在教授家拉包月，则系"美差"。原因是教授待人平和，无官吏的霸气、商人的算计。祥子人生中的黄金时代，就是在教授家拉包月时期。

吃、住均在主人家，月佣金 16 元。回家吃饭者 20 元，能回家吃饭，则住所离主人家很近。包月车一律两毛钱车饭钱，主人的饭局越多，"拉包月的"收入越高。送主人的亲友回家，不论远近一律也是两毛（由所送的客人下车时给）。如车是车夫自己的，每天车份三毛。综合计算起来，"拉包月的"月收入在 30—40 元之间，和小教师、小职员相差无几，但社会地位则"甚殊"。

40 年代，洋车被三轮所取代。30 年代时，北平的三轮不多。金陵女子大学校长吴贻芳，出入系三轮车，蹬三轮的工友，衣着整齐、干净。此举引起了教育界的效法，北大的一些教授，家中自备三轮。于是拉洋车的，变成了蹬三轮的。由拉到蹬，这无疑是一种进步。不只是反映在车上，也反映在人上。

但从总体上来说，"七七事变"之前，北大教授们的代步工具还停留在"洋车时代"，进入"三轮时代"的系少数。

1946 年北大"复员"，此时的北平已进入了"三轮车时代"。一般的教授，不可能包一辆三轮。但北大各院的大门口，还是三轮"等座"之所，原因和洋车无异。

北京最早的公交车是环城火车，在内城几个城门设站。但最近的朝阳门车站，距北大红楼也得有二公里。1924 年底北京有轨电车通车，最近的东四车站，距沙滩红楼不到一公里。所以北大师生，可以乘坐电车。清华、燕京均有校车，终点系东单北的"青年会"，但在北大红楼门口，均设站停车。这些校车虽为本校师生所设，对北大师生亦不拒载。沙滩红楼文学院到阜成门外罗道庄的农学院，一度也有校车。车后面背着煤气发生炉，不但开不快，还能听到爆鸣声。

时下，北大校园里遍停自行车，师生们几乎均不可离。老北大时期校园囿于城区，占地不大。院与院之间亦相距不远，校内交通无须自行车。老北大教授骑自行车上下班，似乎只有体育部主任白雄远一人。白在"七七事变"前即置备了三轮车。白雄远曾乘三轮车到辅仁大学去上课，给美术系教授陈缘督留下了深刻的印象。

综上所述，衣、食、住、行，人生所不能离。又从一个侧面，反映出文化上的追求，精神上的希冀。所持之道物质上有追求，但不强求；精神上有希冀，能"以一贯之"。当一个人出现在别人面前时，能立即展现他、最能展现他的是"衣"，但同样的"衣"穿在不同的人身上，效果又不同。

例而言之，20 世纪 50 年代初，部队尚未实行军衔制，军官和士兵的制服又无区分，均是容易洗白了的黄军装。时人调侃曰："将军肚一挺，不是司令员就是炊事员"。有人否之曰："司令和伙夫，穿的一样、肚子一样大，可是不用他们开口说话，一眼就能分出来。气质不同、气度不同。"

同样是西服革履，有的教授穿上给人以西崽、买办之感；有的教授穿上卓然不俗、儒范依旧。"西装"如此"国服"亦然，穿蓝布大褂的人，不只是师生，职员、店员中也有穿蓝大褂的人，但时人一眼就能区分。原因很简单，底蕴不同、气质不同；举止、做派也就"甚殊"了。

有位"学人"，系宦门之后，专攻小物件、北京小吃之属，亦有著作问世。此公最早穿上西装，思想自然是前卫。后来西装热刚过，他就穿上了"国服"——对襟短褂，而且是"手工定制"，价格甚高。足下的"三接头"，也换成了内联升的千层底礼服呢面的"布履"。一日，此公在老舍纪念馆亮相，身边还跟随着三个女研究生。

这位"学人"的扮相，实可谓"玉立""鹤立"。时值暑假，身穿白夏布的"国服"，左手臂上搭着一件纺绸大褂，右手执折扇，系自书的《兰亭序》。大庭广众之下确实是照眼、招眼，让人看着不顺眼。老者见之叹曰："一个活脱脱的旧时外柜。"外柜也就是"跑外的"，时下称之为推销员。

此公系公谥的"学人"。学人者，不是有学问的人，是应该好好学学怎么"做人"。时下，不用担心他成为"周作人"，但所行之道勿令人"畏之"。畏之不是"敬畏"，是"此人可怕……"

至于吃，老北大人有马先生汤、胡博士鱼、胡博士锅、张先生豆腐。看来老北大人是"会吃"，但真正在吃上能展现北大文化的，是物美价廉的张先生豆腐。可惜的是，张先生不可考了。其实，张先生就是北大人，不可考，更是北大人。

于住而言，老北大人能随遇而安。有道："广厦千间，夜宿八尺。"八尺是古尺，标准男儿系"七尺之躯"。有八尺之地，也就可"安"了——睡上一个好觉。时下，小白领难免沦为"房奴"，几百万的房贷，分三十年还清。实在压得喘不过气来，退休后才能得解放。天乎！天乎！人乎！人乎！"能随遇而安",何苦做"房奴"?但八平方米的小屋焉寻?"蓝天白云系我居"。旷达、豁达;有气派、有境界。但那是诗,吟罢如何?"我化的小天地"焉求?只能再吟:"牢骚太盛防肠断,风物长宜放眼量。莫道昆明池水浅,观鱼胜过富春江。"未名湖的水更浅,但也是观鱼的好去处。

《战国策》中有个弹铗客,慨叹"出无车"。孟尝君给予了解决,"比门下之车客"。于是春风得意,乘车四处访友,曰:"孟尝君客我。"今日的北大人,"有车族"并不为希。有高级职称者,只要集半年多的工资,即可购辆"小排量"代步。但两厢的小排量"不体面",总得集一年多的工资购辆中档车。

有人叹曰,有车族若能顿悟弃车,北京城可以从十面"霾伏"中杀出来,重展蓝天白云。但让有车族弃车,就是一个字:难。无车族还在摇号排队,眼巴巴地等着购车。让有车族舍车,为蓝天白云做贡献,确实是不易为之。上山的还一个劲地向前拥,即使有想下山的,焉能原路返还。

后记

如今新文化运动已系百年、五四爱国运动即将百年。百年沧桑，九州巨变。于新文化运动、五四运动而言，历史的一页已经翻了过去，而且已经"论定"。蔡元培在 20 世纪 30 年代，已告诫北大同仁不要再吃"五四饭"，也就是说不要吃老本，要立新功。

历史的一页已经翻了过去，对这一页的评价就更能接近客观。站在北大人的角度，从北大化的层面上，回顾百年沧桑，展望百年未来。当然是有所感、有所叹；但更应该有所思、有所悟。"应该干什么，能够干什么；需要干什么，能够干什么。"应该干什么，是自己认为自己应该干什么。应该干的事多矣，只能干能够干的事。需要干什么，是社会需要干什么，社会需要之事多矣，只能干能够干的事。此说可视为明哲保身。究其实，是该明天办的事，不可提前到今天办；昨天该办的事没有办，或没有办完、没有办好，今天给补上。"补上"是今天的当务之急。也就是说补上昨天的事，才能办好今天的事，想好明天该办的事。

历史可以"重复"，但不会"重演"。场地、演员、观众全变了何能重排、何用重排？也就是说不可能再重演"向北大集，从北大出发"的史剧。北大是学府，不是帅府、政府，曾是历史上唯一的一所国立大学。五四前夜，十三所高等学校的一千多名代表，在北大三院"聚义"，北大系当然的"盟主"。五四上午，北大的游行队伍出发前受阻，最后一个到达天安门。当北大的队伍到达时，全场"欢呼声雷动"，仿佛顿时有了"主心骨"。北大的队伍和主力会师后，游行的队伍浩浩荡荡地奔向了东交民巷使馆区。

时下，北大是众多高等学校中的一所，虽系名校绝不是唯一。北大传承着太学的学统，有着新文化运动、五四爱国运动的辉煌，但这一切已经成为了历史。今天的北大人应该立足于"能够干什么"，具体来说就是"补上昨天未竟的事，办好今天能够办的事，想好明天该办的事"。

新文化运动是"破堤放水"，五四爱国运动是匆忙上阵。黄侃所说的"粗"，实系难免。老北大的使命系"救亡"。1898年的戊戌变法是抛物线的起点，1919年的五四运动是抛物线的至高点。1919年以后的学生运动，北大仍是"带头羊"，可视为五四的余韵。1945年抗日战争胜利，是老北大抛物线的终点。（西南联合大学由北大、清华、南开所组成，但三校均不可能代表联大。在三校的校史上，联大是一个特殊的阶段，三校可共享辉煌，故有论者认为，老北大终止于1937年南迁。）

老抛物线的终点，则是新抛物线的起点。如何让北大新抛物线达到至高点，是北大人的新课题。从1946年6月北大复员北平至1948年底胡适飞往南京，这两年半的时间可视为"老北大"向"新北大"的过渡，1949年是新北大抛物线的正式起点。所以在"能够办"的事中，首先是把昨天应该办没有办，或没有办完、没有办好的事给"补上"。当务之急是正确地认识世界、正确地认识自己的过去这两大课题。这两大课题"结题"，才能步入正确地认识现实中的自己、正确地让新北大的抛物线走向至高点。两相比较，前两大课题不易，后两大课题更难。

只有正确地认识了自己，才能正确地认识别人。只有弄清了自己从哪里来要到哪里去，才能和别人打交道。目的相同，路线未必相同；目的相同，利益未必相同。跟在人家后面走，将永远是"老赶"。原因很简单，人家比你先起步，而且使用的交通工具（生产力）仍处于领先地位。

正确地认识现实中的自己，正确地让新北大的抛物线到达至高点，要比"补上"要难得多。"补上"，对北大人来说当然是责无旁贷。"盖棺论定"，是指"刑责"而言。因为无法追究死者的刑事责任。对于到底是正确与错误或者应该与不应该，休说百年，千年亦可重新评价，定案亦可翻案。况且，不同时期有不同的角度，前人后人有不同的高度。今人比前人总得更上一层楼，视野也要更广、更远。拙文不是学术著作，只是从文化角度进行初探，意在探真，能否得真，实未敢言。

北大是学府，使命当然是学术文化。拙文系初探，虽意在求真、存真，但难免以"吾信为真"。言反思，实缺底气。正思尚难，何言反思。不言又恐违"说话时口对着心，有什么说什么"。也就只有放言、侈言、肆言，也就是井底之蛙所言，盲人摸象所言，以管窥豹所言。